afgeschreven

Dorothy Koomson

Slaap lekker, lieve schat

the house of books

Oorspronkelijke titel
Goodnight, Beautiful
Uitgave
SPHERE, an imprint of Little, Brown Book Group, Londen
Copyright © 2008 by Dorothy Koomson
Copyright voor het Nederlandse taalgebied © 2010 by The House of Books,
Vianen/Antwerpen

Vertaling
Karin Pijl
Omslagontwerp
Cunéra Joosten
Omslagdia
Gen Nishino/Getty Images
Foto auteur
Ben Williams
Opmaak binnenwerk
ZetSpiegel, Best

ISBN 978 90 443 2573 7
D/2010/8899/36
NUR 302

www.thehouseofbooks.com

Voor Pebble

Dankwoord

Ik moet heel veel mensen bedanken en heb te weinig ruimte om dat te doen. Maar ik geef niet gauw op, dus daar gaan we:

Iedereen in mijn familie: dank je wel! Jullie waren stuk voor stuk geweldig en zullen dat altijd blijven.

Jo, Kirsteen, Emma, Jenny en alle medewerkers bij Little, Brown: bedankt voor alles. Wat jullie allemaal voor me hebben gedaan, betekent ongelooflijk veel voor me.

Ant en James: voor mij zijn jullie veel meer dan alleen literair agent. En bedankt voor het aanhoren van mijn lááánge telefoontjes.

Lieve vrienden (jullie weten allemaal wie ik bedoel): dank voor jullie enthousiasme en steun. Fijn dat jullie me nog altijd graag mogen, ondanks mijn 'verduistering' van delen van jullie persoonlijkheid en verhalen om mijn personages te creëren.

Tot slot wil ik 'The Children' bedanken, bij wie ik zes maanden heb mogen wonen. Ik had de tijd van mijn leven.

Voorwoord

Hij huilt de hele tijd.

Zelfs als zich geen tranen vormen, verraden zijn ogen de pijnlijke leegte van iemand die vanbinnen huilt.

Ik wil hem helpen, maar hij laat me niet dichtbij komen. Huilen doet hij alleen, weggedoken in de kamer die we hadden bedacht voor de baby. Hij slaapt met zijn rug naar me toe, als een muur van vlees die de wereld buitensluit. Hij praat tegen me met nietszeggende woorden, in lege, holle zinnen. Vroeger klonk er liefde door in alles wat hij zei. Nu praat hij tegen me omdat het moet. Nu is alles wat hij zegt vlak en zonder enige betekenis.

Het verdriet is zo groot, zo immens dat hij erin zwelgt, er blind in zwemt zoals hij 's nachts zou doen in een woeste zee. Hij zwemt op tegen de hoge golven en komt niet vooruit. Elke dag wordt hij verder naar beneden gezogen, de diepte in. Weg van de oppervlakte. Weg van het leven. Weg van mij. Hij klampt zich vast aan het verlies. Niets doet er meer toe. Ik wil zijn hand beetpakken, samen zwemmen naar de veilige kust. Om zijn wonden te helen, zijn pijn te verzachten, hem te helpen erbovenop te komen.

Maar hij strekt zijn hand niet naar me uit. In plaats daarvan deinst hij terug; hij doet het liever alleen. Hij geeft mij namelijk de schuld. Hij geeft zichzelf de schuld. En hij geeft mij de schuld.

Ik geef mezelf ook de schuld. Maar ook haar, Nova. Dit is ook haar fout, haar verantwoordelijkheid. Als zij er niet was geweest...

Maar het meest neem ik het mezelf kwalijk. Ik wil dat hij stopt met huilen, stopt met verdrietig zijn, stopt met rouwen met elk stukje van zijn ziel.

Ik begrijp het verlies niet dat hij met Nova deelt. En ik betwijfel of ik dat ooit zal doen. Maar ik begrijp mijn man. En binnenkort raak ik hem kwijt. Wat ik zo hard heb proberen te voorkomen, door te doen wat ik deed en door te zeggen wat ik zei, zal gebeuren.

Maar deze keer zal ik hem niet verliezen aan een andere vrouw en haar ongeboren baby. Ik zal hem niet kwijtraken aan haar en haar kind. Ik zal hem verliezen aan zichzelf.

Ik zie het gewoon voor me: hij zal verdrinken in zijn verdriet, zo ver naar beneden worden getrokken dat hij het niet meer redt om naar de oppervlakte te komen. Hij zal naar beneden worden gesleurd in die kille, grijze diepte en zijn leven nooit meer oppakken. En het enige wat ik kan doen, is toekijken vanaf de kust.

Ze frummelde aan zijn schoenen en trok ze uit. Hij keek toe terwijl ze zijn sokken afrolde. Ineens was het koud onder zijn tenen. Net als in bad, vlak voordat hij wordt gewassen, koud.

En er is water.

Een groot, groot, GROOT bad.

'Dat is het strand,' zei mama.

'Strand!' riep hij.

'En dat is de zee.'

'Zee!'

'Kom, we maken onze voeten nat.'

Hij wees. 'Tenen?'

'Ja,' zei ze. 'Met onze tenen in de zee.'

Ze pakte zijn handje vast, dat zoals altijd warm was. Haar hand warm, zijn tenen koud. Ze liep met hem naar de zee.

'Het zal koud zijn,' zei ze.

'Koud!'

Toen waren zijn tenen verdwenen. Geen tenen meer, alleen zee.

'Wauw!' gilde mama – ook haar tenen waren verdwenen in de zee.

'Wauw!' schreeuwde hij.

'Wauw!' riepen ze samen. 'Wauw!'

Leo, 18 maanden

deel een

I

'Ha, moedertje.'

Het wordt weer zo'n dag.

Ik wist het zodra ik vanochtend mijn ogen opendeed. Ik had dat sterke gevoel dat niets klopte, alles scheef was, uit balans. Dat ik het de hele dag zou moeten verdragen. Ik hoopte zo dat ik me had vergist, toen ik onder de douche stond, toen ik me aankleedde, toen ik de radio aanzette om wat geluiden om me heen te hebben en tegelijkertijd in mijn pap roerde en fruit schilde. Het wordt weer zo'n dag. Niets zal goed gaan, humeurige mensen, het zal me vandaag knap lastig worden gemaakt. Mijn zevenjarige zoon zal het me knap lastig maken. Of me het bloed onder de nagels vandaan halen.

Hij noemt me alleen 'moedertje' als hij me op stang wil jagen. Hij weet dat ik er een hekel aan heb. Dat ik het zelfs minder erg zou vinden als hij me Nova noemde.

Ik sta bij de gootsteen en vul de steelpan met water en afwasmiddel. In het raam zie ik Leo door de kamer naar de zware eikenhouten tafel lopen, op zijn stoel klauteren en voor zijn kom gaan zitten. Hij gaat vandaag alles uit de kast halen om me te treiteren. Niet alleen heeft hij me 'moedertje' genoemd, hij draagt ook zijn Teen League Fighter-pak. Op een normale schooldag.

Ik draai de kraan dicht, keer me van de gootsteen om en kijk hem aan. Ik neem hem in al zijn glorie op; het pak is felgroen met een afneembare rode cape die nu op een vreemde manier over zijn linkerschouder hangt en vastzit met een klein stukje klittenband. Hij heeft zijn rode masker opgezet, die dient om zijn grote ogen met lange wimpers te benadrukken, terwijl het ook een deel van zijn gezicht verhult.

Hij is net 1,20 meter lang, een zevenjarige superheld met dikke spierballen, een brede borst, een sixpack en een gemodelleerd achterwerk.

Diep inademen, zeg ik tegen mezelf. Diep uitademen.

Ik sluit mijn ogen. Tel tot tien. Tel de herinneringen die maken dat ik van hem hou. Twee dagen oud: hij glimlacht naar me terwijl ik hem in mijn armen heb. Achttien maanden oud: we zijn voor het eerst op het strand en kijken naar de zee, die schuimend aan komt rollen en onze voeten opslokt, om ze vervolgens even gemakkelijk weer uit te spugen. Vijf jaar oud: hij pakt mijn handen vast en zegt met een serieus gezicht: 'Jij bent de liefste mama van de hele wereld,' omdat ik op zijn verjaardag Mexicaanse bonenschotel met kaas had gemaakt.

Dit is de manier waarop ik soms met Leo moet omgaan. Dit is de enige manier om mezelf eraan te herinneren niet gek te worden. Er zijn maar twee mensen op deze aarde die door de lagen van mijn kalmte heen kunnen dringen en me kunnen irriteren. Leo is degene die het 't vaakst doet.

Ik doe mijn ogen weer open. Hij heeft het pak nog steeds aan. Het is nog steeds een gewone schooldag. Ik ben nog steeds niet onder de indruk.

'Moedertje, is dit het enige ontbijt?' vraagt hij op zeurderige toon, terwijl hij zijn lepel in de lucht houdt en me met schuin gehouden hoofd aanstaart.

Het bloed kolkt door mijn aderen, hitte stijgt eerst op naar mijn keel, dan naar mijn wangen. Nog even en ik barst in huilen uit. Als ik tegen hem ga schreeuwen, voel ik me vreselijk en zal ik naar mijn kamer moeten vluchten om een potje te gaan zitten grienen. Als ik niet tegen hem ga schreeuwen, moet ik waarschijnlijk iets anders doen, zoals hem verbieden met zijn PlayStation te spelen tot het weekend is, wat hém aan het huilen zal maken. En dan ben ik natuurlijk weer in tranen – stilletjes maar beslist – omdat ik er niet tegen kan om hem verdrietig te zien. Hoe dan ook, het wordt huilen als ik geen normaal gesprek met hem kan voeren.

'Leo, je moet je nu echt aankleden,' zeg ik rustig. 'Trek je uniform eens aan.'

'Ik bén in de kleren,' zegt hij.

'Nee, dat ben je niet.'

Hij knikt en fronst zijn wenkbrauwen. 'Ik ben in de kleren,' dringt hij aan. 'Dit doe ik aan.'

'Ik ga niet met je in discussie. Ga je aankleden. Nú.'

'Dit doe ik aan. Dit móét ik aan.'

'Leo.' Ik klem mijn kaken op elkaar. 'Alsje–'

De deurbel gaat. Leo's donkere ogen lichten op alsof hij jarig is en het moment is aangebroken dat de postbode de gebruikelijke lading cadeautjes komt bezorgen. Hij springt van zijn stoel en voor ik er erg in heb, rent hij de keuken door. Ik hol achter hem aan met een 'Waag het eens–'.

Maar hij negeert me en doet waarvan hij weet dat hij het niet mag doen. Hij reikt omhoog en sluit zijn brede, mollige handje om de deurknop, waarna hij de deur wijd opentrekt.

Ineens baadt de hal in het licht. Een stralend, schitterend wit licht. Ik breng mijn arm omhoog en probeer mijn ogen met mijn hand te beschermen tegen het felle licht dat de hal doordrenkt, waardoor alles om ons heen straalt.

Er staat geen postbode op de stoep, in het witte licht. Alleen een lange, tengere man in een wit pak met een wit overhemd, een witte stropdas en witte schoenen. Hij straalt met het licht dat ons omgeeft. Zijn haar is zwart en netjes gekamd, met een kaarsrechte scheiding en een lok over zijn voorhoofd; zijn huid is bleek en wit en accentueert zijn grote walnootkleurige ogen; zijn volwassen trekken zijn vriendelijk en open. Hij glimlacht naar me, met een geruststellende en welwillende blik, en blikt dan omlaag naar Leo. De glimlach wordt nog breder en vriendelijker.

'Ben je er klaar voor, jongeman?' Hij zegt het zonder zijn lippen te bewegen. Hij praat recht in mijn hoofd, mijn hart. Ik ken hem, besef ik. Ik ken hem, hij kent mij, maar de herinneringen aan hem zijn buiten bereik en ik kan hem niet plaatsen.

'Ja,' zegt Leo met een knikje en een grijns. 'Ja, ik ben klaar.' Leo spreekt met zijn mond.

'Wat gebeurt hier?' vraag ik.

'Je lijkt er inderdaad klaar voor,' zegt de man tegen Leo.

'Je gaat niet met hem mee,' zeg ik.

De man kijkt weer naar mij en neemt me met zijn warme bruine ogen strak op. Een starende blik die vriendelijk maar resoluut is. Definitief. 'Het is tijd, Nova,' zegt hij, weer zonder zijn lippen te bewegen.

Leo rent naar me toe, slaat zijn armen om mijn middel en begraaft zijn gezicht in de ruimte boven mijn buik. Hij knuffelt me even en laat dan weer los. 'Ik mis je, mama,' zegt Leo terwijl hij me met een glimlach aankijkt. 'Ik mis je heel erg.'

Ik strek mijn armen naar hem uit, wil hem bij me te houden, maar ik graai in het niets, tast in het luchtledige. Leo staat naast de man en houdt diens hand vast. Ze zijn zo verschillend, maar ook zo gelijk. Ik weet dat Leo veilig bij hem is. Maar ik kan hem niet laten gaan. Hoe kan ik hem nu laten gaan?

'Waar neem je hem mee naartoe?' vraag ik. 'Hij is nog niet eens aangekleed. Waar breng je hem heen?'

'Het is goed, mama,' zegt Leo. 'Ik wil gaan. Ik ben klaar. Ik zei toch dat ik klaar was? Dit trek ik aan.'

Ik schud mijn hoofd. Nee. Hij is niet klaar. Hoe kan mijn kleine man nu klaar zijn om ergens heen te gaan zonder mij? Hoe? Hij is niet klaar. Ik ben niet klaar. 'Ik ga met je mee,' zeg ik.

Leo grijnst, steekt zijn hand op en zwaait. 'Dag, mama. Dag.'

'Nee!'

Mijn ogen schieten open, en terwijl mijn gedachten alle kanten op vliegen, probeer ik me – geschrokken en verward – te oriënteren en te bedenken waar ik ben. Het is vrij donker in de kamer, maar door de dunne streepjes oranje straatverlichting die zich door de horizontale lamellen wringen en wit licht dat door de vierkante platen veiligheidsglas in de deur vanuit de gang naar binnen schijnt, is het niet aardedonker. Ik sliep, maar lag niet. Mijn ogen dwalen door de kamer en constateren onbekende hoeken en vormen.

Dan hoor ik ze, de piepjes. De ritmische piepjes op de achtergrond, waardoor ik weer weet waar ik ben. Met een ruk kijk ik opzij, naar het bed.

Hij is er nog. Hij is er nog. Ligt nog altijd in het bed. Ik ga op het puntje van de stoel zitten en hap naar adem terwijl alle spieren en zenuwen in mijn rug en nek het uitschreeuwen van de pijn. Ik druk de pijn weg en kijk of er iets is veranderd, of Leo zich heeft bewogen terwijl ik sliep.

Hij ligt nog steeds op zijn rug, zijn ogen lichtjes gesloten. Hij is nog steeds daar, in die tussenwereld: niet wakker en niet aan de andere kant. Ik schuif nog verder naar voren op mijn stoel, zodat ik zijn gezicht beter kan zien. De droom was zo echt. Hij bewoog. Hij liep, sprak. Dat moest zich toch hebben vertaald in het hier en nu? Ja, toch?

Zijn ogen zijn dicht, zijn lippen zacht en een beetje van elkaar. Zijn gelaatstrekken zijn glad en uitdrukkingsloos, niet zoals wanneer hij gewoon slaapt. Ik kan tot in detail de vele gezichtsuitdrukkingen voor me zien die hij normaal heeft als hij slaapt, zijn spieren die bewegen en schokken alsof hij in zijn slaap net zo'n opwindend leven leidt als wanneer hij wakker is. Deze slaap is ongewoon voor hem; hij is zelden lang stil, er gebeurt altijd wel iets wat hem doet opleven, praten of rondrennen. Hij is nooit zo lang stil.

'Het is goed, mama. Ik wil gaan.' Deze keer heeft hij de hand van de man vastgepakt. In de droom ging hij deze keer echt weg. Mijn ogen schieten over het bed heen naar Keith; zijn gespierde lichaam van 1,80 meter zit onderuitgezakt in de stoel aan de andere kant; zijn geschoren hoofd hangt aan een kant op zijn schouder terwijl hij slaapt. Hij draagt nog steeds zijn politie-uniform. Hij is duidelijk rechtstreeks vanuit zijn werk hiernaartoe gekomen en trof me in diepe slaap aan, omdat ik me niet had verroerd toen hij binnenkwam. Meestal ben ik wakker als hij binnenkomt en me vraagt hoe mijn dag was voordat ik naar huis ga om te slapen, maar vandaag was ik op. De vage herinneringen aan zijn lippen op mijn voorhoofd, zijn vingers die mijn wang streelden, dwalen door mijn gedachten. Ik sliep, maar was me toch bewust van zijn aanwezigheid.

Ik draai me weer naar Leo toe en vraag me af of hij zich ervan bewust is dat we hier de hele tijd zijn. Een van ons zit altijd bij hem, te kijken, te wachten. Wachten.

Dringen de geluiden van de apparatuur tot hem door? En hoe zit het met de begroetingen, de gesprekken, de boeken die ik voorlees, de nachtzoenen? Weet hij dat het donderdag is? Zijn tweede donderdag hier? Slippen al die kleine stukjes van onze realiteit door de kieren van zijn slaap en maken die hem bewust van de wereld om hem heen? Of is hij van dit alles afgesloten? Verborgen. Verwijderd. Ergens van afgescheiden. Ik zou het niet kunnen verdragen als het zo was. Dat hij helemaal alleen is en niet weet dat ik hier zit te wachten tot hij terugkomt.

'Ik ben klaar, mama. Ik wil gaan.'

Ik wrijf de slaap uit mijn ogen. Probeer leven in mijn gezicht te masseren.

'Ik ben klaar om te gaan.'

Na dertien dagen dacht ik dat mijn lichaam wel gewend zou zijn geraakt aan uren achtereen in die stoel zitten; mijn lijf zou niet zo overgevoelig en stijf moeten zijn en niet met lange pijnscheuten moeten protesteren elke keer dat ik me beweeg. Ik sta op, loop naar het bed en sluit instinctief mijn ogen voor het infuus en de elektroden waarmee hij aan de apparaten is gekoppeld. Ik staar naar mijn zoon. Mijn zoon. Voor hém ben ik de afgelopen zeveneneenhalf jaar elke dag opgestaan, zelfs als ik daar geen zin in had. Mijn wereld draaide om hem vanaf het moment dat hij was geboren; deze toestand is absurd.

Ik streel zijn voorhoofd met mijn vingertoppen. Zelfs nu probeer ik instinctief voorzichtig te zijn, om hem niet te storen. Hoewel hem storen, hem wakker maken, precies is wat we willen.

Zijn hoofd is geschoren, en langzaam groeit zijn zwarte haar weer terug. Acht dagen geleden hebben ze al zijn prachtige, dikke zwarte krullen afgeknipt en weggeschoren. Zijn mokkakleurige huid is op zijn hoofd glad, behalve op de plek onder aan zijn schedel, waar ze een gaatje hebben geboord om drie bloedvaten vast te klemmen, om een bloeding te voorkomen. De operatie was succesvol verlopen, zeiden ze tegen me.

Ik had de chirurg aangestaard, met zijn groene mutsje op zijn hoofd, zijn mondkapje om zijn nek, zijn verrassend schone, groene operatiekleding. 'Succesvol?'

Hij had geknikt. Uitgelegd dat het andere slagadergezwel waarover ze zich zorgen hadden gemaakt niet was geknapt en geen bedreiging meer vormde.

'Succesvol,' had ik nog eens gezegd, mijn stem ver weg. Keith had zijn hand op mijn onderarm gelegd om me te ondersteunen. Het woord had duidelijk een andere betekenis voor de chirurg dan voor mij. Mijn zoon sliep nog steeds, was nog steeds meer 'daar' dan hier. Hij praatte niet, hij liep niet, zijn ogen waren niet open, zijn gezicht bewoog niet, maar toch was het succesvol geweest. 'Dank u,' had ik gezegd terwijl Keiths grote, warme hand zich om de mijne vouwde. De chirurg kon er ook niets aan doen dat hij niet wist wat het woord 'succesvol' precies inhield. Het hield in dat Leo weer normaal zou zijn. Het hield in, op zijn minst, dat ze me konden zeggen wanneer hij weer wakker zou worden.

Ik loop terug naar mijn bruine stoel, vouw mijn benen onder me, laat mijn hoofd achterover zakken en kijk naar Leo.

Dit is de wereld waarin ik nu leef. Een wereld waar succesvol dít betekent. Een wereld waarin ik weet dat die dromen van mij voortkomen uit het gevoel, het besef dat zich gestaag en vastberaden stukje bij beetje binnen in me heeft vastgezet.

Dat Leo er misschien klaar voor is.

Dat ik hem wellicht moet laten gaan.

'Kijk die buik van die mevrouw!' riep hij.

Hij zag dat mama haar ogen sloot voordat ze 'Sst' zei en een kus op zijn hoofd drukte, terwijl ze hem heen en weer wiegde op schoot.

'Kijk die buik van die mevrouw!' riep hij weer. Hij wees. Ze had een dikke buik. Hij was rond als een voetbal, maar groot zoals mama's grote, grote kussen.

'Sst, sst,' zei mama. Ze pakte zijn vinger en kuste die.

'Mama! Kijk die buik van die mevrouw!'

Mama keek niet. Ze drukte op de knop en toen gebeurde het weer, het geluid van de bel zoals die op zijn brandweerauto. Toen stopte de bus, zoals altijd. Mama tilde de buggy en haar grote tas op en liet hem op elke trede springen om uit te stappen.

Ze klapte de buggy uit en schoof de riempjes opzij zodat hij kon gaan zitten, maar hij wilde lopen. 'Ik wil lopen,' zei hij tegen haar. 'Ik wil lopen.'

Mama bleef naar de buggy kijken, en toen de bus wegreed, kwam ze overeind. 'Leo, waarom moet je toch steeds naar de buiken van andere mensen wijzen? Of naar die kleine man? Of die grote melkborsten van die vrouw? Of dat rare haar van die man?' vroeg ze hem. 'Dit is nu al de derde keer in twee dagen dat je dat doet. Het wordt tijd dat ik mijn rijbewijs haal, want ik ga niet meer met jou in een bus.'

Ze zette haar tas in de buggy. 'Iemand gaat me nog een keer een klap verkopen.'

'Ben je stout?' vroeg hij. Was mama een stoute meid zoals hij een stoute jongen was en zou ze dus een klap krijgen?

Mama staarde hem aan terwijl ze haar hoofd schuin hield. 'Soms vraag ik me af of ik dat in een vorig leven misschien ben geweest.' Ze duwde de buggy met haar ene hand en met haar andere hield ze zijn handje vast. 'Kom, we moeten nog een heel eind lopen.'

Een mevrouw die zo oud was als oma glimlachte naar hem. 'Mijn mama is stout,' zei hij tegen haar.

De vrouw keek naar mama. 'Dat geloof ik graag,' zei de vrouw terwijl ze verder liep.

Hij glimlachte naar mama, maar ze zag het niet – ze staarde de vrouw met open mond na.

Leo, 2 jaar

2

'Heb je gezien hoe vaak die meid van kluisje 117 rent?'

'Die blonde?'

'Ja. Ze is hier elke dag. Soms doet ze yoga of pilates, en daarna rent ze. Gestoord gewoon!'

Dat is mijn kluisje, nummer 117. Ik wilde net de wc-deur op slot draaien toen ik de vrouw aan de andere kant het nummer hoorde noemen, míj hoorde noemen. Nu zweeft mijn hand boven het slot. Ik weet niet of ik nu zal vertrekken of hier blijven. Ik ben al laat voor mijn afspraak met Mal om naar een etentje met vrienden te gaan. Ik heb geen tijd om hier te zitten, gevangen in hun geroddel.

'Het verbaast me niets,' antwoordt de andere vrouw.

Nou, het is duidelijk dat ik nu dus nergens heen ga. Ik laat zachtjes de wc-bril zakken en ga zitten. Ik wil weten waarom ze niet verbaasd is dat ik hier elke dag ben. Mijn handen trillen licht, mijn mond is droog, mijn hart bonkt een beetje in mijn borst. Ik friemel afwezig aan het bandje van mijn zwarte jurk terwijl ik afwacht wat ze gaat zeggen.

'Heb je haar man gezien? Dat is écht een lekker ding. Ik zou ook elke dag twee kilometer lopen als ik daarmee kon voorkomen dat hij naar andere vrouwen keek.'

'Mijn god. Ik zie hem wel eens als hij haar komt ophalen... Wauw! Ik weet precies wat je bedoelt. Hij is om op te vreten!'

'Zal zij zo'n type zijn dat moddervet wordt als ze al die dingen niet doet?'

'Ja! Dat kun je aan haar gezicht wel zien.'

Ze hebben geen idee dat ik naar hun woorden luister die weerkaatsen tegen de marmeren vloer en de muren van de toiletruimte in deze sportschool. Ik herken hun stemmen, het zijn die twee die alles samen doen: ze maken samen gebruik van de toestellen en bij yoga en pilates leggen ze hun matjes naast elkaar. We knikken altijd vriendelijk naar elkaar, en ik dacht dat ze me wel aardig vonden. Misschien overdrijf ik daarmee het vluchtige contact – ik had in elk geval niet gedacht dat ze me níét mochten. Ik had er geen minuut bij stilgestaan dat ze over mij zouden roddelen.

Het is mijn grootste angst. Waarschijnlijk ben ik extreem gevoelig voor mensen die over me praten. Ben ik bang dat ze me stiekem ontleden, de lagen afpellen die ik zo zorgvuldig aan de wereld presenteer en dat ze waarheden en halve waarheden ontdekken, terwijl ze die interpreteren; ik ben bang voor mensen die een realiteit creeren die anders is dan het mooie huis, de perfecte echtgenoot en de succesvolle vrienden waaruit mijn wereld bestaat.

'Maar je moet het haar nageven, ze was vroeger vast een mollig varkentje en nu ziet ze er perfect uit.'

Dat is niet waar, wil ik hun door de deur toeschreeuwen. Echt niet. Ik heb er altijd zo uitgezien, heb altijd deze maat gehad. Ik ben alleen wat steviger geworden. Hoe dan ook, ik sport niet om er goed uit te blijven zien, om de vetrolletjes tegen te gaan of om te voorkomen dat mijn echtgenoot vreemdgaat. Ik heb het nodig om met beide benen op de grond te blijven staan. Veilig. Stabiel. Om mezelf te blijven.

Als ik mijn bloed niet elke dag met honderdzestig kilometer per uur endorfinen en adrenaline door mijn aderen voel jagen, beginnen dingen me te ontglippen. Ik raak mijn grip op de realiteit kwijt en de langzame afdaling naar het gevoel geen controle meer te hebben, zet in. Daarom ren ik elke dag – ook op vrijdagavond. Wat is hún excuus om hier te zijn? De meeste mensen die niet hoeven te rennen zitten in de kroeg, waarom zij niet?

'Hmm, dat is geen van ons tweeën ooit gelukt. Alan vraagt nog steeds waarom ik de moeite neem om naar de sportschool te gaan als ik bij thuiskomst meteen een sigaret opsteek en de koelkast plunder.'

'Ja, Ian vraagt hetzelfde. Hij zou grote ogen opzetten als hij háár zag.'

Toen ik jonger was, werd er over ons gezin geroddeld, en vooral over mij. Het werd een tijdverdrijf in de stad waarin ik woonde. Mensen fluisterden, wierpen ons afkeurende blikken toe en vielen stil als een van ons voorbijliep. Ik voelde elke fluistering, por of blik. Wij allemaal. Het waren net glasscherven die onze huid openreten. Daarom deed ik als volwassene mijn best om niemand een reden te geven om over mij te roddelen. Geweldige baan, mooi huis, knappe man, vriendinnen. Waarom zou je dáár nu over roddelen? Er jaloers op zijn, oké, maar er iets op aan te merken hebben?

'Heb jij ook zin in een biertje?' zegt een van de vrouwen aan de andere kant.

'O, vooruit dan maar. Ik denk de hele dag al aan chips. Als ik volgende week extra lang zwoeg op die toestellen, kan het geen kwaad, toch?'

'Als je het zo wilt spelen, zeg ik: nee. Extra tijd – oftewel vijf minuten langer – op de toestellen en het extra vet lost op wonderbaarlijke wijze op.'

'Wat ben je toch een kreng! Hé, zullen we haar van kluisje 117 ook meevragen?'

De ander grinnikt, vals en gemeen. 'Die drinkt of eet vast niet.'

'Precies!'

Mijn moeder reageerde vroeger op hatelijke blikken en gemene opmerkingen met bidden. 'Wie vrij van zonde is, werpe de eerste steen,' zei ze dan, alsof dat er een einde aan zou maken. Als mijn zusje Mary huilde om de dingen die ze hoorde, zei mijn moeder: 'Vergeet hen niet in je gebeden, Mary.' Vergeet God niet te vragen of hij wil zorgen dat hun slechte dingen overkomen, dacht ik dan, maar dat zei ik nooit hardop. Er gebeurde nooit iets met die beschuldigers die met of zonder zonde waren; ze bekogelden ons nog steeds met stenen, noemden me nog steeds slet en hoer en een heleboel andere dingen, achter mijn rug, in mijn gezicht, op alle muren in de omgeving. Niets hielp. Niets deed het stoppen.

De tijd verstrijkt en de twee vrouwen vallen stil. Daarna weergalmen hun voetstappen – luid, zoals hun woorden waren geweest – in de ruimte terwijl ze weglopen. De deur slaat achter hen dicht. Ik wacht nog een paar minuten, ook al ben ik rijkelijk laat voor mijn afspraak met Mal, gewoon om zeker te zijn dat ze echt weg zijn. Als ik niets meer hoor, er geen geluiden meer klinken buiten het wc-hokje, maak ik de deur open en bevrijd mezelf uit mijn zelf opgelegde gevangenis in de marmeren ruimte, met zijn brede spiegel boven de wasbakken tegenover de wc-hokjes.

Mijn lichaam verstijft, en op hetzelfde moment staat mijn hart een moment stil: ze staan er nog. Ze zijn er nog, en nu weten ze dat ik weet wat ze hebben gezegd. En dat ik in het wc-hokje zat en luisterde terwijl zij me aan flarden scheurden.

Een van hen, een lange blondine die haar haren achter haar oren heeft vastgeklemd, leunt over de wasbakken heen en brengt een dikke laag eyeliner aan; de ander, een kleine brunette, leunt tegen de muur en rolt een sigaret op haar dijbeen.

Onze ogen ontmoeten elkaar en dan wordt het onnatuurlijk, angstaanjagend stil; er wordt een sluier van verbijsterd stilzwijgen over ons heen gedrapeerd. De vrouw die haar make-up aan het aanbrengen was, is verstard, alle kleur is uit haar gezicht getrokken. Haar gezicht is een lijkbleek masker van ontzetting. De andere vrouw is gestopt met het rollen van haar sigaret. Haar gezicht wordt zo rood dat het op een pulserende tomaat lijkt.

Ik sla mijn ogen neer en loop naar de dichtstbijzijnde wasbak. Ik pomp wat van de blauwe vloeibare zeep in mijn handpalmen en was mijn handen onder de van een sensor voorziene kraan. Ik had lippenstift op willen doen en mijn oogmake-up en foundation willen bijwerken voordat ik naar Mal ging. Nu durf ik niet eens op te kijken van de blauwe zeep die door mijn vingers glijdt. Ik durf niet eens omhoog te blikken om te zien of mijn haar goed zit.

Ik droog mijn handen aan twee ruwe papieren handdoekjes, verfrommel ze en gooi ze in de afvalbak onder de wasbak. Ik weet zeker dat die twee het bonken van mijn hart in mijn borstkas kunnen horen, het kloppen van mijn hartslag in mijn keel, want de minste beweging wordt hier versterkt, en ze hebben zich nog helemaal niet verroerd sinds ze me zagen.

Hun woorden en wrede gegrinnik echoën om ons heen terwijl ik de heldhaftige tocht naar de deur maak. De deur lijkt trouwens wel naar de andere kant van Londen te zijn verplaatst, elke stap in zijn richting op deze stilettohakken klinkt als een aambeeld dat door een glazen dak wordt gegooid.

Tring! Tring! Tring! Mijn mobieltje gaat af. Het is alsof ik een mini-uitvoering van de Klokkenluider van de Notre Dame in mijn tas heb zitten, die met alles wat hij in zich heeft aan de klokken sleurt. Het is Mals ringtone. Hij wil vast weten waar ik blijf, nadat ik hem – herhaaldelijk – heb gewaarschuwd dat ik hem levend vil als hij het zou wagen om vanavond over te werken.

Tring! Tring! Tring! dringt mijn telefoon aan terwijl ik doorloop

27

naar de deur. Ik kan natuurlijk niet opnemen. Zou ik slechts een nanoseconde blijven staan, dan zal er iets vreselijks gebeuren. Nog vreselijker dan wat er zojuist is voorgevallen. Ik weet niet wat, maar ik ben ervan overtuigd.

Tring! Tring! Tring! Ik ben er bijna. Nog één, hooguit twee stappen. Daar wacht de vrijheid.

Tring! Tri...! Het laatste gerinkel wordt afgebroken, en door de abrupte stilte voel ik mijn hart kloppen in mijn keel en sta ik te zwaaien op mijn benen. Maar ik ben er bijna, daar is de deur.

Ik duw hem open en stap naar buiten. Het gevoel van vrijheid dat me als een golf overspoelt, is reusachtig.

Wat ze doen nu ik weg ben, weet ik niet. In een deuk liggen van het lachen, door de grond zakken van schaamte of datgene met elkaar afspreken wat ik in elk geval moet doen: een andere sportschool zoeken.

3

Het is elf uur 's avonds en Keith is er nog niet.

Meestal is hij hier rond acht uur, soms om negen uur, maar nooit zó laat. Niet zonder te bellen. Normaal gesproken zou ik me geen zorgen maken, zelfs niet als hij niet heeft gebeld, want Keith is Keith, zijn werk is nu eenmaal zijn werk en uiteindelijk komt hij altijd opdagen. Soms een beetje aangeschoten en in een verliefde bui, soms omdat hij geen gelegenheid had om te bellen, soms gewoon omdat Keith Keith is en zijn werk zijn werk. Maar dat was voordat ons leven zich rond deze ziekenhuiskamer begon af te spelen, voordat we hier om beurten gingen zitten om onze zoon gezelschap te houden, voordat ik begon te geloven dat zelfs de kleinste tegenvaller kon escaleren in iets onhanteerbaars en angstaanjagends. Dat was voordat ik erachter kwam dat je je zoon met een flinke bloedneus naar het ziekenhuis kunt brengen en dan te horen kunt krijgen dat hij een slagadergezwel heeft dat op knappen staat en een levensreddende operatie vergt waardoor hij in coma zal raken.

Nu maak ik me overal zorgen over.

Ik sla het boek open dat ik aan het lezen was, leg het open op mijn schoot en probeer niet op mijn horloge te kijken.

Waar is je vader, vraag ik Leo in gedachten. Omdat ik hem niet ongerust wil maken, zeg ik het niet hardop. Ik probeer er niet aan te denken dat hij misschien toch kan horen wat er om hem heen gebeurt en dat hij in paniek kan raken omdat hij de vragen niet kan stellen waarvan de antwoorden hem zullen verzekeren dat alles goed komt. Bezorgd zijn is mijn taak. Hij hoeft zich alleen maar bezig te houden met beter worden. Want het is nu aan hem.

Hij had ondertussen uit de kunstmatige coma moeten ontwaken waarin ze hem na de eerste operatie hebben gebracht. Ze hebben alle verdoving stopgezet en geprobeerd hem wakker te maken. Hij heeft meerdere MRI-scans gehad waarop te zien was dat hij hersen-activiteit heeft, maar toch slaapt hij nog steeds.

Hij slaapt nog steeds.

En dit betekent dat Leo, mijn zevenjarige zoon die het liefst elke dag zijn Teen League Fighter-pak zou dragen, die liever Mexicaanse bonenschotel met kaas eet dan broccoli – dol is op spinazie – en die nog altijd bewijzen zoekt om zijn vermoeden te staven dat Keith een spion is, van nu af aan beslist wanneer hij wakker wordt. Zijn lot ligt in zijn mollige, perfect gevormde handjes.

Ik bijt op de eerste knokkel van mijn duim. Bezorgdheid is als een slot met meerdere cilinders; elke cilinder valt langzaam en precies op zijn plaats, totdat ze allemaal op hun plek zijn gevallen en het slot dicht zit. Van zekeringen voorzien zonder de sleutel om hem weer te openen.

Drie minuten over elf, geeft mijn horloge aan. Je zou denken dat hij wel gebeld zou hebben. Is het niet om me te laten weten dat alles goed met hem is, wat hij nog nooit heeft hoeven doen, dan toch in elk geval om te informeren naar de toestand van Leo. Om te vragen of er iets is veranderd.

Zijn mobieltje stond uit toen ik hem eerder probeerde te bellen. Uit of geplet in het nog smeulende wrak van zijn auto, had ik mezelf afgevraagd. Uit of in zijn kluisje op het werk, waar het wacht om door iemand gevonden te worden die zijn naaste familie van het nieuws op de hoogte brengt? Op dit moment uit, of voor altijd?

Wat zou ik doen als hem iets was overkomen? Hoe zou ik ermee omgaan? Zou ik ermee kúnnen omgaan? Waarschijnlijk wel, maar hoe zou ik mijn tijd tussen Leo en Keith moeten verdelen? Je man en je zoon, hoe hak je jezelf in tweeën zodat je bij beiden tegelijk kunt zijn?

Dit is wat bezorgdheid met je doet: je wordt extreem irrationeel, vliegensvlug, bedenkt het ene scenario na het andere, totdat de normale optie, de aannemelijke, eerder denkbeeldig dan waarschijnlijk lijkt.

Ik ben klinisch psycholoog; ik zou beter moeten weten, me anders moeten gedragen. Maar ik kan het niet. Niet nu. Het zit gewoon niet in me. Als ik uitga van het worstcasescenario, lijkt alles wat minder erg is triviaal, iets waarover ik mijn schouders kan ophalen, gelaten over kan doen. Bovendien gebruik ik mijn doctorstitel sowieso te weinig, althans volgens mijn ouders, en het baantje van restaurantmanager dat ik had aangenomen om mijn studie te bekostigen, is op een of andere manier mijn carrière geworden.

Ik kijk weer op mijn horloge en precies op dat moment hoor ik gezoem in mijn tas. ZOEM-ZOEM-ZOEM dringt mijn mobieltje aan. Ik graai het uit de tas, druk op de toets en houd het ding tegen mijn oor zonder te kijken wie het is.

'Kom naar buiten,' zegt Keith. Alsof hij me niet uren in de zenuwen heeft laten zitten, alsof het een heel normale manier is om een telefoongesprek te beginnen. Maar de opluchting die ik voel, is ongelooflijk. Mijn hart begint weer normaal te kloppen, de druk op mijn longen neemt af, het gevoel keert terug in mijn spieren.

'Ik kan Leo niet alleen laten,' zeg ik op fluistertoon, zodat Leo het niet hoort.

'Een paar minuutjes maar. Kom naar buiten.'

Ik aarzel. Waarom wil hij dat ik naar buiten kom? Waarom is hij nog niet binnen geweest? Heb ik me te vroeg opgelucht gevoeld?

'Vraag een verpleegster om even bij hem te blijven, en kom naar buiten.'

Hij probeert iets te verbergen door zijn toon vlak en gelijkmatig te houden. Er is iets aan de hand.

'Is het belangrijk?' vraag ik. Ik voel dat de cilinders van het slot der bezorgdheid weer beginnen te draaien.

'Een zaak van leven of dood,' antwoordt hij serieus.

Ik kom met een ruk overeind en negeer mijn klagende ribben die proberen weer op hun plek te klikken, negeer het boek dat met een doffe klap van mijn schoot op mijn tas valt. 'Waar ben je?'

'Bij de hoofdingang.'

Ik open de deur van Leo's ziekenhuiskamer en tuur naar buiten, op zoek naar een verpleegkundige. Een van hen, die vaak bij Leo zit als ik even iets wil eten of naar het toilet moet, loopt net voorbij. Ze heet Melissa. Ze is een knappe vrouw, met weelderige vormen, lange, krullende rode lokken die ze altijd naar achteren vastpent en een prachtig Welsh accent. Leo zou betoverd raken door haar; hij zou haar met grote ogen overal volgen en proberen haar aan het praten te krijgen, zodat hij haar accent kan nadoen. Zuster Melissa trekt een wenkbrauw naar me op en blikt vervolgens nadrukkelijk naar het bordje aan de muur dat aangeeft dat mobiel bellen verboden is.

'Ik kom er meteen aan,' zeg ik tegen Keith en ik klap mijn telefoontje dicht. Mijn hart bonkt alweer, op die bekende, ziekmakende manier, zoals het altijd doet als ik vrees dat er iets ergs staat te gebeuren. 'Kun jij een paar minuten op Leo passen?' vraag ik aan Melissa. 'Ik moet naar mijn man toe.'

Plotseling bezorgd knikt ze, terwijl ze haar plastic schort af doet en in de dichtstbijzijnde prullenbak duwt. Ze wast haar handen met zeep uit het pompje aan de muur en gaat de kamer in. Snel loop ik in de richting van de uitgang. Aan het einde van de gang, na één keer links afslaan, is de deur van de afdeling. Ik ben hier zo bekend dat ik met mijn ogen dicht de weg zou vinden. Vaak voelt het ook alsof ik dat doe, want ik slaap zelden meer dan twee uur als ik thuis ben. Niemand weet het, maar ik gebruik mijn doctorstatus om toegang te krijgen tot medische journaals op het internet en breng de meeste uren die ik hier niet ben door met lezen over coma's, bloedingen en slagadergezwellen. Ik probeer zoveel mogelijk te weten te komen om Leo te kunnen helpen. Als Keith het zou weten, zou hij zeggen dat ik mezelf onnodig belast. De artsen vertel ik het ook niet, omdat ik niet wil dat ze denken dat ik het beter weet. Ook mijn familie is er niet van op de hoogte; zij weten nog niet eens hoe ernstig het allemaal is.

Ik pomp wat antibacteriële gel op mijn linkerhandpalm en verdeel de glibberige substantie over mijn handen. Ik loop de deur door en sta in de gang met de liften, waar ik op de knop druk. Terwijl ik wacht op de lift neem ik de mogelijke scenario's door: iemand is op het parkeerterrein tegen mijn auto aan gereden; iemand heeft ingebroken in het café en Amy was vergeten de dagopbrengst weg te brengen; Keith is tijdens zijn dienst gewond geraakt en wil me dat niet in het bijzijn van Leo vertellen... O, god. Wat is er gebeurd? Wat krijgen we nog meer te verstouwen?

Op de eerste verdieping begin ik te rennen. Door de lange gang, de hoek om, nog een paar trappen af – ik kan niet wachten op de volgende lift – langs de beveiligingspost, de hoofdingang uit. De warme buitenlucht slaat in mijn gezicht terwijl ik de zwoele meiavond in ren. Zulke avonden hebben we de laatste jaren alleen in september gehad. Maar vanavond is het warm.

En het sneeuwt.

Boven het gesnor van een motor en de warmte in de lucht uit sneeuwt het. Het is mei en het sneeuwt. Kleine vlokken vallen uit de hemel en bedekken de wereld om me heen met een wit laagje. Ik blijf staan en kijk naar de sneeuwvlokken die in de warme bries om me heen dansen. Het is een wonder. Een puur, kortstondig wonder.

Ik hou van sneeuw. Alles wat erdoor wordt bedekt, lijkt zachter. Er zijn geen scherpe randen als het heeft gesneeuwd; alles is mooi en zacht. Een weg is niet lang en moeilijk, maar fluweelachtig en uitnodigend, en zo kort als je zelf maar wilt. Ik haat de kou, ik hou van sneeuw. En nu heb ik het allemaal: sneeuw zonder kou. Ik spreid mijn handen en probeer de vlokken te vangen. Ik draai verrukt in de rondte terwijl ik omhoog kijk naar de hemel, die niet alleen door oranje straatverlichting wordt verlicht, maar ook door piepkleine sterren, door de glinstering van de vallende sneeuwvlokken.

De sneeuw is warm op mijn huid; hij smelt niet meteen, maar blijft plakken aan mijn handen, aan mijn oversized grofgebreide crèmekleurige vestje, mijn marineblauwe spijkerbroek en mijn zwarte haar.

'Gefeliciteerd met ons jubileum,' zegt Keith, die vanuit de schaduwen naast de hoofdingang van het ziekenhuis tevoorschijn komt. Hij heeft me daar staan observeren. Hij loopt op me af terwijl ik nog steeds naar de witte vlokken kijk die op me landen en de grond met een deken bedekken, waardoor die zacht en licht lijkt. Het harde pad waarover ik elke dag loop om mijn zoon te zien, is veranderd in iets geruststellends.

'Heb jij dit gedaan?' vraag ik hem terwijl hij dichterbij komt, totdat hij me in zijn sterke, gespierde armen kan nemen. Plotseling ben ik door hem omgeven, beschermd en veilig. 'Voor mij?'

Hij knikt. 'Gefeliciteerd met ons jubileum,' fluistert hij weer in mijn haar.

Jubileum? Als stel hebben Keith en ik heel wat jubilea gehad. We leerden elkaar kennen toen ik negentien was. Ik solliciteerde naar een baan in de kroeg in het centrum van Oxford, die hij runde. Hij was bijna tien jaar ouder dan ik en had natuurlijk geen oog voor mij. Twee jaar later, een paar dagen na mijn eenentwintigste, toen ik niet eens meer in de bar werkte, belde hij me op en vroeg me mee uit. 'Ik moest wachten tot je tiener af was voordat ik bij je in de

buurt kon komen,' legde hij uit. We hadden twee eerste afspraakjes. Op onze eerste afspraak was ik zo nerveus dat ik mezelf iets te
veel moed had ingedronken en op de passagiersstoel in Keiths auto
buiten westen raakte nog voordat we de straat uit waren. Hij moest
me terugdragen naar het huis dat ik met anderen deelde en me aan
mijn huisgenoten overdragen. Het tweede eerste afspraakje, dat tot
mijn verbazing nog plaatsvond, was een week later, en toen dronk
ik helemaal niets. Er volgden nog meer belangrijke data voor ons:
de eerste keer dat we uit elkaar gingen omdat ik vond dat hij te oud
voor me was; de dag dat we weer bij elkaar kwamen; de tweede
keer dat ik er een punt achter zette, vijf maanden later, vanwege zijn
enorme bindingsdrang. We kwamen weer samen en gingen in de
jaren die volgden nog vele keren uit elkaar, totdat hij me acht jaar
geleden voor het laatst verliet. Drie jaar geleden kwamen we voor
het laatst weer bij elkaar en konden we er weer twee gedenkwaar-
dige data bij schrijven: de dag dat hij bij Leo en mij introk en de
dag dat we trouwden. Ik heb een geheugen voor belangrijke data;
ik weet dat niet een ervan valt in mei.

'Het is niet ons jubileum,' zeg ik.

'Niet ons huwelijksjubileum, nee,' beaamt hij.

'Het is geen jubileumdag,' verzeker ik hem. 'Ik zou het me hebben herinnerd.'

Een van zijn handen glijdt naar beneden en pakt mijn linkerbil
vast. Hij trekt me nog dichter tegen zich aan terwijl hij zijn lippen
tegen mijn oor drukt. Zijn warme, welriekende adem kietelt in mijn
wang en nek. 'Het is het jubileum van onze eerste vrijpartij.' Het
laatste woord komt er zowel verleidelijk en obsceen als romantisch
en teder uit.

Ik schiet in de lach. 'Van alle jubilea waaruit je kon kiezen vond
je dat dit openlijk gevierd moest worden?'

'Het is een herinnering aan het feit dat wonderen een en dezelfde persoon wel degelijk tweemaal kunnen overkomen.'

'Ik hoop voor jou dat je met dat wonder bedoelt dat ik het bed
met jou deelde, en niet andersom, of je zit zwaar in de problemen,
makker.'

'Maar natuurlijk,' zegt hij terwijl hij me nog eens in mijn bil knijpt.

Ik glimlach naar hem. 'Ongelooflijk dat je dit allemaal voor mij
hebt gedaan.'

'Voor wie anders?' Hij drukt een kus op mijn voorhoofd. 'Ik moet natuurlijk wel mijn hulptroepen bedanken. Peter, die speciaal uit zijn bed is gekomen om zijn winkel te openen, zodat ik de sneeuwmachine kon huren; de bewaker die zijn baas om toestemming heeft moeten vragen om die machine te bedienen, en natuurlijk jou, omdat je zo fantastisch reageert.'

'Dank je,' zeg ik tegen hem. 'Niemand heeft me ooit een wonder gegeven.'

Op dat moment kon ik alleen maar op een wonder hopen. Een wonder dat ervoor zou zorgen dat Leo zou ontwaken, een wonder dat ervoor zou zorgen dat mijn leven weer normaal zou worden. Het hoefde geen goddelijk wonder te zijn, een door een mens gecreëerd wonder was ook goed. De dromen komen nu elke nacht; ze drijven hem elke keer een stukje verder bij me vandaan; een wonder is precies wat ik nodig heb.

'Lucks,' zegt Keith, die me zachtjes dichter tegen zich aantrekt. Ik herinner me alleen nog vaag dat hij me roept, bij de naam die hij me gaf toen we elkaar voor het eerst in de bar ontmoetten (Nova... exploderende ster... geluksster... Lucks).

'Lucks,' herhaalt hij nu dringender. 'Niet doen. Denk er de komende twee minuten even niet aan. We pakken de draad zo weer op. Het komt wel weer. Maar blijf nu even bij me in dit moment en geniet van de sneeuw. Afgesproken?'

Twee minuten.

Twee minuten is een mensenleven. Elke seconde die Leo slaapt is een mensenleven. Het is als het leiden van honderdtwintig levens zonder een hart dat in mijn borst klopt of bloed dat door mijn aderen stroomt.

Twee minuten is een oogwenk, een tijdsbestek waarin alles kan veranderen. Hij kan in die twee minuten wakker worden. Hij kan er dertig seconden over doen om terug te komen, om zich vervolgens anderhalve minuut lang af te vragen waarom ik er niet ben om hem welkom terug te heten, zoals ik hem had beloofd voordat hij ging slapen. Keith vraagt niet om twee minuten, hij vraagt om een mensenleven en een nanoseconde; hij vraagt om de hele ruimte en tijd. Hij heeft het voor me laten sneeuwen; als tegenprestatie hoef ik hem alleen maar de hele ruimte en tijd te geven.

'Afgesproken?' herhaalt hij. 'Twee minuten. Voor mij. Voor ons.

Laten we van de sneeuw genieten, van deze twee minuten van ons jubileum, en als we dat gedaan hebben, zullen we sterker zijn, zal het gemakkelijker zijn om weer verder te gaan. Afgesproken?'

Mijn blik dwaalt naar zijn gezicht, en voor het eerst sinds we dit leven begonnen, zie ik mijn echtgenoot. Hij is een relatieve vreemde. Zijn zwarte ogen, brede neus, volle lippen en mahoniekleurige huid, het is allemaal vreemd voor me. Waarschijnlijk ben ik ook een vreemde voor hem, want de naden van onze relatie worden losgetornd.

Ik weet dat veel relaties stranden na het verlies van een kind, maar ik besefte tot nog toe niet dat ook ziekte je uit elkaar kan drijven; veel langzamer, veel sluipender, maar net zo resoluut. In goede en slechte tijden, hadden we elkaar beloofd, maar we realiseerden ons toen niet dat het ook voor machteloze tijden gold. Keith en ik gaan op verschillende manieren met problemen om. Hij heeft de behoefte om de tijd op te delen om een crisis te bezweren. Om aan te kunnen dat Leo schijndood is, moet hij afstand nemen, zichzelf weer opladen, waarna hij het gevecht weer aankan, alles aankan wat het leven hem voor de voeten werpt. Ik moet mezelf er juist in onderdompelen. Het maken tot het enige waaraan ik denk, blijven wensen en hopen en wíllen dat het goed komt, omdat ik weet dat als ik dat even niet doe, er iets afschuwelijks zal gebeuren.

Dat is de reden waarom we uit elkaar groeien. Onze twee mechanismen om met deze situatie om te gaan zijn onverenigbaar, dus terwijl we ons bewust zijn van elkaars verdriet, erkennen we het alleen maar. En dat is waarom de stof van ons samenzijn naad voor naad, steek voor steek, uiteenvalt. En dat is waarom Keith het voor me heeft laten sneeuwen. Hij wil dat ik het op zijn manier probeer, hij wil weten of het misschien voor mij ook kan werken, en of we datgene wat ons nu overkomt, kunnen stoppen.

Ik knik en glimlach. 'Afgesproken.'

Twee minuten. Die kan ik hem geven. Misschien werkt het. Misschien redt het ons. Tenslotte zijn het maar twee minuten om te genieten van de sneeuw in mei.

Hij keek naar haar, hoe ze verdiept was in haar boek terwijl ze naar de televisie zou moeten kijken.

Ze was stout. Een stoute meid. Mama had Bob de Bouwer opgezet, dus nu moest ze ook kijken. Hij had lekker in zijn kamer zitten spelen, had met zijn grote stift op de muur getekend, maar ze had hem opgetild, naast zich op de bank geplant en een dvd van Bob de Bouwer opgezet. Hij had niet altijd zin om naar Bob de Bouwer te kijken, maar mama wel. Ze zette het filmpje altijd op, dus moest ze er ook naar kijken.

'Mama, geen boek, Bob de Bouwer kijken,' zei hij verontwaardigd. Ze keek hem aan. 'Wat zeg je?'

Hij duwde het boek weg. 'Geen boek, Bob de Bouwer kijken.'

'Ik wil nog even dit hoofdstuk…' Ze stopte met praten omdat hij haar aankeek. 'Oké, ik ga Bob de Bouwer kijken.' Ze legde het boek weg en draaide zich naar de televisie.

Hij klopte op haar been. 'Brave meid, mama. Brave meid.'

Leo, 2 jaar en 6 maanden

4

Ik heb echt een sigaret nodig.

Meer dan aan wat ook heb ik nu behoefte aan een sigaret. Hij zal me helpen om mijn lichaamstemperatuur omlaag te brengen, die nu ergens rond het kookpunt schommelt. En de rook zal een fysieke barrière tussen Mal en mij optrekken, hoewel de huidige mentale, die ons in de auto scheidt, verbluffend effectief is. Ik weet eigenlijk niet wie tegen wie zwijgt, wie van ons tweeën het kwaadst is, maar het is duidelijk: we praten niet. Vijftien minuten geleden zijn we bij het etentje vertrokken, en tot dusver hebben we de rit in totale stilte doorgebracht. Zelfs het geronk van de motor, onze ademhaling, de zachte klik- en klakgeluiden van onze auto zijn gesmoord door de woede die de oorzaak van dit stilzwijgen is. Het duurt nog minstens vijftien minuten voordat we thuis zijn, en we gaan de hele rit niet praten. Dat staat vast.

Het ergste deel – het deel dat in de ruimte tussen mijn ribben schuift en als een stomp mes in mijn binnenste steekt, in een poging een deels geheelde wond open te rijten – is dat hij denkt dat hij niets verkeerd heeft gedaan. Hij meent oprecht dat hij niets verkeerd heeft gedaan.

Ik blik opzij naar hem. Hij heeft zijn kaken stijf op elkaar geklemd, zijn tanden knarsen, zijn bruine ogen staan donker en blijven strak gericht op de weg voor ons. Zijn lichaam is een rechte, starre lijn die uit steen gehouwen zou kunnen zijn, en zijn handen zijn bijna wit doordat hij het stuur zo stevig omklemt. Elke keer als hij schakelt, verwacht ik dat hij de versnellingspook losrukt.

Hij heeft ons in verlegenheid gebracht ten overstaan van al die mensen en híj is kwaad.

Ik heb echt een sigaret nodig.

In gedachten zie ik ze voor me: verstopt in een doosje tampons onder de wastafel in de badkamer. Ze liggen te wachten om door mij te worden opgestoken en opgerookt. Ze liggen klaar om hun plicht te vervullen en me vanbinnen te omhelzen. Mal weet niet beter dan dat ik tijdens sociale gelegenheden en wanneer ik mijn baas onder werktijd gezelschap houd een of twee sigaretten rook. Hij heeft geen flauw benul dat ik om de drie, vier dagen een nieuw pakje koop, dat ik in de bosjes achter ons huis een kristallen asbak heb verstopt en dat ik gorgel met mondwater om het bewijs te verdoezelen. En hij weet al helemaal niet dat die sigaretten waarschijnlijk de enige dingen zijn die kunnen voorkomen dat ik hem vanavond met een bijl te lijf ga.

'Zeg, Steph, Mal, wanneer gaan jullie eens aan kinderen beginnen?' vroeg Vince ons.

We zaten allemaal aan tafel en hadden relatief goedgehumeurd Vince' idee van vermaak – afgeven op andere mensen – doorstaan, omdat hij de man van de gastvrouw was (zijn vrouw Carole, die heel aardig is, had ons uitgenodigd) en nu eenmaal zo in elkaar stak. Hij bedoelde er niets mee, hij was gewoon nogal een ruziezoeker als hij gedronken had. Maar zelfs als hij op z'n hatelijkst was, waagde hij het bijna nooit om dit onderwerp aan te snijden. Zoals niemand het over de oorlog had, had niemand het over onze kinderloosheid. Door de manier waarop het stilviel in de kamer nadat hij de vraag had gesteld en de manier waarop een paar hoofden naar hun bord staarden en enkele andere hun best deden een vaag geïnteresseerde blik op te zetten, wist ik meteen dat ze hier voor onze komst uitvoerig over hadden gesproken.

Dat is altijd het gevaar als je als laatste op een samenkomst met vrienden komt opdagen: er is over je gepraat. Ze bespreken en ontleden je leven, je relatie en je uiterlijk, en doen alsof ze alles van je weten. Ze weten waar je de fout in bent gegaan, wat je had kunnen doen om die recht te zetten, hoe je de tegenstellingen in je leven kunt rechtbreien. Ze hadden duidelijk over Mal en mij gepraat en besloten dat er in ons leven nog een baby miste. Tien jaar getrouwd zijn stelde voor hen niks voor, want we hadden geen kind.

Ze kenden mij beter dan ze Mal kenden, ze wisten dat ik dol was op kinderen, dus hadden ze besloten dat onze kinderloosheid aan Mal te wijten was. En wat zij, mijn vrienden, daaraan konden doen, was Mal publiekelijk vernederen opdat hij zou doen wat het juiste was, hem laten weten dat ze allemaal mijn verlangen naar een kind zagen en dat hij dat verlangen moest bevredigen.

Geen van hen kende de waarheid. Zelfs Mal niet. Maar daar dacht ik niet aan. Daar kon ik niet aan denken. Als ik dat deed, dan... Mal wist het niet. Mal mocht het nooit te weten komen. En zij ook niet.

Mijn ogen schoten naar Carole – ze was een van degenen die naar beneden keken. Dat deed ze vaak als het om haar man ging: hij begon te praten, zij kromp ineen en blikte omlaag. Ze wilde niets liever dan de stroom van buitensporige beledigingen stoppen die ongetwijfeld uit zijn mond zou vloeien. Ruth deed haar best, maar slaagde er niet in om me vaag geïnteresseerd aan te kijken, haar lippen gekruld tot een bemoedigende glimlach. Tegenover Ruth nipte Graeme, haar man, aan zijn wijn en keek Mal openlijk aan. Dyan staarde ook naar haar bord – hoewel ik haar gezicht niet kon zien, wist ik dat haar wangen gloeiden van gêne. Ze had een hekel aan die ondervragingen waaraan Vince ons onderwierp. Zij en Dan, haar man, waren in het laatste jaar aan de universiteit een stel geworden. Dan en Vince waren gezworen kameraden, dus steunde hij Vince door naar voren te leunen en mij aan te staren. Julian keek ook naar beneden, hoewel die zijn hoofd waarschijnlijk liet hangen omdat hij gewoon meer een luisteraar dan een kijker was. Hij bestudeerde de intonatie van de stemmen van mensen, de woorden die ze beklemtoonden en woorden die ze terloops lieten vallen. Zijn vriendin, Frankie, glimlachte vriendelijk naar iedereen. 'Leeg' was het woord dat we het meest voor haar gebruikten. We konden maar niet vatten dat de super intelligente, enigszins hooghartige Julian al zes jaar samen was met haar. Hoewel ik op dat moment wel een glinstering van interesse in haar ogen zag. Ze draaide een lange lok van haar zwarte haar om haar vinger, zoals gewoonlijk, maar was beslist aanwezig en volgde precies wat er gebeurde. Ze moesten het wel heel lang over ons hebben gehad als zelfs zij een en al oor was. En dan waren Nicole en Jeremy er nog – het vijfde koppel – die beiden vaag geïnteresseerd keken en in spanning ons antwoord afwachtten.

Ik was al maanden geen slachtoffer meer geweest van Vince' ondervragingen. Voornamelijk doordat ik meestal de eerste was die bij dit soort gelegenheden arriveerde, zodat niemand de kans had om het over mij te hebben. Ons. Helaas had ik met verstoppertje spelen in het toilet op de sportschool kostbare tijd verloren. Bovendien hadden Vince en ik een geschiedenis, wat betekende dat ik meer over hem wist dan de meeste mensen aan tafel. Als hij te ver ging, kon ik hem met één blik het zwijgen opleggen. Hem eraan herinneren dat ik dingen over hem kon vertellen die anderen beslist niet mochten weten. Dingen die zelfs Dan niet wist.

Ik keek naar mijn bord, staarde naar mijn eten en bedacht hoe ik zou reageren. Te verdedigend, en ze zouden denken dat ze erop door konden gaan. Te nonchalant, en ze zouden vermoeden dat ik deed alsof. Ik moest op de juiste toon antwoorden.

Ik richtte mijn blik omhoog naar Vince, haalde mijn schouders een beetje op en glimlachte nog wat breder. 'Ik weet het niet. Misschien wel nooit,' zei ik, mijn stem klonk vlot en serieus.

'Maar je zou een fantastische moeder zijn,' dweepte Carole. 'Ik kan me niet voorstellen dat jij nooit kinderen krijgt, je bent geweldig met die twee van ons.'

Mijn mondhoeken krulden omhoog, ik kon er niets aan doen. Het was zo'n groot compliment. 'Dank je,' kirde ik. 'Dat is heel lief van je. Je hebt ook fantastische kinderen.'

'Ze zijn stápelgek op je. Ze zeuren altijd om tante Steph. Daarom... Je zou gewoon een geweldige moeder zijn.'

'Dank je,' zei ik weer. Ik glom nog steeds van het compliment. Een seconde of twee later voelde ik gewoon dat Mals lichaam aan de overkant van de tafel verstijfde. Iedereen die niet bekend was met mijn gedachten nam waarschijnlijk aan dat ik grijnsde om het idee dat ik een geweldige moeder zou zijn. Ze wisten niet dat ik net zoveel behoefte aan complimentjes heb als aan zuurstofmoleculen om te ademen. Ik verlangde hevig naar externe bevestiging van mijn eigenwaarde. Het kalmeerde een diep deel van me zoals weinig andere dingen konden. Maar voor iedereen die niet in mijn hoofd kon kijken moet het geleken hebben alsof ik wanhopig verlangde naar een baby, wanhopig graag moeder wilde worden. En Mal... Mal dacht natuurlijk dat ik me er helemaal in koesterde, dat ik zo was opgegaan in de gedachte aan moeder worden dat ik was vergeten wat er acht jaar geleden was gebeurd.

Ik moest hier een eind aan maken. Ik moest het gesprek een andere richting op sturen voordat het volledig uit de hand zou lopen.

Mals uitbarsting zou rustig en ingetogen zijn, maar niettemin verwoestend. Hij zou niet schreeuwen, hij zou niet razen en tieren; hij zou iets doen wat nog veel erger was: hij zou opstaan en vertrekken.

Hij zou tegen niemand iets zeggen, hij zou gewoon opstaan, naar buiten lopen en in de auto op me wachten. Dat heeft hij vaker gedaan en ik zou het vreselijk vinden als hij het vanavond weer deed. Mensen zouden denken dat hij een of andere lompe bruut was die zich niet kon uiten. Onze vrienden zouden denken dat ze zich zorgen om me moesten maken en dat hij me misschien, heel misschien, op een dag iets zou aandoen. Lichamelijk. Maar dat zou hij nooit doen. Dat wist ik, maar de rest van de mensen aan tafel niet.

'Je hebt mijn vraag niet beantwoord, Stephie, schat, wanneer horen we nu eens het getrappel van kleine Wacken-voetjes?' drong Vince aan. 'Hoe lang moeten we nog wachten?'

Alle ogen zijn intussen op mij gericht; zelfs de mensen die naar beneden keken, staren me nu recht aan.

Ik ken de meeste van deze mensen sinds we achttien of negentien waren, maar we zijn nooit hecht geweest. De reden dat we het al zoveel jaren met elkaar uithouden is dat onze vriendschap indrukwekkend oppervlakkig is. We genoten van onze tijd samen, maar ik zou geen van de mensen aan deze tafel ooit bellen als ik in moeilijkheden zat. Na de crisis, om ze te vertellen wat tegen die tijd een grappige anekdote zou zijn, oké, maar tíjdens, wanneer een van hen de leiding zou moeten nemen en troost moest bieden, nee.

Ik opende mijn mond om te herhalen dat we misschien nooit kinderen zouden krijgen, om het heel stellig te zeggen zodat Vince verder zijn mond zou houden en de rest zou weten dat ze deze ondervraging moesten stoppen.

'Je kunt het getrappel van kleine Wacken-voetjes zo vaak horen als je wilt,' zei Mal voor mij. 'Ik heb al een kind.'

Iedereen aan tafel deinsde terug, een paar mensen hapten stilletjes naar adem. Vanbinnen deed ik hetzelfde. Van alle mensen in de kamer was ik nog het meest geschokt. Ik had nooit verwacht dat hij dit zou zeggen.

'Een zoon,' ging Mal verder, die zich ogenschijnlijk niet bewust was van de ontsteltenis die hij had ontketend. Zelfs Vince, de vrijpostige, snoevende Vince, was met stomheid geslagen.

Carole vond als eerste haar stem terug. 'Uit een eerdere relatie?'

vroeg ze, terwijl ze probeerde haar geschoktheid te verbergen. Ze veegde een bruine lok uit haar gezicht terwijl ze naar Mal keek en op zijn antwoord wachtte. Er viel een beschroomde stilte terwijl iedereen hem verwachtingsvol aanstaarde. Lieg, smeekte ik hem telepathisch vanaf de andere kant van de tafel. Lieg alsjeblieft. Voor mij. Lieg!

'Hij wordt al acht,' zei Mal. 'Leo heet hij, mocht het jullie interesseren. Hij heeft zwart haar en bruine ogen. Hij is helemaal weg van de groene Teen League Fighter-superhero en speelt het liefst de hele dag *Star Wars* op zijn PlayStation.' Hoorde ik nou trots in zijn stem? Hij was trots. Tróts! Mij had hij deze banale details nooit verteld, en we hadden afgesproken... Hij zat hier onbekende geheimen te onthullen aan onze vrienden. En hij was tróts.

Alle ogen richtten zich nu op mij. Ik las er oprechte ontzetting in. Mijn man had me bedrogen, had een ander tijdens het vreemdgaan zwanger gemaakt en deed er ook nog eens heel normaal over. Zelfs lege Frankie was opgewonden: ze keek hem met grote ogen aan, vol ongeloof; haar mond was opengezakt en ze blikte van mij naar Mal, en weer terug.

Ik probeerde weer helder te denken en haalde een paar keer diep adem. 'Het is niet zo simpel als Mal nu zegt.' Een wanhopige poging om de schade te herstellen. 'Iemand die heel dicht bij ons staat, wilde ontzettend graag een baby. Het was hartverscheurend. Mal hield zo veel van haar dat hij alles voor haar wilde doen. En hij stemde ermee in om de vader van haar kind te worden.' De absolute waarheid.

Mal staarde me vanaf de andere kant van de tafel aan. Zijn ogen staken door me heen, sneden me open, reten me aan tweeën en probeerden te doorgronden hoe het kon dat ik loog zonder te liegen.

'Zie je het kind en de moeder nog?' vroeg Frankie. Frankie, die vroeger vriendelijk zou hebben geglimlacht en met haar haar zou hebben gespeeld, was een en al aandacht en stelde vragen.

Mal keek me nu nog dreigender aan. Ik voelde het op mijn huid, dus ontweek ik zijn blik. Hij daagde me uit om me met een leugentje uit die vraag te redden. En hij beschuldigde me. Omdat we beiden wisten dat ik schuldig was. Natuurlijk was ik dat.

'Nee,' zei ik. 'Ze is verhuisd voordat het kind werd geboren. Ze woont nu aan de kust en komt zelden in Londen. We zien ze nooit.'

Zijn stoel maakte geen geluid toen hij hem naar achteren schoof en opstond. Hij maakte geen geluid toen hij zijn servet op zijn half verorberde maaltijd gooide. Die arme Carole was waarschijnlijk uren bezig geweest met het kneden van het deeg voor de *saumon en croûte*, het schoonboenen van de aardappelen, het bakken van de geitenkaas en de groenten in chilisaus. En Mal had het eten nauwelijks aangeraakt. Mal maakte geen geluid toen hij de eetkamer verliet. Het enige geluid van zijn vertrek was de klik van de voordeur toen die achter hem dichtviel.

Ik staarde naar mijn bord, voelde tranen opkomen en kreeg een brok in mijn keel. Ook ik had mijn eten nauwelijks aangeraakt en het zag er allemaal zo mooi uit. Zo lekker. Maar ik moest er niet aan denken om nog iets te eten. In het kaarslicht en de ijzige stilte keek iedereen naar mij. Iedereen keek naar me en ik schaamde me ontzettend. Voor nu. Voor toen.

Ik schoof mijn stoel naar achteren, zei tegen Carole dat ik haar de volgende ochtend zou bellen, tegen de rest dat het leuk was geweest om hen weer gezien te hebben, en vertrok. En voor de tweede keer in minder dan zes uur tijd verliet ik een ruimte in het besef dat er over me gepraat zou worden zodra ik was vertrokken.

Mal beent het huis in zonder ook maar achterom te kijken. Nadat ik de voordeur achter me heb dichtgeslagen, ren ik de trap op naar boven, rechtstreeks naar de badkamer. Ik zet het raam open, pak een sigaret en open vervolgens mijn tas op de tegelvloer om mijn aansteker te zoeken. Ik trek hevig aan de sigaret en leun uit het raam om het bewijs te laten ontsnappen. Ik trek ook de ingewanden uit een tweede sigaret in vier of vijf inhaleringen. Als ik klaar ben, als ik gekalmeerd ben, rol ik de peuken in een stuk toiletpapier en spoel de tekenen dat ik een leugenaar ben door de wc. Het is maar een klein leugentje, een van acties, niet van woorden, en het is noodzakelijk, want nu kan ik zonder te schreeuwen met hem praten.

Hij ligt niet languit op de bank in de woonkamer woedend te zappen zoals ik had verwacht. Hij is niet in de eetkamer en rommelt niet door onze cd-collectie op zoek naar iets hards dat de buren irriteert en pijn doet aan mijn oren. Hij staat in de donkere keuken voor de open koelkast zodat hij door het koelkastlampje wordt verlicht en giet een flesje bier naar binnen alsof het water is.

'Ik kan niet geloven dat je dát gezegd hebt,' zeg ik tegen Mal.

Het laatste beetje van de lichtgouden vloeistof glijdt uit de glazen fles in de keel van mijn man. Hij smijt de fles terug op de plank in de koelkast, zo hard dat de fles of de plank zou kunnen barsten, en reikt naar een tweede biertje. Hij draait de dop eraf, gooit de dop terug in de koelkast, zet de fles aan zijn lippen en begint te slokken. Hij negeert me. In de auto dacht ik nog dat ik hem net zo negeerde als hij mij, maar nu komt het duidelijk van één kant.

'Waag het niet me te negeren, Mal Wacken. Ik ben niet degene die het gedaan heeft.'

Hij brengt de fles die hij net weer aan zijn lippen heeft gezet naar beneden en draait zich voor de eerste keer naar me om. Zijn half-dichte ogen richten zich op mij, maar zijn ergens in mijn hoofd ge-focust, alsof hij probeert mijn gedachten te doorzoeken naar informatie over wat mij drijft.

'Ik heb niets verkeerds gedaan,' beweert hij. 'Ik heb gewoon de waarheid verteld.'

'We hadden afgesproken...'

'We hadden afgesproken dat ik geen contact zou hebben,' onderbreekt Mal me. 'Dat is alles wat we hebben afgesproken, niet dat ik het niet over hen mocht hebben. Hem.'

Hij heeft natuurlijk gelijk. Omdat we er niet over praten, over haar, over hem, over hen, ben ik er automatisch vanuit gegaan dat hij er helemaal niet over zou praten. Met niemand. Niet met zijn moeder (van wie hij al die informatie moet hebben gekregen), niet met zijn vrienden, niet met zijn collega's, niet met onze vrienden. Zelfs als de hele wereld van Mals zoon wist, zou ik nog niets wijzer zijn geworden. 'Maar je had dat niet hoeven doen,' hou ik vol.

'Voel jij je nooit schuldig, Steph?' vraagt hij plotseling. De toon van zijn stem wordt zo laag dat zijn woorden door me heen weer-galmen, als een lage bas op een speaker die geluid door een lichaam beweegt. 'Loop jij niet rond met een reusachtig aambeeld van schuldgevoel hier?' Hij drukt zijn bierflesje tegen zijn hart. Miljoe-nen keren heeft hij me dat in stilte en hardop gevraagd en elke keer vliegt dezelfde gedachte door mijn hoofd: je hebt geen idee hoe het voelt om mij te zijn. Om je de hele tijd zo schuldig te voelen dat je niet meer weet waar je schuldgevoel begint en jijzelf eindigt. 'Ik heb je nooit tot iets gedwongen,' antwoord ik, de vraag moedwillig vermijdend. Mijn schuldgevoel is niet als een aambeeld, het is een kleine, vastbesloten, dodelijke parasiet die zijn weg door mijn geest, mijn lichaam, mijn hart, mijn ziel knaagt. Mijn schuldgevoel heeft me vanbinnen uitgehold en me voor dood achtergelaten.

'Ik weet het. Het was mijn keuze.' Hij klemt zijn bierflesje krampachtig tegen zijn hart, een brandijzer van zijn schuldgevoel, zoals dat aambeeld. 'En ik zou weer dezelfde keuze maken. Ik zou altijd dezelfde keuze maken.'

Ik loop door de ruimte naar hem toe. Al mijn woede is verdwenen. Ik sla mijn armen om hem heen. De fles, zijn symbool van wroeging, zit nog steeds tussen ons in en scheidt onze harten.

'Er is iets wat ik je eerder op de avond had willen zeggen,' zeg ik tegen hem in een poging de kloof te overbruggen.

'O ja?' vraagt hij. Hij heeft het bierflesje nog steeds tussen ons in vast.

'Het is een beetje vreemd dat we het allebei zijn vergeten,' zeg ik.

'Wat dan?'

'Het is onze trouwdag.'

Hij sluit zijn ogen en ademt diep uit. 'Ik ben het inderdaad vergeten. Met mijn werk en alles... Het spijt me.'

'Ik was het ook vergeten,' breng ik hem in herinnering. 'Als dat niet zo was, waren we vanavond niet met een heleboel andere mensen naar een etentje gegaan. Ik dacht er pas aan toen we er al zaten.' Ik breng een van mijn armen omlaag en mijn hand vindt het plekje op zijn lichaam dat alleen voor mij gereserveerd is, dat alleen ik op deze manier mag aanraken. 'We kunnen het altijd met elkaar goedmaken.' Hij legt mijn hand nog platter tegen zich aan, maar er komt geen reactie. Zijn lichaam antwoordt niet dat hij wil wat ik met hem doe. Ik blijf praten, houd mijn stem zacht, een suggestieve glimlach om mijn mond – als ik hem kan laten reageren, komt het goed. Dan komt het weer goed met ons. 'Je weet dat we sterren zijn in het weer goed maken.' Niets. Helemaal niets van zijn lichaam. Helemaal niets van zijn gezicht: zijn ogen staren me wezenloos aan, alsof ik iemand ben die hij niet herkent, alsof ik een taal spreek die hij niet begrijpt of niet wil leren. Mijn vingers vinden zijn gulp en trekken de rits langzaam open. Hij schuift bij me weg. Het is maar een fractie, maar het vertelt me heel duidelijk zijn antwoord: nee.

'Ik ben het vergeten,' herhaalt hij, terwijl hij met zijn vrije hand friemelt om zijn gulp weer dicht te trekken.

'Gefeliciteerd met onze trouwdag, Mal,' zeg ik. Met een kracht waarvan ik niet eens wist dat ik die bezat, houd ik de trilling van tranen uit mijn stem en uit mijn gezicht.

'Steph, gefeliciteerd met onze trouwdag.' Zijn lippen raken kort en afstandelijk mijn voorhoofd voor iets wat door moet gaan voor een kus. Hij maakt zich voorzichtig uit mijn omhelzing los en laat me afgewezen en vernederd in de donkere keuken achter.

Mijn vingers krullen zich in mijn handen, mijn nagels drukken in mijn handpalmen en ik sluit mijn ogen om de paniek te stoppen. Ademhalen. Het enige wat ik hoef te doen, is blijven staan en ademhalen. Het komt goed, het komt allemaal goed als ik maar blijf ademen.

Ik weet dat hij het meent. Ik weet dat hij het meent als hij zegt dat hij dezelfde keuze weer zou maken. Tussen Nova, zijn oudste vriendin, en mij, zou hij voor mij kiezen. Tussen zijn zoon en mij, zou Mal voor mij kiezen. Altijd zou hij voor mij kiezen.

Ik weet dit. Maar ik weet ook dat Mal in de afgelopen acht jaar nooit heeft gezegd dat hij geen spijt heeft van de keuze die hij met elk stukje van zijn bezwaarde hart heeft gemaakt.

'Waarom huil je?'

Mama zat met haar hoofd in haar handen op de bank en huilde. Ze huilde, huilde en huilde. Ze keek naar hem op en had een nat gezicht en vreemde ogen en ze bleef huilen.

'Waarom huil je?' vroeg hij.

'Omdat ik moe ben, Leo. Ik ben echt heel erg moe. Het huis is een puinhoop en ik weet gewoon niet waar ik moet beginnen. Amy is nog een week met vakantie, dus moet ik het café in mijn eentje draaiend houden omdat het meisje dat voor haar inviel steeds geld uit de kassa stal. 's Avonds durf ik niet te gaan slapen, omdat jij steeds je ledikant uit klimt en ik doodsbang ben dat je ontdekt hoe je de ketting op de voordeur loskrijgt en wegloopt of beneden het gas aanzet. En ik ben het zat om het allemaal in mijn eentje te moeten doen. Ik ben het beu om niemand te hebben om mee te praten, niemand op wie ik kan steunen, om overal altijd tegelijkertijd te moeten zijn. Daarom huil ik, Leo. Ik ben moe.'

Hij keek haar aan. Arme mama. Uit de doos op tafel pakte hij een tissue. Hij legde hem op haar arm en drukte hem aan, zoals zij bij hem deed als hij een wondje had en huilde. Hij drukte de tissue stevig aan en toen nam hij hem weg en kuste haar arm.

'Het is goed,' zei hij. 'Niet meer huilen. Het is goed.'

'Het zal wel moeten, hè?' zei mama.

Hij knikte naar haar. Het is goed nu.

Leo, 3 jaar

48

5

'Hij is hartstikke braaf geweest,' zegt zuster Melissa wanneer ik Leo's ziekenhuiskamer weer binnen loop.

Ze heeft het licht aangedaan en bladert door mijn boek – *Methoden uit de experimentele psychologie*. Even vraag ik me af of ze het interessant vindt of, wat waarschijnlijker is, saai.

'Bedankt, Melissa,' antwoord ik, tot ik besef dat ze kijkt naar en praat tegen – of eigenlijk volledig gefocust is op – Keith. Ik rol met mijn ogen terwijl ik in mijn stoel ga zitten en Leo bestudeer op tekenen – hoe klein ook – van verandering. Ik vraag me vaak af of zuster Melissa zo bereidwillig is om op Leo te passen omdat ze een oogje heeft op mijn man. Een onevenredig aantal vrouwen heeft dat; deze zuster is alleen iets minder subtiel dan de meesten.

Door de jaren heen heb ik vrouwen die normaal gesproken gezond, rationeel en professioneel zijn in de buurt van Keith hun verstand en zelfs hun zelfrespect zien verliezen. Het gebeurt voortdurend, in winkels, in banken, in restaurants, op luchthavens, in dit ziekenhuis. Het komt door zijn uiterlijk, zijn lengte, zijn werk, zijn persoon en zijn uitstraling. Hij is een fantasie. Ook als je niet weet dat hij ooit in het leger heeft gezeten, hoef je maar naar hem te kijken om te weten dat hij het type man is dat in de strijd een kogel zou opvangen voor zijn mannen en een groep dorpelingen in veiligheid zou brengen door zichzelf tussen hen en levensbedreigend gevaar te plaatsen. Bij het horen van zijn stem gingen je knieën knikken, als hij naar je glimlachte, voelde je je de allermooiste vrouw ter wereld. Je zou niet op hem vallen als je brieven van hem las, maar oog in oog met hem zou je veranderen in een onnozele gans. En ik kan het weten, want dat is precies zoals ik me voelde toen ik bij hem kwam werken. Ik was smoorverliefd op hem, maar wist eroverheen te komen. Twee jaar later vroeg hij me uit. En de fantasie werd een geheel andere realiteit.

De eerste keer dat ik hem naakt zag, het jubileum dat we zojuist hadden 'gevierd', was ik helemaal verstijfd geraakt. Zijn lichaam was gehouwen uit een perfect blok donker mahoniehout. Op dat moment zonk de moed me in de schoenen en zochten mijn ogen de kleren die ik al uitgetrokken had en verspreid door de kamer lagen. Ik was vastbesloten om verder niets meer uit te trekken. Ik kon het niet. Ik kon het gewoon niet. Niet als hij er zó uitzag, als een beeld van Michelangelo, en ik zo gewoontjes en, tot op dat moment, meer dan gelukkig met mezelf. Hij had mijn pols vastgepakt en mijn vlakke hand teder maar vastberaden links van het midden van zijn blote borst gelegd. Ik had meteen het ritme van zijn hart gevoeld: sterk, regelmatig, snel. Ongelooflijk snel. 'Jij bent de enige die ooit in staat is geweest om mijn hart zo snel te laten kloppen zonder daar enige moeite voor te doen,' had hij gezegd. 'Begrijp je nu waarom ik van je hou?' In zijn donkere ogen, in zijn warme stem, klonk oprechtheid door. Duidelijk, eenvoudig, eerlijk. Ik had geglimlacht, hij had teruggegrijnsd en het achtbaangevoel dat binnen in me aanzwol, zei me dat ik verliefd op hem zou worden. Op dat moment was ik dat nog niet, niet zoals hij, maar dat het zou gebeuren stond vast.

'Je bent laat voor jouw doen,' zegt Melissa tegen Keith. Ik hoef niet naar haar te kijken om te weten dat ze een haarlok om haar vingers windt, haar borst vooruitsteekt om in zijn gezichtsveld te komen terwijl ze hem van onder haar wimpers onnozel glimlachend aankijkt.

'Ja, klopt,' antwoordt Keith. 'Ik was helemaal de tijd vergeten.'

Ik hoef me geen zorgen te maken over de vrouwen die met mijn man flirten, zelfs al zou ik een jaloers type zijn. Hij is zich bewust van hun aandacht – hij is per slot van rekening een man – maar niet geïnteresseerd. In de nadagen van het leger, toen hij barmanager was, sliep hij met iedere vrouw die in zijn richting keek zonder zich daarvoor te schamen. Hij was als een suikerverslaafde die in een wereld vol taarten was losgelaten en deed geen moeite zich in te houden. Hij proefde, verslond, deed zich te goed aan en propte zich letterlijk vol met elke kruimel die binnen zijn bereik kwam, dus tegen de tijd dat wij ons eerste afspraakje hadden, was hij toe aan stevige, vullende, zelfbereide maaltijden. Hij had zijn interesse voor zoete lekkernijen zonder enige voedingswaarde verloren en was klaar om zich te settelen, te trouwen en kinderen te krijgen. Ook al was ik dat niet, hij was er heel open over dat hij bereid was te wachten tot ik ook zo ver was.

In de perioden dat het uit was tussen ons verwachtte ik dat hij zijn oude leventje weer zou oppakken, maar dat deed hij nooit. En dat was ook de reden waarom hij nooit met dit soort vrouwen flirtte: hij had echt zijn zin in taart verloren.

'Is je dienst net afgelopen?' vraagt Melissa hem.

'Ja,' mompelt Keith ongemakkelijk. Keith praat niet over zijn werk – zelfs niet tegen mij. Ik weet dat hij bij de politie werkt en dat hij soms een uniform draagt en patrouilleert. Ik weet ook dat hij meestal niet patrouilleert. Een keer per jaar trek ik mijn mooiste kleren aan en vergezel hem naar het jaarlijkse politiebal dat in Londen wordt gehouden. Maar ik zou niemand kunnen zeggen wat zijn functie precies is of waar hij zich dagelijks mee bezighoudt. Hij laat zijn werk achter zich zodra hij vrij is, weigert de last van wat hij heeft gezien en meegemaakt mee te zeulen in ons leven. (Het is deze geheimzinnigheid die Leo ervan heeft overtuigd dat Keith een spion is.)

'Denk je dat Leo later ook politieagent wil worden?' vraagt Melissa. 'Dat hij in meerdere opzichten op zijn vader lijkt?'

Er valt een onzekere stilte aan Keiths kant. 'Leo is mijn stiefzoon, dat weet je?' vraagt Keith haar. Zijn toon is serieus en ietwat bezorgd. 'Hij doet me misschien wel eens na, maar heeft niets van mij. Genetisch gezien dan.' Ik merk dat hij van haar naar mij kijkt. 'Dat klopt toch, Lucks, dat hij niets van mij heeft?'

'Afgezien van zijn PlayStation-obsessie en zijn fascinatie voor scheten laten en grappen over scheten maken, heeft hij inderdaad niets van jou,' antwoord ik terwijl ik geen moment van Leo wegkijk.

'Eigenlijk lijkt hij meer op jou en je vader, toch?' zegt Keith tegen mij.

Hij lijkt meer op zíjn vader, denk ik, terwijl ik zeg: 'Zou best kunnen.'

'Nova zou nooit in het leger of bij de politie gaan, haar vader zie ik dat ook niet doen, dus ik betwijfel of Leo dat zal doen, want hij is niet zoals ik.' Mijn man, onwrikbaar, praktisch en romantisch, heeft niet in de gaten dat zuster Melissa overduidelijk door de grond wil zakken.

De irritatie die ik ten opzichte van haar voel, gaat over in mede-lijden, omdat ik weet wat er nu komt: een geweldige verhandeling over Keiths theorieën over het type dat zich door zijn persoonlijk-heid geroepen voelt om land en maatschappij te dienen, anders dan degenen die zichzelf tot die banen gedwongen voelen. Ik heb de theorie talloze malen aangehoord, maar dat hoort er nu eenmaal bij als je met de fantasie leeft – samen met zijn onvermogen om een soap te bekijken zonder de personages te bekritiseren omdat ze te-kortkomingen hebben en hij een sterk gevoel voor rechtvaardigheid heeft dat hij niet kan onderdrukken, zelfs niet als hij naar fictie kijkt; zijn kritiek op mijn sterke geloof in de esoterische wereld; zijn stiekeme overtuiging dat ik verantwoordelijk zou moeten zijn voor het huishouden omdat ik een vrouw ben. Hoewel ze recht onder mijn neus met mijn man heeft staan flirten, besluit ik zuster Melissa toch uit haar benarde positie te redden. Niemand verdient de preek als ze er niet minstens een neukpartij uit kan slepen. 'Be-dankt, Melissa, dat je bij Leo bent gebleven,' onderbreek ik hen. 'Tot later.'

'O ja, ja, tot later,' zegt ze gretig. Gehaast verlaat ze de kamer.

Keith gaat in zijn stoel aan de andere kant van Leo's bed zitten. We zitten altijd op dezelfde plek, zelfs als de ander er niet is. We zouden er niet over peinzen om in de stoel van de ander te gaan zit-ten, net zoals we thuis nooit aan de andere kant van het bed zouden slapen. Het zou als een inbreuk voelen om de heilige plek van ie-mand anders in te nemen.

'Lijkt hij op hem?' vraagt Keith, die zijn blik van onze zoon los-maakt om mij aan te kijken. 'Lijkt hij op zijn vader?'

Hij heeft me deze vraag nooit eerder gesteld. Toen we weer bij el-kaar kwamen na onze laatste breuk, vijf jaar geleden, vertelde ik hem dat ik een zoon van vier had. Keith wist meteen van wie het kind was. Diegene was de reden geweest dat hij me de laatste keer verliet. Toen ik hem had verteld wat ik ging doen, had Keith de handdoek in de ring gegooid. Hij kon het niet begrijpen, kon het niet aanzien dat ik alleen maar een kind ter wereld zou brengen om het weg te geven, en dus verliet hij me.

'Ja,' zeg ik tegen Keith. 'Ik denk het wel.'

Hij heeft nooit gevraagd waarom ik het kind nog had toen we weer bij elkaar kwamen. Keith nam aan dat ik er zelf voor had gekozen om Leo te houden; dat ik tot bezinning was gekomen, dat ik me had gerealiseerd dat je na afloop nooit met jezelf zou kunnen leven; het schuldgevoel en het verlies zouden te groot zijn. Mijn behoefte om hem te vertellen wat er daadwerkelijk was gebeurd, is nooit groot genoeg geweest.

Keith haalt zijn schouders op. 'Daar is ook niets mis mee,' zegt Keith. 'Er zijn mindere mannen om op te lijken. Het is een prima vent.'

Ik knik. Dat kun jij denken, zeg ik in gedachten tegen Keith. Omdat je niet weet wat hij heeft gedaan.

Ze zijn klaar voor de lancering in de onderzeeër.

Hij zat in zijn speciale stoeltje, zodat hij alles kon zien.

Ze schoven naar voren, langzaam. Drie... twee... één!

Het water spatte over hun onderzeeër. Overal! Het was boven hen en om hen heen. Ze waren onder water en juichten toen het gebeurde.

Boem! Kapitein Leo sprong van schrik op toen een grote golf de bovenkant van hun onderzeeër raakte. Allebei juichten ze weer.

'Naar voren!' schreeuwde kapitein Leo, terwijl ze weer door een grote witte schuimkop werden geraakt.

'Ai ai, kapitein,' schreeuwde ze terug. 'Naar voren.'

'Duiken!' riep kapitein Leo boven het geluid van het water uit. 'Duiken! We moeten duiken!'

'Ik kan de wetten van de natuur niet veranderen, kapitein,' zei ze.

'Wel waar!' antwoordde de kapitein. 'Duiken!'

'Oké, daar gaan we dan...' zei ze. 'Drie... twee... één!'

Ze joelden allebei, terwijl er nog meer water over hen heen spatte, en daarna lachten ze. En lachten. En gilden. En lachten. En gilden. Zelfs toen ze uit het water waren gekomen en zich aan het afdrogen waren, bleven ze lachen en gillen. En uiteindelijk waren ze vrij. Ze waren terug op het vasteland. En hij was geen kapitein, en zij had geen rare stem.

'Nog een keer?' vroeg hij haar.

'Nee, lieverd. Volgende week weer.'

'Oké,' zei hij terwijl hij uit het raam staarde naar de mensen die ook onderzeeërtje wilden spelen. Maar niemand kon hen evenaren. En niemand was zo'n goede kapitein als hij. Niemand.

Leo, 4 jaar

deel twee

6

Ik haat het om hem achter te moeten laten.

Elke avond, nadat Keith me heeft overgehaald om mee naar huis te gaan om een beetje te slapen, sta ik te treuzelen naast zijn bed en vraag me af of ik niet beter nog iets langer kan blijven. Maar ik moet er overdag voor hem zijn, en slapen op het bed dat uit een van de panelen in de muur van zijn kamer naar beneden klapt, is niet elke nacht te doen. Elke keer dat ik hem welterusten kus en in stilte wens dat hij wakker wordt, verlaat ik het ziekenhuis met een diepe, kloppende pijn in het binnenste van mijn ziel die alleen Leo kan wegnemen door beter te worden.

Ik zit in mijn auto op het donkere, deels verlaten parkeerterrein, met de deuren op slot – Keith zou me vermoorden als ik voor het instappen niet eerst controleerde of er iemand in mijn auto zat en niet meteen de deuren op slot deed – maar start de motor niet. Ik leg de sleutels in mijn schoot en laat mijn voorhoofd rusten op het leren stuur.

Ik wil hem bellen.

Ik wil mijn telefoon pakken en hem bellen.

Hij slaapt waarschijnlijk nog, hij is waarschijnlijk niet alleen en zal waarschijnlijk ook mijn telefoontje niet beantwoorden. En toch wil ik hem bellen. Ik wil zijn stem horen, stiekem even terug naar die warme, comfortabele plek in de wereld, waar ik vroeger zo goed paste, toen hij nog met me sprak en de meest verwarrende dingen ineens betekenis kregen.

Zelfs nu, na al die tijd, wil ik hem bellen. Hem vertellen wat er is gebeurd, hem vertellen over mijn dromen – zonder te hoeven zeggen dat hij ervoor moet zorgen dat alles goed komt. Zelfs nu, na alles wat er is gebeurd, is Mal, Leo's vader, de enige persoon bij wie ik nu wil zijn. Hoewel ik hem zou moeten verachten, kan ik niet anders dan hem missen. Soms haat ik mezelf erom.

Vandaag is de dag dat Malvolio's papa thuiskomt. Voorgoed.

Mama zei dat hij ver, ver weg van huis had gewerkt en dat we hem daarom nooit in het echt hadden gezien. Malvolio's mama, tante Merry, heeft veel foto's en daar keken we heel vaak naar. Soms, als hij heel hard zijn voorhoofd fronste, leek Malvolio op zijn papa.

Mama vertelde dat Malvolio's papa ons allebei heeft gezien toen we kleine baby's waren en nog maar net geboren – hij kwam in het ziekenhuis en had naar ons gekeken. Er is een foto waarop Malvolio's vader Malvolio vasthoudt en naar hem kijkt in plaats van in de camera, zoals iedereen op foto's deed. Vlak achter hem stond een man met een pet en kleren als een politieagent die heel chagrijnig keek en een grote snor had die zijn hele bovenlip bedekte. Toen ik vroeg wie hij was, begon tante Merry te huilen, en mama zei dat hij een vriend van oom Victor was. Ik begreep niet waarom tante Merry daarom moest huilen, maar ik denk dat het was omdat ze het niet leuk vond dat oom Victor vrienden had die niet ook haar vrienden waren.

Mama zei dat Malvolio's papa ons vijf jaar geleden voor het laatst had gezien.

Ik mocht mijn speciale zondagse jurk aan. Hij was rood met een wit kraagje en knopen op de rug die helemaal doorliepen naar boven. En ik had witte sokken aan die ik van mama steeds omhoog moest trekken – het was niet mijn schuld dat ze steeds afzakten – en mijn favoriete zwarte zondagse lakschoenen. Mama had mijn haar in vier vlechten gevlochten, dat vond ik het mooist, en ze had gezegd dat ik het niet in de war mocht maken. Oom Victor hield vast niet van kinderen die er slordig uitzagen. Cordelia was nog maar twee jaar, maar ze had dezelfde jurk aan als ik, in het blauw. Ze zat op de grond bij de tafel die we in de voorkamer van tante Merry hadden gezet en speelde met Malvolio's favoriete speelgoed-auto. Hij vond het niet erg. Hij liet Cordelia met al zijn speelgoed spelen; hij zei dat ze nog maar klein was en dat het niet gaf. 'Niet klein!' zei Cordelia altijd. 'Ik ben groot.'

Malvolio had zijn zondagse pak aan. Het was donkerblauw met een wit overhemd en een rode das die eruitzag als twee driehoekjes waarvan de punten aan elkaar zaten. Hij zag er knap uit, zei mama toen hij eerder naar beneden was gekomen. Een echt heertje. Tante

Merry had speciaal spul in zijn haar gedaan en het zo gekamd dat het leek op dat van zijn vader.

Ook mama en papa en tante Merry hadden hun zondagse kleren aan. En mijn mama had heel veel eten voor oom Victor gemaakt. Ik had geholpen. Ik had rozijnen in de kom gedaan zodat mama haar grote warme pasteitjes kon maken. En ik had nootmuskaat in het deeg gedaan zodat het naar mama's gebak zou smaken. Het was haar geheimpje, zei ze tegen me. Al het eten stond op de grote tafel in de voorkamer, en er was een wit tafelkleed dat mama had gehaakt. We mochten niets pakken, zelfs geen limonade, pas als Malvolio's papa thuis was.

We zaten allemaal in de voorkamer op Malvolio's papa te wachten. Ik wist niet hoe laat het was, maar mama en papa keken steeds naar elkaar. Ik wist dat ze zich zorgen over hem maakten. Misschien had hij de bus gemist. Soms moest mijn vader met de bus als de auto het niet deed en dan was hij boos als hij hem had gemist omdat hij dan te laat op zijn werk kwam. Malvolio zat naast zijn mama en ze kuste steeds zijn hand en zei: 'Mijn mooie jongen', en dan keek ze uit het raam of oom Victor er al aankwam.

Ik bleef maar naar de broodjes kijken. Ik wilde er zo graag een. Mama had er sandwichspread op gedaan. Dat vond ik het lekkerst. Wat had ik een honger. Ik ging dichter bij de tafel staan. Ik zou een hapje van een van de broodjes kunnen nemen en het dan terugleggen. Mama en papa en tante Merry zouden het niet zien. Ik stond naast de tafel en bracht langzaam mijn hand naar de broodjes. Ik zou heel snel een hapje nemen. Mijn mond was helemaal nat vanbinnen. Ik trok het broodje van het bord naar me toe. Ik zou maar één hapje nemen. Daarna zou ik het terugleggen. Eén hapje maar. Ik likte mijn lippen af terwijl ik het broodje naar mijn mond bracht.

'NOVA!' riep mama. 'Wat doe je daar?'

Ik schrok zo erg dat ik het broodje liet vallen. Met grote ogen keek ik haar aan. Ze fronste haar wenkbrauwen naar mij. Ik zat zwaar in de problemen. Ze zou me naar huis sturen, regelrecht naar bed. Of ze zou me met mijn gezicht naar de muur in de gang zetten. Ook papa fronste zijn wenkbrauwen. Tante Merry keek naar me, maar fronste niet. Malvolio zag er bang uit, net als ik. Hij wist dat ik in de nesten zat. Het was niet mijn schuld. Ik had honger.

Met een harde klap sloeg de voordeur dicht. We keken allemaal naar de deur, en daar was oom Victor. Hij was echt heel lang. Langer dan mijn papa. Maar hij zag er niet uit zoals op de foto's. Hij was veel dunner, zo mager als een lat, zei mama van mensen die op hem leken. Lang en mager als een lat. Hij had veel rimpels op zijn gezicht, en een baard. Die was donker en dik en zat helemaal om zijn mond, wangen en kin. Zijn haar was niet gekamd zoals dat van Malvolio nu. Het zat zoals dat van Malvolio gewoonlijk zat – helemaal in de war. 'Alsof ze hem achterstevoren door de bosjes hebben gesleurd,' zei mama als ze de takken en bladeren uit Malvolio's haar kamde.

Oom Victor keek naar mij, en ik glimlachte en zwaaide. Hij keek naar mama. Hij keek naar papa. Hij keek iets langer naar Cordelia, omdat zij nieuw was. Daarna keek hij nog langer naar tante Merry. Het langst keek hij naar Malvolio. Hij keek en keek en keek naar Malvolio. Zo keek mijn papa altijd naar zijn lottoformulier. Dan zei hij dat hij tien pond zou winnen als hij de getallen goed had opgeschreven. Mijn papa zag er dan blij uit, maar wist niet zeker of hij wel blij moest zijn, want misschien had hij de getallen verkeerd overgeschreven toen de man op de televisie ze opnoemde. Zo keek oom Victor naar Malvolio: alsof hij blij was, maar niet zeker wist of hij dat wel moest zijn.

'Ik ga in bad,' zei oom Victor, en daarna liep hij naar boven. Niemand zei iets terwijl oom Victor boven in bad zat. Het was héél lang heel stil. Toen kwam hij weer beneden. Hij had andere kleren aan. Hij droeg een grote, dikke blauwe trui die hij in zijn zwarte broek had gestoken. Zijn zwarte broek leek op broeken die je normaal gesproken droeg als je naar de kerk ging. Ik wist niet of oom Victor wel eens naar de kerk ging. Zijn haar was gekamd zoals op de foto's en hij had geen baard meer. Hij zag eruit als de man op de foto's, maar dan oud en mager als een lat.

'Een biertje drinken in de kroeg, Frank?' zei oom Victor tegen mijn papa. Hij keek niemand van ons aan, alleen papa.

Papa keek naar mama en daarna naar tante Merry. Mijn papa ging nooit naar de kroeg. De mensen op school zeiden dat hun papa's naar kroegen gingen, en toen ik mama vroeg waarom mijn papa niet naar kroegen ging, zei mama dat mannen zoals mijn papa niet naar kroegen gingen; hij paste daar niet.

'Oké,' zei papa. 'Ik moet nog wel even thuis mijn portefeuille halen.'

Papa groette ons, oom Victor niet.

Zodra de deur achter hen was dichtgevallen, begon tante Merry te huilen, heel hard. Ze sprong van de bank op en rende de kamer uit naar boven, huilend, huilend, tranen over haar hele gezicht.

'Je moet hem tijd geven,' zei mama, die tante Merry achternaliep. 'Dit is allemaal nieuw voor hem.'

Malvolio bleef op de bank zitten. Hij sloeg met zijn hakken tegen de onderkant van de bank en staarde naar de grond. Ik ging naast hem zitten. Ik deed hetzelfde met mijn voeten totdat we het tegelijkertijd deden en onze voeten een flink kabaal maakten.

'Mijn papa vindt mij niet leuk,' zei Malvolio.

Zijn papa vond hem inderdaad niet leuk. Mijn papa had nooit zo naar mij of Cordelia of Malvolio gekeken om vervolgens naar de kroeg te gaan. En mijn papa vond ons altijd leuk. 'Je moet hem tijd geven,' zei ik tegen Malvolio. 'Dit is allemaal nieuw voor hem.'

'Ik wou dat mijn papa mijn beste vriend zou zijn als hij thuiskwam,' zei Malvolio. 'Jij bent mijn aller-allerbeste vriend. En Cordelia ook. Ik wou dat mijn papa ook mijn aller-allerbeste vriend zou zijn.'

Ik klopte Malvolio op de schouder. Dat moest je doen als iemand huilde. Ik had het gezien: mama deed het bij tante Merry als die huilde en papa deed het bij mama als ze huilde. Malvolio zou gaan huilen, dus moest ik hem op de schouder kloppen.

'MOOI!' gilde Cordelia.

Ik zat zwaar in de nesten. Cordelia had het broodje opengevouwen dat ik had laten vallen. Ze had een van de helften onder Malvolio's auto gelegd en reed eroverheen, en nog een keer, en nog een keer, en nu zat het vastgeplakt aan het tapijt. Ze probeerde ervan te eten en haar gezicht glom van de sandwichspread; over haar hele gezicht zaten oranje en groene en gele en rode stukjes.

'MOOI!' gilde Cordelia weer. Ze zwaaide met de auto in de ene hand en een stuk brood in de andere.

'Ik zit zwaar in de nesten,' zei ik tegen Malvolio.

En omdat hij zo verdrietig was en omdat zijn papa hem niet leuk vond, was ik niet echt boos op hem toen hij begon te lachen.

Er heerst een onaangenaam soort stilte in huis als Leo er niet is. Het is als een scherpe vlaag van extreem koude lucht die je de adem beneemt zodra je over de drempel stapt. Daarna dringt de griezelige, onnatuurlijke kou langzaam in je lichaam en geest terwijl je rondloopt om de lichten aan te doen, de post te bekijken en de berichten op het antwoordapparaat af te luisteren. Uiteindelijk beland je in de keuken, waar je de fluitketel opzet om koffie te maken, om te ontdekken dat er geen water in de ketel zit en dat je waarschijnlijk het huis in lichterlaaie zet. Maar je luistert naar het geknetter en geklaag en kunt je niet verroeren. Je bent niet in staat om te doen wat noodzakelijk is omdat je je zo machteloos voelt. In alles, verlamd en machteloos. Niet in staat om op welke manier dan ook verandering te creëren of teweeg te brengen.

Terwijl het gesis van de ketel luider wordt, ben ik er ineens met mijn aandacht weer bij. Snel zet ik hem uit. Dat zou wat zijn, dat Leo thuiskwam in een zwartgeblakerd, verkoold skelet van een huis. Zelf zou hij het waarschijnlijk vet cool vinden. Hij zou tegen me zeggen dat ik de coolste moeder van de hele wereld was dat ik hem een afgebrand huis als welkomstcadeau gaf – totdat hij zou ontdekken dat al zijn speelgoed, zijn boeken en zijn geliefde PlayStation door de brand waren verwoest. Dan zouden hij en Keith hun krachten bundelen en mij voor de rechter slepen wegens misdaden tegen de menselijkheid.

Ik wrijf in mijn ogen. Ik krijg Mal niet uit mijn gedachten. Misschien moet ik hem bellen. Mijn ogen schieten naar de keukenklok: middernacht. Ja, misschien moet ik hem bellen, de verbijsterde stilte aan de andere kant van de lijn horen, daarna een scheldkanonnade en vervolgens de kiestoon als hij ophangt. Misschien kan ik me daarna op iets anders concentreren. Misschien kan ik dan rustig gaan zitten en nadenken over hoe ik mijn familie ga vertellen dat Leo niet voor een routineonderzoek in het ziekenhuis wordt gehouden. Dat hij in werkelijkheid heel ziek is. Dat de artsen zich ernstige zorgen over hem maken, ook al hebben ze dat niet direct tegen me gezegd. Misschien kan ik verder met alle dingen die in het heden gedaan moeten worden als Mal eindelijk uit mijn gedachten is.

Mal, Cordelia en ik liepen onze straat in en zagen een ambulance staan voor het huis van Cordelia en mij. Alle drie bleven we abrupt staan.

De ambulance stond meestal voor het huis van Mal. Maar deze keer stond hij voor het onze. Ik was de eerste die begon te rennen, Mal was snel bij en rende me vervolgens voorbij; zijn benen zijn net iets langer en hij is net iets sterker. Cordelia van zes liep met grote passen achter ons. We renden en renden, maar het duurde nog een eeuwigheid voordat we er eindelijk waren.

Toen we aankwamen, zag ik dat mijn moeder achter in de ambulance werd geholpen. Ze zag er normaal uit, fit en gezond. Het moest om mijn vader gaan. Ik kon honderd meter in heel snelle tijd afleggen en na afloop bonkte mijn hart altijd, maar niet zoals nu. Het had nog nooit zo hard gebonkt als nu.

Ik was voor veel dingen bang: het donker, het monster dat volgens Mal in het wc-hokje buiten woonde, de pluche beesten die, zo had ik Cordelia verteld, bij volle maan tot leven kwamen (ik had haar er zo hard van proberen te overtuigen dat ik er zelf ook bang voor was geworden) en dat er iets met tante Mer zou gebeuren. Maar ik was nog nooit zo bang geweest als nu. Ik was nog nooit zo angstig geweest dat er iets met mijn vader zou gebeuren, zoals met oom Victor was gebeurd, en dat ik hem nooit meer zou zien.

We bleven bij de ambulance staan en probeerden erin te kijken. Mijn hele lichaam begon te trillen. 'Jongens,' riep papa. Achter ons. Hij stond achter ons, voor ons huis. We draaiden ons allemaal naar hem om. Hij was gekleed in het grijze streepjespak dat hij naar zijn werk droeg met een lichtblauw overhemd. Zijn stropdas hing los om zijn nek. Ik wilde naar hem toe rennen en hem omhelzen en zijn gezicht kussen en zeggen dat ik blij was dat er niets met hem was en dat ik nooit blijer was geweest om hem te zien, maar dat deed ik allemaal niet. Hij zou het niet prettig vinden. Mijn vader was niet zo. In zijn armen lag de drie jaar oude Victoria, Mals zusje. Ze staarde naar de ambulance, haar gezicht droog, haar ogen groot. Haar haar zat in perfecte staartjes met een haarscherpe scheiding in het midden, de stijl waaraan tante Mer uren en uren borstelen besteedde totdat alles gelijk was. Alles netjes was. We wisten allemaal dat het een teken was. Dat het niet goed met haar ging. Dat we bang moesten zijn.

'Kom binnen, we gaan eten.' We keken allemaal naar papa en dus schrokken we allemaal toen het achterportier van de ambulance werd dichtgegooid.

Het was tante Mer.

Zoals altijd was het tante Mer.

De sirene begon te loeien en de ambulance reed weg door de smalle straat met aan weerszijden geparkeerde auto's. We keken hem na terwijl hij over de ongelijkmatige weg stuiterde en de hoek om reed.

'Naar binnen,' zei papa nu strenger. Ik wist waarom: alle buren in dit deel van de straat stonden buiten voor hun huis of tuurden uit hun raam. Ze stonden altijd te kijken. Soms had ik het idee dat ze het liefst stoelen buiten zouden zetten om naar ons te kijken want we waren boeiender dan *Coronation Street*. Beter dan wat ze in een bioscoop te zien zouden krijgen. Mama en papa vonden het vreselijk. 'Alsof je in een aquarium zit,' had mama eens tegen papa gezegd. Niet dat mijn ouders het mensen misgunden om te kijken. Het was de troostende gedachte die bij deze mensen opkwam dat als ze het op een koud, vochtig trottoir iemand anders zagen overkomen, het zeer onwaarschijnlijk was dat het hun zou overkomen.

Mama had ons vaak verteld dat toen zij en papa hier elf jaar geleden kwamen wonen, geen van die buren met hen wilde praten. De vrouwen stonden vaak in groepjes op straat te roddelen, maar vielen stil als mama hen passeerde; ze gaapten haar aan als zij hen vriendelijk toeknikte in de winkels, ze weigerden postpakketjes voor haar aan te nemen. Dit was onbekend gedrag voor twee Afro-Amerikaanse mensen die nieuwkomers in hun omgeving altijd welkom heetten. De buren hadden tante Mer en oom Victor gemeden toen die hier zes maanden later kwamen wonen, dus was mama met een ovenschotel naar hen toegegaan. Zo was hun vriendschap begonnen, zo waren onze families met elkaar verstrengeld geraakt, en dat was de reden dat mama altijd met tante Mer meeging naar het ziekenhuis.

Het lukte papa niet goed om te koken omdat Victoria niet toestond dat hij haar neerzette, dus moest hij zich met één hand zien te redden. Elke keer dat ik probeerde te helpen, zoals ik deed als mama eten maakte, gebaarde hij me weg te gaan. Hij was bang, maar deed alsof hij dat niet was. We zagen het allemaal, zelfs Cordelia.

'Jullie moeder moest naar het ziekenhuis,' zei hij terwijl hij vissticks op een bord probeerde te scheppen met gekookte aardappelen en felgroene erwten. 'Het is maar voor een poosje,' zei hij tegen Mal. 'Jullie blijven hier totdat ze weer thuiskomt. We gaan straks jullie pyjama's halen en wat speelgoed voor Victoria.'

Mal, Cordelia en ik zaten in stilte aan tafel. Het was de dodelijke stilte waarin we vaak zaten. De stilte van naderhand. En die voelde altijd zo: stijf, verdrietig, rustig. Elke ademhaling een herinnering aan wat er had kunnen gebeuren.

We aten in stilte en allemaal dachten we na over wat er precies was gebeurd. Mijn ouders vertelden ons natuurlijk niets; we waren nog maar negen, Mal en ik, te jong om het rechtstreeks van hen te horen. We maakten het op uit de beschimpingen van de kinderen op school en 's avonds kropen we stiekem uit bed om mijn ouders af te luisteren. Zo ontdekten we ook dat oom Victor in de vijf jaar na onze geboorte niet ergens anders had gewerkt, maar in de gevangenis had gezeten. We wisten nog steeds niet waarvoor. Op school werden we gepest; hij zou een moordenaar zijn en een inbreker. Maar niemand wist het zeker. En mama en papa spraken er nooit over.

Een paar dagen later hadden ze het over tante Mer, en zo kwam ik erachter wat er was gebeurd.

Ze had haar mooiste jurk aangetrokken en haar haren netjes gekamd. Ze had Victoria's haar geborsteld en haar in haar feestjurkje gehesen. En daarna had ze Victoria beneden voor de televisie gezet, terwijl ze boven bijna een hele pot paracetamol leegat en haar polsen doorsneed, waarna ze op bed was gaan liggen om te slapen.

Oom Victor was zes maanden daarvoor overleden, en sindsdien ging mama een paar keer per dag naar haar toe: 's ochtends vroeg om te kijken of Mal klaar was om naar school te gaan, er een gevulde broodtrommel in zijn rugzak zat en of Victoria ontbijt had gekregen; tussen de middag om te controleren of tante Mer en Victoria hadden geluncht en om te vragen of ze zin hadden om naar de winkel of het park te gaan; 's avonds om te kijken of Mal en Victoria eten hadden gehad, of Mal zijn huiswerk had gemaakt en of ze in bed lagen. Die dag was papa vroeg van zijn werk thuisgekomen, dus was mama wat eerder naar tante Mer gegaan. Ze had een paar keer op de deur geklopt, waarna ze bang was geworden en met haar reservesleutel naar binnen was gegaan. De ambulance had voor ons huis geparkeerd omdat er verder geen plek was geweest.

Het ziekenhuis besloot tante Mer een poosje te houden omdat het, zo hoorde ik, deze keer ernstiger was dan anders. Ze had het eerder geprobeerd, dat wisten we allemaal. Maar ditmaal had ze het serieus gemeend. Deze keer wilde ze er echt niet meer zijn; dat konden we opmaken uit hoe ze het had gedaan en getimed.

Ik word wakker en zie dat het licht in de keuken nog aan is, voel een afdruk van het hout van de keukentafel in mijn wang en zie dat ik vijf sms'jes van Keith heb:

> Alles goed hier. Hou van je. K x
> Ga naar bed. Liefs K x
> Ik meen het: ga naar bed. Hou van je. K x
> En niet achter de computer gaan zitten. K x
> Ik zei bed, niet keukentafel. K x

Keith denkt dat ik achter de computer kruip omdat ik niet kan slapen of om alternatieve therapieën te zoeken die Leo zullen doen ontwaken. Hij heeft dat liever dan dat ik medische tijdschriften lees; hij wil niet dat ik me technisch jargon en de procedures van artsen eigen maak, omdat ik me dan nog beroerder zal voelen. Hij is overtuigd van het credo 'wat niet weet, wat niet deert' en vindt dat ik het aan de artsen moet overlaten; dat ik me desnoods maar moet richten op mijn alternatieve therapietjes, die hij als nonsens kan afdoen, en de rest aan professionals overlaten. Hij wil niet dat ik praat in termen die hij niet begrijpt, waardoor hij zich nog machtelozer voelt dan hij al doet.

Ik begrijp wel dat hij dat zo voelt. Keith heeft altijd controle over zijn eigen leven gehad. Hij is altijd sterk en zelfverzekerd geweest, zijn gevoel voor goed en kwaad heeft hem altijd door alles heen gesleept. Maar dit heeft hem op een onbekende plaats doen belanden waar hij niets tastbaars heeft om tegen te vechten; waar niets verkeerds is om gerechtigheid voor te eisen. Hij vindt het vreselijk, en als ik meer zou weten dan hij, zou hij zich nog machtelozer, onzekerder, zwakker voelen. En het laatste wat ik wil, is hem nog meer verdriet doen.

We zaten met z'n zessen opeengepakt rond onze eettafel omdat mama en papa met ons wilden praten.

Het moest om iets ernstigs gaan, want mama en papa riepen ons zelden allemaal bij elkaar om te praten. Vanaf het moment dat ze Mal en mij naar beneden hadden geroepen uit mijn slaapkamer, waar we huiswerk zaten te maken, had ik aan allerlei dingen gedacht die ik misschien verkeerd had gedaan. Maar ik kon niets bedenken wat zo ernstig was dat we allemaal aan tafel moesten komen zitten. Mal en ik waren anders dan andere veertienjarigen: we rookten niet; we hingen niet rond in het park; we deden geen pogingen om alcohol te bemachtigen; we waren niet 'populair' genoeg om op feesten te worden uitgenodigd – en al zouden we dat wel zijn geweest, dan hadden mama en papa mij of hem niet laten gaan. Het enige wat ik kon bedenken was dat ik geen acht voor mijn laatste geschiedenisproject had gekregen.

'We willen even met jullie praten, jongens,' zei mam.

Ineens besefte ik hoe oud mijn moeder eruitzag. Eigenlijk eerder vermoeid dan oud. Ze was mooi, mijn moeder. Ze had prachtige, grote, veerkrachtige krullen, doordat ze elke avond krulspelden droeg; ze had mooie jukbeenderen, grote, bijna zwarte ogen en heel lange wimpers. Vroeger zaten er praktisch geen rimpels in haar donkerbruine, gladde huid, maar nu zag ik er een paar rond haar mond en ogen. Het waren ook geen lachrimpeltjes, zoals ze in tijdschriften wel werden genoemd. Papa's haar werd grijs. Het was me niet eerder opgevallen, maar zijn bakkebaarden waren grijs en zouden waarschijnlijk snel wit worden, en de gitzwarte stukken zouden over niet al te lange tijd grijs zijn. Ik wist dat hij zijn haar altijd verfde, maar dat had hij al een poos niet meer gedaan. In de eens gladde, donkerbruine huid van zijn voorhoofd zaten nu diepe groeven.

Ze waren niet oud, ze waren moe: wat er ditmaal was gebeurd met tante Mer had veel van hun krachten gevergd. Dat had het ook van de onze gedaan, maar vooral van dat van hen. Bovendien moeten ze zich schuldig hebben gevoeld. Ze hadden de signalen niet opgepikt, zoals eigenlijk niemand van ons. Of misschien was het doordat tante Mer door de jaren heen beter was geworden in het verbergen ervan. Maar zij was nu niet hier en geen van ons wist of en wanneer ze terug zou komen.

Wat inhield dat mama en papa voor vier kinderen zorgden, terwijl ze er maar twee hadden willen hebben. Een van hen moest elke avond bij Mal en Victoria blijven of die twee zouden bij ons moeten slapen – Cordy bij mij in bed, Mal op een matras op de grond in Cordy's kamer en Victoria in Cordy's bed. Mama was weer als verpleegster gaan werken en papa nam zoveel mogelijk extra diensten in het laboratorium van de universiteit aan zodat ze ons allemaal konden onderhouden. Ik had niet in de gaten gehad wat voor tol dat van hen had geëist, totdat ik het zag aan de rimpels in hun gezichten en het verdriet in hun ogen.

'We hebben besloten dat Malvolio en Victoria naar een internaat gaan,' zei mama met een aarzeling in haar stem.

Papa legde zijn hand op haar schouder, waarmee hij in stilte tegen haar zei dat hij dit wel zou afhandelen. Hij richtte zich tot Mal en Victoria. 'De broer van jullie moeder, die in Birmingham woont, heeft gezegd dat hij voor jullie allebei wil zorgen als jullie bij hem komen wonen. Hij betaalt jullie internaat. De twee scholen liggen vlak bij elkaar, dus jullie kunnen elkaar vaak zien. En tijdens de vakanties gaan jullie naar jullie oom. Dan kunnen jullie ook zijn gezin leren kennen.'

'Jullie halen ons uit elkaar?' vroeg ik. Er klonk woede door in mijn stem, wat ik nooit bij mijn ouders liet gebeuren, maar ik kon gewoon niet geloven wat hier werd gezegd.

'Malvolio begint binnenkort aan zijn eindexamens, hij moet zich kunnen concentreren, en Victoria kan zo haar achterstand op school inhalen.'

'Jullie mogen ons niet uit elkaar halen.' Ik was boos dat ze dit zelfs maar hadden overwogen. Het was ondenkbaar. Elke ochtend wakker worden in de wetenschap dat ik Mal of Victoria niet zou zien, was als weten dat ik mama, papa of Cordy niet zou zien. Het zou hetzelfde zijn als opstaan en ontdekken dat de zon was vergeten op te komen. We hadden weinig in ons leven wat stabiel of voorspelbaar was, behalve dat wij zessen altijd samen waren. Dit zou niet gaan gebeuren. 'Jullie mogen hen niet wegsturen. En Cordelia en ik dan? Hoe kunnen jullie ons nu uit elkaar halen?'

Mama's schouders zakten omlaag toen ze haar hoofd boog. Ze zou zo gaan huilen.

'Nova, het is niet dat we dit willen, maar we kunnen niet anders,' zei papa op redelijke toon. Ik leek qua uiterlijk het meest op mijn moeder, maar in andere opzichten was ik meer zoals mijn vader. Ik had hetzelfde temperament, zei mijn moeder altijd. Probeerde altijd redelijk te zijn. Tot nu toe, natuurlijk, nu ik op het punt stond mijn familie te verliezen. 'Als er voor Malvolio en Victoria wordt gezorgd, kunnen wij voor Meredith zorgen.'

Ze zou dus uit het ziekenhuis komen. Ik vroeg me even af of ze wisten wanneer. Of ze Mal en Victoria zouden wegsturen voor- of nadat ze terugkwam. Het was nu mei; in september moesten we weer naar school. Zou tante Mer dan al terug zijn?

De laatste keer dat ze Mal zag, had ze beloofd, beloofd, beloofd dat het geen poging tot zelfdoding was geweest. Deze keer niet. Ze had alleen maar willen slapen. Ze had de slaappillen ingenomen omdat ze al zo lang wakker was dat ze slaap nodig had. Van niets wat ze deed werd ze moe. Haar lichaam voelde soms wel moe en dan was ze te uitgeput om uit bed te komen, maar haar gedachten bleven maar malen. Ze had geprobeerd om haar gedachten op te schrijven, om ze maar uit haar hoofd te krijgen, maar haar hand had ze niet kunnen bijbenen. Ze had geprobeerd om haar gedachten in te spreken op een bandrecorder, maar het geluid van het draaiende bandje had haar te zeer afgeleid. Ze had geprobeerd te lezen, maar de woorden hadden niet tot haar door kunnen dringen. Ze had geprobeerd het huis van boven tot onder schoon te maken, maar hield nog altijd energie over. Ze had geprobeerd rondjes in de tuin te rennen om zichzelf uit te putten, maar het werkte niet. Niets werkte. Ze wist dat ze gek zou worden als ze niet snel wat slaap kreeg. Daarom was ze naar de huisarts gegaan voor slaappillen. Voor het geval het te lang zou duren. Deze dokter was nieuw in de huisartsenpraktijk en kende haar niet. Hij was heel sympathiek geweest en had haar de tabletten voorgeschreven. (Een idioot was het, had ik gedacht toen Mal het me vertelde. Als hij even in haar dossier had gekeken, had hij geweten dat je iemand met een geschiedenis als die van tante Mer geen slaaptabletten gaf; je wilde het haar niet te gemakkelijk maken om er een einde aan te maken.)

Tante Mer had Mal beloofd, beloofd, beloofd dat ze er maar een paar had willen nemen, zoals op het etiket van het potje had gestaan. Ze had gedacht dat ze sneller zouden werken als ze de pillen met een beetje wodka in plaats van water in zou nemen. Ze had al zo lang niet geslapen dat ze besloot een paar pillen extra te nemen om er zeker van te zijn dat ze werkten. En toen was ze vergeten hoeveel ze er had ingenomen, dus nam ze er nog een om zich ervan te vergewissen dat ze genoeg had ingenomen. En daarna nog een. Toen was ze in slaap gevallen. Ze wist dat ze te veel pillen had geslikt en te veel wodka had gedronken om ze mee weg te spoelen toen ze wakker werd in het ziekenhuis en zag dat ze weer op die speciale afdeling lag, voor suïcidale mensen. En zelfs toen had het even geduurd voordat ze begreep wat er aan de hand was, want ze was zo wazig omdat ze niet had geslapen.

Ik begreep heel goed waarom mijn ouders dachten dat dit de beste oplossing was. Ik had hen er op een avond over horen praten: Mal en Victoria hoefden er niet onder te lijden dat hun moeder ziek was, hadden ze gezegd. Ik had toen niet kunnen bedenken dat hun oplossing bestond uit ons uit elkaar halen.

'Het is niet eerlijk,' zei ik. 'We moeten bij elkaar blijven. Het is niet eerlijk dat zij weg moeten. We zullen elkaar dan nooit meer zien, en dat is niet eerlijk. We hebben niets verkeerds gedaan.'

'Niemand heeft iets verkeerds gedaan,' zei papa. 'Dit is gewoon de beste oplossing.'

Ik deed mijn mond al open om te protesteren toen Mal zich in de stoel naast mij bewoog en zijn hand op mijn onderarm legde om me tegen te houden. Ik keek opzij om hem te vragen waarom en zag dat hij naar Victoria keek. Ze had haar hoofd gebogen, haar lange, golvende blonde lokken bedekten haar gezicht, maar niet de tranen die zich op de mahoniehouten tafel hadden verzameld.

Mal schoof zijn stoel naar achteren, liep om de tafel heen en pakte de hand van zijn zusje vast. 'Kom, we gaan even een stukje lopen,' zei hij tegen haar. Dat zei hij altijd tegen Cordy als ze 'lastig' was, en eigenlijk was ze dat altijd. Hij zei dat altijd tegen Victoria als ze ineens heel stil werd aan tafel. Hij zei dat altijd tegen mij als hij iets had gedaan wat mij irriteerde en hij wilde dat ik zijn vriendinnetje bleef. Dit was de eerste keer dat hij het had gezegd met een blik van intens verdriet en angst.

Ze bleven een halfuur weg, en in die tijd had mama voor zichzelf een kop thee gezet, voor papa een kop koffie en voor Cordy en mij ieder een beker chocolademelk. Cordy zong altijd mee met het liedje van de chocolademelkreclame, en hoewel het hoogst irritant was, vooral omdat ze de stukken tekst die ze niet kende opvulde met 'la-la-la-la', vroeg niemand haar ermee te stoppen.

'Victoria is even in Nova's slaapkamer gaan liggen,' zei Mal terwijl hij weer in zijn stoel ging zitten. Hij klonk zo volwassen dat ik een paar keer naar hem knipperde. 'Ze wil naar Birmingham. Ze wil naar het internaat. Dank jullie wel, oom Frank en tante Hope. Het is precies wat ze nodig heeft. Ze wil hier niet meer zijn, maar ze wil niet dat we daarom boos op haar zijn.'

'Niemand zou ooit boos op haar kunnen zijn,' zeiden papa en ik tegelijkertijd. Mama glimlachte stilletjes.

'Maar ik blijf hier,' ging Mal verder. 'Ik kan mama niet in de steek laten. Ik zou haar nooit in de steek kunnen laten.'

Met de manier waarop hij het zei en het lichte schudden van zijn hoofd liet hij iedereen weten dat hij het meende, dat niemand hem en zijn moeder kon scheiden.

'Dat begrijpen we,' zei mama.

'Absoluut,' beaamde papa.

We zwegen een tijdje en overdachten wat dit voor ons zou betekenen. Als Victoria er niet meer was, zou ze geen onderdeel meer uitmaken van ons gezin. Als we haar niet meer elke dag zagen, niet meer elke dag herinneringen creëerden en grapjes en ruzie met haar maakten, zou het moeilijk zijn om ons met haar verbonden te blijven voelen. We zouden een andere band krijgen. Hoe vaak ze ook op bezoek zou komen, ze zou altijd ergens anders zijn opgegroeid. Elders, met anderen.

'Dus,' zei Cordy na een poosje, 'als Malvolio niet naar het internaat gaat, mag ik dan in zijn plaats?'

Later, veel later, zei Mal tegen mij: 'Ik wou dat mijn vader hier was.' We waren uit bed geslopen en zaten naast elkaar in het donker op de trap achter het huis. We tuurden in de tuin en staarden naar het hekwerk langs de spoorweg die achter ons huis langs liep. (Waarschijnlijk wisten mama en papa wel dat we hier zaten; niet alleen stampten we allebei als olifanten, mama en papa leken altijd alles te weten. Daarom waren ze ook zo ontdaan over het feit dat tante Mer aan slaaptabletten en wodka had kunnen komen.)

Mal sprak nooit over zijn vader. Het was een stilzwijgende overeenkomst het nooit over oom Victor te hebben. Het was een openbaring voor me dat Mal niet alleen aan zijn vader dácht – hoewel

71

ik het altijd wel had vermoed – maar dat hij hem ook genoeg miste om te wensen dat hij hier was.

'O ja?'

'Ik wou dat hij hier was zodat ik dit niet alleen hoefde te doen. Ik weet dat jouw ouders voor mama zorgen, maar eigenlijk zou mijn vader dat moeten doen. En dan had Victoria niet weg gehoeven.'

Op dat moment begreep ik waarom hij Victoria kon laten gaan. Hij kon niet tegelijkertijd voor hen beiden én voor zijn moeder zorgen, en als naar het internaat gaan betekende dat er voor Victoria gezorgd werd, dat ze niet net als hij in angst hoefde te zitten en zich zorgen hoefde te maken, dan zou hij haar laten gaan. Hij wilde zijn zusje niet verliezen, maar als dat de prijs was die hij moest betalen om haar te behoeden voor het verdriet dat we allemaal te verwerken kregen telkens als zijn moeder het zwaar had, weer in de fout ging of in een psychose raakte, dan zou hij die betalen. Het waren volwassen keuzes die hij moest maken. Hij wist dat ik er bij mijn ouders voor zou hebben gevochten om bij elkaar te kunnen blijven. Ik zou het leven van eenieder die erbij betrokken was tot een hel maken, net zolang tot ze beseften dat we niet gescheiden kónden worden. Maar Mal had besloten om Victoria te laten gaan, opdat ze de kans zou krijgen 'normaal' op te groeien.

'Waarom wij, Nova?' vroeg hij. 'Waarom wij? Waarom mijn moeder? Waarom heeft God mijn moeder eruit gepikt?' Ik geloof niet dat hij echt een antwoord wilde. Hij vroeg het gewoon. Maar ook al had hij wel een antwoord gewild, dan had ik het nog niet kunnen geven. Ik wist niet waarom iemand lijdend door het leven moest gaan, allerlei dingen moest meemaken, in vervelende situaties moest belanden.

Ik betwijfelde of ik ooit zou begrijpen waarom zij en niemand anders. Of misschien ook wel. Misschien zou ik op een gegeven moment volwassen worden. Niet in de zin van oud genoeg om te stemmen, te trouwen, uit huis te gaan en een baan vinden. Maar in de zin van in staat zijn om de wereld beter te begrijpen. In staat zijn om precies vast te stellen waarom sommigen worden uitgekozen en anderen niet. Waarom sommigen gezegend zijn en anderen moeten lijden. Misschien was dat wat het betekende om volwassen te zijn. Eindelijk zou je begrijpen hoe het in de wereld werkt, kreeg je inzicht in het leven. Misschien zou je al die andere dingen kunnen doen, leven alsof je volwassen was, maar je zou pas volwassen zíjn wanneer je dat begrip en die kennis had. Wanneer je die vorm van verlichting onderging. Misschien was dat wat verlichting inhield: niet het in kleermakerszit kunnen zitten terwijl je een witte jurk droeg, zong en je 'één voelde met de wereld', zoals ik ergens had gelezen, maar gewoon in staat zijn te begrijpen.

Ik sloeg een arm om Mal heen en was verbaasd dat hij zich vervolgens tegen me aan liet zakken. Alle verzet en kracht verlieten zijn lichaam, en ik besefte dat wat bedoeld was als een omhelzing met één arm, hem nu overeind hield. Zijn hele lichaamsgewicht rustte op mij. Hij zag er graatmager uit, maar hij was zwaar, dus duurde het even voordat ik hem van mijn schouder in mijn schoot had getrokken. Zijn hoofd rustte op mijn dijbeen. Langzaam begonnen mijn ogen gewend te raken aan het donker; ik kon vormen onderscheiden in onze kleine vierkante tuin en dwars door het zwarte hekwerk in het overwoekerende groen, dat het einde van de tuin scheidde van het spoor.

Mal was zo vaak over dat hek geklommen om onze voetballen, shuttles en tennisballen te pakken. En toen ons parkietje Birdie ernaartoe was gevlogen, was hij eroverheen gegaan om het te vangen. Hij had het vogeltje voorzichtig met zijn T-shirt bedekt zodat het niet weg zou vliegen en bracht het terug naar binnen. Het wilde, stekelige onkruid had krassen achtergelaten op zijn rug en borst, maar dat kon hem niet schelen. Het enige wat telde was die doodsbange Birdie thuisbrengen.

Hij was toen tien jaar. Mama had tegen hem gezegd dat hij niet over het hek mocht klimmen en dat hij moest wachten tot papa thuis was zodat hij de ladder kon gebruiken om over het hek in de boom te klimmen. Toen ze het huis weer binnen ging om bij het eten te kijken, was hij op het hek geklommen, er aan de andere kant weer afgesprongen en de boom in geklauterd. Hij had mama alleen maar niet gehoorzaamd omdat tante Mer Birdie had losgelaten. Die had gezegd dat ze Birdie wilde zien vliegen. Ze was bezig met een ontwerp voor mensenvleugels en wilde zien hoe parkietjes vlogen. Het was een teken. We wisten het allemaal; binnenkort zou ze weer naar de huisarts moeten. Mal had toen niets kunnen doen om zijn moeder beter te maken, maar hij deed wat hij kon, en dat was dingen rechtzetten. In dit geval Birdie redden. Hij deed het al zo lang als ik me kan herinneren: elke fout die zij maakte, herstelde hij weer.

Er gleed iets nats over mijn blote dijbeen en instinctief keek ik naar boven om te zien of het regende. Er stonden geen wolken aan de schitterende blauwzwarte hemel en de lucht had niet die zware, muskusachtige geur van regen. Weer gleed er iets nats over mijn been, en toen realiseerde ik me pas wat het was. Ik wilde mijn ene hand op zijn rug leggen om hem te troosten en de andere gebruiken om de tranen weg te vegen. Ik wilde hem met liefde beter maken. Maar ik wist dat dit was wat ík wilde. Waar hij behoefte aan had, was dat ik zou doen alsof ik het niet had opgemerkt. Dat ik niet had gezien dat hij niet sterk, capabel en wijs voor zijn leeftijd was, dat hij zichzelf toestond te huilen.

Ik leunde achterover op mijn ellebogen en staarde naar de hemel. Hij had behoefte aan mijn aanwezigheid, maar verder moest ik hem met rust laten. Dus deed ik waar ik heel goed in was: ik praatte. Ik praatte en praatte en praatte.

De deur naar Leo's slaapkamer staat open.

Dat is al zo sinds hij in het ziekenhuis ligt. Ik verzet me altijd tegen de neiging om naar binnen te gaan, aan zijn kleren te ruiken, met mijn vingers over zijn meubels te strijken, op zijn bed te gaan liggen. Dat zijn van die dingen die nabestaanden doen. Ze proberen zich vast te klampen aan wat ze hebben verloren. En dat is niet gebeurd. Dat zal ook niet gebeuren. Dit is slechts een pauze, een onderbreking. Hij zal beter worden.

Eigenlijk ben ik ontzettend verwend met Leo. Ik heb hem zoveel jaren helemaal voor mezelf gehad dat ik ben vergeten dat veel alleenstaande moeders hun kinderen moeten delen met hun biologische vader. Dat sommige vrouwen noodgedwongen de helft van de zomervakantie en de weekenden doorbrengen zonder hun kinderen, dat die kinderen twee families hebben en herinneringen opbouwen waarin zij niet voorkomen.

Tot op heden heb ik misschien tien avonden zonder Leo doorgebracht. Meestal ging hij dan naar zijn neefjes en nichtjes in Crawley of logeerde hij een nachtje bij mijn ouders. Verder draaide mijn leven helemaal om hem, en zijn leven om mij. Hij is zelfs met Keith en mij mee geweest op huwelijksreis naar Spanje. Veel mensen – onder wie mama, papa, Cordy en tante Mer – vroegen of ik niet wat tijd alleen met mijn nieuwe echtgenoot wilde doorbrengen, tijdens een vakantie, er even tussenuit. Natuurlijk wilde ik dat, en dat zou ook gebeuren. Mét Leo. Keith was ook in zíjn leven gekomen, hij moest ook de mogelijkheid krijgen om Keith in een andere context te leren kennen. Bovendien, zei ik tegen hen, wat is een vakantie zonder Leo? Dat zou net zoiets zijn als mijn rechterarm thuislaten.

Zijn kamer is een georganiseerde chaos. Er liggen boeken op de grond en iedereen die mijn zoon niet kent, zou denken dat die daar na het lezen nonchalant zijn neergegooid. Maar nee, hij heeft ze daar op specifieke plaatsen neergelegd om inbrekers te betrappen. Een boek kraakt, dus als de inbreker daarop gaat staan, wordt Leo wakker. Aan een ander boek zit een bel, dus als de inbreker dat opzijschuift, zal hetzelfde gebeuren als bij het krakende boek. De andere boeken en een paar stukken speelgoed zijn volgens een patroon neergelegd dat het ingewikkeld en verraderlijk maakt voor iemand om te navigeren. Er is nooit bij ons ingebroken, hij kent niemand bij wie is ingebroken, maar Keiths werk maakt hem bewust van dit soort dingen. Ik had het patroon uit mijn hoofd geleerd en 's avonds als hij sliep, haalde ik alles weg. 's Ochtends voordat hij wakker werd, legde ik alles precies zo terug. Het komt niet bij hem op dat hij erover kan vallen en zichzelf kan verwonden als hij 's nachts naar de wc moet of naar ons toe wil om iets belangrijks te vertellen over wat hij heeft gedroomd.

Leo lag al drie dagen in het ziekenhuis toen ik besefte dat ik niet meer elke avond naar zijn kamer hoefde om de boeken en het speelgoed terug te leggen. Ik deed het automatisch en had niet eens in de gaten dat zijn bed leeg was. Nu heb ik zijn valstrikken op hun plek laten liggen zodat ik hem, als hij wakker wordt, kan vertellen dat zijn kamer veilig is, dat er geen inbrekers zijn geweest, omdat alles nog op de juiste plek ligt om onwetende schurken te laten struikelen.

'Zullen we gaan?'

Het was nog geen middernacht en het dansen was nog maar net begonnen in de universiteitsdisco, maar Mal wilde weg. Hij was een weekendje bij me op bezoek in Oxford en om een of andere reden had hij Cordy niet meegenomen. De laatste twee keren dat hij bij me was geweest – drie weken nadat ik hier was begonnen, en daarna om me op te halen voor de kerstdagen – had hij mijn zusje meegebracht omdat zij nog thuis woonde en hij ervoor had gekozen om in Londen te studeren zodat hij ook thuis kon blijven wonen.

Toen hij alleen uit de auto stapte, had ik me afgevraagd of hij haar soms ergens voor strafte, want de enige andere manier waarop hij alleen had kunnen vertrekken was door er stiekem tussenuit te knijpen terwijl zij op school zat. Als dat zo was, was ik blij dat ik er niet bij zou zijn wanneer Cordy hem daar woedend op aan zou spreken.

Ik staarde naar hem door de dikke mist van rokerige lucht vermengd met de bedwelmende parfumlucht van mensen die elkaar in de universiteitsdisco probeerden te versieren en vroeg me af waarom hij zich niet vermaakte.

Hij pakte mijn hand vast en liet zijn vingers tussen de mijne glijden. 'Ik heb je nauwelijks gesproken,' legde hij uit. 'Ik wil met je praten.'

'Oké,' antwoordde ik schouderophalend. Hij had een punt: nadat hij was aangekomen, waren we rechtstreeks naar de kantine gegaan voor een vroege maaltijd, waarna we, nog steeds hongerig, naar de stad waren gelopen om pizza te eten. Vervolgens waren we door een stel van mijn vrienden een bar in getrokken om iets te drinken. Ik wilde mijn hand terugtrekken om mijn vrienden te zoeken en hun te vertellen dat we weggingen, maar hij liet me niet los. Hij bleef me vasthouden alsof hij bang was me in de menigte te verliezen. Toen ik Rebecca en Lucy aanstootte om te zeggen dat we weggingen, keken ze een paar keer van mij naar hem, waarna er een brede glimlach op hun gezicht verscheen. Ze dachten duidelijk dat... Helemaal verkeerd gedacht. 'Tot morgen,' lalden ze toen we ons een weg baanden tussen de kleffe stelletjes door op de dansvloer.

Mal liet mijn hand pas los toen ik de deur van mijn kamer achter ons had dichtgedrukt. Kennelijk dacht hij dat het nu wel veilig was, dat ik niet zou verdwijnen.

'Wil je lepeltje-lepeltje liggen zoals Cordy en ik meestal doen, of ga je in je slaapzak slapen,' vroeg ik hem terwijl ik mijn T-shirt en pyjamabroek pakte en me begon om te kleden.

'Ik vind het niet erg om in één bed te slapen,' zei hij. 'Jij?'

'Natuurlijk niet.'

Zodra onze lichamen elkaar raakten toen we ons in het smalle eenpersoonsbed hadden geperst, veranderde alles. Hij was niet langer mijn beste vriend/broer. Ik had geen naam voor hem, kon niet aangeven welke rol hij in mijn leven had, maar wat we voor elkaar waren was anders.

Zijn geur was veranderd. Hij rook zoals de jongens met wie ik had gezoend sinds ik hier was komen studeren: naar hitte en verlangen en fysieke behoefte. Hij rook naar iets naamloos waar ik ineens naar verlangde. Zonder erbij na te denken verschoven we in bed. Zijn licht gebogen benen pasten precies achter de mijne, zijn ene arm over mijn buik, zijn andere onder zijn hoofd. Hij bewoog weer, duwde onze lichamen tegen elkaar en nestelde zijn kin in de holte van mijn nek. De stoppels op zijn wangen prikten in mijn huid, zijn ademhaling, diep en langzaam, gleed zachtjes over mijn wang.

Ik kon voelen dat hij geïnteresseerd was, daar beneden. Ik had het eerder gevoeld wanneer ik mannen kuste, maar dit was anders. Het ging verder dan de normale reactie van twee mensen die een ruimte deelden die bedoeld was voor slechts één persoon. Ik wilde dat hij me kuste. Me streelde. En als hij dat deed, zou ik het doen. Dan zou ik het met hem doen.

Ik wist dat ik uit de toon viel, dat ik een van de weinige meisjes op de universiteit was die, zelfs na al die tijd en nadat ik met een paar mannen had gezoend, nog steeds niet – hoe noemde Rebecca dat ook al weer? – had kennisgemaakt met 'het vrouw-zijn'.

Niemand begreep dat ik wilde wachten op een heel bijzonder iemand, zelfs Rebecca en Lucy niet. Ik wilde het alleen doen met degene op wie ik echt verliefd zou zijn. Ze dachten dat ik niet durfde, dat ik alleen maar wilde wachten. Je eerste keer was eenmalig, en ik wilde het met een speciaal iemand beleven. Ik wilde kunnen terugkijken en weten dat het misschien niet geweldig was geweest, maar in elk geval met de juiste persoon. Pas toen we opgekruld in mijn kleine universiteitsbed lagen, besefte ik dat ik op Mal had gewacht.

Door de muren van mijn kamer heen hoorde ik geklets en gelach, mensen die in de gemeenschappelijke keukens – elke verdieping had er een – op zoek waren naar eten om hun nachtelijke, door drugs opgewekte trek weg te nemen. Ik hoorde ook muziek. Het meisje in de kamer naast me had haar stereo iets te hard aan staan, en het geluid drong door de muur mijn kamer in. Ze was waarschijnlijk thuisgekomen, had de muziek aangezet en was met kleren en al op bed in slaap gevallen, zoals ze meestal op vrijdagavond deed. Deze vrijdag draaide ze Roxy Music. Ze had die muziek de hele week al gedraaid en iedereen was er goed zat van. Wat waarschijnlijk de reden was waarom ze het bleef draaien.

Boven de begintune van 'Dance away' werd Mals ademhaling langzamer. Hij schoof wat dichter naar me toe, zo dicht dat het niet per ongeluk kon zijn. Terwijl de beat van het lied luider werd, vasthoudender om ons heen, liet hij zijn hand onder mijn T-shirt glijden en op mijn buik rusten. Ik sloot mijn ogen. Zijn hand lag op mijn huid en gaf de hitte van zijn lichaam, van verlangen, af. Ik ademde zijn geur diep in en werd een beetje duizelig. Langzaam streek zijn duim over mijn navel.

Bryan Ferry's stem weerklonk. Mal zuchtte en zijn hand gleed omlaag, naar de rand van mijn pyjamabroek.

Ik had me nooit zo gevoeld bij de mannen met wie ik had gezoend. Het samengeperste verlangen dat drukte op mijn borst; de strakke kluwen van hunkering die zich tussen mijn benen ontrafelde, het smachtende gevoel van opwinding dat door mijn bloed stroomde. Het was helemaal niet raar dat hij degene zou zijn met wie ik het zou doen. Ik zou er met Mal nooit spijt van krijgen. Hij was bij zoveel van mijn eerste keren aanwezig geweest: mijn eerste tandje, mijn eerste stapjes, mijn eerste bevlieging van verliefdheid op een tv-ster, mijn eerste kus met Jason Butterworth in de disco op de middelbare school. Natuurlijk zou hij mijn eerste zijn.

Aarzelend reikten zijn vingers naar de rand van mijn slipje en met één verwachtingsvolle zucht verliet alle adem mijn lichaam. Ik voelde zijn vingers zacht over mijn schaamhaar gaan. Hij bracht zijn hoofd naar mijn nek, en ik schoof mijn benen een stukje uit elkaar, wachtte op hem. Zijn hand gleed nog lager, reikte naar me, dichter bij waar hij een deel van me zou worden.

Terwijl zijn lippen de holte van mijn nek bereikten, slaakte hij een gesmoorde, schorre kreet en trok zijn hand weg. Het elastiek van mijn pyjamabroek sprong terug op zijn plaats. Hij gleed van me weg, trok zijn hoofd naar achteren en liet hem zwaar op het hoekje van het kussen vallen dat ik voor hem had overgelaten.

Wat was er gebeurd?

Ik hoorde hem achter me zwaar ademen, maar kon me niet omdraaien. Ik wist dat hij naar me verlangde. Ik had het gemerkt aan de spanning in zijn lichaam, zijn opwinding die ik had gevoeld.

Wat had ik verkeerd gedaan? Waarom was hij van gedachten veranderd?

Luid en snel, alsof hij na 200 meter sprinten zojuist de finish had bereikt, vulde zijn ademhaling de kamer. Ik voelde het nog achter in mijn nek.

Is hij bang dat hij niet ervaren genoeg is? Hij heeft het eerder gedaan, is hij daarom gestopt? Of vindt hij het eng omdat het mijn eerste keer is?

Hij sloeg het dekbed terug en stapte uit bed. De kamer was donker, maar er viel licht naar binnen van de lampen in de gang, die fel en verblindend waren en altijd aan stonden, waardoor het in de kamers nooit helemaal donker was.

Is het mijn lichaam? Ben ik niet zo mooi als de andere meisjes die hij heeft gehad?

Hij liep naar de rij kasten in de hoek, een breed en wanstaltig groot meubel van eiken. Achter de twee deuren van de ene kast was ruimte voor mijn kleren en schoenen, achter die van de andere kast hingen een wasbak en een spiegel. Ik hoorde de kraan lopen. Ik hoorde hem water op zijn gezicht plenzen, hoorde de stilte terwijl hij roerloos voor de spiegel stond, zijn ademhaling nog steeds luid hoorbaar in de duisternis. Ik durfde me niet om te draaien om te kijken wat hij aan het doen was. In plaats daarvan krulde ik me stilletjes op en schoof naar de muur. Ik maakte me zo klein mogelijk en trok mijn T-shirt naar beneden om mijn buik te bedekken.

Ik hoorde hem bij de andere kast rommelen, waar hij zijn spullen had neergelegd, daarna het scherpe, scheurende geluid van klittenband dat werd losgetrokken en de plof van zijn zachte nylon slaapzak die hij op de grond naast het bed legde.

'Het is echt krap met twee man,' fluisterde hij boven het geluid van het openritsen van de slaapzak uit.

Ten antwoord sloot ik mijn ogen en begon diep te ademen, alsof ik sliep. Iets zeggen was geen optie; gêne en vernedering hadden me het zwijgen opgelegd.

Waarom had ik gedacht dat hij het wilde, met mij?

'Ik slaap wel op de grond,' fluisterde hij. 'Welterusten.'

De laatste tonen van 'Dance away' stierven weg en vulden de kamer. Daarna was het stil. Alles wat er was gebeurd, had nog geen liedje geduurd. Dat we zo intiem waren geworden en toen...

Geen van ons sliep die nacht veel. Ik kon het horen aan het ritme van zijn ademhaling en aan zijn onbeweeglijkheid, dat hij het grootste deel van de nacht in het halfduister voor zich uit lag te staren, net als ik. De volgende ochtend spraken we nergens over. We brachten de rest van het weekend door alsof er niets was gebeurd. Maar af en toe voelde ik dat hij naar me keek, alsof hij dingen op een rijtje probeerde te zetten, alsof hij een besluit probeerde te nemen.

Ik kende Mal – ik wist niet waarom hij van gedachten was veranderd, maar wel dat er een diepere reden was voor wat er was gebeurd, wat er mis was gegaan: iets wat hij me nog niet kon uitleggen.

'Cordy vermoordt me als ik thuiskom,' zei hij toen hij zondagavond vertrok.

'Ja, ik begrijp ook niet dat je haar niet hebt meegenomen.'

'Ik wilde je even helemaal voor mezelf,' antwoordde hij. 'Ik ben nooit meer alleen met je.'

'Nou ik hoop voor je dat het het waard is geweest,' zei ik. 'Want ze zal gehakt van je maken.'

Hij nam me in zijn armen, maar ik smolt niet weg zoals gewoonlijk. Hij hield me niet zo stevig vast als anders. We hadden niet gepraat over wat er was gebeurd, maar onze lichamen waren niet vergeten dat we ons ongemakkelijk bij elkaar zouden moeten voelen.

'Natuurlijk was het het waard,' zei hij. 'Elke seconde met jou is het waard.'

Ik stapte als eerste achteruit, ik kon niet te lang zo dicht bij hem zijn. 'Zeg dat maar tegen Cordy, dan vergeeft ze je vast wel,' merkte ik meesmuilend op.

'Ja, vast.' Hij opende het portier van zijn auto en draaide zich toen naar me om. 'Ik mis je, Nova,' zei hij voordat hij instapte. 'Tot gauw.'

'Ja,' antwoordde ik.

Terwijl zijn auto wegreed en verdween in het verkeer richting Londen besefte ik dat ik hem moest vertellen dat ik van hem hield.

Ik heb niet gehuild.

Sinds Leo in het ziekenhuis slaapt, heb ik niet gehuild. De enige die zich daar meer over verbaast dan ik, zal Leo zijn. Volgens hem huil ik om de stomste dingen. En hij heeft gelijk: dat doe ik ook. Maar ook weer niet. Niet echt. Hij is degene die mij het meest ziet huilen omdat hij er het vaakst de oorzaak van is, net als van mijn geschreeuw.

Er zijn maar weinig mensen die me aan het huilen kunnen maken. Leo slaagt er keer op keer in zonder er enige moeite voor te doen. Toen hij vier was en net op de kleuterschool zat, was er een 'incident'. Tijdens een van de lessen werd de kinderen gevraagd wat hun ouders deden. De juf bedoelde waarschijnlijk wat voor werk zij deden. Leo had geantwoord: 'Ze huilt.' Niet lang daarna werd ik 'uitgenodigd' voor een gesprek met de juf. De schoolverpleegkundige zat er ook bij. Het heeft ongelooflijk lang geduurd voordat ik hen ervan had overtuigd dat ik ja, inderdaad, een alleenstaande moeder was, maar dat ik veel hulp kreeg, me niet geïsoleerd of eenzaam voelde, en ja, dat als ik me gedeprimeerd voelde of zelfs maar een beetje somber, ik hulp zou zoeken.

Ze drongen me de telefoonnummers op van een aantal uitstekende therapeuten – waarvan ze duidelijk de ironie niet inzagen – en benadrukten met klem dat ik hen moest bellen als ik iets nodig had. Wat dan ook.

Toen ik Leo later vroeg waarom hij dat had verteld, keek hij me aan en zei helemaal verward: 'Maar dat is toch zo, mam? Je moet altijd huilen.' Toen ik het voorval aan mijn moeder vertelde, vroeg ze of ik wel had gezegd dat ik doctor was. Toen ik antwoordde van niet, zweeg ze. En ik hoorde haar denken: nou, dan is het dus je eigen schuld. Mama denkt dat een doctorstitel je tegen nagenoeg alles beschermt en dat ik er dus vaker mee moet zwaaien. Cordy moest er zo hard om lachen dat ze de telefoon liet vallen. Ik ben ervan overtuigd dat ergens een dossier ligt met daarin de notitie mij in de gaten te houden omdat ik huil. Altijd.

Keith en ik hebben afgesproken dat we ons in het bijzijn van Leo vooral normaal gedragen. We moeten praten zoals we normaal ook doen, alsof er niets aan de hand is. En dat betekent: niet huilen. Ik wil niet dat hij zich zorgen maakt, want ik weet zeker dat hij ons kan horen. Zelfs als ik dat niet zeker wist, zou huilen in zijn bijzijn de sfeer in de kamer veranderen. Die zou droevig en zwaar zijn, zeker geen plek waar hij naar terug zou willen keren.

Maar als ik niet bij Leo ben, huil ik ook niet. Ik voel niet eens de behoefte. Huilen is toegeven dat ik bang ben, denk ik. Banger dan ik feitelijk ben. Natuurlijk ben ik doodsbang, maar als ik zou gaan huilen, zou ik Keith, het universum en mezelf laten merken dat ik denk dat dit onbeheersbaar is. Dat ik denk dat er een kans is dat...

Hij kómt bij ons terug. Echt.

En als het zover is, zal hij weer doen waar hij zo goed in is: me aan het lachen maken, me gek maken, me aan het schreeuwen krijgen, me aan het huilen maken.

Als je zo hecht bent als Leo en ik, kun je dat verwachten. Het zijn juist de mensen van wie je het meest houdt die je in één klap kunnen ontroeren en zonder enige moeite kapot kunnen maken.

Mals auto sputterde over het parkeerterrein vlak bij station King's Cross, waar ik de trein terug naar Oxford zou nemen.

Zijn auto was eigenlijk niet meer dan een stuk schroot, maar hij had hem gekocht van het geld dat zijn vader hem had nagelaten. Het was bijna alsof zijn vader hem de auto zelf had gegeven, zoveel waarde hechtte hij eraan. Omdat hij altijd had gezegd dat hij zijn vader haatte om alles wat die zijn moeder had aangedaan, vond iedereen het vreemd dat hij het ding niet wegdeed. Er mankeerde zo veel aan en hij had hem al zo vaak laten repareren dat ik me vaak afvroeg hoeveel er nog van het originele voertuig over was. Het was verboden om iets negatiefs te zeggen over de auto, en je mocht vooral niet opmerken dat hij van al het geld dat hij aan die reparaties had besteed allang een nieuwe auto had kunnen kopen.

We stapten uit, hij pakte mijn zwarte rugzak van de achterbank – de kofferbak wilde om een of andere mysterieuze reden niet open – en zwaaide hem om zijn schouder. Ik was met heel weinig op bezoek gekomen: wat kleren, ondergoed, tandenborstel, gezichtsreiniger, dagcrème en twee paar schoenen. Ik ging weg met drie schalen eten (rijst, een stoofschotel en pisang), een cake in aluminiumfolie, een deken, een fles vruchtensap en twee ingelijste foto's die tante Mer me had gegeven van Mal, mama, papa en Cordy. Ze had de foto's bij ons thuis gemaakt op de dag na kerst toen ik weer terugging naar Oxford. Op beide foto's stond Cordy natuurlijk in het midden.

'Gisteravond' stapte in al zijn glorie ook uit de auto – hij had ons de hele rit hiernaartoe vergezeld en zat op de versnellingspook tussen ons in als een derde persoon. Nu besloot hij ons ook te vergezellen naar het treinstation. Zelden hadden Mal en ik ons zo ongemakkelijk gevoeld bij elkaar. Zelfs niet die keer tijdens de kerstdagen toen hij per ongeluk de badkamer was binnengestormd waar ik me stond uit te kleden; ik had zojuist mijn slipje en beha uitgedaan. Hij had naar me geknipperd, naar mijn naakte lichaam, en had zich toen snel omgedraaid en de deur achter zich dichtgeslagen. Ik had hem op slot gedaan, maar het schuifje niet stevig genoeg aangedrukt. Het was zelfs niet zo ongemakkelijk na wat er tijdens dat laatste bezoekje, drie weken geleden, was gebeurd. Nu sloeg 'Gisteravond' zijn armen om ons heen en omhelsde ons stevig terwijl we naast elkaar liepen.

Volgens mij heb ik nooit eerder gedaan wat ik gisteravond deed.

Op vrijdagavond was ik uit Oxford vertrokken, zogenaamd om mijn familie te bezoeken, maar in werkelijkheid om Mal te zien. Als ik hem zou zien, zou ik weten of ik er goed aan deed om hem te vertellen dat ik van hem hield of dat het krankzinnig was om het zelfs maar te overwegen.

De afgelopen drie weken had hij me elke dag gebeld, wat zelfs voor ons doen ongewoon was. Elke keer vroeg hij of ik ook nieuwe mensen had ontmoet, of iemand me mee uit had gevraagd en of er iemand was in wie ik geïnteresseerd was. Als ik dan nee antwoordde, hoorde ik gewoon de opluchting in zijn stem.

Als ik hem maar eenmaal zag, zou ik weten wat ik moest doen. Toen hij me op zaterdagochtend om acht uur 's ochtends uit bed trok, 'gewoon om dingen te doen', wist ik dat ik het hem moest vertellen.

Ik probeerde het hem te vertellen toen we over de bevroren vlakte van Wimbledon Common strompelden. Ik probeer het hem te vertellen toen we bewezen hoe volwassen we waren door belletje te trekken in een wijk met grote huizen in Raynes Park en om de hoek stonden te lachen en te hijgen na onze snelle ontsnapping. Ik probeerde het weer toen hij ijs voor ons kocht bij het tankstation onderweg naar huis. En ik probeerde het hem te vertellen toen we voor mijn huis stonden en met elkaar kletsten alsof we niet alleen maar even gingen douchen en omkleden om een uur later op stap te gaan.

Het was heel gemakkelijk. Ik hoefde alleen maar te zeggen: 'Mal, ik ben verliefd op je geworden.' 'Mal, ik ben verliefd op je.' 'Mal, ik hou van je, maar op een andere manier dan normaal.'

Maar elke keer dat ik in zijn ogen keek, kreeg ik een black-out. Nu ik eindelijk wist wat ik voelde, kon ik hem niet meer aankijken zonder te denken aan wat ik van hem wilde. Wat we voor elkaar konden betekenen. En ik wilde nog even genieten van dat opwindende gevoel om samen te zijn met de eerste persoon op wie ik verliefd was.

Uiteindelijk heb ik het er gewoon uitgeflapt. We waren in een disco beland, waar iemand tegen hem aan botste. Het drankje in zijn hand ging volledig over mijn witte T-shirt, dat meteen doorzichtig werd doordat het aan een kant bleef plakken aan de zwarte beha die ik eronder droeg. Mal griste een paar servetten van de bar en begon verwoed mijn shirt droog te deppen. Hij verontschuldigde zich overvloedig, alsof ik een vreemde was in plaats van degene die hij het grootste deel van zijn leven had bekogeld met eten.

'God, het spijt me,' zei hij terwijl hij mijn rechterborst weer begon te deppen. 'We gaan naar huis, dan kun je je omkleden.'

Ik glimlachte naar hem. Zijn prachtige honingblonde haar, zijn donkere ogen die zo oprecht bezorgd stonden, zijn welgevormde mond.

'Ik hou zoveel van je,' zei ik zonder erbij na te denken.

Hij knipperde met zijn ogen, zoals hij ook had gedaan toen hij me naakt had aangetroffen in de badkamer. 'Ik hou ook van jou,' zei hij.

Ik grijnsde en werd helemaal warm van zijn ongedwongen, snelle antwoord; wankel en duizelig van geluk.

'Jij bent mijn allerbeste vriend,' voegde hij eraan toe. 'Grappig, iemand vertelde me laatst over een nieuwe film die vlak voor kerst is uitgekomen.' Hij sprak snel en gaf me geen ruimte om iets te zeggen. 'Hij gaat over het gegeven dat mannen en vrouwen geen vrienden kunnen zijn zonder seks te hebben. Volgens een van de meisjes met wie ik college volg, was dat absoluut waar. Ik vertelde haar daarop dat mijn beste vriend een meisje is en dat het nooit een probleem is geweest. En dat het dat ook nooit zal zijn. Want je kunt een goede vriendschap verpesten door te praten over of zelfs maar te denken aan seks. Maar de snelste manier om die vriendschap om zeep te helpen is om in andere termen over liefde te praten.'

Toen stopte hij, maar hij keek me niet aan. In plaats daarvan speelde hij met de doorweekte servetten die hij in zijn handen tot een bal had gedrukt. Ik zei niets en keek alleen maar naar zijn gebogen hoofd, zijn zenuwachtige handen.

'Geen enkel verstandig mens zou dat ooit doen,' ging hij uiteindelijk verder. 'Ik zei tegen dat meisje dat zo stellig was geweest, dat ik dat nooit zou doen. Ik zou nooit op die manier geïnteresseerd kunnen zijn in een meisje dat een vriendin van me was. Ik zou vriendschap nooit met dát soort liefde verwarren. Want vrienden horen geen geliefden te zijn. Vind je niet?'

Ik voelde ineens de aandrang om te rennen. Om blind de straat op te stormen en niet meer te stoppen. Mijn volgende neiging was om onder de dichtstbijzijnde tafel te kruipen en me te verstoppen. Mijn laatste impuls, die ik volgde, was om te zeggen: 'Ik moet me omkleden want ik vat kou.' Ik had de woorden 'me omkleden' in mijn hoofd vervangen door 'weg' en 'vat kou' door 'schaam me kapot'.

'O ja.' Hij gooide de servetten op de bar en veegde zijn handen schoon aan zijn broek. 'Wacht jij hier maar. Ik haal onze jassen.'

'Jíj hoeft nog niet weg te gaan,' zei ik. 'Ik kom heus zelf wel thuis. Dat doe ik in Oxford ook altijd.'

'Wat ben ik nou voor vriend als ik je helemaal alleen naar huis laat gaan?' antwoordde hij.

'Eén die lekker subtiel is,' mompelde ik terwijl hij in de menigte verdween.

We namen de nachtbus naar huis en deden ons best. We deden echt ons best om normaal te doen. Om 'ons' te zijn. Maar de betovering die onze dag had overladen met geluk, plezier, gelach en al die hoop die ik voor de toekomst had, was weg. Ze had plaatsgemaakt voor het onaangename wezen dat zichzelf 'Gisteravond' had gedoopt.

'Je weet dat jij altijd mijn nummer één zult blijven, toch?' zei Mal tegen me terwijl we bij de bus stonden die ik zou nemen. We waren allebei zwijgzaam en voelden ons opgelaten tussen het jachtige komen en gaan op het busstation.

Ik ging op mijn tenen staan en nam zijn gezicht in mijn handen. 'En jij zult altijd mijn troetelhondje blijven, toch?' antwoordde ik, terwijl ik zijn hoofd schudde zoals ik met een hond zou doen. Ik was daarmee begonnen toen mama en papa hadden gezegd dat we geen hond mochten. 'Waar heb jij een hond voor nodig, we hebben Malvolio toch?' had Cordy gezegd. Op dat moment had ik besloten dat hij in een vorig leven waarschijnlijk een hond was geweest: ik kon me hem levendig voorstellen als een grote, slungelige labrador die boven op je zou springen om je op te vrolijken als je verdrietig was; of die treurig naast je ging liggen, met een droevige gezichtsuitdrukking, om je te laten zien dat hij ook verdrietig was.

We moesten er wel grapjes om maken. Ik had de situatie helemaal verkeerd geïnterpreteerd en als ik niet oppaste, zou dit tussen ons in komen te staan. Hij kon er niets aan doen dat hij niet zulke gevoelens voor mij had. Dat ik voor hem niet goed genoeg was. We hadden zoveel andere dingen – een gezamenlijke geschiedenis, een familie, zoveel jaren samen – dat was veel belangrijker dan een of ander ondoordacht romantisch idee van hij en ik samen, een langeafstandsrelatie de komende twee jaar. En dan? Trouwen? Op onze leeftijd? Nee, hij had gelijk. Vrienden hoorden geen geliefden te zijn. Vrienden mogen niet eens over het idee nadenken.

Als ik dit kon volhouden, dit rationaliseren, zou ik veilig zijn, in elk geval totdat ik weg was uit Londen. Als ik het waagde om er gevoelens bij te hebben, al was het maar een fractie van een seconde, zou de kloof van verdriet zich openen en me met huid en haar verslinden. Ik moest het verwijzen naar het domein van het verstand, naar de logica. Het grotere plaatje zien. En er een grapje over maken.

'Moet je met deze bus mee, meid?' vroeg de chauffeur.

'O ja,' antwoordde ik. Mal schudde mijn rugzak van zijn schouder en gaf hem voorzichtig aan de chauffeur. De gezette chauffeur van middelbare leeftijd met zijn witte overhemd met korte mouwen en stropdas nam mijn tas aan alsof die het waardevolste voorwerp was dat hij ooit had vastgepakt, waarna hij hem in het bagageruim van de bus smeet voordat hij een ander stel benaderde en vroeg of zij ook met de bus mee wilden. Ik schudde mijn hoofd en keek vol ongeloof weg. Het glas van de ingelijste foto's die tante Mer me had gegeven zou gebroken zijn, evenals de schalen met eten, terwijl de fles met vruchtensap die mama me in handen had gedrukt plakkerige vloeistof over al mijn kleren zou lekken. Alles bij elkaar een heerlijk iets om mee terug te nemen naar Oxford na alles wat er was gebeurd. Ik hoorde 'Gisteravond' naar me gniffelen.

'Wil het troetelhondje voor ik wegga nog even met de bal spelen of knuffelen?' vroeg ik pesterig.

Hij rolde met zijn ogen en viel in mijn open armen. We omhelsden elkaar en ik telde de seconden, elke seconde een mensenleven, voordat ik dit deel van de kwelling redelijkerwijs kon afsluiten. Ik moest het spel spelen. Normaal zijn. Als ik maar hard genoeg mijn best deed om normaal te zijn, zou het weer normaal worden. Spoedig. Spoedig zou ik niet meer eerst hoeven nadenken voor ik hem omhelsde, aanraakte en in de ogen keek.

'Ik kom gauw bij je langs, goed?' zei hij toen we elkaar loslieten.

'Nee, doe maar niet,' zei ik.

Hij keek me bezorgd aan.

'Ik weet wat je denkt,' zei ik met een grote grijns. 'En je hebt helemaal gelijk. Ik wil niet dat je op bezoek komt, want dan komt er geen vent meer bij me in de buurt omdat ze denken dat ik al bezet ben. En alle echt irritante meiden willen vriendinnen met me zijn omdat ze denken dat ze kans maken bij jou. In dat soort geintjes heb ik helemaal geen zin.' Ik voegde er een lach aan toe, onoprecht en meelijwekkend, maar noodzakelijk. Geef me alsjeblieft ruimte, smeekte ik hem vanbinnen. Laat me gaan en geef me tijd om hier overheen te komen.

Hij slikte even en perste zijn lippen samen. Toen knikte hij.

'Ik kom in de zomervakantie naar huis,' zei ik. 'Voor je het weet is het zover.'

'Maar over een paar weken is het Pasen,' protesteerde hij.

'Ik ga met een groepje medestudenten een vakantiehuisje huren. Het wordt hartstikke gezellig.' Heel even dacht ik dat hij misschien zou vragen of hij mee mocht, dus voegde ik eraan toe: 'Maar wel krap. Ik zie je tijdens de zomervakantie, oké?'

'Luister...' begon hij.

'Oké?' drong ik aan.

Hij perste zijn lippen weer op elkaar, die helemaal wit werden, en zijn ogen vernauwden zich. Het was niet oké. Langzaam schudde hij zijn hoofd, een keer, twee keer, drie keer. 'Oké,' zei hij uiteindelijk.

Ik pakte zijn hoofd beet en schudde het heen en weer. 'Brave hond,' zei ik. 'Mal is heel braaf. Mal is braaf.'

'Schei uit,' zei hij terwijl hij mijn handen wegduwde. 'Op een gegeven moment bijt ik je en zul je een prik tegen hondsdolheid moeten halen. Dan heb je spijt.'

'Maar dan zouden ze jou opsluiten en dan zou ik nog meer spijt hebben.'

Onverwacht, omdat we elkaar al hadden omhelsd, nam hij me in zijn armen en tilde me van de grond. 'Ik mis je,' fluisterde hij, zacht als de zucht van een engel. 'Ik mis je zo erg dat het pijn doet.'

Waarom hou je dan niet van mij, dacht ik in stilte. Waarom hou je dan niet van mij?

'Zijn er nog meer mensen die mee willen?' schreeuwde de buschauffeur terwijl hij zijn voet op de onderste trede van de trap in de bus liet rusten. Hij heeft het tegen mij, besefte ik. Ik keek omhoog naar de bus; alle stoelen bij het raam waren bezet; niemand anders maakte aanstalten om in te stappen. Iedereen was klaar om te gaan. Behalve ik, natuurlijk.

'O ja, ik!' riep ik.

'Dat wist ik,' bromde de chauffeur.

Ik draaide me snel om naar Mal. 'Ik zie je in de zomer,' zei ik, waarna ik me in de richting van de bus haastte. Mal stak zijn rechterhand omhoog, de hand die hij drie weken geleden onder het elastiek van mijn pyjamabroek had laten glijden, maar hij zwaaide niet toen ik boven aan de trap even bleef staan en naar hem glimlachte.

De volgende keer dat we elkaar zagen, zou alles anders zijn, besloot ik. Ik zou geen maagd meer zijn, daar was ik van overtuigd. Ik zou iemand vinden om die eerste keer mee te beleven. Hij hoefde niet speciaal te zijn; die ene speciale persoon wilde me niet, hield niet van me, en niemand zou ooit aan hem kunnen tippen, dus zou ik genoegen moeten nemen met iemand die gewoon aardig was.

Ik zou meer vrienden maken nu ik meer mensen in mijn leven nodig had omdat ik me voortaan niet meer in een opwelling terug naar Londen kon haasten.

Maar wat nog belangrijker was: de volgende keer dat ik Mal zag, zou ik niet meer verliefd op hem zijn. Ik wist nog niet hoe ik dat voor elkaar zou krijgen, maar wel dat het absoluut noodzakelijk was, wilde ik hem in mijn leven houden, wilde onze vriendschap dit overleven. Of ik zou mijn verliefdheid zo goed moeten verbergen dat het zou zijn alsof ze nooit had bestaan.

Ik vond een keer een briefje dat Leo had geschreven. Ik weet niet waarom hij het had geschreven, maar ik was geschokt op bed gaan zitten en had het steeds weer opnieuw gelezen.

Ik hep 2 papas. Een is un spion. Hij woont in mijn huis. De andere is niet dood. Ik weet niet waar hij woont. Mama hout van mijn 2 papas. Ze hout van mij. Van Leo.

Hij moest het al een poosje geleden hebben geschreven want zijn spelling is nu veel beter, maar ik snapte niet dat hij zoveel wist. Hij heeft altijd geweten dat Keith niet zijn echte vader is, hoewel hij hem meteen papa noemde. Ik had geen idee dat hij zich wel eens afvroeg wie zijn echte vader was. Dat hij wist dat die persoon niet dood was. Dat hij aannam dat ik van die andere papa hield.

Eigenlijk wist ik niet wat ik ermee moest. Leo had nooit enige interesse in zijn vader getoond, nooit vragen over hem gesteld. Maar het was duidelijk wel iets waarover hij nadacht.

Ik had het nooit zo gewild. Ik had nooit gewild dat hij zou opgroeien zonder zijn vader te kennen. Toen hij werd verwekt, was het de bedoeling dat hij twee ouders zou krijgen die van hem hielden, om hem gaven en hem zouden opvoeden. Ik zou natuurlijk niet een van die ouders zijn: mijn rol was die van de tante, de biologische moeder, de persoon die had geholpen hem op de wereld te zetten – maar het was altijd de bedoeling geweest dat hij zijn vader zou kennen.

En toen werd ik zijn moeder en kon Leo alleen maar mijmeren over zijn vader. Hij kon over zijn andere ouder nadenken, maar zei er nooit iets over. Misschien omdat hij dacht dat ik ervan zou gaan huilen. Misschien omdat hij niet zeker wist of ik het hem zou vertellen. Als hij naar hem had gevraagd, weet ik niet wat ik hem zou hebben verteld. Ik had het ook niet aan andere mensen verteld. Mijn familie had zo zijn vermoedens, maar niemand had het ooit gevraagd, dus had ik het ook nooit verteld.

Had ik Leo wel over zijn vader verteld, dan was het ook niet zo dat ik kon zeggen: 'Je kunt hem opzoeken als je wilt.'

Ik had destijds niet geweten wat ik moest doen, dus deed ik wat ik altijd deed als ik niet wist wat het beste was: ik legde het briefje terug waar ik het had gevonden en verbande het uit mijn gedachten door te gaan koken.

Ik sta in de deuropening van Leo's kamer en vraag me af hoeveel briefjes hij nog meer heeft geschreven.

Zijn vliegtuig is al uren geleden geland.

Oké, niet uren geleden, maar zo voelde het wel. Elke minuut die hij doorbracht bij de paspoortcontrole, wachtend op zijn stempel, en bij de bagageband, wachtend op zijn koffers (hoeveel kan iemand die nooit veel bagage meezeult nou hebben?), voelde voor mij als een uur.

Gezien het feit dat ik hem acht maanden, drie weken en vier dagen niet heb gezien, zou je denken dat die paar minuten er ook nog wel bij konden. Maar het ging hier wel om Mal. De leukste persoon die ik kende. En degene die ik het langst kende. Ik kon nog net voorkomen dat ik over het hek klom, door de dubbele schuifdeuren van de aankomsthal rende en haasje-over over een stel (bewapende) beveiligingsmedewerkers sprong terwijl ik zijn naam schreeuwde. Ik had visioenen dat hij zijn vlucht had gemist. Hij had me twee dagen geleden gebeld om zich ervan te vergewissen dat ik hem nog steeds op de luchthaven zou komen afhalen. Het zou een grote verrassing voor zijn familie zijn; zij verwachtten hem op z'n vroegst pas over vijf maanden terug. Ik zou hem dus afhalen en daarna zouden we naar zijn moeder gaan. Maar Mal was niet bepaald georganiseerd te noemen als het om vrouwen ging. Het zou me niet verbazen als hij de dag voor zijn vlucht nog was gaan stappen en een paar biertjes had gedronken, in Australië een mooie vrouw had ontmoet en had besloten dat zijn toekomst toch in Australië lag en dat hij misschien zou blijven. Een week of wat later zou hij weer aan de telefoon hangen, zeggen dat hij van gedachten was veranderd en alsnog naar huis zou komen.

Dat was typisch mijn maatje Mal: hij had moeite met het verschil tussen liefde en lust, nam uitvoerig de tijd – meestal langer dan het duurde om voor voornoemde vrouw te vallen – om een goede relatie op te bouwen voordat hij het opgaf, inzag dat het een slechte keuze was en vertrok.

De laatste keer dat ik hem zag was ook op deze luchthaven, maar ik had hem niet goed kunnen zien omdat ik zo moest huilen. Volgens mij heeft zijn moeder zelfs niet eens zoveel gehuild, en zij, Victoria, Cordy, mama en papa hadden zich discreet teruggetrokken toen we afscheid van elkaar namen. Hij had zijn kleine rugzak neergezet en me in zijn armen genomen. 'Stop alsjeblieft met huilen,' fluisterde hij in mijn oor.

Ik knikte en nog steeds stroomden de tranen over mijn gezicht ondanks mijn dappere pogingen om ze binnen te houden, waarbij ik een grote snottebel heb moeten opsnuiven voordat die mijn neus zou verlaten. 'Straks begin ik ook nog.'

Ik had zijn plan om weg te gaan en de wereld te verkennen niet goedgekeurd. Wie dacht hij wel dat hij was? Christopher Columbus? Kapitein Cook? Kapitein Kirk? Wat was daar te zien wat hij niet in Londen zou kunnen vinden? Wat was er zo geweldig aan 'daarginds'? Prachtige stranden, heerlijke zon, buitenleven, betoverende landschappen en de kans om jezelf opnieuw te ontdekken – ja, Australië had het allemaal, maar toch.

De dubbele deuren schoven open, en ik voelde de verwachting en opwinding om me heen toenemen. We verkeerden allemaal in dezelfde positie: wanhopig om dat ene gezicht te zien, om die persoon weer te zien. Alsof het gechoreografeerd was, spanden we ons, de groep vreemden bij de hekken, naar voren terwijl de rand van een bagagewagen overladen met koffers zichtbaar werd. Mijn ogen vlogen omhoog naar degene die de bagage duwde. Hij was lang, blank, een grijzende vijftiger. Om me heen was de teleurstelling voelbaar.

Het ergste van zijn vertrek was dat we oorspronkelijk hadden afgesproken om samen te gaan. Ik had nooit de behoefte gevoeld om te gaan reizen, maar Mal had me ervan overtuigd dat het precies was wat ik nodig had om wat levenservaring op te doen voordat ik zou beginnen aan mijn promotie in de psychologie.

'Jij moet voor mama zorgen,' had hij gezegd terwijl hij mijn tranen wegveegde.

Dat was de reden dat ik niet kon gaan. Ik had geld gespaard, maar we konden niet allebei gaan en zijn moeder alleen laten. We zouden er geen goed gevoel bij hebben gehad. Het was zijn droom om de wereld te zien, hij was degene die zijn hele studietijd bij zijn moeder had gewoond om voor haar te zorgen, die nooit de kans had gehad om een avontuur aan te gaan, te doen wat ik deed toen ik naar Oxford ging. Ik zou het reisgezelschap zijn geweest; ik zou meegaan maar het niet zo waarderen als iemand die nooit vrijheid en onafhankelijkheid had gekend, niet wist hoe het voelde om jong te zijn. Ik weet dat hij zich daar zorgen over maakte toen we onze reisplannen maakten, dus had ik tegen hem gezegd dat ik dat jaar wilde beginnen met mijn studie en dat ik, aangezien ik in Londen zou studeren, een oogje op tante Mer zou houden. Mijn ouders zouden natuurlijk de meeste zorg op zich nemen, dat hadden ze altijd gedaan, maar ik zou hem regelmatig laten weten hoe het met haar ging.

'Beloof je dat?' had hij me gevraagd.

Ik moest de brok in mijn keel wegslikken. 'Beloofd.'

'Dank je,' had hij zachtjes gezegd terwijl hij mijn gezicht in zijn handen nam. Hij had zijn lippen op mijn natte wang gedrukt en me stevig omhelsd. Hij rook naar liefde, dat wil zeggen, zoals ik dacht dat liefde voelde. Echte liefde. Hij rook naar alles en niets. Altijd als ik zijn geur opsnoof, glimlachte ik vanbinnen. Hij deed me denken aan al het goede dat me ooit was overkomen. Toen hij zich uiteindelijk uit onze omhelzing losmaakte, glinsterden zijn donkere roestbruine ogen. Ik sloeg het beeld van hem in mijn gedachten op: lang, net iets steviger dan slungelig, met lange, gestroomlijnde spieren. Hij had zijn honingblonde krullen kort geknipt waardoor zijn gezicht er ouder uitzag. Zijn lange, geaderde handen met lange, dikke vingers. Zijn ovale gezicht met zijn ietwat lange neus. Zijn grote, met ontzag vervulde ogen. Hij had zich niet geschoren, ondanks zijn moeders aandringen, dus had hij een stoppelbaardje.

Als ik hem aanraakte, voelde ik me veilig, wist ik dat er iemand was die op me vertrouwde, wat er ook zou gebeuren. Altijd. Ik had mijn hoofd tegen zijn borst gelegd en luisterde naar zijn hart. Ik kende dat ritme, die hartslag, beter dan die van welk ander hart dan ook. Ik had het vaker gehoord dan mijn eigen. Het zou me helpen om de tijd die hij weg was door te komen: twaalf maanden in

Australië totdat zijn visum afliep, daarna nog drie maanden om thuis te komen.

'Ik moet gaan,' had hij gezegd. Zijn stem. Ik nam zijn stem in me op. Ik was bijna vergeten om hem in gedachten op te slaan. Ik klampte me nog steviger aan hem vast.

'Jemig, Nove. Wil je soms dat ik mijn ribben breek?' had hij gesmoord uitgeroepen.

'Ja, als ik daarmee kan voorkomen dat je gaat,' had ik geantwoord.

'Voor je het weet ben ik weer terug,' had hij daarop gezegd. 'Je zult niet eens de kans krijgen om me te missen.' Hij deed er zo nonchalant over dat ik bijna geloofde dat hij het meende, totdat hij me losliet en ik tranen in zijn ogen zag glinsteren.

Hij had zijn hand opgestoken, naar onze familie gezwaaid en zich weer tot mij gewend. Ik zag dat zijn lip trilde. Zijn duim en wijsvinger gingen naar de binnenhoek van zijn ogen en hij kneep in zijn neus terwijl hij zijn hoofd liet hangen. 'Tot gauw,' had hij gezegd terwijl hij zijn rugzak optilde. 'Tot heel gauw.' Hij liep weg en ik sidderde vanbinnen. Dat was het dan. Hij liep mijn leven uit en het enige wat hij had gezegd, was: 'Tot gauw.'

Na twee passen draaide hij zich om. Zijn gezicht lichtte op terwijl hij naar me grijnsde. Ik grijnsde terug. Ineens stond hij weer voor me, hij omhelsde me stevig, tilde me van de grond en zette me weer neer. En toen kuste hij me op de mond. Voor de eerste keer. Hij kuste me op de mond. Zijn zachte, sensuele lippen bedekten de mijne, bewogen zich over de mijne en zachtjes duwde hij zijn tong naar binnen. Het leek een eeuwigheid te duren. Dit gevoel van vliegen, van zweven op een ander niveau samen met degene van wie je zielsveel houdt. We waren vrienden, beste vrienden. Iedereen vroeg altijd of er meer was tussen ons, maar dat was niet zo. Na het voorval van vier jaar geleden had ik mijn gevoelens afgedaan als belachelijke nonsens. Maar toch kuste hij me op de mond midden op een drukke Londense luchthaven, in het bijzijn van onze familie. Hij liet me los. Te snel, dacht ik. Hoeveel jaren had ik hierop gehoopt? En toch had ik na dat weekend waarin hij me had verteld dat hij nooit op die manier van me zou kunnen houden, steeds geweten dat het ooit zou gebeuren. 'Zo, probeer nu maar eens aan hen uit te leggen,' hij had naar onze familie geknikt, 'dat we alleen maar vrienden zijn en je niet tranen met tuiten huilt omdat de liefde van je leven wegloopt.'

'Jij...' had ik gezegd toen ik besefte wat hij had gedaan, waarom hij het had gedaan. Nu zouden ze allemaal denken dat... 'Jij...'

'Dag, Nova', had hij met een brede, ondeugende grijns gezegd (een die ik in me opnam en zorgvuldig opsloeg in mijn hart bij alle andere beelden die ik van hem had). 'Veel succes ermee.' En hij liep weg.

Er stroomden steeds meer mensen de aankomsthal in. Het lawaai in de luchthaven was oorverdovend: mensen die gilden en huilden als ze elkaar zagen; luid en opgewonden praatten over alles wat er was gebeurd in de tijd dat ze van elkaar waren gescheiden, de verloren tijd inhaalden in de seconden dat ze waren herenigd. Ik zag stelletjes in elkaars armen springen, zich aan elkaar vastklampen, elkaar kussen en huilen en kussen, herhalen hoe erg ze elkaar hadden gemist. Ik zag familieleden die duizenden kilometers van elkaar woonden elkaar omhelzen en beloven dat ze er de volgende keer niet meer zoveel tijd overheen zouden laten gaan. Ik zag vrienden op en neer huppen en elkaar vasthouden, zo opgewonden om bij elkaar te zijn dat ze nauwelijks stil konden staan.

En toen zag ik hem. Hij slenterde door de dubbele deuren met een grote zwarte rugzak vol met vakjes op zijn rug. Zijn haar was lang en wild, zijn gezicht zat nog steeds onder de stoppels. Hij leek langer dan de laatste keer dat ik hem zag. Ondanks zijn zongebruinde teint zag hij bleek van de jetlag en had hij donkere kringen onder zijn ogen. Zijn reiskleren – een surfbroek, een roze T-shirt onder een witte blouse met lange mouwen – waren allemaal verkreukeld.

Mal. Mál.

Hij zag me en liep snel in de richting van de hekken. Ik wurmde mezelf naar voren, duwde mensen aan de kant alsof het vliegen waren. Hij liet zijn rugzak vallen, zette zijn tas neer en bukte zich met zijn armen wijd terwijl ik op hem af sprong. Als in iemands armen springen een olympische sport was, zou ik een tien hebben gescoord. Hij ving me op en ik sloeg mijn benen om zijn middel, mijn armen om zijn nek. Hoewel ik niet de lichtste was, was hij sterk genoeg om me te dragen. Stevig genoeg om me te blijven vasthouden terwijl mijn zintuigen weer met hem vertrouwd raakten.

Hij rook naar zon en avontuur; hij voelde stevig en sterk; met mijn oor tegen zijn nek klonk zijn hart precies hetzelfde.

'Wat ruik je lekker,' fluisterde hij. Hij had geen Australische tongval gekregen, het was dezelfde stem die ik in gedachten steeds had gehoord tijdens zijn afwezigheid. 'Je bent zo mooi. Je voelt zo heerlijk aan.' Hij drukte zijn lippen in de ruimte tussen mijn hals en wang en liet ze daar even rusten. 'Ik ben zo blij dat ik terug ben.'

Ik kon niets zeggen. Ik was overweldigd door het feit dat hij weer thuis was. Veilig. Hij zag er belachelijk uit, maar hij was veilig. Er waren zoveel dingen gebeurd tijdens zijn afwezigheid, dingen die ik hem niet via de telefoon had kunnen vertellen. Dingen die tot dit moment konden wachten, dingen waarmee ik vaak in mijn eentje had geworsteld, maar die nu allemaal goed zouden komen nu hij terug was.

'Je ziet er belachelijk uit,' zei ik tegen hem terwijl hij me weer op de grond zette.

Hij keek naar zichzelf en richtte zijn blik daarna weer op mij. Hij leek het niet te hebben opgemerkt totdat ik hem erop wees. 'Ik kom rechtstreeks van het strand – we hadden een feestje,' legde hij uit. 'Mijn vlucht was zo vroeg dat het geen zin had om te gaan slapen.'

'Je zult het ijskoud hebben buiten.'

'Ja, je hebt gelijk. Ik kan me beter even omkleden.'

Ik keek om me heen of de herentoiletten in de buurt waren. Ze waren links, vlak achter de loketten van de autoverhuurbedrijven. Ik draaide me weer terug om het hem te vertellen en zag dat hij zijn rugzak had opengemaakt. Hij begon erin te rommelen, haalde er een spijkerbroek uit tevoorschijn en de dikke blauwe trui die zijn moeder voor hem had gemaakt toen hij zestien was. Zich niet bewust van de starende blikken van de mensen om ons heen schoot Mal in zijn jeans en knoopte hem dicht. Daarna wurmde hij zich in zijn trui, die veel te groot voor hem was geweest toen hij hem kreeg, maar die nu net iets te krap zat. Het was het enige wat tante Mer ooit had afgemaakt en hij wilde er duidelijk geen afstand van doen. Hij schopte zijn slippers uit – 'thongs' werden ze in Australië genoemd, vertelde hij – en trok een paar laarzen uit een van de grote vakken aan de zijkant van zijn rugzak. In de laarzen zaten opgerolde dikke sokken. Hij trok zijn sokken en laarzen aan, ging staan en spreidde zijn armen demonstratief. 'Zo beter?' vroeg hij.

Ik lachte. 'Ja, veel beter.'

'Goed zo,' zei hij met een glimlach. Hij deed een stap naar me toe en keek me aan. Mijn hart maakte een sprongetje, mijn maag danste. Hij is terug. Hij is echt terug.

Hij boog zich voorover en kuste me kort op de mond. 'Je ruikt fantastisch, naar thuis,' zei hij. 'Je hebt geen idee hoe blij ik ben om terug te zijn.'

Ik kon het niet laten om mijn lippen even aan te raken. Al die nachten dat ik met een gebroken hart had doorgebracht, kwamen weer terug. Al die jaren waarin ik ervan overtuigd was geweest dat ik verliefd op hem was, dat hij mijn zielsverwant was, dat hij mijn toekomst was en dat ik niemand anders wilde, stroomden door mijn gedachten. Ik zou nooit begrijpen waarom hij me niet wilde. Waarom hij zo ronduit kon zeggen dat hij als vriend van me hield maar me niet aantrekkelijk vond. Me nooit zou willen kussen. Behalve die ene keer op de luchthaven, om me in een lastig parket te brengen, en nu deze korte kus ter begroeting. Ik had er altijd naar verlangd dat hij naar me zou kijken zoals hij nu deed. Maar deze blik had duidelijk te maken met weer thuis zijn en niet met op díe manier naar me verlangen. Gelukkig was ik eroverheen gegroeid. Grotendeels.

Zijn grijns was breed en stralend vanwege zijn kleurtje. 'Heb je al die tijd op het strand doorgebracht?' vroeg ik hem terwijl ik naar het touwtje met schelpen om zijn nek keek. Ik durfde te wedden dat er zand uit zijn zakken zou vallen als iemand hem ondersteboven hield.

Hij schudde zijn hoofd, zijn grijns werd nog breder. 'Niet al mijn tijd. Strand, bars, snowboarden, trektochten houden. Verlichting zoeken.'

'O, dus dat vind je geen onzin meer?'

'Heb ik dat ooit gezegd? Dat deed ik vast om je op de kast te jagen. Ik heb een bijzondere interesse in kristallen ontwikkeld.'

'Kristallen. Echt?' Ik zat te wachten op de clou. Dit deed hij nou altijd: doen alsof hij geïnteresseerd was in de zweverige dingen waarover ik zo gepassioneerd was en er vervolgens een grap van maken. Deze keer, met de kristallen, wist ik zeker dat de woorden 'hard' en 'stevig' elk moment over zijn lippen konden rollen.

'Ik ben erachter gekomen waarvoor ze worden gebruikt. Ik heb ontdekt dat diamanten stenen van zuiverheid zijn. Ze bestendigen relaties en worden gezien als een teken van...' hij sloot één oog en keek omhoog alsof hij zijn uiterste best deed om het zich te herinneren '... toewijding en trouw. Daarom worden ze ook zo vaak in verlovingsringen verwerkt. En dan heb je nog rozenkwarts, de steen van liefde en romantiek.'

Ik trok mijn wenkbrauwen op. Hij had die woorden duidelijk gebruikt om vrouwen mee het bed in te krijgen. Het waren briljante zinnen om iemand mee te versieren – hij zinspeelde ermee op liefde en een vaste relatie – dingen die je waarschijnlijk nooit zou krijgen, maar ze leken een diepzinnige kant van hem te onthullen, gaven er blijk van dat hij dingen intens voelde. En dat was ook zo, maar daar kwam je pas achter als je hem al jaren kende.

'Ben je niet onder de indruk van wat ik heb geleerd?' vroeg hij.

'Nou,' gaf ik toe.

'Dús... ik zat te denken...' begon hij. Op dat moment kwam Keith aangelopen, die zei: 'Gevonden!' Hij kwam naast ons staan. 'Ik ben toch zo slecht in het vinden van de weg,' zei hij. 'Eerst kon ik geen parkeerplek vinden die dichterbij was dan de snelweg, en daarna kon ik jullie niet vinden. Je zou niet zeggen dat ik in het leger bij oriëntering zat, hè?'

Mal stopte met praten en leek geschokt. Ik had hem niet verteld dat Keith en ik weer samen waren. Dat we elkaar na een scheiding van een jaar in de supermarkt tegen het lijf waren gelopen en koffie waren gaan drinken. Dat het had geleid tot samen iets drinken in de kroeg, en daarna tot samen uit eten gaan en vervolgens tot weer daten, omdat we alleen maar uit elkaar waren gegaan omdat ik had besloten dat hij te oud voor me was. Ik had het Mal niet verteld omdat ik altijd het vermoeden heb gehad dat hij Keith niet de juiste man voor me vond.

'Oké, *mate*,' zei Keith, die zich ineens weer herinnerde wat we hier op de luchthaven deden. Hij schudde Mal de hand. 'Leuk gehad?'

Mal knikte en toverde een glimlach op zijn gezicht terwijl hij zei: 'Ja.' Ik had gehoopt dat Keith een goede beurt bij Mal zou maken als hij ons een lift zou geven.

'Er is niets veranderd, ik kan nog steeds niet autorijden, ook al had ik gezegd dat ik lessen zou nemen, dus heeft Keith aangeboden om je samen met mij af te halen.'

'Bedankt,' zei Mal vlak. Zijn tweede naam had op dat moment 'Knorrig' kunnen zijn. Het irriteerde hem waarschijnlijk dat ik mijn vriendje had verteld dat hij terug was terwijl zijn eigen moeder het niet eens wist.

'Oké, zullen we gaan?' zei ik opgewekt, in een poging de goede stemming van daarnet te redden. 'Ik heb allemaal lekkere dingen in huis gehaald. Al je lievelingshapjes en een paar biertjes. We kunnen later een taxi naar je moeder nemen, als je wilt?'

Mal gooide zijn rugzak over zijn schouder; hij keek nog steeds knorrig. Ik pakte zijn kleinere tas op en stak mijn arm door die van hem. Keith zou er geen moeite mee hebben, hij begreep het van mij en Mal; maar Mal had er wel moeite mee. Hij verstijfde toen ik hem aanraakte. Dat kan nog gezellig worden, dacht ik terwijl we Keith naar de parkeergarage volgden.

Mal had niets meer gezegd na die twee woorden tegen Keith. Hij mocht dan een zwijgzaam type zijn, dit grensde aan het belachelijke. Ik wilde niet boos op hem zijn, maar als hij zo bleef doorgaan, zou ik er thuis echt wat van zeggen.

'Luister, het spijt me als je je eraan ergert dat ik...' begon ik.

'Is hij echt wat je wilt, Nova?' onderbrak Mal me.

Ah, dit ging dus over Keith, of hij wel of niet de juiste man voor me was. Keith was ouder, maar ongelooflijk goed voor me. Hij vertelde me de hele dag hoe gek hij op me was. We lachten samen heel wat af, vonden dezelfde dingen leuk. Hij luisterde naar me – oké, niet als ik het over mediums en kristallen en dat soort zaken had, maar verder naar alles. En hij was ongelooflijk aantrekkelijk. Hij had het voorkomen van een politicus, het uiterlijk van een filmster en een heel groot hart. Ja, hij was wat ik wilde. Hij maakte me aan het lachen. Als ik alleen was, hoefde ik maar aan Keith te denken en ik voelde me blij. En daarom wist ik dat ik (grotendeels) over mijn obsessie met Mal heen was gegroeid. Er was nog iemand op deze aarde die me kon laten glimlachen zoals Mal dat kon.

'Als hij me vroeg, zou ik morgen met hem trouwen,' antwoordde ik.

Mal ademde diep in. Knikte. Hij ademde even diep uit, streek met zijn hand door zijn haar en bleef knikken. 'Oké,' zei hij uiteindelijk. Hij glimlachte moeizaam, maar knikte nog steeds. 'Oké, dan zal het wel goed zitten.' Zijn gezicht was weer een en al zonneschijn zoals eerder in de aankomsthal. 'Dan heb je mijn zegen, kleintje,' zei hij.

'Nou, dat is een hele opluchting,' zei ik sarcastisch. Maar het was waar. Het zou moeilijk zijn om een relatie met iemand te hebben terwijl Mal er niet achter stond. Ik zou er wel mee doorgaan, maar het zou voelen alsof ik mezelf voor de gek hield, mezelf alleen maar wijsmaakte dat ik verliefd was op die persoon. 'Wacht maar, de vrouw met wie jij eindigt, zal weten dat Hercules' krachtsinspanningen niets waren vergeleken bij de uitdagingen waarvoor ik haar stel voordat ze mijn goedkeuring krijgt. Wacht maar. Ik stuur haar op een zoektocht naar de gouden vacht.'

Ik laat mijn kleren op een hoop naast het bed vallen en doe geen moeite om mijn haar in een doek te wikkelen of mijn pyjama aan te trekken. Het is me te veel inspanning om mijn nachthemd of sjaal onder mijn kussen vandaan te halen.

Misschien had ik niet meer aan Mal gedacht omdat ik hem nog steeds mis. Tenslotte heb ik dat de afgelopen acht jaar elke dag gedaan. Misschien is het omdat Leo hem mist. Leo kent zijn vader niet, maar dat wil niet zeggen dat hij hem niet mist. Niet wil weten wat voor iemand hij is, wie hij is, hoe hij in de grote puzzel van zijn leven past. Misschien kan ik met hem over Mal praten als hij wakker wordt. Misschien kan ik hem laten weten zonder het letterlijk te hoeven zeggen dat zijn vader heel veel van hem zou houden als hij kon. En hoe zou hij dat niet kunnen? Leo was het beste wat hij ooit had gedaan.

7

'Doe je ogen open, Steph,' zegt hij.

Ik wil mijn ogen niet opendoen. Ik ben nog maar net in slaap gevallen, zo voelt het, en ik wil niet terugkeren naar de plek die ik net heb verlaten.

Boze Mal is daar, en ik wil hem niet onder ogen komen. Het is te veel voor een weekend, voor de dag na mijn tiende trouwdag. Ik wil hier blijven, half in slaap, half wakker, tegelijkertijd helemaal nergens.

Hier droom ik niet zoals ik doe als ik slaap, en pieker ik niet zoals ik doe als ik echt wakker ben.

De avond ervoor was hij verrassend genoeg tegelijkertijd met mij naar bed gegaan. Maar anders dan gewoonlijk, wanneer we kletsten over wat we de volgende dag gingen doen, had hij zijn kleren met zijn rug naar me toe zwijgzaam uitgetrokken en op de grond naast het bed laten vallen. Elke spier in zijn sterke lichaam lang en veerkrachtig, glad en gestroomlijnd onder zijn licht roomkleurige huid.

Ik had toegekeken terwijl hij zich uitkleedde en daarna in bed was gaan liggen alsof ik er niet was. 'Welterusten,' had hij gemompeld voordat hij zich omdraaide.

Ik had me stilletjes uitgekleed en mijn jurk en beha en slip meteen in de wasmand gegooid. Ik had het geprobeerd, echt geprobeerd, ik had zelfs de lakens aan mijn kant van het bed opzij getrokken – maar ik kon het niet. Ik móést naar Mals kant van het bed lopen en zijn kleren oprapen. Ik kon ze niet op de grond laten liggen. De kamer zou er rommelig door lijken. En als de kamer rommelig was, zou alles rommelig zijn. Het kostte zo weinig moeite om dingen er netjes uit te laten zien, het kostte nog minder moeite om de boel te laten versloffen. Als je je omgeving onder controle had, ervoor zorgde dat alles perfect was, had je veel minder kans dat je iets ergs zou overkomen. Als je de dingen niet liet verslonzen, zou niets uit elkaar vallen. En als dingen niet afbrokkelden, zouden ze snel hersteld worden, omdat chaos niet lang kon overleven in de aanwezigheid van perfectionisme.

Ik raapte Mals kleren op. Hij wist het heus wel. Dat hij ze op de grond had laten vallen, was duidelijk bedoeld om mij te irriteren. Misschien had hij het niet bewust gedaan om me pissig te maken, misschien had hij gewoon geen zin om naar de wasmand te lopen, die aan de andere kant van de kamer stond, maar we waren al zo lang samen, hij wist best dat ik me eraan zou storen.

Terwijl ik door de kamer liep, bleef ik staan, hield zijn kleren onder mijn neus en ademde diep in. Mal, zijn geur, de essence van hem, vulde mijn zintuigen. Het was een van mijn lievelingsgeuren. Schoon als rozemarijn, troostend als tijm, kruidig als kaneel en doortrokken van friszure sinaasappel. Zonder er echt bij na te denken, gooide ik het jasje en de broek in de wasmand en knoopte zijn donker crèmekleurige overhemd over mijn naakte lichaam. Het was een van zijn duurdere overhemden van strak geweven, dik katoen met duurzame stiksels, en het rook naar hem. Ik wilde – móést – slapen met zijn geur om mijn lichaam, zodat ik kon doen alsof hij daar bij me was, alsof hij net in me was geweest, alsof we beiden niet onze trouwdag waren vergeten, alsof ik dit niet al vele, véle malen eerder had meegemaakt – alsof dit niet de eerste stap op weg naar een scheiding was.

De gedachte aan dat woord had mijn nachtelijke angsten veroorzaakt. Reusachtige golven van paniek stroomden door me heen telkens als ik me afvroeg of dit het was, of hij zou vertrekken. Wanneer hij zou vertrekken.

Daarna stroomde er een soortgelijke golf door me heen terwijl ik me afvroeg wat er van ons zou worden als hij niet vertrok. Of we door zouden moeten leven met grote, onuitgesproken waarheden tussen ons in. Vervolgens was ik me gaan afvragen of hij nog van me hield. Hij bleef bij me, maar was dat omdat hij nog van me hield of omdat hij zich verplicht voelde, gedwongen?

Op een gegeven moment, toen mijn angsten hun ijzige tentakels over mijn hele geest hadden verspreid en zich op sommige plekken hadden vastgegrepen, viel ik in slaap. En toen werd ik weer wakker, maar niet helemaal, en zo heb ik het graag. Zweven in het niets, te slaperig om te denken, te wakker om te dromen. Alleen maar zweven.

En nu probeert hij me terug te halen. Waarom hij denkt dat ik terug zou willen, zou ik niet weten.

'Kom op, schat. Ik weet dat je niet slaapt. Doe alsjeblieft je ogen open.'

Nou ja, als hij me schat noemt en het me zo lief vraagt...

Langzaam doe ik mijn ogen open. Het is nog steeds donker, nog steeds midden in de nacht, want de zon is nog niet op en de vogels zijn nog niet met hun vroege gezang begonnen.

Hij ligt op zijn zij en leunt met een lachend gezicht over me heen. Zijn ogen sprankelen; hij is een compleet ander persoon dan degene met wie ik daarstraks in bed stapte. Wat is er in de afgelopen paar uur veranderd?

Met zijn duim strijkt hij over mijn wang en ik bijt op mijn onderlip. Ik vraag me af waarom hij doet alsof hij weer van me houdt. 'Ik zat te denken,' zegt hij zonder zijn blik af te wenden. 'Als we de komende uren flink voortmaken, zitten we voor zonsopgang in Parijs.'

'Parijs?'

'Ja. En als we een weekendtas meenemen, kunnen we kijken of we nog een hotelletje kunnen vinden. Zo niet, dan gaan we terug en zoeken we iets in het centrum van Londen.'

Ik kijk hem fronsend aan. 'Waarom?'

'Om ons jubileum te vieren.'

'Ik dacht dat je vandaag moest werken?'

'Nee. Ik bel wel af vanuit de trein. Ik zal zelfs mijn laptop en BlackBerry thuislaten.'

'Waarom?' vraag ik weer.

'Om ons jubileum te vieren,' herhaalt hij. 'Lijkt het je wat?'

Natuurlijk. 'Hmm...' zeg ik. 'Misschien.'

'O, misschien hè?' Hij klimt boven op me en gaat in spreidstand zitten. Zijn knieën rusten zachtjes aan weerszijden van mijn dijen. 'Nou, misschíén is het me niet ontgaan dat je een van mijn overhemden draagt.' Hij reikt naar de bovenste knoop. 'En misschíén wil ik dat je daar iets tegenover stelt.'

'Nee, dacht het niet,' zeg ik terwijl hij de overige knoopjes losmaakt. Er gaat een stroom van genot door mijn lijf terwijl hij het overhemd theatraal opentrekt. Zijn zachte vingers glijden over mijn huid, alsof hij me probeert te lezen, en mijn lichaam komt van opwinding tot leven.

Plotseling begraaft hij zijn neus in mijn navel en begint me te kietelen. Ik gil, ik kronkel en probeer van hem weg te komen. Hij houdt me stevig vast tussen zijn benen, en al snel lachen we allebei terwijl we schoppend en schreeuwend in elk stukje vlees porren.

Mals grote handen sluiten zich om mijn polsen en hij pint ze aan weerszijden van mijn hoofd vast. 'Geef je je over?' vraagt hij. Zijn gezicht is vlak bij het mijne, zijn borstkas beweegt snel.

'Ja,' hijg ik. 'Ja.'

'Oké,' zegt Mal. Zijn handen laten me los en hij gaat weer rechtop zitten.

Ik stort me op hem, en hij is totaal overrompeld. Ik geef hem een por in zijn ribben, waardoor hij schuin achterover valt. 'Kreng!' roept hij naar me. Ik klauter boven op hem en duw zijn polsen tegen het bed.

'Niet te geloven dat je erin bent getrapt,' zeg ik lachend. Zijn haar, de kleur van gebrande boter, is de laatste tijd gegroeid en ligt in dikke krullen op zijn schedel. Zijn roestbruine ogen en zijn mond staan vrolijk, zijn gezicht vertoont een blos.

'Ik ook niet,' antwoordt hij.

'Oké, nu stel ik hier de vragen: wil je echt naar Parijs?'

'Ja. Het spijt me dat ik het je moet vertellen, schat. Ik weet dat we geweldige seks hebben en zo, maar ik ben getrouwd. En ik hou van mijn vrouw. We zijn nooit samen in Parijs geweest, dus daar wil ik graag met haar naartoe.'

'Waarom zijn de beste mannen altijd al bezet?' Opwinding en geluk fladderen in mijn buik als een vogel in een kooi. Zo voelde het tussen ons toen we elkaar pas kenden. Het is heel lang geleden dat ik me ook maar een paar seconden zo heb gevoeld.

Mal grijpt het feit dat ik even afgeleid ben aan om me op mijn rug te draaien. Voordat ik kan reageren, duwt hij mijn benen uit elkaar en bedrijft de liefde met me. Mijn lichaam wordt slap. Als een vloeistof die met hem meebeweegt, vorm ik me naar de rondingen en lijnen van zijn lichaam. Terwijl ik zucht, begraaft hij zijn gezicht in het kussen. Ik herinner me nog dat hij vroeger mijn mond met de zijne bedekte, elke zucht, kreun of grom – elk geluid dat ik maakte – in zich opslokte, alsof hij alles wilde wat hij van me kon krijgen tijdens ons liefdesspel. Het is natuurlijk maar iets kleins. Ik weet niet eens meer wanneer hij daarmee is opgehouden. En het is echt maar iets kleins, en het doet er niet toe. We zijn weer samen. Waarschijnlijk. Als man en vrouw. Als vrouw en echtgenoot. Als Steph en Mal.

En er is niets... uhh... niets zo heerlijk als dit.

In mama's schoenendoos in de onderste lade van haar kledingkast, vond hij de foto's. Het waren er veel, van mensen met rare kleren. En er was een van hem, maar hij was het niet.

Het haar van de jongen had de kleur van de kiezels op het strand, en hij was blank zoals tante Mer en zijn schooldas had een andere kleur dan die van hem. Hij rende naar zijn moeder in de keuken en liet haar de foto zien.

'Wie is dit, mam?' Hij hield de foto voor haar gezicht zodat zij er goed naar kon kijken.

Mama veegde haar handen af aan haar schort, nam de foto van hem aan en staarde er lang naar. Héél lang. Daarna keek ze naar hem, en in haar ogen stonden tranen. Zijn buik voelde raar want hij wist dat mama zo zou gaan huilen.

'Dat is een jongen met wie ik ben opgegroeid,' zei ze. 'Maar hij werd een man die ik niet ken.'

Mama gaf de foto aan hem terug.

'Waarom lijkt hij op mij?'

Ze wreef met haar vingers over de zijkanten van zijn hoofd en daarna over zijn gezicht, zoals ze wel vaker deed. 'Omdat God het soms leuk vindt om grapjes met me uit te halen,' zei ze. 'En die grapjes zijn niet altijd leuk.'

Leo knikte naar zijn moeder, maar hij wist dat het niet de reden was. Hij wist dat het was omdat deze man zijn vader was. Papa was niet zijn echte vader, en hij leek ook niet op hem. Maar mama leek op oma. En David leek op zijn vader. En Richard leek op zijn vader. Hij wist gewoon zeker dat deze jongen op hem leek omdat hij later zijn vader zou worden.

'Oké, mama,' zei hij en hij glimlachte naar haar. Hij zei niet dat hij wist dat deze man zijn vader was, want dan zou ze moeten huilen.

Hij rende naar boven naar zijn slaapkamer en verstopte de foto onder in de boekendoos onder zijn bed. Hij vond het fijn om te weten dat hij daar lag.

Leo, 5 jaar

deel drie

8

De afgelopen vier dagen ben ik erin geslaagd om die twee vrouwen die over me roddelden te ontlopen.

Het viel allemaal behoorlijk mee vergeleken bij de halve waarheden en verhalen die mensen vroeger over me vertelden, maar het is zo'n schok om het als volwassene mee te maken. Vooral nu ik er bijna van overtuigd was dat er niets mis met me was.

Ik programmeer een uur op de loopband met een steile helling en druk op de startknop. Ik moet rennen. Ik kon vandaag niet vroeg gaan, vóór mijn werk – de beste manier om mijn twee critici te ontlopen – omdat Mal me vanochtend om een of andere reden had gewild.

Dat hij me wanhopig graag wil, komt zo zelden voor dat ik me niet had verzet. We zijn zaterdag niet naar Parijs gegaan, maar hebben de hele dag in bed doorgebracht. We keken dvd's en aten junkfood. Na die eerste keer, 's ochtends vroeg, hebben we de liefde niet meer bedreven. We zijn alleen maar tegen elkaar aangekropen. Maar vanochtend had hij zich op me gestort zodra de wekker ging en ik mijn ogen opendeed. En het was niet bij een keer gebleven; hij was een en al geilheid geweest. Hij had me twee keer in de slaapkamer besprongen, toen nog eens onder de douche en vervolgens terwijl ik leunde op het aanrechtblad, de krant las en wachtte tot mijn boterham uit de broodrooster zou komen. In zijn haast had hij zelfs de naad van mijn (peperdure) lievelingsslip gescheurd. Daarna nog een keer onder de douche. Vijf keer op een ochtend is ongehoord. Hij was alleen maar naar zijn werk gegaan omdat zijn BlackBerry had gepiept, om hem te herinneren aan een bestuursvergadering die hij absoluut moest bijwonen.

Alle keren waren snel, uitzinnig en onverwacht hard geweest. Nadien bleef een vaag gevoel van afstandelijkheid hangen. Als ik niet beter wist, zou ik hebben gedacht dat hij een affaire had, of er een overwoog, en dat dit seks uit schuldgevoel was.

Maar dat zou hij nooit doen. Nu weet ik dat. Nu, nu het te laat is, weet ik dat hij dat nooit zou doen.

Het terrein begint onder mijn voeten te stijgen, en ik voel het komen, mijn longen werken harder, mijn hart klopt sneller, mijn bloed begint door mijn aderen te kolken. Ik geniet hiervan. Deze opbouw. De stormloop naar extase.

Ik mag eigenlijk niet klagen dat Mal zo hitsig is. Soms lijkt hij maanden niet te weten dat ik een vrouw ben, laat staan iemand die hem hoort op te winden. En die keren komen nooit overeen met de keren dat ik er geen zin in heb, en dan moet ik óf mijn ogen sluiten en hem zijn gang laten gaan, óf een excuus verzinnen om er onderuit te komen.

Niet dat hij het erg zou vinden als ik zou zeggen: 'Mal, ik voel me vandaag niet honderd procent. Vind je het goed als ik gewoon ga slapen?' Hij zou het waarschijnlijk zelfs waarderen. Het zou betekenen dat ik eerlijk was. Hij zou zich niet hoeven afvragen of het een symptoom was, want dat zou het zijn. Ik denk dat ik hem niet in vertrouwen neem omdat ik er niet tegen kan dat hij verandert. Subtiel, maar beslist, als ik de absolute waarheid vertel.

Dat hij het medicijnkastje controleert – naar bewijzen zoekt en verstopte scheermesjes en pijnstillers – en me van mijn werk ophaalt en achter mijn rug om met mijn artsen praat. Echt, je gaat een of twee keer in de fout en je man gedraagt zich alsof je een of andere gestoorde gek bent. Terwijl je, zoals iedere andere vrouw, gewoon humeurig bent. Ik ben gewoon humeurig.

Ik was een humeurig kind.

Ik was een humeurige tiener.

Ik ben een humeurige volwassene.

Niets ernstigs, als je het mij vraagt. Zéér ernstig als je het mijn man vraagt.

Ik nader de top van de heuvel en het zweet breekt me aan alle kanten uit, precies zoals ik het graag heb. Ik voel me gezuiverd na het rennen, ingetoomd en gezuiverd. Alles wat slecht is, zweet ik weg met een goede, ouderwetse training.

Ik versnel mijn pas voor de laatste paar honderd meter.

Misschien voelt hij zich schuldig over vrijdagavond. Dat hij mij – ons – verklikt heeft ten overstaan van al onze vrienden. Sindsdien heb ik al hun telefoontjes en e-mails moeten negeren. Ik vrees dat

Carole of Ruth me binnenkort opwacht bij mijn werk. Of misschien is seks voor Mal een verdringingsactiviteit geworden, zoals rennen dat voor mij is, omdat hij – net als ik – alleen maar aan hen kan denken.

Ik heb uren op het internet gezocht en ben een paar kleine dingen te weten gekomen. Ze heeft haar doctorstitel niet gebruikt om praktiserend klinisch psycholoog te worden, zoals gepland. Ze heeft in de buurt van Brighton een soort spiritueel café geopend, waar je onder het genot van een kop koffie je aura kunt laten reinigen of zo. Maar er zijn geen foto's van haar. En, nog belangrijker, geen foto's van hem.

Als ik onder de douche vandaan kom, gewikkeld in een handdoek, mijn haar in onelegante klitten rond mijn gezicht, zie ik die vrouwen in de kleedkamer staan.

Automatisch slaat mijn hart over. Even sta ik te aarzelen in de deuropening. Zal ik me omdraaien en weggaan voordat ze me zien?

De blondine kijkt op van het vaststrikken van haar roze-witte sportschoen en vangt mijn blik – alle kleur trekt uit haar gezicht, zoals afgelopen vrijdag. Als ik nu wegloop, komt dat laf over, alsof ík iets verkeerds heb gedaan. En waar kan ik heen? Terug naar de doucheruimte en daar blijven hangen, zodat andere vrouwen zullen denken dat ik hen bespied? Mensen nog meer aanleiding geven om over me te roddelen?

Ik richt me op de muur tegenover me en loop rechtstreeks naar mijn kluisje. Ik typ de code in en open het deurtje. Ik laat het openstaan om mezelf wat privacy te gunnen en pak mijn slipje. Met mijn handdoek onder mijn schouders geklemd trek ik hem aan en daarna maak ik mijn beha vast.

Ik weet dat ze er nog steeds zijn, dat ze waarschijnlijk naar me kijken en nog meer dingen proberen te vinden die ze aan hun lijst van mijn onvolkomenheden kunnen toevoegen. Ik kan ze horen fluisteren en voelen dat ze elkaar aanstoten. Nog drie seconden en ik draai me om. Dan zeg ik ze dat ze maar recht in mijn gezicht moeten zeggen wat ze zo nodig over me kwijt willen.

'Het spijt ons heel erg,' zegt een van hen. 'Van afgelopen vrijdag, sorry.'

Ik trek mijn spijkerrokje aan, knoop het dicht en doe alsof ik haar niet heb gehoord.

'Het was niet de bedoeling dat je het zou horen,' zegt de ander terwijl ik mijn topje aantrek. Gewoonlijk zou ik mijn haar nog droogföhnen, maar nu wil ik hier zo snel mogelijk weg.

'We zijn gewoon jaloers,' zegt de eerste.

'Ja, jij bent zo goed bezig, terwijl ons streefgewicht alleen maar een luchtkasteel is,' voegt de ander eraan toe.

'Het spijt ons oprecht.'

Ik trek mijn jasje aan, pak mijn tas uit het kluisje en laat mijn gymschoenen op de grond vallen. Ik doe zelfs geen moeite om mijn hakken in de schoenen te duwen en moet ze dus als zware slippers aan mijn voeten dragen.

Woede, pure onvervalste razernij, kolkt door mijn aderen. Wat moet ik nu doen? Zeggen dat het wel goed is? Het met ze eens zijn? Hun een beter gevoel geven door te zeggen dat het niet geeft? Dat ik het helemaal begrijp?

Hoe is hun slechte gedrag mijn probleem geworden? De mensen die vroeger 'slet' en 'hoer' op de toiletdeuren schreven, verwachtten in elk geval nooit van me dat ik het hun zou vergeven.

Ik sla mijn kluisje zo hard dicht dat de hele kast vervaarlijk begint te bewegen en dreigt om te vallen. Ik draai me vliegensvlug om en kijk hen dreigend aan. Even blijf ik als bevroren staan. Beiden deinzen een stukje achteruit. Mijn neusgaten zijn waarschijnlijk opengesperd, mijn ogen samengeknepen en fel.

De achterkanten van mijn gymschoenen snijden in mijn voetzolen terwijl ik de kleedkamer uitstorm. Een paar seconden later marcheer ik weer naar binnen, mijn gymschoenen nog steeds als slippers aan mijn voeten. Ik ga voor de vrouwen staan.

'Dat iemands man er goed uitziet, wil nog niet zeggen dat hij perfect is,' zeg ik. 'Dun zijn alleen is niet genoeg voor een succesvol huwelijk. Dat hij er goed uitziet, wil niet zeggen dat hij niet op allerlei gebieden tekortkomingen heeft.'

Ik was in het zwart gekleed.

Ik droeg een zwart design hemdjurkje dat ik op de kop had getikt in een van de kringloopwinkels in het centrum van Londen, waar alle beroemdheden hun afdankertjes dumpen. Het was inmiddels uit de mode, maar ik wist dat ik ermee weg kon komen als ik het met ironische nonchalance zou dragen: met mijn haar in een ietwat rommelige haarwrong aan de zijkant en platte schoenen zou het lijken alsof ik kleding volgens de laatste mode droeg, alsof ik stijlvol genoeg was om te dragen wat ik wilde, wanneer ik wilde en wist dat ik er nog steeds goed uitzag. Toen ik het eenmaal had gekocht, kon ik me een weeklang geen eten veroorloven, maar ik moest het gewoon hebben. De keuze tussen mode en eten was snel gemaakt. Als iets me mooi stond, móést ik het hebben. Het was gewoon een kwestie van investeren in eigenwaarde: als ik er goed uitzag, zou ik me ook goed voelen. Soms was er goed uitzien, mooi verzorgd zijn, het enige wat me overeind hield. Sommige vrouwen vulden de leegte binnen in zich met eten, hun werk, alcohol, drugs, onveilige seks – ik wist dat mijn zwakke punt bestond uit 'mezelf overeind houden': elke ochtend rennen, mijn make-up perfectioneren, kleding dragen die bij me past – er piekfijn uitzien, zodat ik me ook piekfijn zou voelen.

Ik zat al tien minuten in mijn eentje in de kroeg te wachten op een stel collega's, ook juridisch secretaressen. Ik keek weer op mijn horloge en onderdrukte een zucht terwijl de grote wijzer naar de vijf schoof; het was vijf voor halfnegen in de avond. We hadden afgesproken om elkaar om halfacht in deze coole bar achter Marble Arch te ontmoeten, en ik was even na achten binnengestapt omdat ik wist dat ze altijd stijlvol te laat kwamen – wij allemaal. Deze keer hadden we onszelf overtroffen. Sommige partners van het grote advocatenkantoor waarvoor we werkten, hadden van die mobiele telefoons. Van die dingen die je meenam in je tas of attachékoffer, zodat je mensen kon bellen om te vragen waar ze zaten als ze laat waren of om aan hen door te geven dat je vertraging had. Maar geen van ons kon zich zo'n toestel veroorloven. Wij moesten gewoon afspraken maken en ons eraan houden of bellen vanuit een telefooncel.

In plaats van alleen in een zithoek te gaan zitten, stond ik met een Sex on the Beach aan de bar en bekeek de andere bezoekers. Het was er rustig voor een vrijdagavond. Misschien had Candice, die nauwgezet alle roddelrubrieken las, het toch verkeerd en was dit uiteindelijk toch niet de place to be. Er waren helemaal niet veel mannen hier en ook geen vrouwen die op zoek waren naar een spannend avontuurtje. In een paar zithoekjes zaten wat zakenmannen nog wat na te drinken, maar geen ervan interesseerde me. Ik draaide me terug naar de bar en richtte mijn aandacht weer op mijn drankje. Ik kon me er hierna nog maar eentje veroorloven, dus deed ik heel lang over mijn cocktail en gebruikte het rietje om in het ijs te roeren zoals mensen doen die niet zoveel verdienen. Ik sta erom bekend dat ik een hele avond met één drankje kan doen in de week voordat ik mijn salaris krijg.

Ik keek op van mijn drankje, en daar was hij. Hij stond ineens naast me, alsof hij uit het niets tevoorschijn was gekomen. 'Hallo,' zei hij. Ik had hem niet gezien, anders had ik hem zeker opgemerkt. Zo iemand zal maar door weinig mensen niet worden gespot. Hij was lang, met donker honingblond haar dat in jongensachtige krullen over zijn hoofd lag. Hij had een sterke kaaklijn en een gespierd lichaam; hij droeg een dunne blauwe trui met V-hals en een ruimzittende corduroybroek die om zijn slanke heupen sloot. Hij had een horloge om en dat was het. Eenvoudig gekleed, verschrikkelijk knap.

Ik glimlachte naar hem omdat ik sprakeloos was. Hij praatte tegen me. Deze god van een man praatte tegen me. Ik werd voortdurend door mannen benaderd, maar niemand was... zoals hij. Hij was absoluut onbereikbaar voor mij. Absoluut.

'Ik zag je binnenkomen toen ik wegging, en ik besloot dat als ik bij metrostation Oxford Circus nog steeds aan je zou denken, ik terug zou gaan om gedag te zeggen.'

In gedachten maakte ik een rekensommetje: lopend zou het hem vanaf hier tien tot vijftien minuten hebben gekost om naar Oxford Circus te komen en dezelfde tijd terug. Dat betekende dus dat ik vanaf het moment dat hij me had gezien een halfuur in zijn gedachten was geweest. Een halfuur. Dus het was allemaal waar. Alle romantische verhalen die ik had gezien en gelezen, waren waar: ergens in de wereld loopt iemand rond die perfect voor je is terwijl je diegene waarschijnlijk nooit zult ontmoeten. Hij had een halfuur aan me gedacht nadat hij een glimp van me had opgevangen. Dat soort dingen overkwam me nóóit. En kijk hem dan. Kíjk hem dan.

'Gedag zeggen heb je nu gedaan,' zei ik. Ik zag hoe zijn mahoniekleurige ogen als vlammen in een openhaard fonkelden. 'Wat is je volgende zin?' Ik klonk heel cool en ontspannen, maar mijn hart ging als een razende tekeer. Onze ogen ontmoetten elkaar en al mijn gedachten losten op. Nadat zijn ogen mijn geest hadden leeggezogen, verplaatsten ze zich naar mijn hart. Ze deden het zo luid en heftig kloppen dat het pijn deed.

Hij schudde zijn hoofd terwijl hij me recht bleef aankijken. 'Die heb ik niet.' Hij toverde een glimlach tevoorschijn, en het voelde alsof mijn hart zou ontploffen. 'Mijn maatje zegt dat ik aan "kus" moet denken als het me lukt aan de praat te komen met een vrouw die ik echt leuk vind.'

'Kus?' fluisterde ik. Mijn blik dwaalde af naar zijn lippen. Roze en stevig en waarschijnlijk gemaakt om over mijn mond te passen.

Hij knikte. 'Kort, Uniek en Simpel. K.U.S.'

'Kus,' herhaalde ik. We hadden het over kussen. We hadden elkaar nog maar net ontmoet, maar praatten nu al over kussen.

'Ze zal nu wel onuitstaanbaar worden,' zei hij.

Zé? Mijn gedachten aan een huwelijk in de lente kwamen abrupt tot stilstand, als een naald die over een langspeelplaat krast. Wie is *ze*? En waarom heeft mijn toekomstige echtgenoot het over haar? Weet hij dan niet dat dat heel ongepast is? 'Wie is "ze"?' vroeg ik met een vage glimlach op mijn gezicht. Ik deed dapper mijn best om mezelf te wapenen tegen de woorden die ik verwachtte: dat hij een vriendin had en met me flirtte omdat hij het gewoon niet kon laten. Een duidelijk eufemisme voor: je bent alleen maar een snelle wip. Of nog erger, misschien hadden ze een open relatie en mocht hij met andere vrouwen het bed in duiken, onder de voorwaarde dat hij altijd bij haar zou blijven. Of – ik voelde mijn hele lichaam tegenstribbelen bij de gruwelijke gedachte – misschien waren het wel *swingers*. Ik had erover gelezen in de krant en een paar tijdschriften. Ze deden aan partnerruil en... god sta me bij, trio's. Misschien wilde hij mij er wel bij hebben.

'Mijn beste vriendin, Nova. Ze zei dat ik vanavond uit moest gaan omdat ze het gevoel had dat ik een heel speciaal iemand zou ontmoeten. Ze voelt dat soort dingen aan. Vandaag heeft ze me zes keer gebeld om zich ervan te vergewissen dat ik echt uit zou gaan. Ik zou er de rest van mijn leven spijt van hebben als ik niet ging. Ik probeerde haar nog uit te leggen dat als ik niet zou gaan haar theorie op geen enkele manier te weerleggen was en dat als ik wel zou gaan en niemand tegenkwam, ze het zou wegredeneren door te zeggen dat ik niet naar de juiste kroeg was gegaan. Ze wint hoe dan ook. Maar ik ben blij dat ik vanavond ben gegaan.' Hij glimlachte weer. Alle gedachten aan deze vrouw, deze vriendin, vlogen uit mijn hoofd als stofdeeltjes uit een kamer waarvan ineens alle ramen worden opengegooid. Het enige wat ik zag, was het zachter worden van de trekken in zijn gezicht toen hij zijn lippen krulde en naar me glimlachte. Op dat moment wist ik dat geen andere man ooit nog zo naar me mocht glimlachen. Ik wilde niet dat hij ooit zo naar een andere vrouw zou glimlachen. Ik wilde dat hij van mij was. 'Nou ja, ik ben pas echt blij als ik je telefoonnummer krijg.'

'Ik ben misschien wat ouderwets, maar ik geloof dat ik liever eerst iemands naam weet voordat ik hem mijn telefoonnummer geef,' zei ik. 'Al is het alleen maar om te weten wie er aan de andere kant van de lijn is als ik opneem.' Ik deed gevat. Dat effect had hij op mij. Ik was mijn hele leven niet gevat geweest, maar nu charmeerde ik hem met plagerijtjes. Even vroeg ik me af van wie mijn jurk was geweest. Welke beroemdheid me een stukje van haar allure had gegeven toen ik hem in de kringloopwinkel had uitgezocht.

Door zijn lach sprankelden zijn ogen nog feller.

'Mijn naam is Mal. En de jouwe begint met een S, toch?'

Ik keek hem met grote ogen aan. 'Hoe weet je dat? Heeft je vriendin dat gezegd? Is ze soms helderziend?'

'Nee. Mensen hebben haar dat wel vaker gevraagd, maar ze wil er niets van weten.' Voorzichtig legde hij zijn vingers even onder het kuiltje van mijn hals. 'Je kettinkje.'

Mijn 'S'-ketting. Ik voelde dat mijn gezicht rood werd. Wat gênant. Hij vindt me vast heel dom. 'O. Ja, mijn naam begint met een S. Stephanie. Stephanie heet ik. Of Steph.'

'Steph.' Mijn naam rolt teder van zijn tong, een korte, zoete melodie. Hij heeft zijn vinger inmiddels van mijn hals gehaald, maar ik voel de warmte van de afdruk nog steeds, een licht brandende sensatie. 'Je bent mooi als je bloost. Nog mooier.'

'Mal wie?' antwoordde ik. Moedwillig negeerde ik wat hij had gezegd omdat ik wist dat mijn gezicht er nog roder door was geworden.

'Wacken. Ik heet Mal Wacken. Is dat genoeg om je telefoonnummer te krijgen?'

'Ik denk het wel.'

Mijn vingers trilden van opwinding en licht ongeloof terwijl ik het nummer van de telefooncel voor mijn eenkamerflat – ik kon me geen eigen telefoon veroorloven – op een stukje papier schreef dat ik van de barman had gekregen. 'Ik kan niet wachten om Nova te vertellen dat ik het telefoonnummer heb gekregen van de mooiste vrouw van Londen,' zei hij.

'Je kunt ophouden met die vleierij want je hebt het nu.'

'Kus, weet je nog? Geen vleierij, dat zou te gekunsteld voor me zijn. Alleen eerlijkheid.'

Ik begon nog heviger te blozen, voelde dat mijn wangen gloeiden onder mijn zorgvuldig aangebrachte make-up.

'Oké, Steph. Ik moet nu gaan. Mag ik je morgen bellen, of is dat te snel?'

'Nee, dat is niet te snel,' antwoordde ik.

'Tot ziens,' zei hij met een grijns, maar hij bleef staan waar hij stond.

'Ja.' Ik knikte. 'Komt goed.'

'Misschien heb je in de gaten dat ik hier nog steeds sta,' zei hij. 'Ik vind het moeilijk om bij je weg te gaan.'

'Ik ben echt van plan om op te nemen als je belt,' zei ik. 'Maar niet als je met zulke uitspraken aankomt. Vergeet niet wat je vriendin zei.'

Zijn ogen bleven bij mijn mond hangen. 'Kus,' zei hij. 'Ja, kus. Dag, Steph.'

'Dag, Mal.'

Candice en Liz kwamen meteen op me afgestormd toen hij wegliep bij de bar.

'O, mijn god!' gilde Candice. 'Wie was dát?'

Ik zag dat hij zijn hand naar me opstak en ik zwaaide terug terwijl hij verdween. 'O, niemand,' zei ik, mijn ogen nog steeds gericht op de uitgang. 'Dat is gewoon de man met wie ik ga trouwen.'

'En weten jullie wat? Niet iedereen gaat naar de sportschool om een streefgewicht te halen of om zo dun te worden als een topmodel. Sommige mensen gaan erheen omdat het hen overeind houdt, in hun geest. Waar het er echt toe doet.'

Hij kende mijn lichaam. Elke porie, elke rimpel, elke vouw, elke oneffenheid. Elke perfectie en elke imperfectie. Hij heeft ze de afgelopen uren met zijn vingers, zijn mond, zijn tong, zijn ogen, zijn lichaam in kaart gebracht.

Ik ben altijd verlegen geweest met een nieuwe man. Bang voor hoe hij zou reageren, wat hij zou denken als ik mijn kleren uit had en het licht gedempt was om te verhullen maar niet volledig te verbergen, hoewel fel genoeg om te onthullen.

Mal had me langzaam uitgekleed en elk stukje huid dat hij blootlegde gekust, elk stukje huid dat hij ontsluierde aangeraakt, elke stukje huid dat hij zag bestudeerd. Het leek uren te duren. Uren van genieten van zijn aandacht totdat ik nauwelijks meer kon ademen van verlangen. Hij kuste mijn hele naakte lichaam, raakte me overal aan. Hij bedreef eerst met zijn ogen de liefde met me, daarna met zijn vingers, toen met zijn lichaam.

Het was de liefde bedrijven, geen seks hebben of neuken. Het was uitdrukken wat ik voor hem voelde. Hoewel we elkaar nog maar twee maanden geleden hadden ontmoet en hadden besloten, zonder het daadwerkelijk uit te spreken, tot dit moment te wachten om het voor de eerste keer te doen, wist ik dat ik van hem hield. Hij was de ware. Ik wist het toen we elkaar ontmoetten in de kroeg, ik wist het elke keer dat we met elkaar afspraken en met elkaar praatten. Ik wist het nu, opgekruld als een gelukzalige, tevreden pup in zijn armen.

Het maakte niet uit dat we op een oude, bobbelige matras lagen die ik van iemand had gekregen toen ik dit appartementje betrok. En ook niet dat de kraan in de gootsteen drupte en dat de geur van schimmel in de hoeken van de kamer momenteel erg sterk was omdat het had geregend. Het maakte allemaal niet uit. We waren samen. En hij hield van me. Hij had het niet gezegd, maar ik wist het naar aanleiding van de afgelopen paar uren.

'Ik moet je iets vertellen,' fluisterde hij terwijl zijn vingers door mijn haar gleden.

Ik reageerde niet. Even overwoog ik om te doen alsof ik sliep, zodat hij niet kon zeggen wat hij te zeggen had en onze avond niet kon verpesten. Zelfs al zou hij 'ik hou van je' willen zeggen, woorden die ik wanhopig graag wilde horen (tot mijn eeuwige schaamte), ik wilde niet dat die dit moment zouden wegnemen. Ik wilde, had behóefte aan vele kleine bellen van perfecte herinneringen. Die waren belangrijk. Als dingen verkeerd gingen – niet dat dit met Mal zou gebeuren, maar in het leven in het algemeen – wilde ik zoveel mogelijk dingen hebben waaraan ik me in mijn herinnering kon vasthouden. Ik wilde dat ze als bakens voor mijn geestesoog schenen, zodat ik terug kon navigeren naar gelukkiger tijden. Ik wilde deze herinnering van de liefde bedrijven. Ik wilde een aparte voor het moment waarop hij zei dat hij van me hield. Ik wilde dat die herinneringen kwamen te staan naast de herinnering aan onze eerste ontmoeting. De herinnering aan zijn eerste telefoontje. De herinnering aan onze eerste kus. De herinnering aan het eten van koude vissticks en het drinken van lauw gemberbier in Hyde Park. De herinnering aan het moment dat hij mijn hand vastpakte terwijl we over straat liepen en de wereld liet zien dat we bij elkaar hoorden, dat wij twee samen één waren geworden. Al die herinneringen fonkelden als diamanten in het sieradenkistje van mijn geest. Ze mochten niet vernietigd worden door wat hij wilde gaan zeggen.

'Nova vindt het ongelooflijk dat ik het je nog niet heb verteld.'

Zíj weer. Door haar was hij de avond dat we elkaar ontmoetten op stap gegaan, dus ik zou haar altijd dankbaar zijn, maar toch. Waarom moest hij nú over haar beginnen? Hij praatte sowieso alarmerend vaak over haar, maar waarom moest ze ook dit moment binnendringen? Ik verschoof in zijn armen zodat ik zijn gezicht kon zien. Ik liet mijn wijsvinger over de contouren van zijn lippen glijden, die enigszins gezwollen waren van het vele kussen. Ze waren vol en rood als overrijpe aardbeien. Ik probeerde hem de mond te snoeren omdat dit me eraan herinnerde waarom je direct na het liefdesspel in slaap zou moeten vallen: dan was er minder kans dat er gepraat zou worden, en dus minder kans dat er dingen werden verpest.

Hij nam mijn hand teder in zijn grote hand, kuste mijn vingers en duwde ze vervolgens tegen zijn hart. Hij wilde praten.

'Het gaat over mijn naam,' zei hij.

'Je heet niet Mal Wacken?' vroeg ik verward en een beetje angstig.

'Ja en nee.'

'O, god,' zei ik met een kleine kreun. 'Ga je me nu vertellen dat je vroeger een vrouw bent geweest en dat je ooit Natalie heette of zo? Want als je dat gaat zeggen, breng ik de rest van mijn leven liever in gelukzalige onwetendheid door. De operatie is goed geslaagd, er zijn geen littekens, alles werkt, dus laten we gewoon doen alsof je als man bent geboren. Dan kan ik als een gelukkige, ongetraumatiseerde vrouw sterven.'

'Nee, zoiets is het niet. Mijn naam, mijn vollédige naam, is Malvolio.'

Ik lachte, hij was zo grappig. Weinig mensen zouden dat grapje snappen, maar we hadden elkaar op de avond van de twaalfde ontmoet. *Twelfth night* – je weet wel, dat toneelstuk van Shakespeare, met Malvolio, de page van Olivia. Ik nestelde me tegen hem aan terwijl ik zachtjes om zijn grapje lachte. 'Heel aangenaam kennis met je te maken, Malvolio,' zei ik gniffelend. 'Ik heet Steph, maar je mag me ook Sebastian noemen als je van travestieten houdt.'

Hij zuchtte. 'Dit is nou precies de reden waarom Nova zei dat ik het je al lang had moeten vertellen,' zei hij. 'Ze wist dat je zou denken dat het een grapje was.'

Het gegniffel droogde op in mijn keel, en mijn hele lichaam verstijfde van afschuw terwijl ik mijn ogen dichtdeed. Had ik om zijn naam gelachen? Echt? Toen ik mijn ogen weer open durfde te doen en naar hem opkeek, staarde hij me zonder gêne of woede aan. 'Heet je echt Malvolio?'

Hij knikte. 'Er is geen woord van gelogen. Mijn moeders favoriete toneelstuk of zo.' Hij haalde nonchalant zijn schouders op. 'Niemand weet waarom. Het schijnt dat iedereen heeft geprobeerd haar ervan af te praten. Nova's ouders zeiden dat ze haar hadden gesmeekt om me dat niet aan te doen, maar ze stond erop. Dus heet ik Malvolio.'

'Ben je op school gepest met die naam?'

'Er waren veel betere redenen om me op school te pesten,' zei hij somber. 'Maar de meeste mensen hebben me vanaf ongeveer mijn negende Mal genoemd. Alleen mijn moeder en Nova's ouders noemen me soms Malvolio, en Nova's zusje Cordelia, als ze grappig probeert te zijn.'

Ik wist niet wat ik moest zeggen. Even vroeg ik me af of ik niet liever de geslachtsverandering had gehad. Die kon je tenminste altijd verborgen houden. Maar zijn naam... Stel je het gegniffel in de kerk eens voor als we onze geloften aflegden – er zouden maar zo'n vijf mensen zijn die niét lachten, die niet de rest van ons leven met *Twelfth night*-grapjes zouden komen. Ik vond het niet prettig om in het middelpunt van de belangstelling te staan, om op te vallen en mensen redenen te geven om me uit te lachen. Verrassend genoeg besefte ik dat Mal er, in deze donkere kamer met de soundtrack van een druppende kraan en onze ademhaling, niet mee leek te zitten. Hij was zoals altijd vol zelfvertrouwen. Niet opzichtig of arrogant, gewoon stabiel. In de kern was hij evenwichtig en rustig, beschikte hij over een onwrikbare kracht. Dat kreeg je als je zoveel zelfvertrouwen had. De vaardigheid om elke situatie onder ogen te zien omdat je zeker wist dat je haar aankon.

Mal, Malvólio, kon alles aan.

'En krijg ik toestemming om een proefritje te maken op deze man die Malvolio heet?' Ik klom boven op hem en voelde de kracht van zijn lichaam onder me, tussen mijn dijen.

'Absoluut,' zei hij met een glimlach. Zijn grote, stevige handen gleden langs de zijkanten van mijn lichaam naar boven en bleven rusten op mijn borsten terwijl ik mijn rug kromde en zachtjes tegen hem aan wiegde, hem plaagde om hem voor te bereiden op een volgende vrijpartij.

Ik moest hem natuurlijk over mijzelf vertellen, dat wist ik. Dat had ik altijd geweten. Het gedoe over zijn naam was een bonus, besefte ik. Hij liet me ermee zien wie hij was, bewees dat hij de kracht had die hij nodig zou hebben als ik hem de waarheid vertelde over mij.

'En soms zijn het niet zijn ogen die afdwalen, maar is het zijn hart. En hoe voorkom je dat? Wat kun je doen als hij óók verliefd blijkt te zijn op iemand anders? Wat? Dun zijn? Geloof me, dat werkt niet altijd. Eigenlijk werkt het nooit. Dus wat kun je doen als hij zijn hart in tweeën splijt en jou slechts de helft geeft? Terwijl jij degene bent die recht heeft op zijn hele hart. Hoe neem je genoegen met de helft?'

Nova, Nova, Nova.

Hij praatte nergens anders over. In vrijwel elke zin die uit zijn mond kwam, kwam Nova voor. Waarom trouw je niet gewoon met haar, heb ik vaak genoeg overwogen tegen hem te zeggen.

En wat een belachelijke naam is Nova eigenlijk, dacht ik, terwijl ik in Oost-Londen met Mal door een straat met kasseien liep, op weg naar de poolbar waar we de fantastische Nova zouden ontmoeten.

Wie heet er nu in vredesnaam Nova? Als je zo heette, zou je toch zeker je naam veranderen? Je zou toch niet onnodig willen opvallen en gewoon je naam veranderen? Tenzij je natuurlijk graag opviel, juist wílde dat mensen zich jou zouden herinneren omdat je jezelf zo ongelooflijk speciaal vond.

Toegegeven, Mal heeft net zo'n ongewone naam – waarschijnlijk nog ongewoner dan de hare – maar hij deed in elk geval een poging niet op te vallen door het te verkorten tot Mal. Zij... zij niet.

Ik wist hoe ze eruitzag. Ik had haar nog nooit ontmoet, ik had geen foto's van haar gezien, maar ik wist hoe ze eruitzag: lang en slank, met natuurlijk blond haar tot aan haar middel, perfect aangebrachte make-up. Ze zou een strakke spijkerbroek dragen – omdat ze zich die nu eenmaal kon veroorloven – zodat ze haar perfecte achterwerk kon showen terwijl ze over de pooltafel leunde om de perfecte stoot te geven.

Uit de manier waarop Mal voortdúrend over haar praatte, maakte ik op dat hij stapelverliefd op haar was en dat zij dat wist. Ze waren samen opgegroeid, had hij gezegd, en ze hadden nooit iets met elkaar gehad. Maar hij verlangde duidelijk naar haar. Duidelijk. Zodra zij ter sprake kwam, werd hij vrolijk, opgewonden en levendig. Ik wist ook dat zíj ongelooflijk veel zelfvertrouwen had: je had niet zo'n naam, was niet op je vijfentwintigste manager van een restaurant terwijl je psychologie studeerde, zonder te denken dat jij Gods geschenk aan het universum was. En ze had duidelijk haar voordeel gedaan met Mals gevoelens voor haar.

De enige mogelijke verklaring voor het feit dat iemand die zo geweldig was als hij nog steeds single was, was dat ze hem graag zo zag. Waarschijnlijk vertelde hij die 'Nova' over de nieuwste vrouw die hij had ontmoet. Hij stelde haar aan 'Nova' voor, en 'Nova' zou het niet leuk vinden om als de belangrijkste persoon in zijn leven te worden verdrongen, dus zou ze zich waarschijnlijk kleden in dure, weinig verhullende lingerie, er een regenjas over aantrekken en naar Mals appartement togen. In de gang zou ze hem al haar ultimatum geven: 'Dump die vrouw en je mag weer seks met me hebben.' Misschien zou hij zich er zelfs nog even tegen verzetten, proberen uit te leggen dat hij deze vriendin echt leuk vond, leuker dan alle vorige, maar dan zou ze haar regenjas uittrekken en hem het zwarte kant tonen dat haar roomwitte borsten nauwelijks in bedwang kon houden en dat haar keurig bijgewerkte bikinilijn ternauwernood bedekte, en hij zou door de knieën gaan. Hij zou naar haar ondergoed graaien, het van haar afscheuren – het zou haar niet uitmaken, ze kon het zich gemakkelijk veroorloven – en haar daar tegen de muur van de gang nemen.

Al die tijd zou het nietsvermoedende vriendinnetje op zijn telefoontje wachten en er geen idee van hebben dat ze eerst werd vernederd en daarna gedumpt.

Sinds hij had voorgesteld dat ik 'Nova' zou ontmoeten, heb ik mezelf erop voorbereid dat ik uit zijn leven zal verdwijnen. Ik heb de afspraak vier keer afgezegd zodat ik meer tijd met hem zou hebben, waarin de seks zo geweldig zou zijn dat hij aan niemand anders zou hoeven denken. Zodat ik mijn rivale niet hoefde te ontmoeten en niet zou hoeven concluderen dat ik tekortschoot. Maar ik kon het niet nog een keer afzeggen. Ik moest gewoon zorgen dat ik hem na deze ontmoeting nooit zo lang alleen liet dat zij langs kon komen om haar eisen te stellen.

In de bar waren drie mannelijke klanten, twee waren aan het poolen aan de middelste tafel, een zat te drinken aan de bar, en de barman. Ze was nergens te bekennen. We waren een beetje laat, mijn schuld, ik had Mal moedwillig tegen de muur van zijn appartement verleid vlak voordat we vertrokken – dus ze had er intussen al moeten zijn. Mijn hart maakte een vreugdesprongetje. Misschien was ze weggegaan, misschien had ze niet kunnen komen – hoe dan ook, ik had uitstel van executie. Ik hoefde die 'Nova' toch niet onder ogen te komen. Ik mocht mijn vriendje nog een dag langer houden.

Aan de andere kant van de grote rokerige ruimte, met zijn brede, ronde bar en grote groene pooltafels, ging de zwarte deur van het damestoilet open, en daar was ze. Ik wist meteen dat zij het was. Ze glimlachte naar ons, zwaaide even, en precies op dat moment voelde ik Mal naast me opfleuren terwijl hij naar haar teruglachte. Achtereenvolgens flitsten er drie dingen door mijn hoofd terwijl ik probeerde een gepaste, welgemeende glimlach op mijn gezicht te toveren:

1. Hij had niet verteld dat ze zwart was
2. Hij had niet verteld dat ze zo ongelooflijk mooi was
3. Het was absoluut over tussen Mal en mij.

Mal bestelde drankjes voor ons en ging poolen met de man die aan de bar zat. Ze kenden elkaar vaag en hij wilde ons duidelijk alleen laten zodat we elkaar wat konden leren kennen, om snel en spontaan vriendinnen te worden. Alsof dat óóit zou gebeuren.

Ik had gezien dat ze me van top tot teen had opgenomen, dat ze me snel en vakkundig had beoordeeld, maar ik had niet kunnen achterhalen wat ze dacht. Zij en Mal waren daarin gelijk: ze konden achter een uitdrukkingsloos gezicht en een minzame glimlach verbergen wat ze dachten. Ik had de jurk aangetrokken die ik had gedragen toen ik Mal voor het eerst had ontmoet. De jurk was mijn talisman, mijn geluksamulet en een manier om de kwaadaardige dreiging van deze 'vriendin' af te weren. Ik had er een spijkerbroek onder aangetrokken en de prachtige sandalen bezet met juwelen die ik van Candice had geleend. Uren was ik bezig geweest met het zorgvuldig aanbrengen van make-up, op zo'n manier dat het leek alsof ik geen make-up droeg. Ik wilde er natuurlijk, nonchalant stijlvol uitzien.

Ik zag dat zij zich helemaal niet druk had gemaakt over onze ontmoeting: ze had geen vleugje make-up op, maar haar huid glom en haar bruine ogen waren groot, met de langste echte wimpers die ik ooit had gezien. Haar lange zwarte vlechten, hier en daar voorzien van bruine en blonde strengen, hingen losjes langs haar gezicht, en het enige wat ze om haar perfect gevormde lichaam droeg, was een grijs hemdje, een gewone spijkerbroek en een zwart vestje met zwarte kraaltjes op de voorkant.

'Wat zijn mannen toch idioten, hè?' zei Nova tegen mij.

Ongelooflijk, dacht ik. Was dit haar manier van een band opbouwen, door mannen af te kraken?

'Of eigenlijk: wat is díé man daar een idioot.' Ze wees naar mijn vriend.

Ik zei niets. Ik zou me er niet toe laten verleiden slechte dingen over mijn geliefde te zeggen die hem in de nabije toekomst 'per ongeluk' ter ore zouden kunnen komen.

'Mal heeft het voortdurend over je,' zei ze. 'En hem kennende weet ik zeker dat hij het bij jou ook voortdurend over mij heeft.'

Arrogante heks, dacht ik.

'Er schuilt geen kwaad in. Hij denkt gewoon dat als hij steeds tegen jou zegt hoe fantastisch ik ben en tegen mij hoe geweldig jij bent, we hem op zijn woord zullen geloven en elke minuut die we niet met hem doorbrengen met elkaar willen optrekken.' Haar schitterende glimlach zou iedere man gek maken van verlangen – Julia Roberts had die glimlach in *Pretty woman*. Haar hele gezicht ging ervan stralen en alle genotscentra in de hersenen van een man zouden erdoor worden gestimuleerd, niet alleen die gericht op seks. Als het vriendschapscentrum van een mannenbrein werd geprikkeld door iemand die eruitzag als zij, zou een man gek worden van verlangen. Geen wonder dat Mal bezeten van haar was.

'Natuurlijk is het effect juist tegenovergesteld,' ging ze verder. Ze had fantastische lippen. 'Pijplippen' had iemand – volgens mij was het Vince – dat soort volle lippen eens genoemd. Iedere man zou die lippen toch zeker willen kussen of om zijn lid willen voelen? Hoezo wilde Mal dat niet? In mijn hoofd herschreef ik snel het scenario waarin ze hem dwong zijn laatste vriendin te dumpen: het was geen seks tegen de muur van de hal, het was het summum van orale seks. Met die lippen. Toen ze haar hand naar haar mondhoeken bracht, zoals ik altijd doe als ik denk dat ik mijn mond niet goed heb afgeveegd aan een servet, had ik door dat ik de hele tijd naar haar lippen had staan staren.

'Ik weet dat je me niet mag, Stephanie,' zei ze. Ze glimlachte niet. Ze was serieus. 'Het zou me niet verbazen als die idioot mijn deugden de hemel in heeft geprezen. Het was veel beter geweest als hij alleen slechte dingen over me had verteld. Wat ik probeer te zeggen is dat Mal een idioot is als hij denkt dat dit de manier is om iemand geliefd te maken bij de ander. Ik weet niet hoe het bij jou zit, maar ik noem niet zo maar iemand een vriendin. En dankzij Mal sta ik nu vast dik in de min als ik jouw vriendschap moet verdienen.' Ze grijnsde weer. 'Maar ik zou je graag leren kennen. Misschien worden we uiteindelijk toch vriendinnen? Jij bent de eerste vrouw met wie Mal gaat die... Ik heb hem nog nooit zó met iemand gezien.'

'Zelfs niet met jou?' flapte ik eruit. Ik kon niet geloven dat ik dat had gezegd.

'Mij?' Haar gezicht stond oprecht verbaasd. 'Denk je dat Mal ooit op zo'n manier iets voor míj heeft gevoeld?' Ze drukte haar hand op haar indrukwekkende boezem en leunde naar voren met een gezicht dat nog steeds een en al verbazing uitstraalde. 'Mij?' Ze schudde vol ongeloof haar hoofd, leunde achterover en zag er ineens gekwetst uit. Droevig. Ontmoedigd. Het was een korte gezichtsuitdrukking, maar wel een oprechte. Het overviel haar en fladderde toen weer weg. Het was zo oprecht dat ze niet eens tijd had om het te verbergen achter een kranige blik.

'Wat dat betreft hoef je je helemaal geen zorgen te maken,' zei ze nadat ze haar lippen had bevochtigd en weer probeerde te kijken zoals ze eerder had gedaan. 'Hij heeft nooit...' Ze viel stil en staarde in de ruimte alsof ze naar de juiste woorden zocht. 'Toen ik achttien was, was ik stapelgek op hem. Ik dacht dat hij de ware was. Ik was smoorverliefd en dacht dat hij misschien hetzelfde voor mij voelde omdat hij me zo goed kende en we samen waren opgegroeid. Op een gegeven moment besloot ik het hem te vertellen, maar voordat ik erover kon beginnen, zei hij me dat hij nooit romantische gevoelens voor een goede vriendin zou kunnen hebben. Voor mij, dus. Eigenlijk was dat natuurlijk helemaal niet zo vreemd, en eerlijk gezegd ben ik er wel blij om. Op dat moment was mijn hart gebroken, maar als we een relatie met elkaar waren aangegaan, hadden we nooit vrienden kunnen blijven als het was misgelopen. En Mal, nou ja, ik heb hem nodig in mijn leven. Hij is er altijd voor me geweest, en het zou vreselijk zijn als ik hem zou kwijtraken omdat we het met elkaar hadden geprobeerd. Dus, nee, hij heeft nooit zulke gevoelens voor mij gehad. Zelfs niet een klein beetje.'

Haar eerlijkheid beschaamde me. Enorm. Ik had haar beschuldigd van van alles en nog wat terwijl zij heimelijk rondliep met een gebroken hart. Ze had gezegd dat het geheeld was, dat het beter was zo, maar had niet iedereen een stukje van zijn hart dat voor altijd gebroken was? Een stukje dat niet door de wonderbaarlijke magie van de tijd kon worden geheeld?

Ik keek Nova weer aan, en ineens was ze nog mooier. Eerder was het haar sexy uitstraling geweest die haar zo mooi had gemaakt en tot een rivale, nu was het haar eerlijkheid. Wat haar nog goddelijker maakte. Het was een waar mysterie waarom Mal niet verliefd op haar was.

Nova staarde in het niets, haar hoofd iets schuin met een lichte frons in haar voorhoofd, alsof ze iets berekende of door de kamers van haar geest waarde op zoek naar belangrijke informatie. Plotseling ontwaakte ze uit haar trance en wendde zich tot mij. 'Denk je dat andere vrouwen dat ook hebben gedacht?' vroeg ze alsof we met een uitvoerig gesprek bezig waren. Haar grote donkere ogen smeekten om informatie, smeekten me om haar te vertellen wat die andere vrouwen hadden gedacht.

'Wat?' vroeg ik.

'Dat Mal zulke gevoelens voor me heeft? Ik dacht altijd dat ze me niet mochten vanwege zijn "hou je van mij, dan hou je van mijn beste vriendin"-houding en dat ze daardoor geïrriteerd raakten. Maar nu ben ik ineens bang... Ik hoop toch echt dat ze niet dachten dat hij en ik... God, ze moeten me hebben geháát.' Haar blik dwaalde weer af naar waar ze eerder was geweest, rommelend door de informatie die ze over Mals verleden had. 'Stel dat ze dachten dat het mijn schuld was dat het nooit iets is geworden,' vroeg ze zich hardop af. Haar ogen sperden zich ineens open en ze draaide zich weer naar me om. 'Stel dat ze dachten dat ik hem ertoe heb aangezet om het uit te maken? Dat ik, nadat ik ze had ontmoet, bij Mal ben langsgegaan en zijn gevoelens voor mij heb gebruikt om hem ertoe aan te zetten er een einde aan te maken? Of dat ik hem zelfs seksuele gunsten had verleend als hij hen zou dumpen?'

Het schaamrood stond me op de kaken. Ik zakte verbouwereerd neer in mijn stoel.

Haar ogen staarden me aan. Ze had geruststelling bij me gezocht en nu had ze gezien dat ik een niet erg vleiende, weinig geruststellende vuurrode kleur had gekregen. 'Dat is wat jij dacht, hè?'

Ik keek weg en nipte aan mijn wijn terwijl ik mijn hoofd boog en zij kreunde. Ze sloeg haar hand voor haar ogen en schudde haar hoofd.

'Weet je wat nog het ergste is?' vroeg ze van achter haar hand. Ze deed haar vingers een stukje uit elkaar zodat ze me kon zien terwijl ze tegen me praatte.

Ik schudde mijn hoofd en schaamde me zo diep dat ik de vrouw over wie ik minuten geleden nog dingen op wc-muren had willen schrijven, niet durfde aan te kijken.

'Tot dit moment is het nooit, nóóit bij me opgekomen dat dát de reden was dat geen van Mals exen me mocht. Ik dacht echt dat het een combinatie was van mijn persoonlijkheid en hij die maar bleef doorgaan over hoe hecht we waren.' Ze legde haar handen op haar wangen en zag er wanhopig uit. 'Mijn naïviteit irriteert me soms. Hoe kan ik het niet geweten hebben?' Ze zuchtte diep, haar frustratie was overduidelijk. 'Hoe?'

'Als je erover nadenkt, is het eigenlijk een compliment,' zei ik in een poging tot verzoening.

'Hoezo?'

'Je hebt op ieder van hen indruk gemaakt. Stel je voor hoe beledigend het zou zijn als ze je zagen en niets van je dachten. Mal schildert je af als een godin en zij ontdekken dat je heel gewoontjes bent. Dat zou toch gruwelijk zijn?'

Ze trakteerde me weer op een van haar glimlachjes. 'Dat is aardig van je. Ik heb liever dat mensen om de juiste redenen een hekel aan me hebben, maar het is lief van je om het te proberen.'

'Het is schuldgevoel.'

'Nu je de waarheid weet, hoop ik echt dat je me een kans wilt geven. Mal is zo belangrijk voor me, en ik hou van mensen die hem gelukkig maken. Jij maakt hem gelukkig.' Tevreden haalde ze haar schouders op. 'Ik zou het fijn vinden als we zouden proberen vriendinnen te worden.'

Haar oprechtheid was ontmoedigend. Ze deed overkomen alsof het gemakkelijk, ongecompliceerd was om open en eerlijk te zijn. Alsof het niet gepaard ging met duizenden problemen. Totdat ik Mal ontmoette, en nu haar, had ik niet geweten dat mensen zo eerlijk konden zijn zonder erover in te zitten. Hoe kon je 's avonds slapen, wetende dat je mensen niet je allerbeste kant had laten zien? De jij waarvan je wilde dat de wereld die zag?

Ik keek naar Mal: hij nam zijn tegenstander op, bestudeerde zijn gestalte, zoog alles op wat hij te weten kon komen zodat hij het potje kon winnen. Ik richtte mijn aandacht weer op Nova. Ze was Mals beste vriendin, ze was een groot deel van zijn leven. Mijn relatie met hem zou veel soepeler verlopen als zij niet buitenspel stond. Of als ze helemaal niet in de buurt was.

Ik glimlachte naar haar. 'Ja, laten we dat proberen.'

Ze glimlachte terug, en op dat moment wist ik dat haar eerlijkheid, haar openheid en haar liefde voor Mal haar waarschijnlijk kapot zouden maken.

'En dat is nog niet alles. Stel dat je er alles aan doet om het tussen jou en je man perfect te maken, om jullie leven zo compleet en gelukkig mogelijk in te richten, om een warm, uitnodigend thuis te creëren en een gelukkig leven boordevol leuke dingen, omdat je nooit anders hebt gewild dan een man die van je houdt? Stel dat je ontzettend veel van hem houdt, maar weet dat het niet genoeg is. Dat het waarschijnlijk nooit goed genoeg zal zijn, omdat je weet dat je vanbinnen gebroken bent, ook al vindt iedereen dat je er vanbuiten ongelooflijk goed uitziet? En dat hij beter verdient. Dat hij de vrouw verdient aan wie hij de andere helft van zijn hart heeft verpand, maar dat je hem zó graag wilt dat je hem nooit kunt laten gaan. Wat doe je dan?'

'Ik moet met je praten,' zei hij aan de telefoon.

Mijn vingers klemden zich nog steviger om de hoorn, maar ik kon niet fatsoenlijk reageren omdat ik op mijn werk was. Ik wist dat het iets met háár te maken had.

Mal had haar mijn telefoonnummer gegeven. We waren de afgelopen twee maanden zes keer bij elkaar op de koffie geweest, en elke keer had ze me eten gegeven – cake, koekjes, flensjes, muffins, minicakejes, taart. Uiteindelijk had ik haar gevraagd of ze soms vond dat ik te mager was en ze had geantwoord dat ze het leuk vond om voor vriendinnen te bakken. Daarna had ze gezegd dat ze me niet had willen beledigen en dat ze het niet meer zou doen. Ik had geantwoord dat ze er vooral mee moest doorgaan en dat het een lief gebaar was. Maar het was allemaal toneelspel geweest. Net zoals toen ik haar voor het eerst ontmoette. De vrouw met het stukje hart dat voor altijd gebroken was: het zorgvuldig afgestemde verdriet in haar ogen, de zachte stem, het staren in het niets, doen alsof ze niet wist dat zijn andere vriendinnen door haar geïntimideerd waren. Allemaal toneelspel.

'Kunnen we na je werk afspreken?' vroeg Mal.

Nou, dacht ik terwijl ik worstelde om mijn stem luchtig te houden in plaats van schel en doodsbang, ik zal niet met stille trom vertrekken, zoals de anderen. Als het erop aankomt, zal ik met haar vechten, vrouw tegen vrouw. Ik weiger hem te verliezen.

Toen ik later die dag de kroeg binnenkwam, bleef ik bij de bar staan en zocht hem in de rokerige menigte. Zoals altijd stokte mijn adem en sloeg mijn hart over toen ik hem ontwaarde. Hij staarde in zijn bierglas en was diep in gedachten verzonken. Sereen. Ik wist niet of het een woord was dat betrekking had op mannen, maar het paste bij hem. Altijd als ik stiekem naar hem keek, viel het me op hoe rustig hij was. Hij zag er niet bezorgd uit. Als er al momenten waren dat hij ontdaan was, dan wist hij die goed te verbergen, bedekt door een laagje kalmte en sereniteit.

Nova krijgt hem niet, zo simpel is het.

'Hoi,' zei ik, en ik toverde een opgewekte glimlach op mijn gezicht, hoewel ik trillend op de kruk naast hem ging zitten.

Er gleed een glimlach over zijn gezicht die alle liefde die ik voor hem voelde weer deed opstijgen naar de oppervlakte van mijn ziel. Ik kon me een leven zonder hem niet meer voorstellen, geen minuut. 'Steph, hoi.' Hij stond op en kuste me op mijn wang. Zijn warmte bleef nog lang hangen nadat hij was opgestaan om bij de bar een drankje voor me te halen.

'Luister,' begon hij, 'ik kom meteen ter zake. Als ik dat niet doe, zeg ik niet wat ik wil zeggen. En zoals we hebben ontdekt met mijn naam, is dat niet de beste manier.'

Normaal gesproken dronk ik niet meer dan twee glazen wijn. Als tiener was ik vaak dronken geweest, had ik voortdurend in een roes geleefd, maar het was het niet waard geweest. Niet meer. Op dat moment echter wilde ik het glas wijn dat voor me stond het liefst in een keer achteroverslaan en daarna nog een paar. Ik wilde verdoofd zijn op het moment dat hij zijn zegje zou doen. Met bevende hand pakte ik het glas op en dronk het voor de helft leeg. De andere helft had ik nodig om in zijn gezicht te smijten. Dat zou enkele seconden zijn voordat ik hem een klap op zijn wang verkocht, de straat op rende, een taxi aanhield naar Nova's restaurant om met haar af te rekenen. Afhankelijk van hoe dat zou aflopen, zou ik de nacht thuis doorbrengen en mezelf in slaap huilen of bijkomen in het ziekenhuis.

'Ik heb het er met Nova over gehad,' zei hij.

Ik ben niet degene die in het ziekenhuis beland, maar zij! Heel erg lang.

'Ik moet je dit vertellen. Het wordt serieus tussen ons. Dat wil zeggen, ik voel dat deze relatie serieus is en ik wil dat je weet wie ik echt ben voordat we verdergaan. Ik vind het wel zo eerlijk naar jou toe dat je het weet zodat je kunt kijken of je ermee om kunt gaan.'

De angst, woede en verontwaardiging in mij werden minder terwijl het tot mijn overbezorgde brein doordrong dat dit niet ging over het beëindigen van onze relatie. Hij had het over samen verder gaan, sprak alsof het van mij afhing of we onze relatie zouden voortzetten of niet.

'Ik... ik heb dit nog nooit aan een vriendinnetje verteld. Daarom heb ik het ook eerst met Nova besproken. Dit is ook haar geschiedenis, dus wat ik nu over mezelf onthul, gaat ook over haar. Ze zei dat ik het moest vertellen als ik dacht dat je voor mij voelde wat ik voor jou voel, want ze mag je graag.'

Een greintje schuldgevoel flitste door mijn geweten: ik had me in haar vergist. Alweer. Maar het schuldgevoel was niet groot, want wat over ons had moeten gaan, ging wederom ook over haar. Waarom moest hij toch altijd alles met haar bespreken? Alles. Was er één beslissing in zijn leven die hij had genomen zonder eerst met haar te overleggen?

Zijn vingers gleden over de tafel en omklemden de mijne. 'Ik hou van je handen,' zei hij terwijl hij ernaar staarde. Hij keek op en zocht mijn ogen. 'Ik hou van jou.'

Ik voelde dat mijn hart weer borrelde met alles wat ik voor hem voelde. Hij zei het zo gemakkelijk. Hij zei het alsof hij het voortdurend zei; alsof dit niet de eerste keer was.

Ik opende mijn mond, maar hij drukte zijn vingers op mijn lippen.

'Nee, zeg het niet terug,' zei hij, voordat hij zijn hand wegnam. 'Ik wil niet dat je je onder druk gezet voelt. Niet nu je nog niet alles weet. Ik wil niet dat je je gedwongen voelt om te blijven omdat je de woorden hebt gesproken.' Zijn gezicht betrok terwijl hij zijn ogen sloot en lichtjes zijn hoofd schudde. 'Ik heb dit nooit eerder verteld. De mensen die het weten, hebben het altijd geweten, zij hebben dus geen uitleg nodig.' Hij keek me indringend aan en sprak zichzelf moed in om te zeggen wat hij te zeggen had.

'Mijn moeder, en ik hoop dat je haar op een dag zult ontmoeten, is manisch-depressief. Tegenwoordig zeg je bipolair, maar wij hebben het altijd manisch-depressief genoemd en zij ook. Dat is het. Het klinkt misschien niet zo ernstig als ik het zo vertel, maar dat is het natuurlijk wel. Het is een deel van ons leven geweest vanaf het moment dat we oud genoeg waren om het te weten. Weet je wat een manisch-depressieve stoornis is?' vroeg hij, alsof hij ineens besefte dat ik misschien niet wist waar hij het over had.

Ik knikte. Ik wist het.

'Maar ze is niet gek,' zei hij ineens boos. 'Iedereen die dat denkt...'

'Dat denk ik niet,' onderbrak ik hem, terwijl ik mijn vingers om de zijne klemde om hem te stoppen. 'Dat zou ik nooit denken. Nooit.'

'Maar je moet weten dat zij altijd op de eerste plaats komt. Altijd. Daarom moet ik het je nu vertellen, voordat onze relatie zich verdiept. Ik wil niet dat het tussen ons eindigt, maar het zou niet eerlijk zijn als je het niet wist. Begrijp je wat ik bedoel?'

Ik knikte. Cel voor cel stroomde mijn lichaam vol met kalmte. Geen angst, geen bezorgdheid, alleen kalmte. En toen ontstond er iets in mijn binnenste, het verspreidde zich, kwam tot wasdom als een baby. Ik voelde het groeien, zijn eigen leven beginnen, me vullen totdat mijn lichaam, mijn hart, mijn geest ermee verzadigd waren. Het duurde even voor ik dit gevoel kon duiden – voor de eerste keer in jaren ervoer ik hoe het was om hoop te hebben.

'Dit is niet wat je wilt horen, als je net een relatie bent aangegaan, dat je nooit op de eerste plaats zult komen, maar zo is de situatie nu eenmaal. Ik heb jarenlang niets hoeven doen, en Nova's ouders zijn er gewoonlijk als eerste voor haar, maar als mijn moeder me nodig heeft, moet ik bij haar zijn. Begrijp je dat?'

Ik glimlachte naar Mal. Wat hij zei, was precies wat ik wilde horen; het was wat het zaadje van hoop binnen in me had geplant.

'Ik wil je een verhaal vertellen,' zei ik tegen hem. 'Het is een waargebeurd verhaal. Een verhaal over mij. Als ik het heb verteld, hoop ik dat je zult begrijpen waarom ik het je moest vertellen en waarom ik blij ben dat jij me dít hebt verteld.' Het klonk dramatisch, al was dat niet mijn bedoeling. Net als Mal was ik niet gewend om erover te praten. Mensen zagen me, hadden vermoedens, roddelden over me. Zelden vroegen mensen ernaar, nooit vertelde ik het.

Aan het einde van mijn verhaal, dat had moeten eindigen met 'en ze leefden nog lang en gelukkig', kuste hij me. Hij kuste me en deed me een belofte.

We doen allemaal beloften. Ik weet zeker dat ieder van ons zich ook aan die beloften wil houden. Mal was van plan zich te houden aan de zijne, maar besefte op dat moment natuurlijk niet – ik denk dat geen van ons beiden dat deed – welke prijs hij daarvoor zou moeten betalen.

'En nu bieden jullie je excuses aan, leggen jullie uit waarom jullie het hebben gedaan. Bedenk de volgende keer dat je iets over iemand wilt zeggen dat je niet alle feiten kent. Dat haar leven misschien perfect lijkt, maar in werkelijkheid fragiel, droevig en vol problemen kan zijn.

En bedenk ook eens hoe júllie je zouden voelen als ze vlak achter jullie stond terwijl jullie haar aan flarden scheurden. Ja, je hoort het goed, hoe júllie je zouden voelen, want andermans gevoelens kunnen jullie duidelijk geen zier schelen.'

Ik werp het zwijgende, geschokte duo nog een laatste gemene blik toe en storm dan de kleedkamer weer uit. Ik stap in mijn auto, steek de sleutel in het contact, maar draai hem niet om, rijd niet weg.

Ik tuur door de voorruit. Niet alleen moet ik me aanmelden bij een andere sportschool, ik moet dringend op zoek naar een nieuw leven.

'Ik heb een dolfijn nodig.'

'Oké,' zegt mama.

'Waar wil je die houden?' vraagt papa.

'In het bad,' zegt hij tegen papa. Daarna wendde hij zich tot mama, want papa zou weer 'moeilijk doen' zoals mama zou zeggen. 'Ik heb echt een dolfijn nodig.'

'Oké,' zei mama.

'Hoe bedoel je, oké?' vraagt papa aan mama.

'Gewoon zoals ik het zeg, oké,' zegt mama.

'Dat we een dolfijn voor hem gaan kopen?'

'Als hij er een nodig heeft, waarom niet?'

'Mag ik echt een dolfijn hebben? Een echte dolfijn?'

'Ja.'

Hij glimlachte naar mama. Ze was de liefste mama van de hele wereld.

'Wanneer?' vroeg hij mama. 'Wanneer krijg ik mijn dolfijn?'

'Nou, ik moet er eerst voor sparen, dus het kan nog wel even duren. Ik kan me voorstellen dat die beesten heel duur zijn, want goudvissen kosten ongeveer 2,50 pond, dus dolfijnen, die echt heel groot zijn, zullen nog veel duurder zijn. En ze eten ook meer. En we zullen een groter bad moeten kopen, want we moeten zelf nog wel kunnen douchen en zo. Maar als jij een dolfijn nodig hebt, zal ik daarvoor zorgen. Al ons geld zal opgaan aan eten, kleren en rekeningen. Dus ik denk dat we voorlopig niet meer op vakantie kunnen, en dat we misschien ook geen computerspelletjes meer kunnen kopen. Dan sparen we dat geld allemaal op voor de dolfijn. Wat dacht je ervan?'

Leo grijnsde en knikte. Hij zou echt een dolfijn krijgen.

'Oké, het is nu te laat, maar morgen bel ik om onze reis naar Portugal af te zeggen. Het is jammer dat we nu alle leuke dingen daar niet kunnen zien, maar de dolfijn is belangrijker.'

'Kunnen we niet naar Port-gal?' vroeg Leo. Ze zouden met een vliegtuig gaan en zo. En hij wilde Richard en David en Martin de foto's laten zien die mama van hem in het vliegtuig zou maken. Geen van hen had ooit in een vliegtuig gezeten. En ze had hem foto's laten zien van hun witte huis daar en het zwembad – in hun eigen achtertuin. Daar mocht hij in zwemmen.

'Ben bang van niet, lieverd. We sparen voor een dolfijn, toch?'

'Maar ik wil naar Port-gal.'

'Sorry, schat, het kan niet allebei. Je bent al een grote jongen, dus dit is echt een volwassen beslissing die je moet nemen. Of we kopen een dolfijn, of we gaan op vakantie. Ga anders boven even nadenken wat je het liefste wilt. Het maakt mij in elk geval niet uit.'

'Oké,' zei hij, en hij liep terug naar zijn slaapkamer en zijn plaatjesboek met dolfijnen. Tss. Als hij een dolfijn had mogen hebben, zou hij de volgende keer vragen om een haai.

Sommige dingen waren gewoon niet eerlijk.

Leo, 5 jaar en 6 maanden

9

Er is geen verandering. Er zijn zes dagen voorbijgegaan en nog steeds is er niets veranderd.

Ik moet mijn familie vandaag van alles op de hoogte brengen. Ik weet dat ze hier meteen zullen zijn, een konvooi van Kumalisi's en één Wacken, voordat ik ook maar heb opgehangen. Ik had gehoopt dat het intussen beter zou gaan en dat ik hun alles had kunnen vertellen nadat Leo wakker was geworden, maar dat is niet gebeurd. Het is nóg niet gebeurd. Dat ik er meer mensen bij betrek, betekent dat ik een kleine nederlaag accepteer. Ik zeg hiermee dat er iets aan de hand is wat Keith en ik niet alleen afkunnen. We hebben hulp nodig.

Het café is donker als ik naar binnen ga. Ik haast me naar het piepende alarmkastje achter in de zaak, voordat het afgaat en de helft van de politiemacht in Sussex voor de deur staat. Dat is al eens gebeurd. Vorig jaar was ik met Leo naar het café gegaan om een van de reusachtige feeëntaarten te halen die ik eerder als toetje had gebakken, en om een of andere reden had ik drie keer de verkeerde code ingetoetst. Voor ik het goed en wel in de gaten had, zag ik buiten overal blauwe zwaailichten en verscheen er een heel peloton aan agenten, allemaal klaar om af te rekenen met de crimineel die het lef had gehad om ons kleine café binnen te dringen. Leo en ik waren doodsbang geweest door de snelle respons en het aantal agenten dat arriveerde, en terwijl hij aan mijn rok hing om bescherming bij mij te zoeken, klampte ik me net zo hard vast aan hem, deels om elk moment voor hem te kunnen gaan staan, deels om mijn doodsangst weg te nemen. Keith had die avond dienst en was met hen meegekomen. Hij was duidelijk in jubelstemming dat zijn vrouw zulke absolute idioterie had getoond door de code van haar eigen café verkeerd in te toetsen ten overstaan van zijn collega's. Ik kon hen de hele rit terug naar het bureau horen lachen en opmerkingen maken. ('Het is toch een helderziendencafé? Hoe kan het dan dat ze de code niet wist?') Leo vond het na afloop wel cool, maar geen van ons had nog zin in taart gehad. In plaats daarvan was ik naar Kemp Town in Brighton gereden om in een nachtwinkel ijs voor ons te kopen. Later, toen ik Amy belde om haar te vertellen dat ik de code had moeten veranderen, zei ze dat ze dat eerder die dag al had gedaan omdat Keith had gebeld en gezegd dat we de code al een poos niet hadden gewijzigd. En had ze me dat dan niet verteld? En had hij het me dan niet verteld? En o, had de politie zich echt rot gelachen? En Keith heeft toch zeker niet echt tegen je gezegd dat je blij mocht zijn dat je geen boete kreeg voor het verspillen van kostbare politietijd?

Als ik die twee niet beter kende, zou ik hebben gedacht dat ze het samen hadden bekokstoofd, maar Keith beschouwt zulke dingen niet als grappig, en Amy is er het type niet naar om zulke geintjes uit te halen.

Nadat ik het alarm heb afgezet, zet ik mijn tas op het bureau in de kleine bezemkast die we ons kantoor noemen. Mijn sleutels rammelen luid in de duisternis, het geluid weergalmt in het zitgedeelte met de counter en de koffiemachine.

Ik knip de keukenlichten aan en alle metalen en witte oppervlakken glimmen me tegemoet. Ik stroop mijn mouwen op en uit de lade bij de deur pak ik mijn witte haarnetje en zet het op mijn hoofd. Vervolgens bind ik mijn schort voor, dat aan een haakje bij de deur hangt. Ik loop naar de grote metalen wasbak en boen mijn handen schoon.

Terwijl Keith bij Leo zit, ga ik een paar taarten en koekjes bakken zodat Amy die de komende dagen niet hoeft te bestellen. Die arme Amy heeft Starstruck, mijn café, nu al ruim twee weken in haar eentje gerund en niet één keer geklaagd. Geen woord over dat ze zo moe is, bijna geen voorraad meer heeft en geld nodig heeft om die aan te vullen. Ze is gewoon doorgegaan zoals altijd, zodat ik me geen zorgen hoef te maken.

Ik zat met Leo achter in het café.

'Incy wincy spider climbed up the waterspout,' zong ik. Leo's grote, roestbruine ogen staarden me aan, gefascineerd, verwachtingsvol, terwijl ik over hem heen leunde en met mijn hand de beweging van een spin nabootste. Om zijn mond vormde zich een brede glimlach.

Hij was nog maar drie maanden oud en ik wist niet zeker of hij echt al zoveel begreep, maar hij leek dit liedje en 'Round and round the garden like a teddy bear' leuker te vinden dan andere die ik voor hem zong. Zijn mondhoeken krulden dan omhoog en hij kirde een lach waarvan iedere moeder vlinders in haar buik kreeg. Ik had geluk, ik wist het. Mijn zoon was een engel, een pasgeboren wonder. Hij sliep zodra ik hem in zijn wiegje legde, dronk goed en reageerde al echt op me. Ik zag zoveel vrouwen worstelen of gebroken door uitputting en gebrek aan steun dat ik wist dat ik gezegend was. Ik wist ook dat het niet altijd zo zou blijven. Hij kon elk moment besluiten dat ik het al veel te lang veel te gemakkelijk had gehad en dat ik het moederschap moest leren door een vuurdoop te ondergaan. Ik vroeg me soms af of het was omdat hij ergens begreep dat er maar één onhandelbare pasgeborene in onze relatie kon zijn en dat die rol momenteel door mij werd vervuld. 's Nachts lag ik te piekeren over onze toekomst, te huilen van eenzaamheid. Omdat ik me zo ongelukkig voelde stond eten me tegen; ik moest letterlijk voedsel door mijn strot duwen omdat ik borstvoeding gaf en Leo de juiste voedingsstoffen nodig had. Bovenal verlangde ik ernaar te worden omhelsd, verzorgd, in de watten te worden gelegd. Ik verlangde naar iemand die me uit de kribbe van dit leven zou tillen en me beter zou wiegen.

De tafel waaraan we zaten stond achter in het café, niet ver van ons huis in een wijk van Hove die Poets Corner heette – de straatnamen waren van de grote dichters; ik woonde aan Rossetti Road, op tien minuten lopen van de zee. Voor iemand van mijn leeftijd had ik tot dusver ongelooflijke mazzel gehad met huizen. Het appartement in Forest Hill, waarvoor ik al mijn geld bijeen had moeten schrapen om het te kunnen kopen toen ik begin twintig was, in een tijd waarin mensen er niet eens over piekerden om door dat deel van Londen te reizen om ergens te komen, had belachelijk veel opgeleverd toen ik het twee maanden voor Leo's geboorte verkocht. Forest Hill was ineens 'the place to be' voor mensen die het zich niet konden veroorloven om in het superdure Dulwich te wonen. Ik had een huis met drie slaapkamers en een tuin aan Rossetti

Road kunnen kopen voor het geld dat ik voor mijn flat kreeg en hield zelfs nog wat over.

Terwijl ik in het café zat en wat met Leo speelde, bedacht ik dat ik een baan nodig had. Ik had heel wat maanden niet gewerkt en mijn spaargeld was er snel doorheen gegaan. We zouden er nog minstens een jaar comfortabel van kunnen leven, maar daarna zouden we niets meer hebben. En ik had ook niets opzijgezet voor de toekomst. Ik had overwogen om mijn studie weer op te pakken en terug te gaan naar mijn originele carrièreplan: klinisch psycholoog worden. Maar ik zou me waarschijnlijk een bedrieger voelen. Hoe kon ik nu naar andere mensen luisteren, hen helpen, waar nodig adviseren, als mijn eigen leven zo'n puinhoop was? Ik was het toonbeeld van hoe je het níét moest doen. Aan de andere kant: was het niet zo dat iemand die het helemaal verprutst had juist goed kon zien welke verkeerde richting je dreigde op te gaan en je kon tegenhouden? En dat iemand die verdriet kende je kon helpen het jouwe te verwerken?

Maar de gedachte dat er toezicht op me zou worden gehouden, dat ik mijn geheimen zou moeten prijsgeven aan een vreemde, trok me niet aan.

Het enige andere wat ik kon doen, was serveerster of restaurantmanager worden. En dat hield in dat ik op de meest bizarre uren moest werken en mijn werktijden rond Leo moest plannen. Misschien wil mama een paar dagen per week op hem passen, dacht ik. Toen realiseerde ik me wat voor domme gedachte dat was: ze zou op de eerstvolgende trein stappen en permanent bij ons intrekken. Zij, papa, Cordy en tante Mer hadden allemaal weinig subtiel geprobeerd om me terug naar Londen te krijgen.

'Zoek je toevallig werk?' vroeg de lange vrouw met steil zwart haar tot aan haar middel me, die me koffie had geserveerd.

Ik knipperde met mijn ogen naar haar. Had ik soms hardop zitten denken? Ze torende boven me uit, een reusachtige, prachtige godin. Ze had een gave blanke huid, donkerbruine kijkers – iets spleetogen – en een kleine, perfecte mond. Ze droeg een hemdje dat haar platte buik onthulde en een superstrakke, vaalblauwe spijkerbroek met een grote gesp waarop 'Diva' stond, de naam van het café. Rond haar navel zat een ingewikkelde tatoeage met gotische elementen, maar ik herkende er ook iets in van Japanse kanji-tekens.

'Zoek je toevallig werk?' vroeg ze weer. Ze klemde haar haren achter haar oor en onthulde zo een rij kleine ringetjes.

'Nee,' antwoordde ik. Het zat hier zelden voor de helft vol en de koffie, taart en koekjes die ik had geproefd waren niet bepaald lekker. Ik kwam hier alleen omdat het dicht bij mijn huis was – het enige café in Poets Corner – en de godin leek altijd blij om ons te zien en kirde naar Leo alsof hij de mooiste baby was die ze kende. Als ik hier zou werken, zou ik niets te doen hebben en waarschijnlijk na een paar weken alweer worden ontslagen. Ik had behoefte aan vastigheid.

'Je mag je baby mee naar het werk nemen,' zei ze. 'Hij kan achterin spelen, we schaffen een babymonitor aan en als het niet druk is, kan hij hier zijn.' Ze keek om zich heen in het lege café en daarna keek ze weer naar mij. 'Hij zal waarschijnlijk de meeste tijd hier zijn.'

'Bedankt voor het aanbod, maar nee.'

Ze zuchtte en beet op haar onderlip. 'Oké,' zei ze.

'Vanwaar je vraag?' vroeg ik. Ik had een paar keer borden voor haar afgeruimd toen het erg druk was – wat zelden voorkwam – en ik ergens wilde zitten. Ik had ze opgestapeld en op de toonbank gezet. Misschien had ze zo gezien dat ik ooit serveerster was geweest, maar om iemand op grond daarvan een baan aan te bieden...

'Oké,' zei ze terwijl ze een stoel bijtrok tegenover mijn bankje. Ik blikte naar Leo in zijn reiswieg naast me, zijn lipjes waren getuit en zijn ogen vielen steeds dicht. Hij stond op het punt in slaap te vallen. Ik trok het dekentje op tot aan zijn kin en streek een paar keer over zijn buikje. 'Het klinkt misschien gek, maar ik heb gedroomd dat je hier werkte.'

Dat klonk inderdaad gek. Zo gek als ik meestal op anderen overkwam. Dingen doen vanwege dromen en ingevingen.

Ze leunde achterover en sloeg triomfantelijk haar armen over elkaar, alsof mijn stilzwijgen had bevestigd dat ze inderdaad idioot overkwam, terwijl ik gewoon niets zei omdat ik dacht dat ze nog iets wilde zeggen.

'Dat heb ik nu altijd. Dat ik dingen van mensen aanvoel. Dromen. Weet je, bij jou voel ik een sterke connectie met Shakespeare.'

'De meeste mensen hebben een sterke connectie met Shakespeare,' antwoordde ik. Ik had door de jaren heen heel wat helderzienden gezien, maar niet een van hen had ooit zoiets tegen me gezegd. 'We hebben op school allemaal iets van hem moeten lezen.'

'Nee, dat is het niet. Bij jou is het heel sterk. Iets van eeuwige liefde, maar het heeft niets met Romeo en Julia te maken. Dat zou te voor de hand liggend zijn. Het is zo sterk. Het heeft ook te maken met je kleine.' De godin staarde even voor zich uit. 'Ik ben niet zo goed in het duiden van de gevoelens die ik ervaar, moet ik eerlijk toegeven. Daarom kan ik er ook geen geld voor vragen. Mijn vrienden vinden dat ik er een broodwinning van moet maken, maar wat nu als ik bij bepaalde mensen niets voel? Ik zou niet met mezelf kunnen leven. Twaalf!' Ze wees nu met een vinger in mijn richting. 'Twaalf. Je hebt iets met twaalf.'

'Ik ben ooit twaalf geweest', zei ik. Waarom ik zo harteloos deed, wist ik niet. Misschien wel omdat deze vrouw echt was. Ik had door de jaren heen veel mensen ontmoet die dat niet waren; die grote sommen geld vroegen en me niets vertelden. Maar deze vrouw had een geweten met betrekking tot haar gave en rekende niets omdat ze bang was dat ze sommige mensen niets zou kunnen vertellen.

'Twaalf? De twaalfde? Misschien is het de twaalfde. Hé, ben je actrice?' Haar ogen lichtten op.

En het ging net zo goed. 'Nee,' zei ik.

'O, waarom hoor ik nou steeds Old Vic?'

Mijn hele lichaam werd koud, de vingers die Leo's buikje hadden gestreeld, verstijfden.

'Old Vic. Je hebt een heel sterke connectie met de Old Vic. En ook met Shakespeare. Misschien is het niet de plaats. Misschien is het een man? Old Vic... Hij bezoekt je. Nee, dat slaat nergens op. En je bent omringd door sterren. Ik zie je steeds in de sterren. Daarom dacht ik dat je misschien actrice was. Beroemd. Je weet wel, de Old Vic, Shakespeare, sterren... God, als ik hersenen had, zou ik gevaarlijk zijn!' Ze lachte, wierp haar hoofd achterover en lachte.

'Zie je het voor je: ik bel mijn boekhouder om hem te vertellen dat ik iemand heb aangenomen omdat ik over haar heb gedroomd. Ik weet niet eens of je wel kunt serveren of koffiezetten!' Ze lachte weer. 'Of dat ik het mijn vader vertel! "Hé pap, weet je nog dat café dat je voor me kocht en waar ik niets van gebakken heb? Ik heb mezelf nog dieper in de schulden gestoken en een vrouw aangenomen die ik in een droom had gezien. En dat ik alleen maar van haar droom omdat ze mijn trouwste klant is, doet er niet toe." Ik zie zijn gezicht al voor me!' Ze ging door met lachen en greep naar haar buik terwijl de tranen over haar gezicht rolden.

Je kunt zien hoe mensen echt zijn, als je maar hard genoeg je best doet. Je luistert naar hoe je lichaam op hen reageert. Het kan een kleine por zijn, of een grote rode vlag waarmee wordt gezwaaid, die de zenuwen door je lijf laat gieren. Het kan een blik zijn die je over iemands gezicht ziet glijden, of een toon die je hoort in iemands stem. Het kan het ongegeneerde lachen van iemand om zichzelf zijn.

Ze was een engel. Deze godin was een engel. Ineens was ze omgeven door wit en gouden licht, recht voor mijn ogen. Ze was zo ongelooflijk mooi dat ze schitterde. Dat zou ik nooit aan iemand vertellen – zelfs niet aan haar – want dat zou inderdaad gek overkomen. Mijn vrienden hadden me voor gek verklaard, Cordy noemde me gek en Mal vond dit soort dingen onzin.

'O god,' zei de lachende engel voor me terwijl ze haar tranen wegveegde. 'Was dat even lachen. Dat heb ik niet meer gedaan sinds ik een klant vertelde dat ik vroeger verliefd was geweest op die zanger van Dollar, en dat ik wist dat hij in de buurt van Brighton woonde, maar dat ik hem nog nooit had gezien. Tien minuten later liep hij het café in. In levenden lijve. Hij was hier nog nooit geweest, en is ook nooit meer teruggekomen. Die klant had gewoon haar koffie omgestoten. En ik kon die zanger nauwelijks bedienen omdat ik zo moest lachen. Dat is waarschijnlijk ook de reden waarom hij nooit meer terug is gekomen.'

'Mag ik het café van je kopen?' vroeg ik haar.

Van sommige beslissingen die ik in mijn leven nam, wist ik dat ze de juiste waren: niet op wereldreis gaan met Mal; studeren voor mijn doctorstitel; verhuizen naar Hove; een café kopen.

Ik zag het helemaal voor me. Hoe ik het zou veranderen. Hoe ik er iets anders van zou maken. Hoe dit de engel zou bevrijden uit de kooi waarin ze nooit had willen zitten, maar die ze had geaccepteerd omdat ze geen nee had durven zeggen tegen haar familie. Dit was mijn toekomst. Ik kon dit doen en nog steeds bij mijn zoon in de buurt zijn.

Mijn 'zweverige' kant had deze beslissing misschien genomen, maar mijn zakelijke kant, die al heel snel had beseft dat het managen van een restaurant niet alleen meer geld inhield maar ook minder fysieke inspanning, zodat ik het naast mijn studie kon doen, wist dat dit zou werken. Dit was mijn toekomst.

'Dat moet ik eerst met mijn vader overleggen,' zei ze voorzichtig.

'Ik geef je er een eerlijke prijs voor. En ik wil graag dat je hier blijft werken als je dat ziet zitten.'

Uit haar broekzak haalde ze een mobieltje. Hoe ze het ding daarin had gekregen, was me een raadsel. Ze klapte het open en drukte op een paar toetsen. 'Hoi, pap,' zei ze toen hij opnam. 'Ik ga je heel blij maken. Oké, oké...' Ze grijnsde naar me vanaf de andere kant van de tafel, rolde met haar ogen en ging over in het Japans.

Twee maanden later was het café van mij. Leo was onder de indruk toen ik hem de sleutels liet zien: hij brabbelde en grijnsde. Cordy vond het prachtig. Tot ik haar vertelde over mijn plan om de bovenverdiepingen te veranderen in kamers waarin mensen tarotkaarten en horoscopen konden laten trekken, reiki konden beoefenen en kristalhelingen en massages konden ondergaan. Toen zei ze: 'Er zullen vast veel meer mensen zo gek zijn als jij.' Mama en papa waren minder onder de indruk en stelden voor dat ik onder de nieuwe naam van het café zou zetten: EIGENAAR: DR NOVA KUMALISI, zodat iedereen zou weten dat hun dochter doctor was, hoewel die haar zuurverdiende titel aan de wilgen hing. Tante Mer dacht hetzelfde – dat merkte ik toen ze op het openingsfeest kwam – maar hield zich stil.

Amy, de engel van wie het café was geweest, was dolgelukkig dat zij het restaurant niet meer draaiende hoefde te houden.

Toen ik de dag dat het officieel van mij was alleen met Leo in het café zat, voelde ik voor het eerst dat ik weer controle had over mijn leven. Ik deed iets waarvoor ik had gekozen. Ik ging niet meer akkoord met iets omdat het was gebeurd en ik daarop reageerde. Voor de eerste keer sinds lange tijd wist ik dat ik een toekomst had. Ik had het juiste gedaan, dat was duidelijk, want vanaf dat moment besloot Leo zich weer te gedragen als een baby.

Het is precies wat ik even nodig had. Ik sta in het midden van de keuken en overzie al het lekkers dat ik heb gemaakt. Overal staan cakes, muffins, bananencakes, taarten, koekjes, biscuits en warme broodjes met gedroogde vruchten die alleen nog maar te hoeven worden afgebakken.

Waarschijnlijk heb ik veel te veel gemaakt, maar toen ik eenmaal bezig was, kon ik niet meer stoppen. Ik moest gewoon even iets doen waar ik goed in ben, om weer wat controle over mezelf te krijgen. Ik zal wat dingen invriezen en een briefje voor Amy achterlaten dat ze alles wat in de koelkast staat morgen moet afbakken.

Ik ben benieuwd hoe ze zal reageren als ze morgenochtend binnenloopt en al die baksels ziet.

Ze zal niet meteen denken dat ik hier ben geweest – ze zal eerst denken dat engelen haar te hulp zijn geschoten of die kleine kaboutertjes uit dat sprookje van de schoenmaker die op een ochtend wakker wordt en ziet dat al het werk gedaan is. Daarná zal ze denken dat ik het misschien ben geweest. Ze is zo'n prachtig mens, vanbinnen en vanbuiten, en bevindt zich zo vaak op een ander niveau van bestaan. Ik vraag me vaak af hoe haar partner, Trudy, die met beide benen op de grond staat en heel praktisch is – en net als Keith helemaal niets heeft met 'dat zweverige' – het met haar uithoudt. Ik ben vrij nuchter wat die dingen betreft, ook al geloof ik er stellig in, en nog wordt Keith er stapelgek van, dus stel je voor dat je met Amy moet samenleven. Soms dreig ik Keith daar wel eens mee. Als hij irritant of moeilijk doet, zeg ik tegen hem dat ik hem op eBay zet of dat ik Amy vraag bij ons in te trekken.

Ik trek mijn haarnetje af en hang mijn schort aan het haakje bij de deur. Waar ik nu behoefte aan heb is een warme douche en misschien nog een paar uurtjes slaap voordat ik terugga om Keith af te lossen. Hij heeft me eerder ge-sms't dat alles goed was, dat er niets was veranderd en dat hij van me hield.

Nadat ik Starstruck heb afgesloten, loop ik naar huis. Het ligt maar drie straten van mijn huis. We hebben de afgelopen paar jaar ongelooflijk goed gedraaid. We hebben het café helemaal opgeknapt en maximaal gebruikgemaakt van het feit dat dit het enige in de buurt is dat kindvriendelijk is en zelfgebakken taarten serveert. De bovenverdiepingen waren ook een groot succes. We hebben niets zwart of bloedrood geverfd, we hebben er geen niche van gemaakt. Ik kleed me niet in het zwart, ik noem mezelf geen wicca (heks), want dat ben ik niet, en ik geloof niet dat iemand helderziend is omdat hij dat zelf beweert te zijn. Ik test de mediums voortdurend en als ik merk dat iemand er geen voeling meer mee heeft, beëindig ik het arbeidscontract meteen. Ik heb door de jaren heen te veel oplichters meegemaakt – mensen die grote sommen geld vragen, maar je niets kunnen vertellen, mensen die je reacties op hun gissingen lezen en dan vertellen wat je wilt horen – ik wil niet dat zij mijn klanten schaden.

Ik weet dat er meer in het leven is dan we kunnen waarnemen. Dat weet ik sinds ik acht jaar, elf maanden en eenentwintig dagen oud was.

Mal, Cordy, Victoria en ik moesten in de tuin blijven, buiten spelen terwijl alle volwassenen binnen waren, kalm en ernstig praatten en theedronken.

Ik moest naar de wc, en nu we er een in huis hadden en een nieuwe badkamer, wilde ik het buitentoilet niet meer gebruiken. Mam zei dat onze nieuwe badkamerkleur avocado was, zoals de vruchten die zij en papa aten.

Toen ik klaar was, veegde ik af, stond op, trok mijn slipje omhoog en drukte op de hendel op het toilet. Ik vond het nog steeds fascinerend dat op de hendel drukken hetzelfde effect had als aan de ketting trekken in het buitentoilet en ik keek hoe het water in de pot kolkte en verdween. Toen er weer schoon water bovenkwam, draaide ik me om en wilde weglopen. Maar ik bleef abrupt staan en staarde.

Voor de deur stond oom Victor, Mals vader. Het was vreemd om daar samen met hem te zijn, in de badkamer, temeer omdat ik – en iedereen die hem had gekend – een paar uur geleden zijn kist nog in de grond had zien zakken. Ik was er toen stellig van overtuigd geweest dat hij erin had gelegen.

Ik keek naar hem.

Hij keek naar mij.

Ik sloot mijn ogen en dacht dat ik me het verbeeldde. Zoals Mal zei dat een visstick soms van mijn bord verdween en er ineens weer lag als ik even niet keek.

In die momenten dat ik naar hem had gestaard voordat ik mijn ogen sloot, had hij echt geleken. Net zo echt als ikzelf. Hij droeg een zwart pak, met een wit overhemd en een zwarte das. Zijn haar was glad en naar achteren gekamd met een scheiding links van het midden, zijn huid was net zo bleek en gelig als de laatste keer dat ik hem had gezien voor hij stierf. En dat was al enige tijd geleden. Sinds de geboorte van Mal en mij was hij het grootste gedeelte van de tijd 'weg' geweest. Toen we vijf waren, kwam hij voor een jaartje of zo terug, zag Victoria geboren worden en verdween toen weer. Vervolgens kwam hij ongeveer een keer in de zes maanden langs om een paar dagen of weken te blijven.

Ik deed mijn ogen weer open. Hij was er nog steeds. Hij leunde tegen de deurpost, met zijn armen over zijn borst geslagen. Ik had hem per ongeluk in zijn kist zien liggen. Ik was de voorkamer van Mal en Victoria's huis binnengelopen, waar zijn lichaam lag, dus ik wist dat hij dood was. Ik was snel weggerend en had me in Mals kamer verstopt, zo bang was ik geworden van wat ik had gezien. Bang omdat ik oom Victor nog nooit zo stil had gezien. Zelfs niet als hij na het eten een dutje deed in zijn stoel bij de haard. Ik wist dus dat hij dood was. En toch stond hij nu voor me. Hij was waarschijnlijk een geest.

'Ik heb je naam nooit mooi gevonden,' zei hij. Hij sprak nog steeds met een accent – mama had verteld dat hij oorspronkelijk uit Yorkie-shire kwam.

Ik staarde hem aan.

'Zo gewelddadig. Stel je voor dat je je kind vernoemt naar een stervende ster – die explodeert,' zei hij. 'Ze zeggen wel dat de aarde met een grote oerknal is begonnen en dat een exploderende ster aan het begin staat van al het leven zoals we dat kennen, maar daar geloof ik niets van. Belachelijk om een kind zo te noemen.'

Ik was niet bang. Het was oom Victor, tenslotte.

'Maar nog niet zo belachelijk als Malvolio,' ging hij verder. Hij stak een dunne vinger op en zwaaide ermee naar me. 'Het was haar keuze. Stel je voor, een man uit Yorkshire gaat terug naar zijn geboortegrond en moet iedereen vertellen dat zijn zoon Malvolio heet. Ik kan ze net zo goed vertellen dat ik... Je weet wel,' zei hij terwijl hij zijn hoofd schuin hield. Ik wist het niet, maar was wel nieuwsgierig. Wat had hij de mensen uit Yorkie-shire net zo goed kunnen vertellen? 'Het was het eerste toneelstuk dat we zagen in onze verkeringstijd. Ik zei toen dat ik medelijden had met die arme jongen, Malvolio, omdat hij zo slecht werd behandeld. En dan vernoemt ze verdorie mijn zoon naar hem!

Maar hij kan zijn naam nog afkorten. Mal. Dat is nog iets. Maar jij hebt dat geluk niet. Wist je dat je naam achterstevoren gespeld Avon is, van die make-up? Misschien eindig je wel als verkoopster van Avon-producten.' Ik staarde oom Victor aan en vroeg me af waarom hij uit zijn kist in de koele, natte aarde was gekropen om nare dingen tegen me te zeggen over mijn naam. Was dat wat er met je gebeurde als je doodging? Kwam je dan terug om iemand te vertellen wat je van zijn naam vond? 'Het zou een mooie straf zijn voor je ouders als je niet méér bereikt dan Avon-producten verkopen.'

Zijn ogen namen me nauwkeurig op, van mijn twee keurige vlechten die met gele linten waren vastgebonden tot aan mijn glanzende zwarte schoenen met witte sokken die ik van mama had moeten dragen. 'Nou, meisje. Zeg iets,' zei hij.

Mijn hart maakte een sprongetje. Hij wilde dat ik iets tegen hem zei. Tot dat moment had ik niets tegen de geest van oom Victor hoeven zeggen. Hoewel hij een geest was en niet erg aardig tegen me deed, was hij wel een volwassene, dus iemand die je moest gehoorzamen. Zeg iets. Zeg iets. 'Ons bad is groen,' zei ik.

Hij trok een diepe, enigszins beangstigende frons. 'Jullie bad is groen,' zei hij. 'Jullie. Bad. Is. Groen.'

Ik knikte.

Hij schudde zijn hoofd. 'Ik wilde helemaal niet met jou praten,' zei hij op dezelfde toon als mama wanneer zij een cake probeerde te bakken terwijl ze één ingrediënt miste, waardoor het baksel uiteindelijk in de vuilnisbak belandde. Oom Victor beschouwde me duidelijk als een cake die thuishoort in de vuilnisbak. 'Ik probeerde contact te leggen met Hope en Frank, maar jammer genoeg krijg ik jou. En jullie groene bad.'

Ik beet op de binnenkant van mijn wang terwijl ik met de punt van mijn rechterteen kleine kringetjes draaide op het bruine linoleum. Zou iemand het gek vinden dat ik een standje kreeg van oom Victor, van wie iedereen dacht dat hij dood was? Dood betekende immers dat je nooit meer wakker werd. Nooit meer.

'Hou eens op met dat gefriemel,' zei hij. 'Deed je dat altijd al?' Ik hield op met kringetjes draaien en ging rechtop staan, hield op met op mijn wang bijten en dacht na over zijn vraag. Had ik altijd al gefriemeld? Ik wist natuurlijk wel wat friemelen was, maar deed ik het meer dan anderen? Ik had geen idee. Maar als ik dat tegen oom Victor zei, zou hij vast nog humeuriger worden.

'Eigenlijk val je best mee. Je bent tenslotte de enige die me opmerkt.' Hij nam me nog eens op van top tot teen. 'Maar je bent erg mager. Je moet meer eten.'

Dat kon ik doen. Ik knikte. Als hij dan wat aardiger tegen me deed, zou ik meer eten.

'Hoe oud ben je? Acht? Negen?'

Ik knikte.

'Wat is het, meisje? Acht of negen?'

'Ik word over negen dagen negen. Malvolio ook. Hij wordt over acht dagen negen.'

'O ja. Dat wist ik.' Maar volgens mij was hij daar niet eerlijk over. Volgens mij wist hij dat helemaal niet. Vooral niet omdat hij Mal nog nooit een verjaardagskaart had gestuurd of een cadeautje had gegeven. Nooit. Ook al deed tante Mer alsof ze van zijn vader waren, we wisten dat het niet zo was.

'Je bent wel wat jong, maar er zal vast een reden zijn dat je me kunt zien, dus het zal wel goed zijn. Ik wil graag dat je iets voor me doet.'

Ik vond het maar een vreemde manier om iemand om een gunst te vragen; eerst zeggen dat je naam niet mooi is, dat je te mager bent en moet ophouden met friemelen. Maar ik was een en al oor, gretig en bereid tot alles omdat ik wist dat grote mensen vreemde wezens waren. Ze konden iets zeggen terwijl ze iets compleet anders bedoelden en vervolgens helemaal niet in de gaten hebben dat ze dat hadden gedaan.

'Jij moet voor Malvolio zorgen, oké?'

Voor Malvolio zorgen. Voor Malvolio zorgen? Mama zorgde altijd voor tante Mer als ze ziek was. En toen Mal de mazelen had en wij allemaal waterpokken kregen, zorgde mama voor ons. 'Is hij ziek?' vroeg ik.

Even keek oom Victor verbaasd, waarna hij zijn hoofd weer schudde, alsof ik die cake was die in de vuilnisbak thuishoorde, maar die hij onderweg naar de vuilnisbak had laten vallen, wat een dubbele werklast betekende. 'Nee, meisje. Ik wil dat je voor hem zorgt totdat het niet meer hoeft,' zei hij. 'En zelfs dan moet je hem in de gaten blijven houden. Dat betekent: kijken of alles goed met hem is. Of hij gelukkig is.' Ik moet hem verward hebben aangekeken, want hij zei: 'Als je ouder bent, zul je begrijpen wat ik bedoel. Maar nu moet je gewoon onthouden dat ik wil dat je voor Malvolio zorgt. Ik heb er zelf niet veel van gebakken.'

'Maar dat kwam doordat je er nooit was,' zei ik om hem gerust te stellen. Om hem te laten weten dat ik volwassener was dan hij dacht, omdat ik wist dat als hij in de buurt was geweest, hij voor Mal zou hebben gezorgd. En Victoria. En tante Mer.

'Ja, bedankt, meisje. Ik weet het.' Hij leek niet erg gerustgesteld. Hij klonk eerder nog humeuriger. 'Het is een goeie jongen – ja, dat weet ik, ook al was ik er nooit – en hij zal iemand nodig hebben die voor hem zorgt.'

'En Victoria dan? Heeft zij niet iemand nodig die voor haar zorgt?'

'Dat is een meisje, voor haar zal altijd iemand zorgen.'

Hoe wist hij dat? Er had nooit iemand voor tante Mer gezorgd voordat ze bij ons in de straat kwam wonen, tenminste voor zover ik dat had gehoord van mama. Zij was ook een meisje.

Mijn gedachten stonden kennelijk op mijn gezicht geschreven want hij voegde eraan toe: 'Oké, meisje. Zorg voor hen beiden. Je maakt het jezelf wel moeilijk. Ik wilde je alleen maar vragen om voor Malvolio te zorgen. Nu wil ik dat je zowel voor Malvolio als voor Victoria zorgt.'

'Oké,' zei ik met een blij schouderophalen. Ik deed eigenlijk altijd wat grote mensen me opdroegen. Dat was wel zo gemakkelijk.

'Oké? Is dat alles? Ik vraag je iets heel belangrijks en het enige wat jij zegt is oké?'

Heb ik iets fout gedaan, dacht ik. Ik had toch precies gezegd wat hij wilde horen? 'Oké, oom Victor?' voegde ik eraan toe.

'Ik had verwacht dat je minstens zou vragen hoe je dat dan moest doen, dat je je een beetje zou verzetten. Maar jij zegt alleen maar "oké". Ze hadden me een ouder iemand moeten geven om dit aan te vragen, ik wist het.'

'Maar ik zei toch oké?' zei ik kalm. Ik begreep er niets van. Grote mensen werden meestal boos als je niét deed wat ze wilden of als je ertegen in opstand kwam. Oom Victor leek boos omdat ik wél zou doen wat hij wilde. Ik kreeg de indruk dat oom Victor gewoon een chagrijnige man was. Misschien had het feit dat hij dood was hem nog chagrijniger gemaakt.

149

'Ja, dat is ook zo. Nou, ik hou je in de gaten.'

'Waar vandaan?'

Hij knipperde weer met zijn ogen naar me. 'Hoe bedoel je waar vandaan? Overal.'

'Tegelijkertijd? Ben je overal tegelijkertijd?'

'Ja.'

'Ben jij God?'

'Hoe kom je daar nu bij?'

'God is overal tegelijkertijd en hij ziet alles. Ben jij God?'

'Doe toch niet zo dom.'

'O,' zei ik. 'Ga je naar me kijken als ik naar de wc ga?'

'Absoluut niet.'

'Of als ik in bad ga?'

'Nee, natuurlijk niet.'

'Dus je kijkt niet de hele tijd naar mij?'

'Dat denk ik niet,' zei hij weer chagrijnig.

'Maar hoe weet je dan wanneer ik naar de wc ga of een bad neem, als je niet de hele tijd kijkt?'

'Dat is nou precies de reden waarom ik jou niet wilde spreken,' zei hij, en hij zag er net zo chagrijnig uit als hij klonk. 'Je stelt te veel vragen. Ik hou je gewoon in de gaten. Neem dat nou maar van me aan.'

Ik had wel vaker gehoord dat ik te veel vragen stelde. Mama stuurde me vaak naar papa voor een antwoord op mijn vragen. Papa stuurde me naar de boekenkast om het op te zoeken in het woordenboek. Of naar bed, als het woordenboek geen antwoord bood. 'Oké, oom Victor.'

'Nou, wegwezen nu.' Hij zwaaide met zijn knokige hand.

'Dank je, oom Victor,' zei ik.

'Waarvoor?'

'Dat je me hebt opgezocht.'

Hij keek verrast. 'Ja, nou...'

Ik glimlachte naar hem, blij dat ik de kans had gehad om hem weer te spreken. Dat de laatste keer dat ik hem had gezien niet die keer was dat ik hem dood in zijn kist had zien liggen.

'Handen wassen, meisje.'

'O, oké.' Ik draaide me om naar onze nieuwe groene wasbak en wreef mijn handen tegen elkaar onder het water. Ik deed net of ik de zeep naast het bad niet zag liggen. Toen ik me weer omdraaide, was oom Victor verdwenen.

Ik sloop naar buiten en ging verder met het spel dat ik aan het spelen was geweest. Aan niemand vertelde ik dat ik oom Victor had gezien. Ik twijfelde er geen moment aan dat ik hem had gezien, dat hij met me had gesproken, maar ik wist dat grote mensen het liever niet wilden horen. Tante Mer had de hele tijd gehuild sinds oom Victor was overleden en de huisarts had haar steeds iets moeten geven om te slapen. Papa en mama waren constant bij haar en zouden boos worden als ik het zei. Ik kon het Mal en Victoria niet vertellen omdat ze het niet leuk zouden vinden dat hun vader mij had bezocht en niet hen. En Cordy zou het meteen tegen papa en mama zeggen.

Daarna zag ik oom Victor nog een paar keer. Hij sprak nooit meer tegen me. Soms was hij er gewoon. Dan ving ik een glimp van hem op in het donkere keukenraam als ik aan het afwassen was. Of dan zag ik hem achter in de tuin staan. Een keer zat hij op de rand van het bad toen ik naar de wc moest, maar hij verdween zodra ik binnenstapte (ik durfde een paar uur lang niet meer naar de wc te gaan). Het was een herinnering, denk ik, aan wat ik hem had beloofd.

Toen ik ouder werd, kreeg ik steeds meer interesse in 'de andere wereld', in wat we niet konden zien, horen of ervaren, maar wat wel om ons heen gebeurde. Ik was benieuwd naar wat er zou gebeuren als we ons erop leerden afstemmen.

Ik wilde weten wat er nog meer om ons heen was, in de ruimten tussen deze wereld en die waar we na onze dood naartoe gingen, wat er verder nog in ons lag. Wat je nog meer kon waarnemen als je eenmaal wist waarnaar je zocht, waar mensen zich op konden afstemmen.

De afgelopen paar dagen heb ik veel aan oom Victor gedacht, aangezien ik hem herkende als de man in de droom, de man die is gekomen om Leo mee te nemen. Ik weet niet zeker of het iets betekent of dat ik die twee gewoon met elkaar associeer omdat oom Victor de eerste – maar niet de laatste – geest was die ik zag. Ik ben er absoluut zeker van dat hij zich aan de andere zijde bevindt en ik heb altijd gedacht dat het gemakkelijker zou zijn om dit leven te verlaten als een dierbare je zou opwachten. Ik had overwogen om Leo 'Leo Frank Victor Kumalisi' te noemen, maar dat zou alles hebben verraden. Dat zou voor iedereen bevestigd hebben wie Leo werkelijk was.

Misschien roep ik die droom alleen maar op om wat ik geloof: dat als Leo klaar is om te vertrekken, als hij wil dat ik hem laat gaan, daar iemand is die op hem wacht. Hij zal niet helemaal alleen zijn.

Zomaar ineens, zonder waarschuwing, verlaat alle energie mijn lichaam, en ik moet op het stoepje voor mijn deur gaan zitten omdat ik niet in staat ben de voordeur open te doen.

Hij moet wakker worden.

Leo moet gewoon wakker worden.

Ik ben er niet klaar voor om hem te laten gaan. Hij moet wakker worden.

Hij moet wakker worden.

10

Meredith zat op de bank in mijn woonkamer thee te drinken.

Ik heb nooit begrepen waarom mensen toch zulke problemen met hun schoonmoeder hebben. Carole, bijvoorbeeld, vermeed die van haar met de kundigheid van een generaal die een militaire operatie plant. Ze zette haar kinderen in als spionnen, liet hen de plannen van haar schoonmoeder uitzoeken, zorgde ervoor dat ze weg was als ze langskwam en organiseerde bezoekjes aan haar Schotse familie tijdens Kerstmis, Pasen en verjaardagen. Dyan wilde telkens als haar schoonmoeder was geweest in therapie, omdat er na zo'n bezoek weinig meer over was van haar eigenwaarde. Mijn schoonmoeder was een heilige, in diverse opzichten. Ze was het grootste deel van haar leven Mals enige ouder geweest. Ze had hem verantwoordelijkheidsgevoel bijgebracht en hem laten zien hoe het leven in elkaar stak. Volgens mij had ik het aan haar te danken dat Mal nog bij me was en de keuzen had gemaakt die hij had gemaakt.

Maar onze relatie is doorvlochten met veel ingewikkelde strengen. Het voelt vaak of Meredith mijn persoonlijk waarschuwingssignaal is, een van 1,80 meter lang, met wit haar. Als ze met iets bezig is, kijk ik naar haar, ik volg de zachte lijnen in haar gezicht en op haar lichaam, in de wetenschap dat als ik niet uitkijk, me niet aan Mal vastklamp, ik word zoals zij. Helemaal alleen, steunend op de vriendelijkheid van dierbaren én vreemden. Elke keer als Meredith weer vertrekt, ben ik vastbesloten het anders aan te pakken. Om maar nooit alleen te hoeven eindigen, hopend dat er iemand op je pad komt die je toestaat te leven.

Na het etentje met onze vrienden, toen ik had bedacht dat zij waarschijnlijk Mals hotline naar Nova en... al het andere is, wist ik dat ik met haar moest praten. Ik had haar thuis willen bezoeken, zodat deze ontmoeting veel informeler en onschuldiger zou lijken dan ze eigenlijk is, maar als ik naar Oost-Londen zou gaan, naar die straat, liep ik het risico Nova's ouders tegen te komen. Ik had de familie Kumalisi diverse keren ontmoet en natuurlijk waren ze ook op mijn bruiloft geweest. Het waren superlieve mensen die me meteen in hun midden hadden verwelkomd, dus het idee om nu zomaar een praatje met ze te maken... Nou ja, er zullen heel wat dapperder vrouwen zijn dan ik, maar ik ben gewoon niet zo. De afgelopen acht jaar heb ik Nova's ouders helemaal niet meer gezien; na wat er is gebeurd, leek het me beter om weg te blijven. Meredith ontmoet ik altijd hier of bij Victoria in Birmingham, om zo te vermijden dat ik de familie Kumalisi tegen het lijf loop.

Terwijl ik thee voor mezelf inschenk, kijk ik stiekem naar Meredith, die zich veilig en behaaglijk op mijn bank heeft genesteld. Haar lange witte haar heeft ze strak in een knotje vastgezet, haar bruine ogen zijn zacht, haar lippen vormen een dunne, roze lijn en komen steeds van elkaar om thee en stukjes biscuit te ontvangen. Ze heeft iets vaags, bijna alsof ze opgaat in haar omgeving, waar die ook uit bestaat. Nooit heeft ze de behoefte om op te vallen. Er gaat een lichte rilling door me heen. Daar zit ik dan, in het gezelschap van mijn toekomstige ik. De meeste vrouwen vallen op het evenbeeld van hun vader; Mal is met zijn moeder getrouwd.

Omdat ik net zo ben als zij en we hier met z'n tweeën zijn, kan ik haar alles vragen, en ik weet dat zij zo eerlijk mogelijk zal antwoorden.

'Heb je ook foto's van Leo bij je?' Ik ben altijd nieuwsgierig naar hem geweest, ondanks wat ik Mal wijsmaakte – misleiding, afleiding, dat soort dingen – maar aangezien ik op het internet niets over hen had kunnen vinden, is het bijna een obsessie geworden.

Merediths gezicht verandert een beetje, ik zie dat ze licht fronst.

O god. Ik had het haar niet moeten vragen. Ze heeft me al die jaren getolereerd, heeft me nooit geconfronteerd met wat ik had gedaan, maar ze heeft het me ook nooit vergeven. Met haar wenkbrauwen nog altijd gefronst zet ze haar kopje – van het theeservies dat ze ons gaf als huwelijkscadeau – voorzichtig neer en pakt haar tas van de grond. Ik heb haar die tas vorig jaar met kerst gegeven. Hij is van bruin-zwart suède, met goudkleurige knopen en een rits. Toen ze hem uitpakte, had ze geforceerd geglimlacht, dat was me niet ontgaan. Ze had me beleefd op beide wangen gekust, maar ik voelde dat ze teleurgesteld was en dat ze hem vreselijk vond. Dit was waarschijnlijk de eerste keer dat ze hem gebruikte. Zoals dit de eerste keer was dat ik het theeservies uit de kast had gehaald. Wat zijn we toch een stelletje hypocrieten zoals we voortdurend proberen om bij elkaar in het gevlij te komen.

Uit haar tas pakt ze een lange portefeuille en slaat hem open. Ik vang een glimp op van een foto van Mal en mij op onze trouwdag. We lachen allebei terwijl we wegduiken voor de confetti die om ons heen dwarrelt. In een ander fotohoesje zit een vrijwel identieke foto van Victoria, Mals zusje, op haar trouwdag. Merediths vingers glijden achter drie briefjes van tien, twee briefjes van twintig en vier briefjes van vijf pond, en ze haalt drie foto's tevoorschijn.

Ze kijkt er kort naar en legt ze dan voorzichtig, alsof hij het zelf is en niet zijn afbeeldingen, op tafel.

Mijn adem stokt in mijn keel.

Hij is mooi.

Mijn hart krimpt samen door het plotselinge, heerlijke gevoel dat ik hem voor het eerst zie. Tranen vullen mijn ogen, en zijn beeld zwemt voor me. Maar ik zou mijn ogen kunnen sluiten en hem nog steeds zien, me nog steeds elke lijn en ronding van zijn gezicht herinneren.

Hij is zo mooi.

Mijn hart zwelt op in mijn borst en vult zich met... met alles wat ik als liefde kan beschrijven. Plotselinge, ongevraagde liefde voor dit jongetje dat ik nog nooit heb gezien.

Hij is zo, zo mooi.

Ik laat me van de bank op mijn knieën voor de koffietafel vallen en staar naar de foto's die voor me liggen alsof het tarotkaarten zijn die me tonen wat mijn verleden, heden en toekomst had kunnen zijn. Ik laat mijn vinger voorzichtig over de eerste foto glijden van het jongetje in zijn schooluniform, terwijl ik nog steeds verblind ben door tranen.

Weer zwelt mijn hart op en tegelijkertijd krimpt het samen.

Mijn kleine jongen.

Hij heeft Mals grote, ontzagwekkende ogen. Zijn donkere, mokkakleurige huid is een mengeling van Mal en Nova's genen. Zijn mond – ongelooflijk vol voor zo'n jong ventje – heeft hij waarschijnlijk van haar. De vorm van zijn gezicht, prachtig bol en ovaal, is duidelijk die van Mal. Zijn donkere haar ligt in dikke krullende c'tjes op zijn hoofd, zoals Mals honingblonde krullen.

Mijn kleine jongen.

Hij zou van mij moeten zijn. Hij zou mijn kleine jongen moeten zijn.

Hij grijnst ondeugend, zijn das met blauw-groen-witte strepen zit een beetje scheef, een krul naast zijn oor staat recht omhoog, en hij kijkt ergens naar, in elk geval niet recht in de lens. Ik ben meteen nieuwsgierig naar wat er interessanter was dan de camera. Ik bedenk ineens dat ik ooit een soortgelijke foto van Mal heb gezien. Hij was toen ook zeven. Zijn das zat scheef, een krul boven zijn rechteroor stond omhoog en zijn ogen zagen net iets anders toen de foto werd genomen.

Mijn vingers bewegen zich naar de volgende foto. Leo draagt een of ander felgroen superheldpak. Het is veel te groot voor hem, hangt over zijn handen en voeten, maar voorziet hem van een brede borst en een indrukwekkend sixpack. Hij probeert de rode riem om zijn middel vast te maken en kijkt hulpeloos en verward in de camera. Waarom help je me nou niet? lijkt hij te denken. Ik kan toch geen superheld zijn als ik mijn riem niet om krijg?

Op de derde foto is hij ongeveer vier jaar oud en schatert het uit. Hij heeft zojuist de beste grap ooit gehoord en lijkt niet meer bij te komen van het lachen. Dezelfde lach als die van mijn man op de trouwfoto in Merediths portefeuille.

Een paar tranen die zich onder aan mijn ogen hadden verzameld, breken los en landen met een klets op de hoek van de derde foto. De traan verpest meteen dat deel van de foto, de kleur verbleekt en loopt uit. Ik pak een servetje uit het houdertje en veeg de traan weg, waardoor er een bleek halvemaantje in de linkeronderhoek achterblijft. 'O god. Sorry,' zeg ik tegen Meredith terwijl ik naar haar opkijk. 'Sorry. Ik heb hem verpest. Ik heb hem verpest.' Ik bedek mijn mond met mijn hand. Kijk nou wat ik heb gedaan. Ik heb hem verpest. Ik heb hem verpest. 'Het spijt me zo.'

Ze legt vriendelijk haar hand op mijn schouder. 'Het geeft niet,' antwoordt ze rustig. 'Het is maar een foto. Hij is te vervangen. Ik kan zo weer een nieuwe krijgen.'

Waarom doet ze zo aardig tegen me? Ik heb haar foto verpest en ervoor gezorgd dat haar zoon haar kleinzoon niet mag zien. Waarom is ze zo aardig voor me? Weer voel ik tranen opkomen en ik leun achterover om te voorkomen dat ik de rest van de foto's verpest. Ik druk mijn handpalmen tegen mijn ogen en probeer de tranen te stoppen.

Hou op, zeg ik tegen mezelf. Hou op. Hou op. Hou op. Ik moet echt ophouden nu, want anders barst ik nog echt in tranen uit. Ik heb al tijden niet meer gehuild, en dit is nu niet bepaald het beste moment om er weer mee te beginnen. En om wie zou ik huilen? Om Meredith? Om Mal? Om mij? Om het ontbrekende stukje van mezelf dat ik op een gegeven moment misschien in die foto's zou hebben gevonden?

We blijven een tijdje zwijgend zitten terwijl ik mezelf tot kalmte maan, de ongecontroleerde emoties weer op hun plek duw. Een paar keer diep ademhalen en ik voel dat de gevoelens zich terugtrekken en wegspoelen alsof het eb wordt.

Ik haal nog een keer diep adem en word wat rustiger, genoeg om mijn handen weg te nemen en mijn ogen droog te knipperen. Wat gênant. Dat ik dit ten overstaan van Meredith doe.

'Haat ze me nog steeds?' vraag ik kalm. Het is misschien niet eerlijk om te vragen, om haar tussen ons in te plaatsen, maar ik moet weten of Nova me nog steeds vervloekt.

'Wie haat jou?' vraagt Meredith.

Ik draai mijn hoofd naar haar toe en zie dat ze me perplex aankijkt.

'Nova. Haat ze me nog steeds?'

Merediths gezicht straalt nu een en al verbazing uit. 'Waarom zou Nova jou in vredesnaam haten?' vraagt ze.

'Omdat...' Ik wijs naar de foto's.

Haar grijzende wenkbrauwen schieten verbaasd omhoog. 'Mijn hemel, vanwege Leo? Ik zou eerder denken dat het andersom was.'

'Pardon?' antwoord ik.

'Ik ben nooit een rekenwonder geweest, lieverd, maar ik weet wel dat jullie tien jaar getrouwd zijn en dat Leo nog geen acht is.'

'Ze heeft het je nooit verteld, hè?' zeg ik. Het dringt ineens tot me door. 'Heeft Nova je nooit verteld wat er is gebeurd?'

Ik zie de haren op Merediths lichaam ineens rechtop staan, de zachtheid die ik van haar ken, is ineens verdwenen. 'Malvolio en ik zijn misschien hecht,' zegt ze scherp, 'maar zijn liefdesleven is zijn zaak. Ik zou er nooit met hem over beginnen. Ook niet met Nova.'

Ik hoor maar deels waar ze het over heeft, de rest van me is bezig te verwerken wat ik zojuist heb ontdekt. Het is zo typerend voor Nova. Jaren geleden, toen Mal en ik aankondigden dat we gingen trouwen, was ze meteen naar me toegekomen om te zeggen dat ze geen bruidsmeisje wilde zijn. Ze wilde maar één keer in haar leven bruidsmeisje zijn, als haar zusje ging trouwen, dus niet voor mij. Ik had het een beetje vrijpostig van haar gevonden omdat ik niet eens van plan was geweest haar te vragen. Toen ze weer weg was, vroeg ik me af of ze misschien geen bruidsmeisje wilde zijn omdat het te pijnlijk voor haar zou zijn om zo dicht bij Mal te zijn terwijl hij de ultieme verbintenis met iemand anders aanging. Ik had er verder niet meer bij stilgestaan totdat ik de echte reden ontdekte: Mal was ervan uitgegaan dat zij bruidsmeisje zou zijn. Het hoofdbruids- meisje natuurlijk. Hij was er gewoon van uitgegaan. En dat wist ze. Maar ze wist ook dat ik niet zou willen dat ze een rol zou hebben tijdens onze bruiloft, en dus had ze me een gemakkelijke uitweg ge- boden. Ik kon hem gewoon vertellen dat ze geen bruidsmeisje wilde zijn. Hierdoor zou er geen verhitte discussie losbarsten tussen Mal en mij, waarin ik mijn ware, gemengde gevoelens tegenover haar zou hebben moeten uitspreken. Ik wist niet zeker voor wie ze het had gedaan, maar het had mijn leven uiteindelijk wel gemakkelijker gemaakt. En ze had het dus nog een keer gedaan. Bij iets wat vele malen groter was. Ze had me zo gemakkelijk kunnen afschilderen als het monster dat ik al die jaren geleden was geworden. Het beest dat haar leven had verwoest en haar liefste vriend had weggeno- men. Zelfs met een mildere versie van het gebeurde zou iedereen haar kant hebben gekozen en zich tegen mij hebben gekeerd. Maar ze had het niet gedaan. Ze had niemand iets verteld, dat wist ik nu.

Als Meredith het niet weet, dan heeft Nova het ook niet aan haar ouders verteld – zij en Meredith zijn te hecht om zoiets geheim te kunnen houden. Ze weten waarschijnlijk allemaal dat Mal Leo's vader is – je hoefde maar naar hem te kijken om het te zien – en kijken vast allemaal op haar neer omdat hij een getrouwde man was toen hij werd verwekt. Zij had die schaamte op zich genomen terwijl dat helemaal niet nodig was. Daarom had Meredith me op die manier aangekeken toen ik om een foto van Leo vroeg. Dat is dus de reden waarom ze bij me in het gevlij probeert te komen, waarom ze in mijn buurt op eieren loopt: ze denkt dat mij onrecht is aangedaan, dat ik ben verraden. Ze voelt zich waarschijnlijk schuldig dat ze contact met haar kleinzoon heeft, dat ze stiekem met Mal over hem praat.

'Nova en Mal hebben geen affaire gehad,' zeg ik tegen Meredith. Ik wil haar naam in ere herstellen. Ze is waarschijnlijk gebrandmerkt als een leugenachtige, sluwe maîtresse, zelfs door de mensen die van haar houden. Waarschijnlijk hebben ze ook medelijden met haar en vragen ze zich af waarom ze zo weinig eigenwaarde heeft dat ze iets is begonnen met iemand die niet beschikbaar was en die niet genoeg van haar kon houden om zijn vrouw voor haar te verlaten. En toen raakte ze zwanger. Ze dachten waarschijnlijk dat ze het express had gedaan om hem voor het blok te zetten, of dat het een ongelukje was geweest waarvoor ze nu de prijs betaalde. Ze hielden allemaal van Leo, waren allemaal door hem vertederd, maar er was waarschijnlijk een vaag, blijvend gevoel van schaamte over hoe zij dachten dat hij er gekomen was.

Als ik haar van alle blaam zuiver, haat ze me misschien niet meer zo erg. Misschien zou ik me iets minder schuldig gaan voelen. Misschien... Ik kijk weer naar de foto's. Misschien...

'Ze hebben zelfs geen...' Ik trek mijn wenkbrauwen op, draai mijn gezicht een beetje. Ik krijg het woord 'seks' niet over mijn lippen tegenover mijn schoonmoeder – ze zal de zin voor zichzelf moeten afmaken. 'Ik... ik kan geen... kinderen, weet je wel? Ik kan het niet. Nova wilde ons helpen.' Mijn blik is vastgepind aan dat kleine ventje dat naar me grijnst. Mijn mooie kleine jongen. 'Ze zou een kind voor ons krijgen.'

Ik kan Meredith niet aankijken, maar ik weet dat ze geschokt is. Ik voel dat haar ontzetting zich als een nucleaire wolk boven ons verspreidt, en met elk woord dat ik zeg, elke waarheid die ik onthul, groeit haar ontzetting en verspreidt zich, totdat ze de hele kamer vult.

'Nova was onze draagmoeder. Leo zou mijn zoon worden.'

I I

Keith zit op het hemelbed als ik na het douchen de slaapkamer in loop. Een tsunami van dodelijke angst raast en buldert door me heen.

'Wat is er gebeurd?' vraag ik terwijl ik een witte handdoek om me heen wikkel. Ineens word ik licht in mijn hoofd en ben ik volledig verdoofd. Verlamd van de puntjes van mijn haren tot de randen van mijn teennagels.

'Niets,' zegt Keith. 'Er is niets gebeurd. Alles is goed met Leo.' Hij denkt even na. 'Er is niets veranderd,' verbetert hij zichzelf.

Door de opluchting kan ik weer ademen, vloeit er weer bloed en gevoel door mijn lichaam. 'Waarom ben je dan hier?' vraag ik Keith. Zo lang ben ik niet weggebleven. Ik ben drie uur bezig geweest met bakken, heb tien minuten verlamd op het stoepje voor de voordeur gezeten en hooguit tien minuten onder de douche gestaan. 'Wie er bij Leo?'

'Melissa, de verpleegster. Haar dienst zit erop, maar ze zou bij hem blijven totdat wij terug zijn.'

Ik mag dan niet jaloers zijn op de aandacht die mijn man van andere vrouwen krijgt, maar ik heb wel bezwaar tegen het feit dat hij vrouwen die een oogje op hem hebben gebruikt om dingen voor hem te laten doen. Vooral als het om zoiets belangrijks gaat als dit.

'Waarom?' vraag ik met opeengeklemde kaken.

Hij gaat op het randje van het bed zitten. Zijn ogen glijden op een wellustige manier over mijn lichaam. 'We moeten tijd met elkaar doorbrengen,' zegt hij. 'Als je familie er eenmaal is, komt het er niet meer van. Dan hebben we geen moment meer voor onszelf.'

'We brengen voortdurend tijd met elkaar door.' Ik hou me van de domme. Ik weet wat hij bedoelt. Wat hij wil. Waar hij behoefte aan heeft.

Keith staat op van het bed, loopt naar me toe en slaat zijn armen

om me heen. Normaal gesproken smelt ik meteen, van lust en verlangen. Normaal gesproken eindigen we direct in bed, soms redden
we dat niet eens. Normaal gesproken hoeft Keith zijn armen maar
om me heen te slaan of ik verlang naar meer: zijn aanraking, zijn
lippen, zijn lichaam, zijn ogen die in de mijne staren. Dat is normaal gesproken. Maar dit is geen normale periode. Hij beweegt zijn
handen over mijn bedekte rug en het doet me niets.

'Je weet wat ik bedoel,' zegt hij.

Ja, ik weet wat hij bedoelt.

Hij drukt zijn neus in mijn nek en merkt niet dat ik niet zo hartstochtelijk reageer als gewoonlijk. Ik geef geen gehoor meer aan
Keith. Het heeft niets te maken met Leo's toestand. Ongeveer drie
maanden geleden ben ik gestopt met gehoor geven aan Keith. Vlak
na 'het gesprek'. Sindsdien is seks het laatste waar ik aan moet denken. Het komt zelfs ná het meten van het oliepeil van mijn auto,
controleren of de dakgoten schoongemaakt moeten worden en zoeken naar een nieuwe leverancier voor sterkere vuilniszakken. Het
ligt niet aan Keith, maar aan mij. Het gaat om hoe ik me eronder
voel wat hij wil. Drie maanden geleden wilde hij het per se hebben
over meer kinderen krijgen – 'We worden er niet jonger op, Lucks,
en we hebben altijd geweten dat we...' – en daarna kon ik geen seks
meer hebben. De gedachte alleen al...

Ik heb altijd drie kinderen gewild, maar dat was vroeger, vóór
wat er de laatste keer is gebeurd. De situatie is nu compleet anders,
en mijn verstand zegt dat het niet weer zal gebeuren, maar mijn
hart is vervuld van angst.

En omdat Keith niet weet waarom ik Leo uiteindelijk toch heb
gehouden, kan ik het hem niet uitleggen. In plaats daarvan heb ik
alle intimiteit gemeden. Niet alleen seks, maar ook liefkozingen,
kussen en knuffels, omdat die tot meer zouden kunnen leiden.

Terwijl Keith doorgaat met het besnuffelen van mijn nek, sluit ik
mijn ogen. In extase, zal Keith denken. Ik probeer mezelf ervan te
overtuigen dat ik dit kan. Ik kan me ontspannen en het laten gebeuren. Ik probeer me tegelijkertijd de laatste keer te herinneren
dat ik de pil heb geslikt. Al mijn routines zijn in de war en ik kan
me niet herinneren dat ik de laatste tijd nog een pil uit het stripje
heb geduwd en doorgeslikt. Ik kan Keith moeilijk vragen om even
te wachten zodat ik kan kijken hoeveel pillen er nog in zitten. En

ik kan me ook niet herinneren wanneer ik voor het laatst ongesteld ben geweest. Ik kan hem toch onmogelijk vragen een condoom te gebruiken?

Ik probeer me te ontspannen, probeer erin mee te gaan. Ik zal erin meegaan en dan haal ik zo snel mogelijk de morning-afterpil bij de ziekenhuisapotheek. Want ik wil niet nog een keer zwanger worden. Ik kan het gewoon niet. Niet nu, misschien wel nooit.

Zijn lippen – prachtig en vol en een van de vele redenen waarom ik voor hem ben gevallen – drukken een zachte, tedere kus op mijn mond. Mijn hart zinkt even van teleurstelling; hij wil geen vluggertje. Hij wil het met alles erop en eraan: strelingen, lieve woordjes, hartstochtelijke omhelzingen, lange kussen, loom geklets na afloop. Met een vluggertje had ik akkoord kunnen gaan, de rest is te veel voor me.

Zijn mond vindt zijn weg naar mijn hals terwijl hij me met één arm dicht tegen zich aan drukt; de vingers van zijn andere hand maken mijn handdoek los en trekken hem weg, waardoor die op een hoop op de grond valt.

'O god, Lucks,' fluistert hij in mijn hals, zijn verlangen siddert op mijn huid. 'Wat is het lang geleden.'

Hij heeft dit nodig. En hij heeft het voor mij laten sneeuwen. En hij houdt van me. En ik hou van hem. En we moeten samen zijn.

Ik reik naar de knoopjes van zijn overhemd, maar mijn vingers zijn gevoelloos en de knoopjes zijn gekrompen. Ik kan mijn vingers er niet omheen krijgen. Keiths kussen verplaatsen zich naar mijn schouder, en ik beweeg mijn hand, probeer zijn nek te strelen, maar mijn vingers kunnen de warmte of gladheid van zijn huid nog steeds niet voelen. Ik werp mijn hoofd naar achteren, dat is wat hij verwacht. Zijn handen gaan omlaag en drukken me nog dichter tegen zich aan.

Ik kan het niet. Ik kan het niet.

Hij pakt mijn hand vast en duwt hem tegen zijn kruis. Hij kreunt terwijl mijn hand contact maakt. Ik ben gevoelloos. Mijn hele lichaam is volledig gehard tegen alles buiten me. Mijn bloed is ijskoud, mijn gedachten zijn uitgeschakeld. Ik voel niets.

'Stop, stop,' zeg ik. In mijn hoofd schreeuw ik het, maar het komt als gefluister over mijn gevoelloze lippen.

Keith hoort me niet, zijn mond blijft me kussen, zijn hand beweegt tussen mijn benen en zijn vingers duwen diep in me. Hij kreunt luid en drukt me tegen zich aan.

'Alsjeblieft, Keith. Stop.' Ik slaag erin mijn stem boven gefluister te verheffen.

Hij stopt onmiddellijk en trekt zich terug. 'Wat is er?' vraagt hij. Ik buk me, pak de handdoek op en sla hem stuntelig om me heen. 'Het spijt me, ik kan het niet,' zeg ik.

Zijn ogen branden nog steeds van verlangen, zijn borstkas gaat snel op en weer. 'Wat is er?' herhaalt hij.

'Ik wil... Ik kan het niet. Het spijt me,' zeg ik. Het gevoel is teruggekeerd in mijn lichaam. 'Wees alsjeblieft niet boos op me.'

'God, ik ben niet boos,' zegt hij terwijl hij naar me toe loopt. 'Ik ben alleen bezorgd om je.' Hij omhelst me deze keer alleen om me te troosten. Hij wiegt me en kalmeert me.

Ik druk mijn hoofd tegen zijn borst en voel zijn hart evenwichtig en regelmatig kloppen. Een hart dat zo klopt laat zien dat de wereld evenwichtig en regelmatig is. Er gebeurt niets slechts, er gebeurt niets goeds. Het is allemaal evenwichtig, vlak, voorspelbaar. Normaal.

Dat is precies wat ik wil. Ik wil dat Leo wakker wordt en dat alles weer normaal is. Ik wil dat hij naar huis komt en dat alles weer normaal is. Niet iets bijzonders, iets wat gevierd moet worden. Want als iets goed is, zou er iets slechts kunnen gebeuren zodat het evenwicht bewaard blijft. Ik wil gewoon dat alles weer normaal wordt. Is dat te veel gevraagd?

'Zeg dat het goed komt met hem,' zeg ik tegen Keith.

'Het komt meer dan goed met hem,' antwoordt Keith. 'Oké? Het komt meer dan goed met hem.'

Hij begrijpt het niet. Ik wil niet 'meer dan goed', dat hebben we niet nodig. Het moet normaal zijn. Gewoon goed.

'Ik ga koffiezetten terwijl jij je aankleedt. En dan gaan we terug naar het ziekenhuis,' zegt hij.

'Ja, dat zou fijn zijn.'

Hij drukt een kus op mijn kruin en loopt de kamer uit. In plaats van naar de klerenkast te lopen, plof ik neer op het bed en druk de handdoek stevig om mijn lichaam.

Mijn ogen gaan naar de rode plek op het beige tapijt naast de kaptafel, waar Leo een rode stift zonder dop heeft laten vallen, en waar ik pas uren later achterkwam. De vlek was in die tijd flink gegroeid. 'Doe je dat soort dingen nou om mij overstuur te maken?' had ik tegen hem geschreeuwd. Het was aan het einde van een lange, uitputtende week, en dit was de druppel. 'Of vind je het leuk als ik tegen je schreeuw?'

'Het spijt me,' had Leo gezegd.

'Daar geloof ik niks van.'

'Echt!' had hij gesmeekt. 'Het spijt me!'

'Ja, mij ook,' had ik geantwoord. 'Het kost veel geld om die vlek eruit te krijgen. Dus dat betekent geen speelgoed en geen computerspelletjes meer. Misschien moet ik zelfs de PlayStation verkopen om het te kunnen betalen.'

Leo was gevlucht en ik had hem naar zijn kamer horen rennen – waarschijnlijk om zich te verstoppen tussen zijn klerenkast en het raam. Daar ging hij altijd zitten als hij wilde huilen en zijn duim in zijn mond wilde steken zonder dat iemand het zag. Natuurlijk was ook ik in tranen uitgebarsten. Ik was ook niet zozeer boos over het tapijt. In het grotere geheel kon dat me weinig schelen – het was het feit dat Leo iets had gedaan waarvan ik herhaaldelijk had gezegd dat hij het niet mocht doen: hij was met stiften mijn kamer in gegaan. Hij had me niet gehoorzaamd. En dat hoorde natuurlijk bij het opgroeien: opgroeien en weg groeien. Maar het maakte me bang. Hij had zich altijd voor alles op mij verlaten, om te weten wat goed en slecht was, en nu zocht hij steeds vaker mijn grenzen op. Maar dat was normaal. Dat wist ik. Ik wist het toen en ik weet het nu. Ik wilde hem op een normale manier verliezen. Zoals de meeste moeders hun kinderen verliezen aan tijd en volwassenheid. Ik wil hem niet op deze manier verliezen.

Ik wil weer normaal. Ik wil weer goed.

Is dat nu echt te veel gevraagd? Dat ik wil dat alles weer normaal is?

Misschien wel; de manier waarop Leo is verwekt, was immers ook allesbehalve normaal. Misschien gebeurt dit allemaal wel omdat Leo nooit van mij had mogen zijn.

'Hoe zou de baby uit de buik van zijn mama komen?' vraagt hij.

Ze liepen in het park. Hij had het niet eens koud, maar mama had erop gestaan dat hij zijn speciale jas aandeed. Die met klittenband, rits en knopen. Ze gingen niet eens naar het strand, waar het echt heel hard waaide en waar hij zich soms aan mama moest vastklampen omdat hij anders weg zou waaien. Het idee vond hij wel leuk. Weggewaaid worden. Naar de zee. Maar alleen als mama ook weggewaaid zou worden. Het zou net zoiets zijn als vliegen.

Mama droeg haar houtje-touwtjejas, en die vond hij het mooist. Dan was ze net beertje Paddington, en ze had een héél lange gestreepte sjaal om haar nek. Ze duwde zijn step over het pad.

Mama keek bang toen hij het haar vroeg, net zo bang als wanneer hij plotseling van achter een deur tevoorschijn sprong. Deze keer gilde ze niet en greep niet naar haar borst, maar ze keek wel heel bang. Daarna keek ze omhoog naar de bomen en deed alsof ze hem niet had gehoord. Het was net zoiets als wanneer hij zijn handen op zijn oren drukte zodat hij mama niet kon horen als ze riep dat hij moest komen.

'Hoe zou de baby uit de buik van zijn mama komen?' vroeg hij weer. 'Weet jij dat, mama?'

Ze zuchtte, bleef staan en steunde op zijn step. 'Ja, dat weet ik,' zei ze.

Zijn ogen werden groot. 'Hoe dan?' vroeg hij gretig, klaar om elk woord goed te onthouden zodat hij het maandag aan Richard en David en Martin kon vertellen.

'Lieverd, ik wil het daar nu niet over hebben,' zei mama. 'Daar ben je nog te jong voor.' In elk geval ging ze niet door de knieën toen ze dat zei, want dat zou hij nog veel erger hebben gevonden.

'Ik ben al zes!' zei hij.

'Weet ik.'

'Dat is heel oud.'

'Weet ik.'

'Waarom vertel je het dan niet?'

'Ik weet dat je al zes bent en al heel oud, maar zoals ik al zei, vind ik dat je er nog te jong voor bent.'

Hij sloeg zijn armen over elkaar en stampte met zijn voet. 'Dat is niet eerlijk!' Hij fronste, sloeg zijn armen nog steviger over elkaar en keek haar met zijn half dichtgeknepen ogen boos aan. Als hij ze ver genoeg dichtkneep, schoten er misschien wel laserstralen uit, en dan zou mama weten dat hij oud genoeg was. Iemand die laserstralen kon schieten, was beslist oud genoeg.

'Weet ik,' zei mama. Toen deed ze het allerergste van de hele wereld. Ze hurkte voor hem zodat ze even groot waren. Hij wist dat ze groter was dan hij, zoals bijna alle grote mensen. Waarom maakten ze zich dan kleiner? 'Oké, laat ik het zo zeggen. Ik ben te jong om het je te vertellen. Wat dacht je daarvan? Voel je je nu beter?'

Leo knikte.

Mama keek hem stralend aan. Hij vond het fijn als ze lachte. Als ze dat deed, leek ze op de zon – groot en warm en mooi. Papa zei altijd dat mama's lach zijn hele wereld verlichtte.

Mama ging weer staan en hij hoorde haar knieën knakken. 'Wauw!' riep Leo uit. Het was cool als ze dat deed.

Ze liepen verder naar de andere kant van het park om te kijken of er ook eenden in de vijver zwommen. Hij mocht met zijn step over het pad rijden en vooropgaan en mama zou pas achter hem aanrennen als hij heel, héél ver weg was. Dat soort dingen liet ze hem doen, dat was leuk. Soms was het extra leuk als ze met z'n tweeën waren. Papa was leuk, maar het was nog leuker als hij alleen met mama was.

Mama trok voor de grap zijn capuchon over zijn hoofd. Hij schudde hem af en lachte. Een poosje liepen ze zo verder. De stilte in het park was heel cool. Er waren niet veel mensen buiten omdat het heel vroeg en koud was. Mama moest het café zo meteen openen, dus waren ze al heel vroeg gaan wandelen.

'Hoe zou de baby ín de buik van zijn mama komen?' vroeg hij.

Leo, 6 jaar

deel vier

deel vier

12

Ik kan Meredith niet aankijken, maar ik weet dat ze geschokt is. Ik voel dat haar ontzetting zich als een nucleaire wolk boven ons verspreidt, en met elk woord dat ik zeg, elke waarheid die ik onthul, groeit haar ontzetting en verspreidt zich, totdat ze de hele kamer vult.

'Nova was onze draagmoeder. Leo zou mijn zoon worden.'

Het begon vreemd genoeg allemaal in de supermarkt.

In het gangpad van de wasmiddelen. Ik had gedacht dat de aanblik van een jonge moeder die een teder moment met haar kind beleefde mijn verlangen naar het moederschap zou aanwakkeren, maar het was precies het tegenovergestelde. Het begon met een jongetje in een blauwe jas met capuchon en een groene legerbroek dat zichzelf op de grond wierp en kronkelde als een goudvis die per ongeluk uit zijn kom op het tapijt was gesprongen, terwijl hij schreeuwde alsof hij met een roestige ijzerzaag werd vermoord. Net als de andere bezoekers van de supermarkt die op dat moment in dat gangpad stonden, keek ik vol afschuw naar het spektakel, onder de indruk van de vrijheid die hij kennelijk kreeg.

Na een paar seconden richtten mijn ogen zich op de moeder van het kind. Ze stond stokstijf voor de schappen met de wasmiddelen met naast zich haar voor de helft gevulde winkelwagen, haar ogen strak gericht op de wasmiddelen, ogenschijnlijk doof voor het kabaal dat haar zoon veroorzaakte. Iedereen was verbaasd dat ze niets deed. De enige aanwijzingen dat deze jongen bij haar hoorde en dat ze hem wel degelijk kon horen, waren de rode kleur in haar gezicht en haar ogen die glommen van de tranen.

Ik besefte toen dat ze wachtte tot de driftbui zou overgaan. Toegeven, al voelde ze zich enorm opgelaten en ergerde het kind alle mensen in de winkel, zou betekenen dat hij het de volgende keer weer zou doen. En de keer daarna. En daarna. Hij zou tot de ontdekking komen dat zich misdragen in het openbaar de snelste en effectiefste manier was om te krijgen wat hij wilde. Maar het was duidelijk dat het niet werkte. Deze kleine jongen was volhardend – zijn driftbui, zijn harde, aanhoudende gejammer, nam niet af.

Ik had ongelooflijk veel medelijden met haar. Ik wilde het kind bij zijn nekvel grijpen, mijn armen om haar heen slaan. Ik wilde, besefte ik geschokt, háár zijn. Want ik zou het anders doen: ik zou toegeven. Ik zou hem nu geven wat hij wilde en thuis iets van hem afnemen. Ik zou niet toestaan dat hij mij in het openbaar voor schut zette, ik zou hem gewoon straffen zodra we weer alleen waren. Ik wilde haar zijn.

Ik wilde moeder zijn.

Ik wilde een kind van mezelf hebben.

Ik liet mijn winkelwagentje daar in het gangpad achter en liep de supermarkt uit, terwijl het gebrul van het jongetje en zijn moeders stilzwijgende vernedering me doorboorden met wat ik wilde en niet kon krijgen.

Na die dag was alles mat.

Mat en zinloos. Saai. Alles had zijn glans verloren, het leven beroofd van vreugde. Hoe hard ik 's avonds ook rende, hoever ik me ook uitrekte, hoeveel gewicht ik ook hief, duwde en trok, het was er nog steeds. De wolk. De wetenschap. De oneindige grijsheid waaruit mijn leven bestond. Mijn realiteit.

Ik heb last van stemmingswisselingen. Zoals iedereen heb ik buien. Soms duren die van mij een beetje langer, lijken ze intenser, maar dat komt doordat ik dingen voel met een intensiteit die de meeste mensen zichzelf niet toestaan te ervaren. Ik pieker, ik tob, ik trek me dingen aan en laat ze maar niet los. Toen onze hond Duke overleed – ik was toen dertien – moest iedereen huilen: mijn moeder, mijn vader, Mary, Peter. Maar ze kwamen er allemaal 'overheen'. Ze konden het allemaal achter zich laten. Ik hield meer van Duke dan zij, dat was duidelijk, want maanden later huilde ik nog steeds om hem. Miste ik hem nog steeds. Het voelde nog steeds of het net was gebeurd. Maar na het incident in de supermarkt voelde ik helemaal niets meer.

De realiteit liet zien dat het geen nut had, dat niets nut had. Waren we niet geboren om te scheppen? Om ons voort te planten?

Ik kon het niet. Ik zou het niet doen. Dus wat had ik hier nog te zoeken? Wat had het leven überhaupt voor zin?

Ik sprak er niet over met Mal. Waarom zou ik? Het lag allemaal aan mij. Híj kon wel kinderen krijgen. Bij hem zat het niet fout. Ik was het. Het was mijn probleem, dus waarom zou ik hem daarmee lastig vallen? Toen ik hem aanvankelijk over mijn geschiedenis vertelde, over wat er met me was gebeurd, waarom ik geen kinderen kon krijgen, had hij het geaccepteerd zoals hij alles aan mij had geaccepteerd. Hij accepteerde dat ik als tiener als slet was gebrandmerkt. Hij accepteerde dat ik op mijn vijftiende zwanger was geraakt. Hij accepteerde en begreep de abortus en dat ik vanwege complicaties geen kinderen meer kon krijgen. Hij accepteerde het als onderdeel van mij en steunde me waar hij kon. Maar toch kon ik hem niet alles vertellen. Niet álles.

Dus dit kon ik niet met hem delen. Hij was al verdrietig genoeg omdat hij nooit vader zou worden – hij liet dat nooit merken, maar ik wist dat hij het graag wilde – dus waarom zou ik hem lastig vallen met iets wat mijn schuld was en wat nu pas pijn begon te doen?

Grijs heeft geluid, wist je dat?

Het heeft geluid en textuur. Het klinkt als een keihard geluid, dat je alleen kunt horen als je stil bent. Het voelt als grote balen katoen en het verstikt je. Het vult elke holte en smoort je, zodat je verdrinkt op het droge. Het maakt je doof en overstemt je.

Zwart is minder ingewikkeld. Zwart is niet zo slecht als wel wordt beweerd. Zwartheid is gewoon donker. Grijsheid is er altijd. Als het licht uit is, als het buiten donker is, is grijs er nog steeds. Het wacht op je, om je vervolgens langzaam en voorzichtig te besluipen. Het maakt dat je niet bestaat. Je hebt pas in de gaten dat het gebeurt als het al te laat is. Als je niet meer kunt ademen, zien, horen en voelen.

Mijn leven was grijs.

Ik moest ingrijpen.

Ik moest voorkomen dat de grijsheid het zou overnemen.

Niemand begreep het natuurlijk. Het overkwam hun ook, ik zag het grijs aan de randen van hun leven, maar ze merkten het niet op. Of ze wílden het niet opmerken, deden alsof er niets aan de hand was. Dan stonden ze bij het kopieerapparaat te praten en te lachen en deden ze alsof ze de grijsheid die over hun schouders hing niet voelden. Ik kon het zien. Dan keek ik hen aan en probeerde hen er met mijn gedachten toe te brengen het op te merken en er iets aan te doen. Ik staarde naar de grijsheid en probeerde die met mijn gedachten te verjagen. Het had al vat op míjn leven gekregen, ik wilde niet dat het ook vat op hun leven kreeg.

Ik vertelde het niet. Ik moest hen helpen. Het goede voorbeeld geven. Ik droeg rood en geel en groen naar het werk. Ik droeg blauwe oogschaduw, rode lippenstift. Ik droeg mijn rode jurk. Ik droeg mijn gele schoenen. Ik droeg mijn groene hoofddoek. Zo liet ik hun zien dat je niet hoefde toe te geven aan het grijs. Zelfs ik, die erdoor was bevangen, kon eraan ontsnappen.

Het was duidelijk dat ik daar niet paste. Dat zeiden ze toen ze me 'lieten gaan'. Vijf jaar lang was ik een fantastische officemanager geweest, maar mijn interesses lagen duidelijk elders, en dus gaven ze me een flinke oprotpremie en wensten me veel succes met mijn toekomstige bezigheden. Het gaf niet. Ik dreigde de strijd tegen het grijs daar sowieso te verliezen. Thuis zou ik me kunnen concentreren op mijn eigen strijd.

Ik kon het winnen van het grijs.

Als ik me geen zorgen meer over andere mensen hoefde te maken, kon ik achterhalen waarom het grijs mij had uitgekozen en kon ik ertegen vechten. Ik kon winnen als ik de tijd had om terug te vechten.

Er was veel grijs op het kerkhof.

Het strekte zich kilometers ver uit. Ik liep wat rond en keek naar de grafstenen. Las ze. Keek wie het gevecht hadden verloren. Hoe hun strijd in enkele zinnetjes werd uitgelegd. Een leven gereduceerd tot een paar regels, in steen gegraveerd. Het leek zo verkeerd. De grafstenen zouden moeten verkondigen hoe deze mensen hadden geleefd, hoe ze waren gestorven, wat voor een verschil ze in de wereld hadden gemaakt. Wat had het voor zin om je uiterste best te doen als je uiteindelijk werd gereduceerd tot nietszeggende woorden op een steen?

Ik bleef altijd iets langer staan bij grafstenen waarop 'innig geliefde moeder' stond. Dat zou ik nooit worden. Als het grijs won, zouden ze dat nooit over mij kunnen zeggen. Wat zou ik willen dat ze over mij zeiden? Zou ik überhaupt willen dat ze zich daar het hoofd over braken?

13

Ik wil weer normaal. Ik wil dat het weer goed is.

Is dat nu echt te veel gevraagd? Dat ik wil dat alles weer normaal is?

Misschien wel; de manier waarop Leo is verwekt, was immers ook allesbehalve normaal. Misschien gebeurt dit allemaal wel omdat Leo nooit van mij had mogen zijn.

ZOEMMMMMMMMMM
   ZOEMMMMMMM! ZOEMMMMMM! ZOEMMMMMMMMMMMM!
   Mijn ogen schoten open, ik was ergens wakker van geworden. Het licht was aan, mijn zweterige wang lag op de pagina's van een psychologieboek dat ik had bestudeerd. De helft van het dekbed lag op de grond, de andere helft was om mijn benen gewikkeld. Ik keek op de wekker: 2.07 uur. Was ik wakker geworden van een geluid of van een droom? Soms deden mijn dromen dat. Ze deden me wakker schieten en dan duurde het altijd even voordat ik weer wist waar ik was.

ZOEMMMMMM! Ik ging rechtop zitten met grote ogen van schrik. Ik maakte me los van het dekbed, schoot in mijn badjas en liep snel naar de brede gang van mijn flat om de telefoon van de intercom op te nemen.

'Ik ben het,' zei Mal.

'O.' Ik drukte op de knop om hem binnen te laten.

Mal had me al jaren niet meer om twee uur 's nachts bezocht – überhaupt niet na middernacht. Zelden sinds hij Stephanie had ontmoet en nóóit meer sinds ze waren gaan samenwonen en daarna trouwden. Niet omdat ik niet belangrijk voor hem was, maar ik had hem uitgebreid uitgelegd dat Stephanie het niet zou waarderen. Keith vond het niet erg als hij nachtdienst had, want dan was ik tenminste niet alleen. Maar Stephanie was niet zo zeker van de vriendschap tussen mij en Mal als Keith. Zelfs nu nog wierp ze me soms zijdelingse blikken toe waaruit bleek dat ze me niet vertrouwde.

Toen ik de deur voor Mal opendeed, zag ik meteen dat dit geen gewoon bezoekje was. Hij kon nauwelijks op zijn benen staan. Zijn haar stond recht overeind, zijn das zat los en lag scheef rond het bovenste losse knoopje. Zijn marineblauwe pak stond stijf van de donkere vlekken; zijn lichtblauwe overhemd was ook stijf en op sommige plekken donkerder. Bloed. Opgedroogd bloed. Gal gutste naar mijn keel, mijn maag keerde zich om.

'Steph heeft een ongeluk gehad,' zei hij. Zijn stem was niet meer dan een gefluister. 'Ze ligt in het ziekenhuis.'

'Ik zal iets te eten voor je maken,' zei ik terwijl ik hem binnenliet.

Ik wist dat hij me niet méér zou vertellen, omdat hij nu eenmaal niet meer wist. We hadden een bepaalde manier van praten over dit soort dingen. Van de ongelukken met tante Mer wisten we dat we belangrijke stukken informatie zo snel mogelijk met elkaar moesten uitwisselen. Als hij wist dat het goed met haar zou komen, zou hij me dat meteen hebben verteld; als ze het niet zou halen ook. Hij wist dus niet meer dan hij me zojuist had verteld.

Ik vroeg niet wat er was gebeurd, waarom er zoveel bloed was en of hij erbij was toen het gebeurde, want het was niet belangrijk. Hij had behoefte aan troost, aan een goede maaltijd.

Terwijl ik de rijst opzette, leunde hij in de hoek van mijn keuken tegen de koelkast. Al die tijd ademde ik door mijn mond zodat ik die vieze, metaalachtige geur van bloed niet hoefde in te ademen. Ik ontdooide bevroren groenten, opende blikjes tomaten, fruitte uien, mengde de tomaten erdoor, voegde tomatenpasta toe en tussendoor praatte ik. Over mijn huidige opdracht, over het uitmaken met Keith om het enkele uren later weer goed te maken en opnieuw te overwegen het uit te maken. Ik praatte over mijn bezorgdheid over wie er stal van de voorraad in het café. Ik praatte en praatte omdat ik dat nu eenmaal te veel deed. Ik praatte te veel omdat ik lang geleden had geleerd dat stilte het laatste was waaraan Mal behoefte had in tijden van crisis.

We aten niet.

De borden met vers bereid eten stonden op de houten bijzettafel in de woonkamer, terwijl ik op de bank zat, Mal opgekruld naast me met zijn hoofd in mijn schoot. Ik streek met mijn hand over zijn haar, en ik praatte en praatte totdat we beiden in slaap vielen.

14

Ik zag eerst zijn ogen.

Ze stonden bedrukt en er woedde een storm van pijn en verdriet in.

Ik wist meteen dat er iets met zijn moeder was gebeurd. Arme Mal. Ik wilde hem troosten, uit bed stappen en op zijn uitnodigende schoot gaan zitten, mijn armen om hem heen slaan, hem knuffelen en met mijn liefde beter maken. Maar ik kon het niet. Ik kon me niet bewegen. Iets hield me tegen. Iets hield me in bedwang.

Toen ik keek, zag ik dat er leren banden om mijn onderarmen zaten die me tegenhielden, me in bedwang hielden. Om mijn polsen zat verband dat míj bij elkaar moest houden. Ik ging weer op mijn rug liggen en staarde naar het plafond. Zuchtte. O. Juist ja. Dat. Híér.

Zijn ogen waren nog steeds op mij gericht. Ik voelde dat ze kalm op me rustten, zoals vaak voordat hij me kuste.

Waarom heb je de moeite genomen, dacht ik. Ik kon het niet hardop zeggen, ze luisterden hier naar alles wat je zei. Ze luisterden, schreven het op en maakten er een boel heisa om. Zelfs quasinonchalante opmerkingen waar elders om zou worden gelachen, waren hier net zo belangrijk als de heilige graal.

Ik wist wat hij dacht. Wat?

Niet waarom, maar wat.

Hij wist waarom, hij dacht: wat? Wat heeft het uitgelokt?

Wat had mij hiertoe gebracht? Hij wist waarom ik het deed, maar niet wat me ertoe aanzette. Ja, dat was wat mijn liefhebbende echtgenoot wilde weten: niet waarom, maar wat?

'Ik heb de chocolade gevonden. En de sigaretten,' zei hij. Hij deed het klinken alsof hij eersteklas drugs of zo had aangetroffen. Alle vrouwen hebben behoefte aan chocolade. Dat wist iedereen. Het betekende niets. En als ik niet in huis rookte, in zijn buurt, als ik hem niet liet meeroken, wat was er dan zo erg aan dat ik rookte? Het waren maar sigaretten, geen joints.

'Ik had het moeten zien aankomen,' zei hij. 'Ik had de signalen moeten oppikken. Ik heb me zo laten opslorpen door mijn werk vanwege die promotie die ik zo graag wil dat ik jouw behoefte aan serotonine en nicotine niet heb opgemerkt. Het spijt me.'

Ben je altijd zo dramatisch geweest, vraag ik hem in gedachten. Het klonk net alsof dit iets heel ernstigs was.

'Waarom heb je niet verteld dat je je baan kwijt was?' vroeg hij.

Dat heb ik niet verteld omdat ik wist dat je zó zou reageren. Je zou het niet begrijpen, van het grijs. Je zou denken dat er iets mis was en me hiernaartoe brengen.

'Je hebt zes weken lang gedaan alsof je naar je werk ging, Steph. Dat begrijp ik niet. Als je daar niet gelukkig was, had ik je echt niet gedwongen om te blijven.'

Nee, je zou me voortdurend in de gaten hebben gehouden.

Mijn polsen klopten nu ik volledig wakker was, weer helemaal terug in de bewuste wereld. Ik heb het niet goed gedaan. Anders was ik hier nu niet en zou ik me niet zo schuldig en mislukt voelen.

'Wat kan ik doen, Steph?' vroeg hij.

'Water,' zei ik met schorre stem. Pas toen ik probeerde te praten, merkte ik dat mijn keel uitgedroogd was, ruw. Ze hebben er waarschijnlijk een buis doorheen geduwd om mijn maag leeg te pompen. Daarbij gaan ze nooit voorzichtig te werk. Een paar keer was ik bij bewustzijn geweest terwijl ze ermee bezig waren, en het is net alsof ze niet beseffen dat de wand van je keel gevoelig is en dat je keel rauw en pijnlijk wordt als er dingen met geweld doorheen worden geduwd.

Het water dat het glas in stroomde, maakte zo'n herrie dat ik op allerlei plekken in mijn hoofd pijn voelde. Ik wilde mijn oren bedekken, maar de leren riemen beletten me. Hij hield het rietje op zijn plaats zodat ik mijn bovenlichaam omhoog kon brengen om een paar slokjes te nemen. Het water was warm – kamertemperatuur – maar lekker als je bedenkt hoe droog ik me voelde. Gedehydreerd. Ik voelde me zo droog dat ik als stofdeeltjes weg zou vliegen bij de eerste de beste windvlaag, of als hij een beetje te zwaar naast me ademde.

'Heb je mijn dagboek gelezen?' vroeg ik hem voorzichtig met

mijn rauwe keel. Als hij de chocolade had gevonden, mijn geheime voorraad die me op de been hield, die me blij maakte, moest hij ook mijn dagboek hebben gevonden. Weggestopt in een schoenendoos op de bovenste plank van onze klerenkast. Hij keek daar nooit. Af en toe maakte hij een opmerking over het aantal schoenen dat ik bezat, maar hij wist tot nog toe niet dat in die dozen niet alleen schoenen zaten, maar ook repen chocolade en pakjes sigaretten, en in de doos met laarzen in luipaardprint zat ook mijn dagboek.

Toen hij niet antwoordde, draaide ik mijn hoofd naar hem toe. Met gebogen hoofd friemelde hij aan het rietje in het glas. Hij vermeed mijn blik omdat hij zich schaamde.

'Je had het recht niet,' zei ik tegen hem.

Hij bleef met het rietje spelen en negeerde me. 'Ze willen dat je met een psychiater gaat praten,' zei hij uiteindelijk.

Ik fronste en schudde vol ongeloof mijn hoofd. 'Er is niets mis met mij,' zei ik. Ik had het de artsen, verpleegsters en verpleegassistenten elke keer dat ik hier wakker werd en ontdekte dat ik aan bed was vastgebonden, proberen te vertellen, maar ze wilden niet luisteren, wilden me niet losmaken. Er was echt niets mis met me. Ze hadden me dit nu al jaren proberen aan te doen. Zij allemaal, mijn moeder, mijn artsen en nu Mal. Allemaal probeerden ze me te laten praten met iemand die mijn hersenen zou doen krimpen en me gek zou verklaren. En dat was ik niet. Ik voelde alleen dingen. Meer niet. Iedereen voelde dingen. Psychiaters, psychologen, therapeuten, ze maakten allemaal een boel heisa om niets.

'Ze laten je pas gaan als je met iemand hebt gepraat,' zei hij.

'Ze kunnen me hier niet tegen mijn zin vasthouden,' zei ik. Mijn schorre stem klonk zwak. Ik was ziedend, maar kon er geen uitdrukking aan geven. Ik was vastgebonden. En mijn stem kon mijn verbolgenheid niet uitdrukken.

'Ik heb je hier laten opnemen,' legde hij uit. 'Je zei zelf dat ik dat moest doen als het weer gebeurde. Dat heb ik dus gedaan. En ik wil dat je akkoord gaat met de behandeling die ze voorstellen. Ik weet dat het is wat je zelf eigenlijk ook wilt. Als je helder genoeg kon nadenken.'

Eén ding was zeker: ik zat hier gevangen. Vast.

'Aan wie heb je het verteld?' vroeg ik. Ik moest op zoek naar een andere uitweg. Maar dat mocht Mal niet weten. Voorlopig moest ik het spelletje meespelen.

'Alleen jouw familie,' zei hij achteloos.

'Alléén mijn familie. ALLÉÉN mijn familie. Maak me dan meteen maar af,' zei ik. Mijn moeder zou hier komen, het hele huis gaan schoonmaken en ondertussen huilen en bidden en zich afvragen waar ze dit aan had verdiend. Mijn vader zou vinden dat ik ieders kostbare tijd verspilde en dat ik een weerbarstig kreng was dat vroeger te weinig slaag had gehad. Mary zou gaan zitten, me boos aankijken en het betreuren dat ik het niet beter had aangepakt, waardoor ze nu tijd had moeten vrijmaken om hier te komen, ondanks haar drukke leven. Alsof ik haar erom had gevráágd. En Peter zou pas over een paar weken zijn gezicht laten zien, waarschijnlijk nadat ik ontslagen was, en oprecht verbaasd zijn dat de wereld niet op hem had gewacht.

'Ze waren ontzettend bezorgd. Ik heb hun gevraagd pas over een paar dagen te komen, als je je wat sterker voelt.' Dat was in elk geval iets. 'Ik bel ze elke dag om te vertellen hoe het gaat.'

'Heb je het aan Nova verteld?' vroeg ik.

'Nee,' zei hij. 'Alleen je familie weet ervan. Niemand anders.'

'Oké,' antwoordde ik en ik merkte dat mijn lichaam zich ontspande. 'Dank je.' Het was vreemd om iemand te bedanken omdat hij niet over me had geroddeld.

'En ik dan, Steph?' vroeg hij rustig, zijn stem net zo klein en zwak als de mijne. Ik draaide mijn hoofd naar hem toe. Hij zat een beetje in elkaar gedoken, zijn lichaam drukte plotselinge paniek en kwelling uit. 'Ik weet dat jij hier niet meer had willen zijn, maar ik dan? Wat moet ik zonder jou?' Hij drukte zijn wijsvinger en duim op de brug van zijn neus en kneep zijn ogen samen. 'Hoe moet ik verder als jij er niet meer bent?'

Ik draaide mijn hoofd weer naar het plafond, zijn woorden sijpelden bij me binnen zoals het grijs had gedaan. Wat ik deed was niet eerlijk naar hem toe. Maar het ging niet om hem. Het ging om niemand, behalve om mij. Ook hij zag dat niet. Begreep dat niet. Dat kon je pas als je hier was. Waar ik was. Wanneer het grijs al zo veel had overgenomen dat je het moest tegenhouden. En soms was weggaan de enige manier dat te kunnen doen, om een einde te maken aan de langzame, martelende verstikking. Om door de deur te lopen met het bordje 'uitgang' erboven, in het dankbare besef dat er geen weg terug was.

Dat het was afgelopen.

'Ik wil slapen,' fluisterde ik en ik sloot mijn ogen.

Ik hoorde hem opstaan en het water weer op het tafeltje aan de andere kant van de kamer zetten. Hij liep naar me toe, drukte zijn lippen op mijn voorhoofd. 'Ik hou van je,' fluisterde hij, waarna hij wegliep.

Toen ik mijn ogen weer opendeed, keek ik naar de deur en vroeg me af hoe ik hier weg kon komen. Hij stond er nog steeds. Lang, stil, sterk. Hij stond bij de deur en staarde naar me. Hij glimlachte naar me met zijn lippen omhoog gekruld, draaide zich om en verliet de kamer.

15

Twee weken lang maakte ik elke avond eten voor hem klaar.

Ik regelde dat ik alleen overdag hoefde te werken, zodat ik elke avond voor hem kon koken. Het was altijd een Ghanese maaltijd: runderstoofschotel; rijst met kidneybonen; gebakken banaan; vissoep; fufu; gari; beignets van zwartoogboontjes; jollof-rijst. Het eten uit onze jeugd, het voedsel dat mama ons in goede en slechte tijden voorzette.

Ik deed het omdat ik van koken hield. En ik deed het omdat ik merkte dat de geur van eten, de smaak ervan, hem ontspande. Hem uit de mist van angst trok die hem omgaf wanneer hij mijn flat binnenkwam nadat hij Stephanie had bezocht. Hij vertelde niet wat er mis was met haar. Ik vroeg hem er niet naar. In plaats daarvan aten we, praatten we en vielen we op de bank in slaap.

Op de zestiende dag kwam hij niet en wist ik dat ze weer thuis was. Dat het weer goed was met haar.

16

'Ik wil een baby,' zei ik tegen hem.

Ik had er al een hele tijd mee rondgelopen. Het was de laatste trigger geweest en ik wist dat ik ervoor kon zorgen dat het niet nog een keer zou gebeuren. Over deze trigger praten maakte het minder eng. Hij kon doen wat hij altijd deed: proberen het samen het hoofd te bieden. Natuurlijk kon hij dat niet, niet helemaal, maar ik voelde me minder ellendig als ik wist dat hij had geluisterd en het begreep.

'Ik ga volgende week wel even langs de supermarkt. Of zal ik naar die nieuwe delicatessenwinkel gaan? Biologisch en verantwoord.'

Ik moest lachen en duwde daarna lichtjes tegen zijn arm om hem te vragen me serieus te nemen. 'Ik meen het,' zei ik tegen hem. 'Ik wil een baby.'

Midden op het wandelpad bleef hij staan. Een poosje zei hij niets en tuurde alleen maar naar het landschap. Het platteland van Wales was een adembenemend groen mozaïek.

'Hoe lang speelt dit al?'

'Zes maanden, misschien een jaar.'

Ineens besefte hij het. Ik zag het in zijn ogen: wat.

Verlies en ontwrichting, twee grote triggers voor mij. Toen ik dertien was, overleed onze hond Duke, en een halfjaar later verhuisden we van Londen naar Nottingham. Ik voelde me daar verloren, ik had moeite met het maken van nieuwe vrienden en ik miste Duke ongelooflijk. Eigenlijk was sindsdien niets meer hetzelfde.

'Was dat de trigger?' vroeg Mal.

'Ik denk het. In elk geval een van de redenen.'

Hij keek weer weg en ging in zijn gedachten na wat er acht maanden geleden was gebeurd nu hij het allemaal op kon hangen aan een 'wat'. Mal liep terug naar mij, pakte mijn hand en samen liepen we verder over het hobbelige pad.

'Wat zijn onze opties?' vroeg hij.

'Geen,' zei ik. 'Ik kan geen kinderen krijgen. Punt. Ik zeg dit alleen omdat ik niet weer wil afglijden, alsof het überhaupt helpt om erover te praten.' We liepen verder, er knapten takken onder onze wandelschoenen. Het was hier op een bijzondere manier vredig, er waren vogels en andere dieren, maar ze vormden allemaal het achterscherm van stilte in plaats van die te verstoren, zo puur en overzichtelijk. 'Ik besef eigenlijk nu pas wat je hebt opgegeven. Je hebt voor mij de kans om ooit vader te worden opgegeven, en dat is een reusachtig offer. Dank je wel.'

'Wil je echt een baby, Stephanie?' vroeg hij.

Als ik dacht aan een kind krijgen, voelde ik leegte. Het was iets wat ik niet kon. Maar ik wilde er wel een. Om te hebben, om vast te houden, om van mij te laten zijn. Ik wilde iemand om voor te zorgen, om van te houden. 'Echt,' antwoordde ik.

'Dan vinden we wel een manier.' Hij sloeg zijn armen om me heen, trok me tegen zich aan en droeg zo zijn warmte en kracht aan mij over. 'Oké? We vinden een manier.'

We kwamen steeds weer op hetzelfde uit.

Ivf was uitgesloten. Er was een lange wachtlijst en een privékliniek was veel te duur. En hoe zouden al die hormonen die ik zou moeten slikken reageren op mijn andere medicatie?

Pleegouderschap was geen optie. Ik zou er niet tegen kunnen om maar een paar dagen of weken voor een kind te zorgen en het dan weer te moeten laten gaan.

Adoptie was een mogelijkheid, vond Mal. Maar ik was bang. Voor de vragen die ze zouden stellen, wat ze zouden willen weten. Hoe nauwkeurig ze ons in de gaten zouden houden als ze achter mijn medische achtergrond kwamen. Wat ze van me zouden eisen dat ik zou doen. Ik zag al voor me dat ze me door allerlei hoepels zouden laten springen opdat ik aan hun criteria zou voldoen. Mal dacht dat dit zou meevallen en dat we de mogelijkheid minstens konden onderzoeken, maar hij was niet degene die op formulieren altijd 'ja' moest aankruisen op vragen over het regelmatig innemen van medicatie, degene die regelmatig bij de huisarts zat om bloed te laten prikken, degene die op enig moment de autoriteiten zou moeten informeren dat autorijden niet langer mocht. Mal had mijn aandoening niet, dus kon hij niet begrijpen hoe het voelde om voortdurend te worden bestempeld als 'anders', 'ontwricht' en 'beschadigd'.

We kwamen dus steeds weer uit op hetzelfde: iemand vinden die voor ons een kind wilde krijgen.

'Victoria valt natuurlijk af,' zei Mal. We hadden het er al weken over, en het gesprek verliep altijd hetzelfde.

'O, ik weet niet: een combinatie van Wacken-genen levert vast een prachtige baby op,' zei ik.

'Schei uit, zeg,' zei hij. 'Het is te gruwelijk om überhaupt grapjes over te maken.'

'Mary zou zeggen dat ik vervloekt ben en dat ik dit verdien. Ik peins er niet over om haar te vragen,' zei ik.

'En je nichtje Paula dan? Ze was je bruidsmeisje, en ze heeft al twee kinderen.'

Zo graag mocht ik Paula ook weer niet. Ik had haar alleen maar als bruidsmeisje gevraagd omdat haar moeder de zus van mijn moeder is, ik een keertje bij hen had gelogeerd en omdat het van me werd verwacht. 'Ja, misschien,' zei ik.

'En je vriendin Carole? Of Ruth? Of Dyan?'

'Daar zijn die vriendschappen te oppervlakkig voor.'

Er was natuurlijk nog iemand, maar in al onze gesprekken hadden we haar nooit genoemd. Ik had het niet gedaan omdat hij het niet had gedaan. En van hem verbaasde me het. Ik wist niet waarom.

We vervielen in stilte en op dit moment zou een van ons zeggen: 'We moeten echt meer mensen leren kennen.'

'We zouden ons kunnen inschrijven bij zo'n bureau,' zei hij.

'Ja,' zei ik halfhartig. 'Behalve de kosten zou het toch ook niet hetzelfde zijn als met iemand die we kennen. Ik weet wel dat je de draagmoeder kunt ontmoeten en dat je een vriendschap kunt opbouwen enzo… Maar eigenlijk heb ik liever iemand met wie ik dagelijks kan praten. Bij wie ik langs kan gaan en voor wie ik er kan zijn. Onderdeel uitmaken van haar leven, in plaats van haar alleen zien bij de echo's en de bevalling. Begrijp je wat ik bedoel? Bij een vriendin zou dat allemaal geen probleem zijn, iemand met wie ik alleen om een specifieke reden bevriend ben geraakt zou me nooit zo dichtbij laten komen.'

'Als we via een bureau naar de juiste persoon zoeken, kunnen we dat allemaal uitleggen.'

'Zou kunnen,' antwoordde ik.

Op dit punt begon hij meestal weer over adoptie en dan moest ik weer uitleggen waarom ik dat niet wilde.

'Nova,' zei hij in plaats van 'adoptie'.

'Nova,' herhaalde ik.

'Zij ís zo'n vriendin. Ze zou ons overal bij betrekken, en het zou een prachtige baby worden.'

'Een halfbloedje.'

'Ja, en...?'

Hij begreep het echt niet. 'Ik weet het, Mal. In jouw prachtige, politiek correcte, regenboogkleurige wereld doen dat soort dingen er misschien niet toe, maar hier wel. Mensen zullen naar het kind kijken en weten dat het niet van mij is.'

Hij viel even stil, dacht erover na en zei: 'Dus?'

'Dus? Mal, het kind zou tijdens alle familiebijeenkomsten opvallen, wanneer het over straat loopt, wanneer ik met hem of haar naar het park ga... Het zou altijd opvallen, mensen zouden gaan roddelen.'

'Wat kan jou het schelen wat andere mensen denken?' vroeg hij. Hij kon dat vragen omdat het hem niets kon schelen. Hij had de kracht om de strijd aan te gaan met iedereen die iets over hem en zijn dierbaren zei. Ik niet.

'Weet ik niet, dat is nu eenmaal zo.' Nadat ik op mezelf was gaan wonen, had ik mijn reputatie opnieuw opgebouwd. Ik was iemand geworden over wie anderen niet spraken. Ik ging op in de massa. Dit zou het tegenovergestelde zijn van opgaan in de massa.

'Steph, dingen doen er alleen toe als jij toestaat dat ze ertoe doen. We vallen allemaal op verschillende manieren op. Dat is alleen maar belangrijk als jij het belangrijk maakt.'

'Zegt de knappe, blanke man uit de middenklasse met zijn blanke middenklasseleventje. Je hebt gemakkelijk praten vanuit zo'n bevoorrechte positie.'

'Ik kom uit de arbeidersklasse,' zei hij met een brede glimlach. 'En ik weet dat dingen er alleen toe doen als je het toestaat, omdat ik al die jaren dat mensen over mijn moeder kletsten en over mijn vader die in de gevangenis had gezeten, alleen maar zat met dingen die Victoria zei. Als ze tegen mama tekeerging en schreeuwde dat die haar leven had verwoest, of als ze mij en de familie Kumalisi ervan beschuldigde dat we haar hadden weggestuurd omdat we niet van haar hielden, stak me dat. Dat alles deed ertoe omdat ik gevoelig ben voor wat zij denkt. Ja, ik heb op school gevochten om dingen die mensen over mijn familie zeiden, maar toen ik ouder werd, besefte ik dat het er niet toe deed. Ze mogen zeggen wat ze willen. En als iets hun niet zint, is dat hun probleem, niet het mijne. Als iemand zich eraan stoort dat mijn kind getint is, kunnen ze oprotten uit mijn leven.'

'Ik kan zo niet denken. Ik ben niet zoals jij.'

'Oké,' zei hij terwijl hij achteroverleunde in zijn stoel. 'Stel ik ben ooit met een Indiase vrouw getrouwd geweest en we hebben samen een kind. Zij krijgt de voogdij, jij en ik vinden elkaar. Op een dag besluit ze een wereldreis te maken en laat het kind bij mij achter. Bij ons. Zou jij dan zeggen dat we niet voor haar kunnen zorgen omdat ze op zou vallen?'

'Natuurlijk niet. Maar dat is iets heel anders.'

'Ja, dat is zo. Want je zou het niet vanaf de geboorte hebben vastgehouden, het niet binnen in je hebben gevoeld, je zou niet verliefd op het kindje zijn geworden vanaf het moment dat het werd verwekt.'

Als hij het zo brengt, klinkt het echt als een mogelijkheid. Een baby van onszelf.

'Nova,' zeg ik.

'Zij is de juiste keuze.'

'Als dat zo is, waarom heb je haar dan niet eerder genoemd?'

'Omdat jij het niet deed,' zei hij.

'Ik deed het niet omdat jij het niet deed.'

'En jij deed het niet omdat je soms nog vindt dat zij en ik te close zijn.'

'Heel soms.'

'Oké.'

'Ik zal erover nadenken,' zei ik.

Drie weken dacht ik erover na, praatten we erover, en uiteindelijk kwamen we steeds weer uit op hetzelfde. Op dezelfde persoon. Nova.

17

'Je weet dat ik je niet zo mocht toen we elkaar ontmoetten,' zei Stephanie.

Stephanie stond op het punt me iets te vragen. Ik wist het. Ze deed wat iedereen doet die iets van een ander gedaan wil krijgen: ze legde al haar kaarten op tafel. Of ze deed alsof. Ze probeerde me te manipuleren voor het geval ik nog steeds enigszins verbolgen was over hoe ze over me had gedacht voordat we elkaar leerden kennen. Dat ze toegaf dat ze me niet mocht, suggereerde dat ze zich ervoor schaamde, en dus zou het verdriet dat ik misschien nog voelde lang niet zo intens zijn als dat van haar. Ze schaamde zich, ik mocht haar dat niet verwijten en hopelijk konden we gewoon doorgaan en opnieuw beginnen, en daarbij hoorde ook dat ik zou doen wat ze van me verlangde.

'Het had natuurlijk niets met jou te maken. Ik kende je niet eens,' ging ze verder. 'Het lag aan mij. Mijn onzekerheden.' Haar zeeblauwe ogen schoten omhoog, alsof ze terugdacht aan die tijd, in een ver verleden. Ze schudde lichtjes haar hoofd; de golvende lokken van haar maïskleurige haar dansten. Niet haar natuurlijke haarkleur. Dat wist ik nu. Ik wist al die dingen over Stephanie, de vrouw die in de afgelopen vier jaar ogenschijnlijk mijn vriendin was geworden. Ik wist dat ze haar haren verfde, ik wist dat ze ruim een jaar geleden een ernstig ongeluk had gehad. Ik wist dat ze ruim een jaar geleden haar baan als officemanager bij een advocatenkantoor had opgegeven en dat ze nu assistent-manager van een kledingboetiek was. Ik wist dat Mal om de zes weken haar wimpers en wenkbrauwen verfde omdat het anders leek of ze die niet had. Ik wist dat ze elke dag hardliep – weer of geen weer. Als het heel slecht weer was, ging ze naar de sportschool en rende op de loopband. Ze deed aan yoga en ze rookte, ook al dacht ze dat Mal en ik niet doorhadden dat ze meer rookte dan stiekem af en toe eentje.

Ze dronk heel weinig. In haar studietijd had ze met een andere vrouw gezoend. Haar linkerborst was een halve cup kleiner dan haar rechter. Ze trok de grijze haren uit haar schaamhaar. Ze droeg altijd armbanden om beide polsen, maar de laatste tijd was ze er steeds meer gaan dragen.

Ik wist veel irrelevante informatie over Stephanie, maar als God tot de details behoorde van het kennen van iemand, dan hadden we een goddeloze relatie. Ze was een meesteres in vermommingen; een echte Mata Hari. Ze speelde de rol die paste bij de persoon met wie ze praatte, ging op in de achtergrond van hun persoonlijkheid. Bij mij veinsde ze openheid. Omdat ik meer praatte dan goed voor me was en altijd het goede in de mens probeerde te zien, wilde zij ook zo te zijn. Ze besefte niet dat ik door haar vermomming heen kon kijken omdat ik niet alleen naar haar luisterde. Ik kon haar vóélen. Ze was gesloten. Haar aura was een strak geweven massa energie met heel scherp omlijnde randen die je ervan weerhielden ooit voorbij een bepaald punt te komen. Je kon uren met Stephanie doorbrengen en heel weinig te weten komen. Je kon jaren met Stephanie doorbrengen en nog minder weten.

'Ik kan geen kinderen krijgen,' zei ze. Haar handen verrieden haar psychische nood. Ze vouwde haar handen, trok ze uit elkaar, tikte met haar vingers op tafel, hield ze tegen elkaar en trok kringen om de voet van haar wijnglas op de houten tafel.

'God, wat erg voor je,' zei ik. Dat had Mal me nooit verteld. Niet dat hij hun geheimen ooit aan mij zou onthullen.

Haar handen gingen naar de tas die naast haar op de rode kunstleren bank stond. Ze rommelde erin en haalde een pakje Marlboro Light en een aansteker tevoorschijn. 'Vind je het erg als ik een sigaret opsteek?' vroeg ze.

'Nee, natuurlijk niet,' zei ik.

Haar lichaam ontspande terwijl ze een trekje nam. Toen ze uitademde kwam er nog meer spanning los.

'Waar was ik?' vroeg ze na nog twee trekjes. 'O ja. Ik heb net mijn grote geheim onthuld.' Haar luchthartigheid was allesbehalve overtuigend. 'Ik heb het Mal verteld voordat we trouwden, toen het echt serieus werd tussen ons. Ik wilde niet dat hij zich aan me zou binden zonder dat hij wist dat... Zonder dat hij het wist.' Ze legde haar hand op haar borst om haar oprechtheid te tonen en om uit te drukken hoeveel het haar had gekost om haar geheim te onthullen. 'Het is iets medisch,' ging ze verder. 'Een ongelukje...' Er welden tranen op in haar ogen. De laatste – en eerste – keer dat ik Stephanie zag huilen was op haar trouwdag. Ze was zo overweldigd door geluk dat tranen haar masker deden barsten. Maar deze tranen waren niet zo puur als die op haar trouwdag. 'Sorry... Soms overvalt me het gevoel dat ik geen echte vrouw ben.'

Ik knikte begripvol en vroeg me af wat ze van me wilde. Onder normale omstandigheden zou ze dit aan niemand vertellen, en al helemaal niet aan mij. En haar aura was helemaal niet veranderd. De messcherpe rand was er nog steeds. Als ik te dichtbij kwam, zou ik me aan haar snijden. Maar ze wilde nog steeds iets wat ze alleen van mij kon krijgen.

'We hebben adoptie overwogen,' zei ze, 'maar het is onwaarschijnlijk dat we een baby zullen krijgen.'

'Wat? Een hoogopgeleid paar als jullie? Jullie zijn allebei aantrekkelijk, succesvol en hebben al jullie eigen tanden nog. Dat geloof ik echt niet,' zei ik. Ik wist niets van adopteren, maar als ik het concept zou moeten promoten zou ik Mal en Stephanie als voorbeeldpaar gebruiken. Ze waren perfect en hoefden daarvoor niet eens T-shirts te dragen met de tekst: WIJ HEBBEN EEN MIDDEL TEGEN KANKER GEVONDEN, EEN EINDE AAN DE ARMOEDE IN DE WERELD GEMAAKT EN BOEKEN GROTE VOORUITGANG IN HET TERUGDRINGEN VAN DE OPWARMING VAN DE AARDE.

'Nou ja, misschien dat het wel zou lukken op den duur, maar het kost tijd. Veel tijd. En je moet een hele stapel formulieren invullen en praten met mensen die alles van je willen weten.'

'En terecht. Ze kunnen een baby niet zomaar meegeven aan Jan en alleman.'

'Nee, inderdaad... Maar we willen ook dat het kind genetisch met ons verwant is.'

Haar aura veranderde, de randen vervaagden en rekten zich naar me uit. Ik voelde een koude rilling vanaf de zijkant van mijn hoofd via mijn nek over mijn ruggengraat trekken. Onbewust leunde ik een beetje naar achteren. Ze zouden toch niet... Ze zouden toch zeker niet...

'We hebben alle mensen die we kennen de revue laten passeren en... We houden zoveel van je... Geen van hen zou geschikt zijn of het überhaupt maar overwegen. En we vragen je alleen maar om erover na te denken. Verder niet. Verder helemaal niet.'

Dus wel.

Ze trok hard aan haar sigaret, een beweging die haar hard maakte, die randen van haar gezicht en hebbelijkheden verscherpte. Ze was weer gesloten. Terwijl ze de rook uitblies, liet ze haar tong over haar boventanden glijden.

'We vinden je geweldig,' zei ze met een brede grijns. 'En als er iemand op deze aarde is van wie we graag zouden willen dat die een kind voor ons zou dragen, ben jij het. Niemand van de mensen die we hebben overwogen kwam maar enigszins in de buurt... was zo perfect als jij.'

Ze houdt iets achter, flitste het door mijn gedachten. Snel gevolgd door: ze liegt. Ik duwde mijn vermoedens weg. Wat was er om over te liegen? Wat was er te verbergen?

'Ik... eh... ik...' begon ik. Ik wist eigenlijk niet wat ik moest zeggen. Het verbaasde me dat het van haar kwam en niet van Mal.

'Ik ben degene die het je vraagt omdat ik niet wilde dat je alleen maar ja zou zeggen omdat Mal het vroeg,' zei ze alsof ze mijn gedachten had gelezen. 'Ik weet hoe jullie zijn, dat jullie zonder erbij na te denken alles voor elkaar zouden doen. Maar dit is iets heel groots, en ik – wé – willen dat je er goed over nadenkt.'

'O, maak je geen zorgen, dat zal ik echt wel doen,' verzekerde ik haar. Ik pakte mijn wijnglas op en nam een slok. Natuurlijk zou ik het niet doen. Dit was heel iets anders dan hun geld lenen voor de aanbetaling van hun huis (waar zij nog steeds niets van wist), heel iets anders ook dan mijn best doen voor iemand die duidelijk een hekel aan me had, dit was een kind in me laten groeien en het vervolgens weggeven. Wie zou dat kunnen? Welke mensen deden dat? Hoe kregen ze het over hun hart? Ik was in elk geval niet zo. En het verbaasde me dat zij dachten van wel.

'Het gaat om traditioneel draagmoederschap,' zei Stephanie. Ze keek me onderzoekend aan. Ze had haar andere zintuigen moeten gebruiken, dan zou ze geweten hebben dat het antwoord nee was. 'Daarbij gebruik je het sperma van de aanstaande vader en de eitjes van de draagmoeder.'

Ik zou hun het kind niet geven, het kind dat ík had gebaard, ik zou... Ik nam nog een grote slok wijn. Geen sprake van! Absoluut geen sprake van.

Ze legde haar hand op mijn onderarm. 'Denk er alsjeblieft eens over na,' zei ze, een stille smeekbede. Onze ogen ontmoetten elkaar en voor het eerst was ze open. Ik zag haar emoties: oprechtheid. Ze had haar pantser, haar vermommingen afgelegd en was oprecht.

Toen ze dat gedaan had, even niet de rol van Stephanie speelde, maar Stephanie wás, wist ik dat ik er in elk geval over na zou moeten denken.

Alleen nadenken.

18

Ze had geen nee gezegd.

Ze had geschokt gereageerd, maar ze had niet meteen nee gezegd. Ze had helemaal geen nee gezegd.

Ze was de logische keuze, de perfecte keuze. Dat zag ik nu ook wel.

En ze zou ons helpen.

Ze zou míj helpen.

Ik zou moeder worden.

Ik zou het gezin krijgen dat ik altijd had gewild. En het leven waarnaar ik altijd had verlangd.

Alles zou perfect worden. Ik wíst het gewoon.

19

Er klonk muziek op straat, onder mijn raam.

Niet uit een auto of uit iemands te hard afgestemde walkman. Ik herkende het deuntje vrijwel meteen. De eerste gitaargeluiden van 'Somewhere over the rainbow'. De Hawaïaanse versie, zacht maar sneller dan de versie van Judy Garland. Ik liep naar het raam en duwde de vitrage opzij. Op straat, onder mijn raam, stond Mal gitaar te spelen. Zijn ogen waren op mijn raam gericht en hij grijnsde toen hij me zag. Het was die ondeugende glimlach van vroeger, als we biscuitjes uit de kast hadden gestolen of uit bed waren geslopen en op de trap zaten te luisteren naar papa en mama die in de voorkamer met elkaar praatten. Het was de glimlach die wat hij en ik deelden speciaal en onverwoestbaar maakte. Weinig mensen die ons niet vanaf het begin samen hebben gekend, begrepen dat.

Hij begon te zingen en zelfs door het glas en de muren heen raakte het timbre van zijn stem me in het diepst van mijn wezen. Wanneer hij en Cordy vroeger samen zongen, ontlokte dat aan iedereen een glimlach. Ik had hem in geen jaren horen zingen. Nu zong hij met zijn vleiende stem om elf uur 's avonds een serenade voor mijn flat.

Het zou heel romantisch zijn geweest als hij niet getrouwd was en als ze me niet hadden gevraagd een kind voor hen te krijgen. Ik wist waarom hij het deed – omdat we elkaar al de hele week niet hadden gesproken. Hij was langsgeweest en had me gebeld, maar ik was onbereikbaar geweest. Ik kon niet met hem praten na wat Stephanie me had gevraagd, dus ontliep ik hem. En dus dwong hij me tot een reactie, deed iets wat mijn aandacht zou trekken.

Ik zette het raam open. 'Oké, duidelijk,' zei ik. 'Hou maar op.'

De lichten in de woonkamer van de flat onder mij sprongen aan, en ineens was hij gehuld in een gele gloed. Hij zong door, zich ogenschijnlijk niet bewust van het feit dat hij elk moment door de ex-uitsmijter en Elvis-imitator onder me in elkaar geramd zou worden.

'Snel, kom binnen!' siste ik.

Mal ging door met zingen, nog altijd met die grijns op zijn gezicht. Hij zou zich pas verroeren als ik naar buiten kwam om met hem te praten.

Ik rende door de kamer, pakte mijn sleutels van de bijzettafel en holde door de gang. Op weg naar buiten pakte ik mijn poncho van de kapstok om mijn pyjama te verbergen – en het feit dat ik geen beha droeg. Met twee treden tegelijk vloog ik de gestoffeerde gemeenschappelijke trap af, zwaaide de voordeur open en rende naar buiten. Alle lichten in de vier appartementen van ons gebouw waren nu aan. Als een gecoördineerde wave gingen de lichten van de flats en huizen in onze straat een voor een aan; daarna duwden mensen gordijnen opzij om naar buiten te kijken. Nog even en iemand zou de politie bellen of naar buiten komen om Mals gitaar door zijn strot te duwen.

In een boek of film zouden alle mensen die naar buiten keken, geraakt worden door de romantiek van de situatie: de vrouwen zouden hun handen ineenslaan en vertederd toekijken, de mannen zouden de reactie die zo'n groots gebaar opriep opmerken en ook iets dergelijks overwegen. Mal en ik zouden praten, elkaar gepassioneerd kussen, en mijn buren zouden onze liefde met applaus toejuichen.

In het echte leven zou Mal gearresteerd worden wegens verstoring van de openbare orde, en mijn buren zouden zich verenigen en me ervan proberen te overtuigen dat het tijd werd om te verhuizen. En wel zo snel mogelijk.

'Ophouden nu. Ophouden,' zei ik terwijl ik mijn hand tussen zijn vingers en de gitaarsnaren legde. 'Stop. Ik ben er. Stop.' Ik vond het prettig wonen in deze straat.

Hij zong nog een regel en liet zijn gitaar toen rusten op het trottoir. 'Ontloop je me?' Hij hield zijn hoofd schuin en keek me vastberaden aan. 'We zouden open kaart spelen.'

'Wat had je dan verwacht?' Ik deed mijn best mijn stem niet te verheffen. 'Hoe kan ik nog met je praten na...?'

'Je had alleen maar nee hoeven zeggen,' zei hij. 'Je had me niet hoeven verdoemen. Ons. Steph denkt nu dat ze onze relatie voorgoed heeft verpest. En weet je, ik vind het niet leuk als we niet praten. Het voelt niet goed.'

'Hoe kan ik nee zeggen?' Ik zwaaide op en neer met mijn armen. Alle wanhoop, frustratie en schuldgevoelens die ik de afgelopen dagen had gevoeld, kwamen eruit. 'Hoe kan ik tegenover jou of Stephanie gaan zitten en zeggen: "Ik moet helaas een einde maken aan jullie droom om ooit ouders te worden"? Hoe kan ik dat nou doen? Hoe zou ik je daarna nog onder ogen kunnen komen?'

'Dit is niet het einde van onze droom. We zouden wel een andere manier vinden. Iemand anders.'

'Ja? Wie dan?'

Terwijl ik op zijn antwoord wachtte, gingen de lichten om ons heen weer uit. Nu de opschudding voorbij was, konden mensen terugkeren naar hun eigen bed, hun eigen leven en hun eigen gecompliceerde relaties.

'Dat weet ik niet,' gaf hij toe. 'Maar we vinden wel iemand. We gaan onze vriendschap hiervoor niet op het spel zetten. Dat zou stom zijn. Jij en ik die niet met elkaar praten. Het is ondenkbaar.'

'Oké. Maar je begrijpt toch wel waarom ik dit niet kan doen? Ik zou mijn kind nooit kunnen weggeven. Niet iets dat een deel van mij is geweest. Je weet toch dat ik al over mijn toeren raak als mijn goudvis doodgaat? Ik zou het niet kunnen... En hoe zou ik nog vrienden met je kunnen zijn als ik een jongetje of meisje zie en weet dat het voor de helft van mij is? Ik zou helemaal gek worden. Ik zou... En wat zouden we tegen hem of haar zeggen? Denk je dat ze zullen begrijpen waarom ik ze heb weggegeven? Ik zou het niet kunnen.'

'Nee, hè?' zei hij. 'We hadden het je niet mogen vragen.'

'Nee, nee. Ik voel me best vereerd dat jullie het me vroegen. Het geeft aan hoe jullie over me denken. En je weet dat ik veel voor jullie over heb. Maar... Nee. Het spijt me, nee.'

'Goed. Dat begrijp ik. Maar doe me dit nooit meer aan, oké? Zonder jou kan ik niet functioneren. Sluit me nooit meer buiten, Nova. Ik kan er niet tegen.' Zijn eerlijkheid, zijn ongezouten oprechtheid, was ontwapenend. Ik moest ineens weer denken aan de tijd dat Stephanie in het ziekenhuis lag, de nachten die hij bij mij had doorgebracht, zo bang en breekbaar. Ik wist dat hij zich voor haar goed zou hebben gehouden, zodat ze de indruk kreeg dat haar ongeluk, wat het ook was, niets ernstigs was, maar zodra hij bij mij was, liet hij het hoofd hangen. Hij stortte in en bleef in die toestand totdat het ochtend was. Dan herpakte hij zich en ging weer terug naar zijn normale leven. Weinig mensen zagen de Mal die ik te zien kreeg. Zelfs Stephanie niet, vermoedde ik.

'Ben je weer mijn vriendin? Blijf je altijd mijn vriendin?'

'Oké.' Ik knikte. 'Oké.'

Hij legde een hand achter op mijn hoofd, drukte een kus op mijn voorhoofd en daarna op mijn wang. 'Oké, dank je.' Hij kuste mijn andere wang. 'Oké, nu kan ik naar huis en slapen.'

'Ik kan niet wachten tot ik papa ben,' zei hij.

'Zodat je over iedereen de baas kunt spelen, iedereen kunt zeggen wat hij moet doen en heel laat kunt opblijven?' vroeg ik.

'Ja. En zodat ik voor mensen kan zorgen. Zoals jouw vader. Mijn vader doet dat niet. Maar als ik vader ben, doe ik dat wel. Hoe word je eigenlijk vader?'

Ik haalde mijn schouders op. 'Je moet een baby hebben.'

'Zoals die voor de winkels in kinderwagens liggen?'

Ik haalde weer mijn schouders op. 'Ik denk het. Ik vroeg het laatst aan mama, maar ze deed alsof ze me niet had gehoord. Toen ik het haar nog een keer vroeg, stuurde ze me naar papa, en papa stuurde me naar bed. Cordy moest om me lachen, en toen heeft papa haar ook naar bed gestuurd.'

We vielen stil terwijl we nadachten over hoe we een baby konden krijgen. 'Het maakt niet uit. Ik zorg wel dat ik een baby krijg,' zei Mal. 'En dan ben ik papa. Jij mag de mama wel zijn, als je wilt?'

Ik glimlachte verheugd naar hem.

'Oké. Jij wordt de papa en ik de mama.'

Ik moest het doen.

Twaalf dagen na Mals serenade werd ik wakker en besefte ik dat ik het moest doen.

Ik was de hele nacht geplaagd door dezelfde droom, al nachtenlang. Die herinnering had zich verpakt tot droom. En ik wist dat het mijn geweten en hart waren die samenspanden om mij te vertellen dat ik dit moest doen.

Mal had in zijn leven veel tegenslagen gekend en had die altijd zo goed mogelijk het hoofd geboden. Hij verdiende een beetje geluk. Hij en Stephanie waren zielsgelukkig samen, dat wist ik zeker. Hij hield van haar, zij hield van hem. Ik was ervan overtuigd dat ze de vele maskers die ze droeg alleen bij hem afzette. Wanneer ze het hem ook had verteld, hij zou nooit bij haar weg zijn gegaan omdat ze geen kinderen kon krijgen. Zo was hij niet. Als Mal eenmaal van je hield, hield hij voor eeuwig van je. Zelfs als hij je niet meer mocht, hield hij nog van je. Zijn relatie met zijn vader was daar een goed voorbeeld van geweest. Hij haatte oom Victor om alles wat hij had gedaan, maar hij hield nog genoeg van hem om zijn horloge te dragen, om naar zijn graf te gaan op zijn verjaardag, om bij zijn moeder nooit iets slechts te zeggen over hem. Mal verdiende het om vader te worden. Om die kans te krijgen.

Ik kon me al helemaal niet voorstellen hoe het voor Stephanie moest zijn. Om te weten dat er een biologische reden was waarom je geen kinderen kunt krijgen. Dat iets in je lichaam je belette om te doen wat miljoenen mensen over de hele wereld deden zonder erbij na te denken.

Waarom was ik psychologie gaan studeren? Om mensen te kunnen helpen. Dit was een manier om te helpen, om lijden te verlichten. Ik wilde lijden verlichten zoals tante Mers therapeut haar problemen hielp verlichten. Deze twee mensen van wie ik hield, leden, en dit kon hun leven veranderen. Ik hoefde alleen maar zwanger te worden. Niets schokkends. Er werden voortdurend vrouwen zwanger. Negen maanden en dan kon ik hun een baby geven. Zij zouden gelukkig zijn en ik zou me fantastisch voelen omdat ik twee mensen had geholpen die belangrijk voor me waren. In het grote geheel der dingen was het niets schokkends. Als je er van een afstandje naar keek, de emoties en gedachten erover weghaalde, was het lang niet zo schokkend als bijvoorbeeld het beginnen van een oorlog.

Ik pakte de telefoon naast mijn bed en toetste het nummer in terwijl de droom nog steeds om me heen fladderde en ik genoeg afstand had genomen om zeker te weten dat ik het juiste deed.

'We moeten ons laten testen op soa en aids,' zei ik toen de telefoon werd opgenomen.

'Nova?' zei hij.

'En we moeten alles doorspreken. Wat en wanneer we het onze families gaan vertellen, hoe we dit gaan aanpakken. We moeten overal over praten.'

Hij was stil.

'En we moeten erover nadenken wat we hem of haar gaan vertellen als hij of zij ouder is, of dat we het gaan vertellen als ze nog klein zijn zodat ze het altijd hebben geweten en het geen grote verrassing zal zijn.'

'Oké.'

'En we moeten... Ik weet het niet, er is meer. Maar we moeten een contract opstellen of zo.'

'Betekent dit dat je ja zegt?' vroeg hij. Er klonken hoop en opwinding door in zijn stem.

'Eh, volgens mij wel, ja.'

Voor het eerst in mijn leven hoorde ik Mal in tranen uitbarsten. In al die jaren dat ik hem kende was het aantal keren dat hij had gehuild op één hand te tellen, en dat waren toen stille tranen geweest die je had kunnen missen als je niet net op dat moment naar hem keek. 'O god. Dank je,' zei hij. 'Heel erg bedankt... Ik ga het Stephanie vertellen en dan komen we er meteen aan. Is dat goed?'

'Ja, prima.'

'Dank je wel,' zei hij. 'Je zult nooit weten hoeveel dit voor ons betekent.'

Dat zou ik wel. En het zou voor mij ook alles betekenen. Terwijl ik hem zijn tranen hoorde wegslikken, wist ik, ondanks de onzekerheid die ik voelde naarmate ik meer wakker werd, ondanks de angst die tot het diepst van mijn hart doordrong, dat ik de juiste beslissing had genomen.

Het ging hier tenslotte om Mal. Natuurlijk had ik de juiste beslissing genomen.

20

Ik sloot me op in het toilet op het werk en huilde.

De enige keer dat ik me ooit zo gelukkig had gevoeld, was op mijn trouwdag.

Ik kocht bloemen voor haar.

Ik kocht chocolade voor haar.

Ik kocht een pot foliumzuur voor haar.

Toen ik haar zag, viel het me weer op hoe mooi ze was. Ze straalde van een innerlijke schoonheid. Ze wás haar daden en mooi omdat ze iets moois deed.

We praatten en praatten en praatten, en ze zei dat ik altijd langs mocht komen als ze thuis was. Ze zei dat het míjn kind zou worden en dat ik er zoveel bij betrokken mocht zijn als ik zelf wilde.

Ze zou mijn leven veranderen.

Ik wilde er liever niet aan denken dat het ook háár leven zou veranderen. Maar ik zou goed voor haar zorgen. Ik zou ervoor zorgen dat het goed met haar ging. Ze deed iets zo geweldigs voor mij, het minste wat ik terug kon doen was voor haar zorgen.

21

Drie minuten.

Honderdtachtig seconden. Je hele leven kon veranderen in de tijd die het kostte om een zachtgekookt eitje klaar te maken. Ik was nooit gevoelig geweest voor het van-elke-seconde-genieten-alsof-het-je-laatste-is totdat ik met een kookwekker en het lange witte staafje met twee venstertjes op de bijzettafel voor me zat te wachten.

Te wachten om te zien of mijn leven op het punt stond te veranderen. Voor altijd. Ook voor dat concept was ik nooit gevoelig geweest. Dit zou het einde van veel 'eerste keren' betekenen. Ik zou nooit meer voor de eerste keer zwanger worden als de uitslag positief was. Ik zou op formulieren op de vraag 'hebt u kinderen' nooit meer zomaar ja of nee kunnen aankruisen zonder eerst te moeten vragen of ze bedoelden dat je ze ter wereld had gebracht of dat ze bij je woonden. Als ik nog een keer zwanger zou worden, zou ik op de vraag 'Is het je eerste?' nooit meer ja kunnen antwoorden zonder het gevoel te hebben dat ik loog en zonder te denken aan dit kind.

Na de testen, die Stephanie ook onderging zodat ze zich niet buitengesloten zou voelen, en het opstellen van een contract via een van Stephanies ex-collega's, gaven ze me een spermamonster. Ik wist niet hoe ze het hadden geproduceerd en dat wilde ik ook helemaal niet weten, maar het wachtte in een potje op me, verpakt in een bruine papieren zak, toen ik op de afgesproken dag bij hen kwam. Alle andere attributen lagen in mijn flat.

Uit het grootschalige onderzoek dat ik had gedaan was naar voren gekomen dat je het monster het beste op lichaamstemperatuur kon bewaren, dus had ik het onder het bandje van mijn beha gestoken en mijn jasje eroverheen getrokken voordat ik naar de wachtende taxi liep. Mal had aangeboden me naar huis te brengen, maar het was beter als ik dit alleen deed. Ze stonden in de deuropening toen ik vertrok, zij tegen hem aan geleund, hij met zijn arm om haar schouders. Ze stonden erbij als twee ouders die hun kinderen voor de eerste keer alleen de wijde wereld in stuurden.

In de taxi kreeg ik visioenen van een botsing, dat ik naar het ziekenhuis moest en dat ze er daar achterkwamen dat ik een potje sperma onder mijn kleding had verstopt. Ik zag de gezichten van mijn ouders al voor me terwijl de artsen uitlegden: 'Uw dochter heeft bijkomend letsel opgelopen van een potje dat bij de klap tegen haar rechterborst is geklapt. In het potje bleek een grote hoeveelheid sperma te zitten. Meneer en mevrouw Kumalisi, hebt u enig idee waarom uw dochter bijna twee liter sperma in haar bezit had?' Natuurlijk zat er niet zoveel in het potje, maar door de botsing zou het volume tot een enorme hoeveelheid zijn aangezwollen.

Gelukkig kwam ik heelhuids thuis en nadat ik het bad had laten vollopen...

Ik probeerde niet te denken aan wat ik daarna had gedaan. Ik stuurde Mal een sms'je met de tekst: *missie volbracht* en zette het vervolgens uit mijn gedachten. Als ik erover nadacht, zouden alle twijfels, zorgen en angsten weer bovenkomen. Ik deed wat juist was, dat wist ik. Maar als ik nadacht over wat zich mogelijk in mijn lichaam voltrok, werd ik bang.

Ik wist niet of andere vrouwen die een kind probeerden te krijgen het ooit ervoeren, maar alleen al de gedachte eraan, onafhankelijk van waarom ik het deed, maakte me bang. Het was een sprong in het diepe. Mijn leven en mijn lichaam zouden veranderen. Keith had me om die reden al verlaten, dus nu mocht het gebeuren. Ik kon maar beter doen alsof het niet zou gebeuren totdat ik over tijd was. En dat was ik – twee dagen. En daarom had ik de test moeten kopen.

Ik had met Mal en Stephanie afgesproken dat we er niet over zouden praten. Ik zou het hun laten weten als ik weer een monster nodig had, maar ze moesten het uit hun gedachten zetten zodat we allemaal ons leven zo normaal mogelijk konden voortzetten totdat we het resultaat kregen dat we verlangden.

Tien seconden.

Nog tien seconden, dan zou ik het weten. Ik zou weten of ik dit allemaal nog een keer zou moeten doen. Of dat ik een stapje dichter bij ons doel was gekomen.

TRRRRRRRIIIIIIIIINNNNNNGGGG, klonk de wekker, en hoewel ik erop had zitten wachten, schrok ik er toch van. Ik keek naar het staafje. Mijn hand trilde toen ik het oppakte. Eén streepje, niet zwanger. Twee streepjes, zwanger, herhaalde ik in gedachten. Eén streepje, niet zwanger. Twee streepjes, zwanger.

Eén streepje, nog één kans om eruit te stappen, om van gedachten te veranderen.

Twee streepjes... Twee streepjes...

Mijn ademhaling was oppervlakkig en snel toen ik naar beneden keek.

Twee streepjes.

Zwanger.

Ik liet de test vallen en keek naar mijn buik. Ik keek, maar kon hem niet aanraken. Ik kon het niet geloven.

Ik had een baby gemaakt. Ik krijg een baby.

Ik moest glimlachen. We hadden het 'm geflikt. De eerste keer. Meteen raak.

Ik krijg een baby.

In mijn ogen welden tranen op. Ik was ineens zo overweldigd door geluk, door blijdschap. Door de lawine van gevoelens die door me heen raasde, was ik het bijna vergeten: deze baby is niet van mij.

Dit kind was van iemand anders.

Stephanie droeg haar werkmasker.

Ze had haar haren opgestoken; haar blonde lokken vastgezet met vier felgekleurde eetstokjes. Ze droeg een gele Chinese tuniek van echt zijde – anders had ze hem nooit aangetrokken – met aan de zijkant een split die tot boven haar dijbeen kwam. Ze droeg een glanzende panty en gele schoenen met hoge hakken om langer te lijken. Haar onderarmen waren van polsen tot ellebogen bedekt met gele en witte armbanden. Voor iemand die in een kledingwin-kel werkte, wist ze weinig van kleuren: geel stond haar niet. Hele-maal niet. Het stond de meeste mensen niet die zo bleek waren als zij. En van alle kledingstukken uit de winkel was dit wel het meest ongeschikte voor haar. Maar misschien was dat juist de bedoeling: mensen laten zien dat ze er zelfs in kleren die hen niet stonden nog goed uit konden zien. Voor mij gaf kleding vaak weer hoe je je voelde. En als ik haar niet had gekend, niet wist dat dit een van de vele manieren was waarop ze zich vermomde, zou ik hebben gedacht dat ze iets te veel haar best had gedaan.

De eerste keer dat ik haar ontmoette was dat ook zo. Alle ex-vriendinnen van Mal hadden zich zorgen gemaakt over de relatie tussen mij en Mal, maar omdat hij zo verliefd was op haar, wist ik dat het enorm moeilijk zou zijn om met haar om te gaan. Dus had ik geen enkele moeite gedaan om me leuk te kleden, niet dat ik dat überhaupt deed. Aan de manier waarop ze me tijdens onze eerste ontmoeting opnam, kon ik zien dat ze mijn gebrek aan inspanning als een persoonlijke belediging opvatte. Zij had zo haar best gedaan om er mooi uit te zien, terwijl ik haar kennelijk niet eens de moeite waard vond om een beetje mascara voor op te doen. Maar als ik me wel had ingespannen, had ik haar alleen gelukkig kunnen maken door het helemaal verkeerd aan te pakken, waardoor zij zich boven mij verheven kon voelen.

Ik wurmde me tussen de volle rekken door en merkte op hoe 'uniek' de kledingstukken waren. En duur. Ik bedacht ook dat ik me over een paar maanden niet meer tussen de rekken zou kunnen bewegen.

'Hoi,' zei ik tegen de achterkant van haar hoofd.

Ze draaide zich om en grijnsde toen ze me zag. Het was een oprechte grijns, een van de vele waarop ze me had getrakteerd sinds ik had besloten dit voor hen te doen. 'Hoi,' zei ze terwijl ze de *Vogue* die ze aan het doorbladeren was aan de kant legde en naar de toonbank liep. 'Ik had je nog willen bellen om te vragen of je misschien zin had in noedels.' Ze spreidde haar armen en maakte een kleine draai. 'Enig idee waarom?'

'Wat leuk. Ik hoef vandaag niet te werken. Misschien kunnen we Mal ook vragen?'

'Hoeft niet. Hij komt als ik zeg dat hij moet komen,' grapte ze.

'Dat heb je mooi voor elkaar.' Ik graaide in mijn tas en legde mijn handen om het boterhamzakje dat ik er voorzichtig in had gelegd voordat ik van huis was gegaan. Het had gevoeld alsof ik met een kroonjuweel rondliep. Ik wilde het er steeds uitpakken en ernaar kijken. Me ervan vergewissen dat het echt was. Dat het niet was verdampt.

'Waarmee kan ik je helpen?' vroeg ze, weer terug in de werkmodus.

'Ik heb iets voor je,' antwoordde ik terwijl ik het zakje tevoorschijn haalde en het aan haar gaf. 'Ik dacht dat je dit wel interessant zou vinden.'

Met een vragende blik nam ze het van me aan. Haar armbanden rammelden. Haar ogen sperden zich open toen ze zag wat er in het zakje zat. Met haar gemanicuurde handen trok ze de vouwen en rimpelingen uit het doorzichtige plastic dat over de test lag.

'O, MIJN GOD!' schreeuwde ze plotseling luid. 'O, MIJN GOD!' Ze boog zich over de toonbank heen, duwde het roze pakpapier en de rol met linten opzij en sloeg haar slanke, zongebruinde armen om me heen. Haar armbanden rammelden luid in mijn oren. 'O, MIJN GOD!' Ze klampte zich aan me vast. 'O, MIJN GOD!'

Ze liet me los en rende om de toonbank heen. 'O, MIJN GOD!' schreeuwde ze weer, waarna ze me echt omhelsde.

'Mag ik voelen, mag ik voelen?' vroeg ze. Ze stuiterde bijna op en neer van opwinding. Zo'n enthousiaste reactie had ik niet verwacht. Ik wist dat ze blij zou zijn. Ik wist dat ze buiten zinnen zou raken, maar niet dat ze elke gelijkenis met Stephanie zou verliezen. Ik mocht deze persoon. Ik híéld van deze persoon. Het was jammer dat ik haar nooit eerder had ontmoet.

'Ja, natuurlijk, maar er valt nog niets te voelen.'

Ze liet zich op haar knieën vallen en duwde haar hand onder mijn jas. 'O, mijn god,' zei ze terwijl er tranen in haar ogen opwelden. Ze drukte haar wang tegen de kleding over mijn buik. 'Hallo, kleintje,' fluisterde ze. 'Hallo, baby.'

Op dat moment verscheen de eigenares van de winkel. Ze was afgekomen op het geschreeuw. Ze was veel soberder gekleed dan Stephanie, in een spijkerbroek en een crèmekleurig vest met bijpassend topje, duidelijk een vrouw die van mode hield, maar er niet aan verslaafd was. Ze bleef achter de toonbank staan toen ze haar assistent-manager op haar knieën met haar gezicht tegen de buik van een klant zag zitten.

'Wat is hier aan de hand?' vroeg ze. Haar stem verried dat ze van goede komaf was. Dat was waarschijnlijk de reden dat ze zich een boetiek kon veroorloven waar nooit klanten leken te komen.

Stephanie kwam overeind en grijnsde naar haar bazin terwijl ze haar arm door de mijne stak. 'Dit is mijn beste vriendin, Nova. En ze heeft zojuist ontdekt dat ze zwanger is,' zei Stephanie.

'Aha,' zei de eigenares. 'Gefeliciteerd.'

'Bedankt,' antwoordde ik, en ik voelde me een bedrieger. Bovendien was ik overdonderd door Stephanies woorden. Ik, haar beste vriendin? Ik? Kennelijk had ze al haar wantrouwen tegenover mij laten varen en begon ze me te accepteren.

'We krijgen een baby,' zei Stephanie met een brede grijns op haar gezicht.

De eigenares schudde haar hoofd. 'Volgens mij heb ik vandaag niet veel meer aan je,' zei ze. 'Waarom trakteer je je vriendin niet op een lekkere kop thee met gebak?'

'O, dank je wel,' dweepte ze. 'Ik haal mijn jas en tas.' Stephanie stormde naar achteren.

'Is het je eerste?' vroeg de eigenares me.

Ik knikte en voelde me weer een bedrieger. Ik zou eraan moeten wennen. Zodra iedereen kon zien dat ik zwanger was, zouden ze – terecht – aannemen dat de baby van mij zou zijn. Ze zouden vragen wanneer ik uitgerekend was, of het een meisje of een jongen werd, vissen naar namen, en alle andere vragen stellen die je een zwangere stelt omdat ze de baby natuurlijk zou houden. Ik had nog niet bedacht wat ik zou antwoorden. Hoe ging ik vreemden en collega's uitleggen hoe het precies zat en waarom dat het juiste was?

'O, geweldig. Volgens mij heb ik Steph nog nooit zo gelukkig gezien. Je ziet het vaak: vriendinnen zijn zo blij en raken zo betrokken bij je zwangerschap dat het bijna lijkt of zij óók een baby krijgen.'

'Ja,' antwoordde ik. 'Dat begrijp ik.'

Toen Stephanie terugkwam, stak ze haar arm weer door de mijne. 'Heel erg bedankt, Arabella,' zei ze. 'Kom, dan gaan we het aan Mal vertellen.' Ineens bleef ze staan en keek me met een wanhopige, angstige blik aan. 'Of heb je het hem al verteld?'

Ik schudde mijn hoofd. Natuurlijk was mijn eerste gedachte geweest hem te bellen, want hij en Cordy waren altijd de eerste mensen die ik belde. Maar toen ik zijn nummer intoetste, realiseerde ik me dat ik het eerst aan Stephanie moest vertellen. Van ons drieën was zij degene die tot dusver niets met de baby te maken had gehad. Ze had als een mot boven een vlam rondgehangen, maar was geen onderdeel van de vlam. Het haar als eerste vertellen, zou een manier zijn om haar erbij te betrekken, om haar ervan te verzekeren dat dit ook om haar ging. 'Jij bent na mij de eerste die het weet.'

'Echt?' zei ze. Ze beet op haar onderlip en er welden nog meer tranen in haar ogen op. Ze omhelsde me weer. 'Dank je,' fluisterde ze in mijn oor. 'Heel erg bedankt dat je dit voor me doet. Ik weet niet hoe ik je ooit zal kunnen bedanken.'

22

Roze, blauw of wit?

Ik pakte de boxpakjes om beurten op en probeerde te beslissen welke ik zou kopen. Geel viel af. Niemand zou geel moeten dragen, hoewel ik het op mijn werk soms wel aantrok. Roze, blauw of wit?

Wit was natuurlijk de veiligste optie, maar wel erg vrijblijvend. Als ik een van de andere kleuren zou kiezen liet ik daarmee zien dat ik er stellig in geloofde.

Hoewel we nog maar tien weken zwanger waren en het kopen van kleertjes ongeluk kon brengen, kon ik het niet laten. Tijdens elke lunchpauze kocht ik babykleertjes, en soms onderweg naar huis. Elke keer dat ik een zacht stofje in mijn handen hield, begon mijn hart sneller te kloppen en kreeg ik vlinders in mijn buik.

Ook genoot ik van de aandacht: dat andere vrouwen zouden aannemen dat ik zoals zij was, dat binnenkort mijn buik te zien zou zijn onder de druk van mijn groeiende baby, dat mijn enkels zouden opzwellen en dat ik binnenkort misschien mijn trouwring aan een ketting om mijn hals moest dragen in plaats van aan mijn opgezwollen vinger. Niemand vroeg wanneer ik uitgerekend was. Ik merkte alleen dat ze stiekem naar mijn buik keken, naar mijn gezicht en daarna wegkeken, ervan overtuigd dat ik zwanger was. Ik behoorde tot hun club. Ik besloot alle drie boxpakjes te kopen. Ik kon het blauwe altijd nog met een roze strikje versieren en een voetbalmotiefje op het roze naaien.

'Ik dacht aan Malvolio voor een jongetje en Carmelita voor een meisje,' zei Mal die avond. Onze benen waren verstrengeld en zijn gespierde ledematen voelden verrassend licht op de mijne. Het bedlampje creëerde een poel van licht om ons heen en we deelden het bed met stapels babyboeken. We waren allebei verslaafd geraakt aan babyboeken en dachten na over kleuren voor de kinderkamer. (Mal wist niets van de kleertjes, ik verstopte die in wat onze kinderkamer zou worden.) Hij had een schema van week tot week op zijn buik liggen en wreef met zijn neus tegen mijn schouder terwijl hij over mijn buik aaide.

'Hoezo?' antwoordde ik, oprecht verbijsterd. Ik wist hoe hij werkelijk over zijn naam dacht, en Carmelita? Wat kregen we...

'Malvolio omdat het traditie is, en Carmelita klinkt zo leuk. Carmie... Kom, Carmie. Eet je spruitjes op.'

'Traditie? Sinds wanneer ben jij een man van traditie? Wat zijn mannen toch arrogant dat ze hun kinderen naar zichzelf vernoemen. Vrouwen doen zulke dingen niet. Er zal bijvoorbeeld nooit een Stephanie Wacken junior komen.'

'We doen het om onze naam voort te zetten.'

'En is het niet voldoende dat jullie achternaam al wordt doorgegeven? Eigenlijk zouden vrouwen dat moeten doen. Want onze achternamen worden door het huwelijk uitgewist en omdat wij de kinderen baren, zouden we erop moeten staan dat ónze namen geëerd worden door onze eerstgeboren dochter naar onszelf te vernoemen.'

Hij legde zijn vinger op het topje van mijn neus voordat hij er een kus op drukte. 'Doe niet zo mal. Dat zou er nooit door komen.'

'Ik vrees dat je gelijk hebt.'

'Bovendien is Carmelita een prachtige naam.'

'Ja, dat is waar, maar niet voor onze dochter... Ongelooflijk, hè? Misschien krijgen we wel een dochter.'

'Nee, het wordt een zoon.'

Hij zei het zo stellig dat ik even naar hem opkeek. Met een gelukzalige glimlach op zijn gezicht staarde hij in het niets.

'O? Weet jij iets wat ik niet weet?'

'Nee, niet echt. Nova zei het. Ze heeft het gevoel dat het een jongetje is.'

Mijn hart zakte een fractie. Een heel klein stukje. Niets ernstigs. Het was een trilling die verdween zodra hij mijn hart raakte. Waarom had ze mij dat niet verteld? 'Wanneer zei ze dat?'

'Laatst. Ik vroeg of ze wilde weten wat het zou worden en toen zei ze dat ze ervan overtuigd was dat het een jongetje werd.'

'Maar we hadden toch afgesproken dat we tijdens de echo's niet naar het geslacht zouden vragen?' bracht ik hem in herinnering.

'Weet ik, maar dat wij het niet willen weten, betekent niet dat Nova het niet wil weten.'

Ik liet hem los en keek hem aan. Zijn knappe trekken, allemaal sterke, hoekige lijnen, nog steeds verzacht door zijn gelukzalige stemming, staarden terug naar mij. Ik fronste. 'Het maakt niet uit wat zij wil weten. Ze heeft er niets mee te maken, Mal.'

Het was zijn beurt om te fronsen en hij knipperde een paar keer met zijn ogen terwijl hij naar me keek. 'Zij is degene die de baby krijgt.'

'Voor ons. Het is ónze baby. Wij nemen de beslissingen over de echo's en het achterhalen van het geslacht. Zij draagt en baart het kind alleen maar. Wij worden de ouders, en dat betekent dat wij de grote en kleine beslissingen nemen.'

Zijn voorhoofd vertoonde nu nog meer rimpels. 'Dat klinkt... wel een beetje koelbloedig,' zei hij.

De trilling in mijn hart keerde terug en ditmaal hield hij een beetje langer aan. Slechts een fractie langer, niets om je zorgen over te maken. 'Ze moet hier wel koelbloedig onder zijn, Mal. Snap je dat niet? Als ze beslissingen gaat nemen zoals vragen naar het geslacht, zelfs alleen maar betrokken wordt bij dat soort beslissingen, hoe kan ze het kind dan ooit aan ons overdragen? Hoe meer ze erbij betrokken is, hoe moeilijker het voor haar zal zijn.'

Mal verschoof in bed en duwde me voorzichtig maar doelgericht van zich af, zodat hij rechtop kon zitten. Ik merkte de beweging op, het lichte wegduwen. Hij duwde niet mij weg, maar de gedachte die hij nog niet volledig had onderzocht. Het enige wat hij niet had willen overwegen: wat voor effect dit op Nova zou hebben. Hij had gewoon aangenomen dat het gemakkelijk voor haar zou zijn omdat ze dit voor ons deed. Dat ze het deed voor iemand van wie ze hield en dat er geen complicaties zouden zijn.

'Daar had ik niet bij stilgestaan,' gaf hij toe.

'Als ze aan deze baby denkt als iets anders dan iets wat ze tot wasdom brengt, zal ze hem of haar niet willen weggeven,' zei ik.

'Je doet het klinken alsof ze een of andere schimmelinfectie heeft die ze uiteindelijk kwijt moet zien te raken.'

'Nee, zij heeft er zoiets van gemaakt. Ik snap niet dat iemand kan doen wat zij doet. Ik vind het fantastisch en zal haar nooit genoeg kunnen bedanken, maar ik zou mijn kind nooit weg kunnen geven.'

Even verscheen er een bepaalde blik in Mals ogen. Hij dacht aan het kind dat ik had afgestaan, het kind dat nooit was geboren.

'Dat was heel anders, Mal.' Ik trok mijn knieën op. Een van de boeken viel van het bed en belandde met een harde klap op het tapijt. 'Ik wist niet eens wie de vader was. Het konden drie mannen zijn, en ik weet niet eens meer hoe het was.' Ik sprak snel, luid en defensief en probeerde hem te herinneren aan de uitzichtloosheid van mijn situatie. 'Ik was víjftien en ziek. Ik was niet gezond en niet in staat om voor een kind te zorgen. En ik had geen keuze. Ze dwongen me ertoe.'

'Dat weet ik.' Hij stak zijn arm naar me uit.

Ik schoof buiten zijn bereik en wilde niet dat hij ook maar een seconde dacht dat hij me had gesust met wat hij net had gedacht. 'Dat weet je niet,' antwoordde ik. 'Jij dacht dat ik het kind gewoon had opgegeven. Alsof het net zoiets was als dit. Maar dat was niet zo.'

'Ja, ik weet het. Sorry, ik dacht echt niet dat je je baby had opgegeven, ik... Het was gewoon een domme gedachte. Sorry.'

'Ik zou nooit kunnen doen wat Nova doet. Ik bewonder haar, echt waar. Ik heb bewondering voor alle vrouwen die zoiets voor een ander kunnen doen, maar ik ben niet zo.'

Hij knikte en wreef over een plekje achter zijn rechteroor. Hij maakte zich zorgen. Zorgen om Nova, zorgen om wat dit met haar zou doen. Zij was ook niet iemand die zich voor zoiets kon afsluiten.

Mijn ogen gleden langzaam over het knappe, bezorgde gezicht van mijn echtgenoot, elke lijn een herinnering aan hoeveel en waarom ik van hem hield. Het was niet bij hem opgekomen. Zelfs niet toen hij haar had gevraagd weer onze vriendin te zijn. Hij had niet gedacht dat dit haar permanent kon beschadigen. Terwijl ik altijd had geweten dat haar liefde voor Mal haar kapot zou maken.

'We moeten goed voor haar zorgen,' zei ik tegen Mal. 'Daarom neem ik haar vaak mee op sleeptouw. We moeten ervoor zorgen dat het haar aan niets ontbreekt. Niet alleen omwille van de gezondheid van de baby, maar ook voor haar. En we moeten voorkomen dat ze zich als de moeder gaat beschouwen, want daar zou ze kapot aan gaan.'

Ik vlijde me tegen hem aan en liet nu wel toe dat hij zijn armen om me heen sloeg. Ineens was ik bang dat hij misschien van gedachten zou veranderen, dat hij misschien zou besluiten dat Nova belangrijker was dan de baby. Hoewel ze al zwanger was, zou hij haar misschien de mogelijkheid geven om van gedachten te veranderen.

'Maar volgens mij gaat het nu wel goed met haar,' zei ik.

'Ja, volgens mij ook,' beaamde hij.

'Ze straalt, ondanks de misselijkheid.'

'Ja,' fluisterde hij. 'Het is bizar dat ze er nog steeds zo goed uitziet terwijl ze aldoor zo misselijk is.'

'En wij kunnen ervoor zorgen dat het zo blijft.'

'Ja.'

'Oké, dus Stephanie als het een meisje wordt, Angelo voor een jongen...'

Mal glimlachte, en ik negeerde het ongemakkelijke gevoel dat ik ervoer toen hij zei dat ze er nog steeds zo goed uitzag. Het ging niet zozeer om de woorden zelf, maar om de enigszins weemoedige blik in zijn ogen toen hij ze uitsprak.

23

Ik lag op de bank en luisterde naar de geluiden in de keuken, waar Mal voor me kookte. Dat deed hij steevast als hij terugkwam van zijn werk.

Stephanie was eerder die dag langs geweest en een poosje gebleven. Ze belde altijd van tevoren of het uitkwam als ze langskwam; Mal belde alleen om te controleren of ik er was – net zoals voordat ik zwanger raakte van hun kind. Stephanie nam bloemen, chocolade, een boek of etherische oliën voor me mee waarvan ze dacht dat ik die lekker zou vinden. Ze vroeg vaak of ze haar hand op mijn buik mocht leggen en dan zag ik de blijdschap haar gezicht verzachten, haar glimlach verlichten terwijl ze duidelijk voelde waarnaar ze had gezocht.

Mal kuste me op de wang als ik de deur opendeed en zijn hand bewoog dan meteen naar mijn buik, terwijl hij twee keer 'hallo' zei – een keer tegen mij en een keer tegen de baby. De rest van de avond bracht hij dan meestal met zijn hand op mijn buik door.

Ik wist niet wat ze voelden, omdat ik mijn buik nooit aanraakte. Mijn natuurlijke instinct was om mijn hand daar te leggen, om te voelen of de huid al strakker werd – het zag er wel strakker uit – of warmer omdat mijn lichaamstemperatuur leek te zijn gestegen. Ik had het vaak erg warm en trok zelden meer een extra trui aan zoals voorheen. Mijn spijkerbroek zat strak en mijn borsten... Ik had de afgelopen zes maanden zes nieuwe beha's gekocht. Mijn borsten waren drie cupmaten gegroeid, en ik liep trots met een H-cup rond. Mijn omvang was niet groter geworden, alleen mijn borsten. Ik verzette me er altijd tegen om mijn buik aan te raken. Altijd als ik de neiging voelde opkomen, vouwde ik mijn handen achter mijn hoofd. Ik kon mijn buik niet aanraken; zelfs als ik mijn lichaam 's ochtends met bodymilk insmeerde, zwiepte ik gauw over dat gebied heen; ik wilde er niet te lang blijven hangen.

Ik kon niet stilstaan bij waar ik mee bezig was. Ik moest mezelf er altijd aan herinneren dat ik deze baby voor iemand anders kreeg. Als ik mezelf toestond om erover na te denken, al was het maar een seconde... dan wist ik niet wat ik zou doen.

In bijna alles wat ik had gezien en gelezen stond dat vrouwen die draagmoeder werden eerst zelf kinderen zouden moeten hebben gekregen; ze zouden 'klaar moeten zijn' met kinderen, vinden dat hun gezin compleet was. Als je eerste kind voor iemand anders was, kon dat problemen opleveren: je kon scheidingsangst ontwikkelen, het verlies op een heftige manier doormaken. Moeite hebben met het weggeven van het kind aan de wensouders. En natuurlijk: stel dat er iets misging en dat je daarna geen kinderen meer kon krijgen? Je zou er kapot aan gaan.

Ik kon me niet voorstellen dat ik geen last van al die scheidingsgevoelens zou hebben, of mijn gezin nu 'compleet' was of niet, maar ik deed dit voor twee mensen die belangrijk voor me waren en daarop moest ik me concentreren.

Om het te kunnen doen, moest ik afstand houden. Me verwijderen. Niet betrokken zijn. Geen dingen doen zoals mijn buik aanraken, niet toegeven aan de verleiding om voor de passpiegel in mijn slaapkamer te gaan staan en elke nieuwe ontwikkeling van mijn lichaam te inspecteren. Zelfs toen Stephanie mijn hand had vastgehouden tijdens de eerste echo en ze naar adem had gehapt toen het beeld op het scherm was verschenen, had ik niet gekeken. Ik had naar het plafond gestaard, op mijn onderlip gebeten en mezelf gedwongen niet naar de echoscopist te kijken, die aanwees waar het hoofdje, de ruggengraat, de beentjes, de zwaaiende armpjes en het hartje zaten. De vrouw had me gevraagd of alles goed was met me omdat ik niet keek, en ik had gemompeld dat ik me moest concentreren op het niet legen van de inhoud van mijn extreem volle blaas, dat ik daarom mijn vriendin had meegenomen, die elk detail zou onthouden. Stephanie was zo overgelukkig geweest met alles dat ze me drie of vier minuten had omhelsd nadat ik naar de wc was geweest. Ze vroeg of ik de foto wilde zien, maar ik had geweigerd; die was helemaal van haar. Ik kon het niet aan om hem te zien. Het zou een verbintenis zijn die ik me – mentaal en emotioneel – niet kon veroorloven.

Als ik daar op een of andere manier aan zou toegeven, zou ik verloren zijn. Ik zou een fantasiewereld betreden waarin ik na negen maanden een baby overhandigd zou krijgen. Waarin ik samen met de vader nog lang en gelukkig zou leven. Waarin ik alles zou hebben waarop ik jaren geleden had gehoopt.

Tijdens de afgelopen drie weken had ik gemerkt dat Mal ongelooflijk attent was geworden. Hij kookte voor me, zette thee en dwong me op de bank te gaan liggen als ik zat. Dit soort dingen had hij wel vaker voor me gedaan, maar toch was er iets in hem veranderd. Ik kon er niet precies de vinger op leggen, maar hij leek nog bezorgder dan normaal.

Ik vroeg me af of hij soms geraden had dat ik van plan was om na de bevalling minstens een jaar weg te gaan. Het was voor mij de enige manier waarop ik dit kon doen: na afloop vertrekken, op een vliegtuig stappen en zoveel mogelijk van de wereld zien. Ik zou ruimte nodig hebben – veel ruimte – en die ruimte strekte zich voor me uit. Bij terugkeer zou ik hopelijk naar het kind kunnen kijken als dat van hen alleen en een manier hebben gevonden om om te gaan met de rol die ik bij zijn komst in de wereld had gespeeld. Ik vroeg me af of Mal het had geraden en niet wilde dat ik vertrok. Was dat de reden dat hij steeds voor me kookte en maar bleef zeggen hoe dankbaar hij me was en hoeveel ik voor hem betekende?

Nadat hij had toegekeken hoe ik de broccoli, Mexicaanse bonenschotel met kaas, gekookte aardappelen overgoten met olijfolie en een nectarine met yoghurt naar binnen werkte, vroeg hij of hij naar de baby mocht luisteren.

'Natuurlijk,' zei ik. Hij klom op handen en voeten op de bank, balanceerde tussen mijn benen, tilde mijn witte T-shirt op en drukte zijn oor tegen mijn huid.

Ik keek naar zijn kruin, de blonde krullen in een cirkelvormig patroon. Ik voelde de neiging om er met mijn vingers doorheen te woelen. Om teder zijn haren te strelen zoals ik jaren geleden had willen doen toen ik zo verliefd op hem was. Ik wilde dat hij opkeek en dat onze blikken elkaar zouden ontmoeten, dat we elkaar vasthielden in een visuele omhelzing. Ik wilde zijn gezicht vlak bij het mijne, zijn handen onder mijn kleren voelen. Ik hunkerde ernaar hem van zijn kleren te ontdoen. Ik wilde...

Ik wierp mijn hoofd naar achteren en ademde diep in en uit om mijn gedachten te verdrijven. Mijn hormonen speelden op. Ze hadden me vreselijk geil gemaakt. En zoals ik al had gevreesd, hadden ze de gevoelens losgemaakt en de wereld in geslingerd die ik zo lang had weggestopt. Ze waren niet verdwenen, die gevoelens, ze hadden opgesloten gezeten in een donkere kerker in mijn hart, omdat ze niet wederzijds waren geweest. Nu deden ze er niet meer toe omdat we allebei keuzes hadden gemaakt die ons gelukkig maakten. Goed, Keith had me verlaten omdat ik een kind voor iemand anders wilde krijgen, maar daarvóór was ik gelukkig met hem geweest. Mal was ook gelukkig met de liefde van zijn leven.

Ik ademde in en hield de zuurstof in mijn longen vast om mijn gevoelens te zuiveren. Ik dacht aan Stephanie. Mijn vriendin. Zijn vrouw. De vrouw voor wie ik dit deed. De vrouw die er alles voor over zou hebben om dit zelf te kunnen meemaken. Ik kon haar niet verraden door mezelf toe te staan weer verliefd te worden op haar man.

Normaliter hoefde ik alleen maar aan haar te denken, haar beeld op te roepen, om mijn emoties onder controle te krijgen en fysieke neigingen te onderdrukken. Mal trok zijn hoofd terug en ik besloot dat het veilig was om op te kijken. Hij glimlachte naar mijn buik alsof de baby hem iets heel inzichtelijks had verteld. Ik vond het altijd mooi om te zien: als hij glimlachte, werd zijn gezicht zachter en sprankelden zijn ogen. Voor ik er erg in had, vroeg ik me af of de baby zijn glimlach, zijn ogen en zijn neus zou hebben.

'Ik hou van je, baby,' fluisterde Mal voordat hij zijn hoofd weer naar beneden bracht en voorzichtig zijn lippen onder mijn navel drukte.

Mijn hart stond stil. Het stopte letterlijk met kloppen. Tegelijkertijd leek alles om ons heen te stoppen. Ik was verbijsterd.

Stephanie praatte vaak tegen de baby, zei tegen hem dat ze van hem hield, maar ze had nooit mijn buik gekust. Dat zou ze ook nooit doen, hoopte ik. Ik zou nooit zo intiem met haar willen zijn. Mal had het ook nooit eerder gedaan – en met hem wilde ik ook niet zo intiem zijn. Het was momenteel al moeilijk genoeg om mezelf te beschermen, ik kon het niet als hij meer intimiteit tussen ons wilde creëren. Ik kon mezelf in herinnering brengen dat ik een baby voor iemand anders kreeg, ik kon er altijd nog mee omgaan omdat ik het voor een speciaal iemand deed. Er waren maar twee mensen op deze aarde voor wie ik dit ooit zou doen – Cordy en Mal. Niemand anders. Maar ik kon dit niet als Mal geen gewone vriend zou blijven. Ik worstelde voortdurend met mijn gevoelens voor hem en schreef ze toe aan de hormonen – als hij zich zo ging gedragen, zou ik gek worden. Ik zou gaan geloven dat misschien, wellicht... en als die gedachte eenmaal in me groeide, zou ik gek worden.

Ik begon langzaam en regelmatig te ademen en probeerde de pijn in mijn hart, die was ontstaan doordat het zo hard in mijn borstkas bonkte, te negeren. Ik moest hem laten weten dat hij zulke dingen niet met me kon doen, zonder te verraden dat het emotioneel zwaar voor me was. Ik wilde niet dat hij iets tegen Stephanie zei en dat zij het vervolgens verkeerd zou opvatten; dat ze me weer ging wantrouwen en als rivale zien. Vroeger leek ze niet te begrijpen dat ik haar nooit in de weg had gestaan, dat hij pas tot leven was gekomen toen hij haar ontmoette en dat ik wist dat hij nooit van mij of van iemand anders zo zou houden als van haar.

Terwijl hij nog steeds naar mijn buik staarde, zei Mal: 'Weet je wat ik soms wens?'

'Nee, Mal. Ik weet niet wat jij soms wenst, maar je gaat het me vast vertellen,' zei ik. Wanneer kon ik hem vragen om van me af te gaan? Hij was veel te dichtbij en ik kon er niet meer tegen. Hij verstikte me met zijn nabijheid. Ik voelde mezelf langzaam naar beneden glijden in dit moment met zijn rustige, kalmerende woorden, in deze intieme pose, en als ik er niets aan deed, hem niet zou vragen op te staan, zou ik eraan toegeven en toestaan dat de gevoelens me verslonden. Ik zou Stephanie vergeten, ik zou vergeten tegen hem te zeggen dat hij dit niet moest doen. Ik zou me laten gaan en was bang voor waar dat toe zou leiden. Ik zou Mal voor mezelf willen hebben en uiteindelijk geen afstand kunnen doen van het kind.

Hij keek naar me op, onze blikken ontmoetten elkaar zoals zo vaak in mijn door hormonen gevoede fantasieën, en hij glimlachte, zijn mond een halvemaan van melancholieke gelukzaligheid.

'Wat is er?' vroeg ik. 'Waarom kijk je zo naar mij? En wat wens je soms?'

'Dat dit onze baby was en dat we hier bewust voor hadden gekozen.'

Ik voelde de fysieke klap terwijl mijn hart explodeerde. Ik drukte mijn hand op mijn borst om de pijn te verzachten terwijl het bloed in mijn lichaam koud werd van ontzetting.

Mal besefte onmiddellijk wat hij had gedaan en ging helemaal aan de andere kant van de bank op zijn hurken zitten als een bang eekhoorntje op de rand van een kerkdak. 'Ik bedoelde het niet zoals het misschien klonk. Ik, eh... Je mag het nooit tegen Stephanie zeggen. Nooit.' Hij sprak snel, echte angst in zijn stem, zijn handen in de lucht in totale overgave. 'Het heeft niets met haar te maken. Echt niet. Het is gewoon... Het is gewoon zo dat ik dacht dat wij op een gegeven moment samen een baby zouden krijgen, meer niet, en ik had het niet moeten zeggen. Dat weet ik. Maar er is niemand anders tegen wie ik het kan uitspreken. Het spijt me. Doe maar net alsof ik niets heb gezegd.'

Langzaam en voorzichtig zwaaide ik mijn voeten op de grond. Net zo behoedzaam stond ik op en nam een paar seconden de tijd om te controleren of ik stabiel genoeg was en toen draaide ik me naar hem om.

'Eruit,' zei ik kalm.

Mal sloot vol berouw zijn ogen, schudde zijn hoofd en trok een grimas. 'Nove, ik...'

'Ik meen het. Eruit,' zei ik terwijl ik boven hem uit torende. Ik trilde, maar mijn woorden klonken stellig en zelfverzekerd. 'Eruit en kom nooit meer terug zonder je vrouw.'

Mal stond op. Ik zag dat hij trilde terwijl hij de mouwen van zijn overhemd naar beneden trok en de knoopjes dichtmaakte. Hij pakte zijn colbert van de grond en trok het aan. Zijn lippen waren naar binnen gevouwen alsof hij erop beet. Ik ging hem door de woonkamer voor naar de voordeur en duwde mijn nagels in mijn handpalmen om te verbergen hoezeer ik trilde. Ik reikte naar de deurknop en besefte toen dat ik dit niet zomaar voorbij kon laten gaan. Ik had mezelf binnenstebuiten gekeerd om afstand van hem te nemen en te houden en hij had...

Ik draaide me naar hem om. Hij deed een stap naar achteren toen hij de blik op mijn gezicht zag. 'Jij hebt me nooit... Je hebt me nóóit gewild. Je hebt door de jaren heen zo duidelijk gemaakt dat je me niet wilde, dat je nooit op die manier aan me dacht, ook al wist je wat ik voor je voelde. Hoe heb je zo wreed kunnen zijn om dit tegen me te zeggen? Omdat ik deze baby voor je draag? En wat moet ik nu zeggen? Wat moet ik doen terwijl jij en Stephanie het gelukkige gezinnetje spelen? Hoe moet ik me voelen?

Heb je enig idee hoe moeilijk dit voor me is? Dat ik mezelf voortdurend in herinnering moet brengen dat dit niet míjn baby is?' Ik schudde mijn hoofd. 'Ik begrijp niet waarom je dat zei, Mal, waarom je dacht dat je zoiets wreeds tegen me kon zeggen, maar ik kan je niet meer zien zonder Stephanie; dan weet ik in elk geval zeker dat je nooit meer zoiets tegen me zult zeggen.'

Ik nam hem grondig op en probeerde alle redenen te vergeten waarom ik van hem hield.

Hij zei nog steeds niets.

'Kom niet terug zonder Stephanie, oké?'

Schoorvoetend, met samengeperste lippen, zijn blik gericht op iets naast mijn hoofd, knikte hij. Die dag op het busstation, de dag nadat hij me had afgewezen en ik hem zonder het daadwerkelijk uit te spreken had gevraagd om me ruimte te geven, om in alle rust over hem heen te komen, ontvouwde zich ineens in mijn gedachten. Levendig en duidelijk. De tegenzin waarmee hij instemde. De opluchting die ik voelde toen hij me los zou laten, vrij zou laten.

Ik trok de deur nog verder open en liep weg. Ik wilde hem niet zien vertrekken.

Voor de bank bleef ik staan. Ik stapte terug in de tijd en voelde het verdriet van toen bovenkomen.

De absolute omvang ervan had me overspoeld op het moment dat ik de deur van mijn kamer in het studentenhuis had dichtgedrukt. Met mijn jas nog aan had ik ge-ijsbeerd, in mijn handen gewreven, terwijl het verdriet aanzwol en ik naar de wasbak rende om me er fysiek zoveel mogelijk van te ontdoen door over te geven. Voor mijn bed was ik door de knieën gezakt en had mijn gezicht begraven in de kriebelige ruitjessprei, ik had die met mijn handen vastgepakt en gehuild. Ik had gehuild van vernedering en beseft dat ik nooit weer zo'n liefde zou tegenkomen. Ik had me afgevraagd wat er van me zou worden als de enige persoon op aarde die bedoeld was om van mij te houden, dat niet kon.

Nu ijsbeerde ik voor de bank; ik wreef in mijn handen en voelde het allemaal opnieuw. Ik had niet verwacht dat het nog steeds evenveel pijn kon doen als toen, maar zijn quasi-nonchalante woorden, dat wat hij had gezegd alsof het niets belangrijks was, brachten het allemaal terug. Hoe kon iemand die ook maar een beetje om me gaf zoiets zeggen terwijl ik al zo breekbaar was? Iedereen kon zien dat ik breekbaar was, waarom hij dan niet?

Ik hoorde de klik van de voordeur, en mijn maag draaide zich om. Ik wilde hem niet meer zien. Met of zonder Stephanie. Ik wilde hem niet meer zien. Zoals elke vriend kon hij me soms mateloos irriteren, en dat wist hij, maar nu had hij op iets anders scherpgesteld, nu probeerde hij mijn hart weer te breken. En ik wilde hem niet zien.

'Hoe kom je erbij dat ik je nooit heb gewild?' Ik schrok dubbel zo hard: omdat hij er nog was en omdat hij zo boos klonk.

Ik stopte met ijsberen en keek naar hem op. Hij was inderdaad boos: de woede verplaatste zich kriskras over zijn gezicht en brandde in zijn ogen.

'Hoe kom je erbij dat ik je nooit heb gewild?' herhaalde hij.

'Dat heb je zelf tegen me gezegd.'

'Dat heb ík tegen je gezegd?' Mal was oprecht verward. Zijn ogen leken door de tijd te zoeken, door zijn herinneringen, naar het moment waarop hij die woorden had uitgesproken. 'Wanneer heb ik dat gezegd?'

Ik knipperde met mijn ogen. Had ik het me verbeeld? Als je zijn verwarring zag, zou je zeggen van wel. 'Tijdens mijn eerste jaar in Oxford kwam ik bij je op bezoek, weet je nog? We gingen uit en ik probeerde je te vertellen wat ik voor je voelde, dat ik van je hield, en jij hield me tegen door te zeggen dat je nooit geïnteresseerd zou kunnen zijn in een vrouw die een vriendin van je was. Vrienden zouden geen geliefden moeten zijn, zei je. Ze zouden niet aan seks moeten denken en al helemaal niet in andere termen over liefde moeten praten. Weet je nog?'

Het was drie weken nadat je voor het eerst alleen bij me op bezoek was geweest en we bijna... Je raakte me voor de eerste keer op een intieme manier aan en toen bedacht je je ineens. Je kon er niet mee doorgaan en toen zei je dat over niet geïnteresseerd zijn in een vrouw die een vriendin van je was. Dus je hebt het inderdaad gezegd. Je liet me denken dat je me nooit wilde.'

'Dat is jaren geleden,' zei hij. 'Ik was verdomme achttien. Ik had net seks ontdekt. Ik was omringd door meisjes die me voor het eerst van mijn leven opmerkten. Ik was aan het experimenteren en dat wilde ik niet met jou doen omdat er zoveel op het spel stond.' Hij zwaaide met zijn armen. 'Maar het was waanzin, want uiteindelijk wilde ik alleen maar jou.

Elke keer dat ik met een meisje had gevreeën, vroeg ik me af of het met jou beter zou zijn geweest. Ik werd er gek van, want meteen na de seks dacht ik aan jou, ook al was je alleen maar een vriendin. Ik kon niet begrijpen wat er aan de hand was, want ik had nooit op die manier aan jou gedacht. En dat weekend... Ik wilde het. God, wat wilde ik het graag. Om die reden kwam ik ook zonder Cordy bij je op bezoek. Toen ik je naakt in de badkamer zag staan, ging er ineens een knop om en plotseling zag ik je als een meisje, een vrouw. Ik begreep waarom ik zo verward was geweest. Toen begon mijn obsessie pas echt goed. Ik heb zelfs een paar meisjes met wie ik naar bed ging Nova genoemd. Dus ging ik bij je langs om het te laten gebeuren. Om te kijken of je geïnteresseerd was en eigenlijk omdat, nou ja, ik jou wilde.

Maar ik moest stoppen omdat ik wist dat het met jou geen onenightstand kon zijn. Als we het deden, zouden we voor altijd samen blijven en daar was ik nog niet klaar voor. En ik wilde niet dat je me zou zeggen dat je van me hield. Ik kon niet tegen je liegen en zeggen dat ik niet hetzelfde voelde, maar toch kon ik het niet terugzeggen. Op dat moment niet. Maar dat betekende allemaal niet dat ik je nooit heb gewild. Wie weet op zijn achttiende nou wat hij wil? Wie neemt op zijn achttiende zulke ingrijpende beslissingen en blijft er zijn hele leven achter staan?'

'Oké, Mal. Dat was toen we achttien waren. Maar daarna dan? Je hebt me nooit laten weten dat je zulke gevoelens voor me had, dat je me wilde. Over hoeveel tijd hebben we het? Tien, elf jaar? Niets. Geen enkele aanwijzing dat je geïnteresseerd in me was. Je bent zelfs nooit uitgegaan met iemand die op me leek. Niet één keer. Elk meisje was dunner of dikker, kleiner of groter, knapper of onaantrekkelijker, maar niemand leek op mij. Ik heb ze allemaal moeten tolereren – en laten we niet vergeten dat niet een van hen me mocht – ook al bevestigden ze voor mij stuk voor stuk dat jij niet van me hield.

En toen trouwde je met iemand die zo totaal anders is dan ik ben dat ze met geen mogelijkheid ooit op me zou kunnen lijken. We zijn zulke tegenpolen, het lijkt wel of je haar specifiek hebt uitgezocht om mij te treiteren en te laten zien dat je nooit iets met iemand zoals ik zou kunnen beginnen. Dus ga nu geen geschiedenis herschrijven, want je hebt duidelijk laten blijken wat je werkelijk voelde.'

'Maria had jouw glimlach, maar niet je ogen. Angeli had jouw ogen, maar niet je neus. Julie had jouw manier van praten, maar niet je scherpzinnigheid. Claire had jouw ambitie, maar niet je charme. Alice rook enigszins zoals jij, maar had niet jouw lach. Jane had jouw handen, maar niet je armen. Moet ik nog even doorgaan? Want ik kan van elke vrouw met wie ik ooit iets heb gehad zeggen in hoeverre ze wel en niet op je leek.

En ja, ik ben met Stephanie getrouwd omdat ze zo verschilt van jou. Waarmee er een einde kwam aan die eeuwige kwelling. Eindelijk. Eindelijk had ik iemand gevonden die me niet aan jou deed denken, omdat ze in niets op je leek. Met haar kon ik van onderaf aan beginnen. Ik kon leren wat liefde inhield zonder dat het allemaal terugkwam bij jou.'

Ik zei niets omdat ik even verbijsterd als onzeker was. Het klonk aannemelijk, maar ook onaannemelijk. We spraken elkaar bijna elke dag, hoe kon het dan dat hij nooit iets had laten doorschemeren? En waarom had ik het niet gevoeld? Omdat ik geen moeite meer deed om Mals gedachten te lezen? Hij was zo verankerd in mijn leven dat ik altijd had aangenomen dat ik wist wat hij voelde, dus misschien deed ik met hem niet wat ik met andere mensen deed, namelijk iemand op elk niveau ervaren.

'Ik kwam vervroegd terug van mijn wereldreis omdat mijn obsessie met jou weer de kop op was gestoken. Ik ontmoette vrouwen en vroeg me af of het met jou beter zou zijn geweest. En ik miste je. Ik werd er gek van, maar wist dat ik er nu klaar voor was. Dus kwam ik terug, klaar om me te settelen. Om te trouwen, om kinderen met je te krijgen.

Ik... Niet te geloven dat ik je dit na al die tijd vertel. Ik had een ring laten maken, een platinum ring ingelegd met diamantjes en rozenkwarts. Iemand had me verteld dat rozenkwarts de steen van liefde en romantiek was, en ik wist dat je je met dat soort dingen bezighield, dus had ik er een ring van laten maken. Daarom vroeg ik je ook om me van de luchthaven te halen. Ik wilde in de aankomsthal door de knieën gaan en je ten huwelijk vragen. Toen ik je zag, wist ik zonder enige twijfel dat ik dat wilde. Ik had de ring in mijn hand, mijn hart klopte in mijn keel, maar ik was er klaar voor. Ik zou het doen. En toen was ineens hij daar, je vriendje.'

Ineens was ik terug op de luchthaven: het lawaai in de aankomsthal, de warmte, de opwinding van mensen die werden herenigd. Ik herinnerde me zijn stevige omhelzing, zijn lippen in mijn nek. Dat hij me had aangestaard nadat hij me op de mond had gekust. Ik zag ook de schok en ontzetting op zijn gezicht weer voor me toen hij Keith zag. Alles viel op zijn plaats, ik begreep het nu.

Het had altijd al gevoeld alsof er een belangrijk stukje miste van de puzzel die deze herinnering was, en nu begreep ik het.

'Weet je nog wat ik je vroeg toen Keith bij de parkeerautomaat stond?' vroeg Mal.

We waren weer in de parkeergarage en stonden naast Keiths oude zwarte Audi. Mal, gespierder dan toen hij vertrok, bleek van de jetlag, ongeschoren en onverzorgd; ik, niet in staat om mijn opwinding te verbergen omdat hij thuis was.

'Weet je nog wat ik je vroeg?' herhaalde Mal.

Ik knikte. Ik wist het nog. Natuurlijk wist ik het nog.

Mal kwam dichterbij staan, bracht zijn hand naar mijn gezicht en tilde mijn kin op zodat ik in zijn ogen keek. 'Weet je nog wat ik je vroeg?' vroeg hij voor de derde keer.

'Is hij echt wat je wilt?' zei ik.

'En weet je nog wat je tegen me zei?'

Ik knikte.

'Wat zei je dan?'

Ik wilde het niet herhalen. Ik wilde niet de woorden herhalen die alles hadden verpest.

'Wat zei je?' drong hij aan.

Ik haalde diep adem. 'Dat ik morgen met hem zou trouwen als hij me vroeg,' fluisterde ik. Ik had het niet gemeend. Keith en ik waren net weer samen en nog helemaal in de ban van duizelingwekkende lust. Als hij me toen had gevraagd, had ik hem gedumpt. Maar ik had het gezegd omdat ik wilde dat Mal Keith zou accepteren. Ik wilde dat hij gelukkig was, en als hij dacht dat ik gelukkig was, was hij dat ook.

'Het was dom van me om te denken dat je zou wachten tot ik eindelijk zover was. Maar toen je dat zei, wist ik dat het over was. Je wilde me niet meer.'

'Ik meende het niet. Ik dacht dat je Keith niet mocht. Ik dacht dat als jij dacht dat het serieus was tussen hem en mij, dat je dan blij voor me zou zijn. Ik dacht...' We hadden het verprutst. We hadden alles verprutst. 'O nee,' fluisterde ik.

De druk van zijn hand op mijn gezicht nam toe en ik bracht mijn handen naar zijn gezicht. Hij boog zijn hoofd tot we nog maar enkele centimeters van elkaar verwijderd waren. Als een van ons zich iets bewoog, zouden onze lippen elkaar raken. We zouden zoenen. Het zou niet zo'n welkomst- of afscheidszoen zijn, niet zo'n zoen als toen op de luchthaven, toen hij een geintje uithaalde ten overstaan van onze familie. Het zou een echte, liefdevolle kus zijn. Nog nooit had ik iemands lippen zo graag op de mijne gevoeld als op dat moment die van hem. Nog nooit was ik zo graag niet door iemand gekust als op dat moment door hem.

Hij deed zijn ogen dicht en drukte zijn voorhoofd tegen het mijne.

Er kon niets gebeuren. Er mocht niets gebeuren. We hadden onze keuzes gemaakt en er kon niets gebeuren.

'God, Nova. God,' fluisterde hij terwijl ik mijn ogen sloot.

Zo bleven we staan, niet in staat om elkaar los te laten, niet in staat om samen te komen, gevangenen van onze eigen leugens.

24

'Waar was je?' fluisterde ik tegen Mal.

Ik had de voordeur een paar minuten geleden open en dicht horen gaan en had verwacht dat hij meteen naar bed zou komen gezien het late tijdstip. Maar ik had gewacht en gewacht en er was niets gebeurd: geen voetstappen op de trap, niet eens het plotselinge geluid van de televisie omdat hij de hoogtepunten van de voetbalwedstrijd wilde zien die ik voor hem had opgenomen (een duidelijk teken dat hij dronken was). Niets. Een paar angstige seconden vroeg ik me af of het een inbreker was, maar die gedachte duwde ik snel weg omdat ik echt had gehoord dat er een sleutel was gebruikt. Ik trof hem in de donkere keuken aan. Hij leunde over het aanrecht en staarde naar de ronde, houten snijplank alsof die hem een belangrijke les over de evolutietheorie gaf.

'Bij Nova,' antwoordde hij kalm.

'De hele tijd?' vroeg ik. 'Had ze niet al uren geleden naar bed moeten gaan?'

Verward en verbijsterd draaide hij zijn hoofd naar me om. 'Hoezo? Hoe laat is het dan?'

'Drie uur.'

Hij fronste zijn wenkbrauwen. 'In de ochtend?'

Ik knikte bezorgd. Hij leek oprecht verbaasd. Niet alleen leek hij de tijd te zijn vergeten, maar alles: wie hij was, waar hij was, wat hij was.

'Ik had niet door,' zei hij terwijl hij zich weer omdraaide naar de snijplank, 'dat het al zo laat was.'

Ik keek naar mijn man met zijn gebogen hoofd, als een man die in gebed was verzonken, en zocht in het duister naar wat er anders was aan hem. Hij droeg nog steeds het pak dat hij vanochtend aan had gehad. Zijn overhemd zat netjes in zijn broek, hij had geen stropdas gedragen dus zijn bovenste knoopje was los, zijn haar zat

225

netjes. Maar iets was anders. Er was iets veranderd. Hij droeg een geur bij zich. Dat was wat er was veranderd: zijn geur. Hij rook naar haar. Naar Nova. Niet naar seks, niet naar iets fysieks: hij was van haar doordrenkt. Ik kon bijna zien dat ze hem als een trage, krachtige waterval overspoelde en zijn hele lichaam in zich onderdompelde. Nova was degene die het altijd had over aura's en energievelden, dat we allemaal trillingen afgaven en dat je aura en je stemming ingrijpend konden veranderen als je bij iemand in de buurt was. Daarom had je ook zulke sterke fysieke reacties op bepaalde mensen – goede en slechte. Het was ook de reden waarom je straalde als je voor het eerst verliefd werd. Ze had geprobeerd me te leren hoe je mensen kon doorgronden, hoe je voorbij hun woorden kon kijken, hoe je hen zonder te kijken kon bestuderen, hoe je je kon afstemmen op het gevoel dat ze je gaven terwijl ze de dingen deden die ze deden. Ik had er altijd veel moeite mee gehad omdat ik het eigenlijk maar flauwekul vond – niet dat ik dat ooit tegen haar zou zeggen.

Maar nu begreep ik het. Elke les die ze me had geprobeerd te leren kwam haarscherp in beeld in de schemering van onze keuken: Mal rook naar Nova. Hij was door haar geur omgeven en in haar geur ondergedompeld. Nova. Nova. Nova. De vrouw die zijn kind droeg. De vrouw die deed wat ik niet kon.

'Je weet dat ik van je hou, hè?' zei hij terwijl hij zich ineens naar me omdraaide.

Het was alsof er een scherp, onzichtbaar mes midden in mijn hart werd gestoken. Hij had niet 'ik hou van je' gezegd, zoals gewoonlijk. Het was een vraag, een die hij niet hoefde stellen. Natuurlijk wist ik het. We zouden niet samen zijn als ik dat niet wist. Deze vraag was de inleiding tot de mededeling dat hij me ging verlaten: je weet dat ik van je hou, hè? Maar zij draagt mijn kind. Zij is degene die ik al die tijd heb gewild.

'Wat is er gebeurd?' vroeg ik. Ik klonk onzeker.

Hij nam me in zijn armen en trok me dicht tegen zich aan. Zo dicht dat ik de knoopjes van zijn jasje door de dunne stof van mijn nachthemd heen voelde, die afdrukken achterlieten op mijn huid. Na enkele seconden besefte ik dat hij zijn riem losmaakte, zijn broek los ritste en me vervolgens op mijn rug op de grond legde. We hadden dit al tijden niet meer gedaan. Waarom zouden we ook?

We hadden boven drie prachtige slaapkamers en in de woonkamer een comfortabele bank. In de gang lag zelfs dik tapijt, dus ook die plek zou beter zijn geweest dan deze. Toen we hier pas woonden, was seks overal en nergens nog leuk. Nu was het belachelijk. Vooral als ik degene was die op het koude linoleum lag en nog helemaal niet zo opgewonden was dat het me niet uitmaakte waar we waren. Hij drukte zijn mond op de mijne voor een innige kus en toen waren we voorbij het moment dat we nog van plek konden veranderen... Ik sloot mijn ogen, kromde mijn lichaam en probeerde te ontspannen. Te genieten van dit onverwachte moment van passie, iets wat verliefde stelletjes voortdurend deden en waarnaar getrouwde mensen vaak terugverlangden. Als de baby er eenmaal was, zouden we zelden meer de kans hebben om dit te doen.

Hij was anders. Ik voelde het. Hoewel heel dicht bij me, was hij ergens anders. Toen ik mijn ogen opendeed, keken zijn mahoniebruine ogen dwars door me heen. Hij kon me niet zien. Hij was niet bij mij. Hij was... Ik wist waar hij was. En met wie.

'Je weet dat ik van je hou, hè?' zei hij na afloop weer. We lagen zij aan zij naar het plafond te staren en wachtten totdat onze ademhaling weer normaal werd.

Ik zei niets, voelde het onzichtbare mes draaien en het midden van mijn hart uitsnijden.

Hij draaide zich op zijn zij, zijn overhemd kreukte om zijn middel en zijn broek lag nog steeds om zijn enkels. 'Toch?' Hij veegde een haarlok uit mijn gezicht.

Ik had hem op dat moment kunnen vertellen dat ik het wist. Dat ik de blik op zijn gezicht had gezien, dat ik haar op hem had gevoeld. Dat ik wist dat hij weer verliefd op haar werd. Maar dat deed ik niet. Ik rolde op mijn zij om hem aan te kijken.

'Tuurlijk,' zei ik. 'Natuurlijk weet ik dat.'

25

Ik was uitgeput, maar kon niet slapen.

Mijn gedachten tolden nog steeds van wat we hadden gezegd, wat ik had ontdekt, wat hij had ontdekt, dat wij tweeën, hoe hecht we ook waren, hadden gemist wat waarschijnlijk voor iedereen duidelijk was geweest.

In een waas was hij vertrokken, en ik was met mijn kleren aan in bed gestapt omdat ik te moe was om me uit te kleden, en probeerde te slapen.

BLIEP-BLIEP. BLIEP-BLIEP, klonk mijn mobieltje op het nachtkastje.

Zonder moeite te doen het licht aan te knippen pakte ik mijn telefoon op en klikte op het ontvangen sms'je. Ik wist van wie het zou zijn.

slaap lekker, lieve schat

Het was over.

We zouden er niet meer over praten. Ik zou deze baby krijgen, ik zou gaan reizen en zij zouden hem opvoeden. En Mal en ik zouden hier nooit meer over praten. We zouden het onderwerp begraven. Ik klapte mijn mobieltje dicht, legde het onder mijn kussen en hield eraan vast, als aan een kostbaar juweel dat ik had gevonden maar moest teruggeven aan de rechtmatige eigenaar. Morgenvroeg zou ik het berichtje verwijderen. Morgenvroeg, als het licht was, zou ik dat kostbare juweel terugbrengen naar waar het vandaan kwam. Maar voor nu hield ik vast aan de eerste keer in mijn hele leven dat Mal me 'lieve schat' had genoemd.

26

Het is lastig om naar bewijs te zoeken van een affaire die niet lichamelijk is.

Geen lipstick op overhemden, geen parfumgeur, geen onverklaarbare uitstapjes of plotselinge aandacht voor uiterlijkheden. Ontrouw met je hart en ziel is veel gemakkelijker geheim te houden; het is veel lastiger te ontdekken.

Ik hield hem in de gaten en lette op wanneer hij weer in gedachten verzonken raakte. Als dat gebeurde, vroeg ik hem iets over Nova of de baby. Dan keek ik of hij bloosde of verschrikt of schuldig keek voordat hij antwoord gaf. Soms was dat het geval en dan wist ik waar hij met zijn gedachten was geweest. Andere keren antwoordde hij zonder blozen of schuldbewuste blik en wist ik dat hij aan iets anders had gedacht. Als we vreeën, hield ik mijn ogen open en wachtte op het moment dat zijn ogen glazig werden en hij zich een paar seconden verloor in de gedachte aan een andere vrouw. Hij kwam altijd bij me terug, kwam met mij, maar ik zag het altijd als hij aan haar toegaf.

Dat er iets was gebeurd, merkte ik aan haar. Het stond op haar gezicht geschreven toen ik twee dagen later bij haar op bezoek ging en ze de deur voor me opendeed. Ze glimlachte naar me, zei dat het zoals altijd weer leuk was om me te zien, maar nu mijn zintuigen waren geopend en ik mensen kon zien zonder daadwerkelijk naar hen te kijken, voelde ik dat haar aura was veranderd. Ze was veranderd. Ze rook niet naar Mal, zoals hij naar haar had geroken, maar was doordrongen van schuldgevoel.

'Gaat het?' Sinds ik een halfuur geleden was gearriveerd, had ze al drie keer moeten overgeven.

'Jawel,' zei ze terwijl ze haar haren, die ze weer ingevlochten had, achter haar oren duwde en op de bank naast me plofte. Ze zag er slecht uit. Haar gezicht was mager, haar huid grauwbruin in plaats van donkerbruin. 'Weet je nog dat ik zei dat ik geen last had van ochtendmisselijkheid maar van misselijkheid-overal-en-altijd?'

Ik knikte.

'Nou, dat is het dus,' zei ze. 'Ik voel me uitgewrongen. En hoe vermoeider ik ben, hoe misselijker ik me voel. Het is geen goed teken als je als restaurantmanager om de haverklap naar de wc rent om over te geven. Dat impliceert niet veel goeds over het eten. Ik dacht dat het nu wel over zou zijn, maar het is nog altijd even heftig.'

'Ik zou er alles voor over hebben om dat te mogen ervaren,' zei ik. Het was heel gemeen van me en daar was ik me van bewust. Maar ik moest het weten. Ik wilde zien hoe ze zou reageren als ik op die specifieke emotionele knop drukte. Ik had me er altijd verre van gehouden, had nooit gedacht dat ik hem ooit zou hoeven beroeren. Maar nu zou hij fungeren als leugendetector.

Ik zag dat haar maag zich omkeerde, de energie om haar heen lichtte op: schuldgevoel. Puur, geconcentreerd schuldgevoel. Ik wist daar alles van en herkende het meteen.

Ze sloeg haar hand voor haar mond en rende naar de wc. Ik stond op, liep naar de keuken, deed twee boterhammen in de broodrooster, zette de waterkoker aan, haalde een witte mok uit de kast en hing het zakje citroenthee erin.

Terwijl ik wachtte totdat haar boterhammen bruin waren en het water voor haar thee kookte, sloeg ik mijn armen over elkaar en vroeg me af hoe vaak ze mijn man had gekust. Hoe vaak ze hem had gestreeld en geliefkoosd. Wanneer ze had gepland met hem te vrijen. Hoe vaak ze hem had verteld dat ze van hem hield. Hoe vaak ze had geluisterd terwijl hij die woorden tegen haar zei.

En terwijl ik het theezakje in het kokende water dompelde en het brood uit het broodrooster omhoog sprong, vroeg ik me af hoe ik het haar betaald zou zetten.

Ik vond het vreselijk van mezelf, maar ik móést zijn spullen doorzoeken.

Zijn zakken, zijn auto, zijn bureau thuis. Ik ging onverwachts bij haar langs, op momenten dat ik wist dat hij er zou zijn en op momenten dat hij er niet hoorde te zijn. Niets. Drie weken lang, niets. Als ik plotseling voor de deur van haar flat stond terwijl hij daar was, keken ze niet verrast. Ze zagen er niet uit alsof ze haastig in hun kleren waren geschoten, of zelfs maar van plan waren geweest die uit te trekken. Ze legde altijd mijn hand op haar buik, net zoals die van hem. Bezocht ik haar als hij me had gezegd dat hij moest overwerken, dan trof ik hem daar nooit – meneer was inderdaad aan het overwerken.

Maar ik wist dat er iets gaande was. Hij was soms nog steeds in gedachten verzonken, gleed in haar armen terwijl hij met mij de liefde bedreef. Als ik bij haar was, droeg ze haar schuldgevoel nog altijd als een metaforisch boetekleed.

Er was een affaire. Of, die gedachte speelde al een poosje door mijn hoofd, maar werd met elke dag die verstreek steeds echter: ze zouden mijn kind voor zichzelf houden. Ze wachtten hun tijd af, tot de baby was geboren en zouden dan samen vluchten. Of in mijn huis trekken. Hij, zij, mijn kind, mijn huis.

Hij vergat zijn mobiele telefoon zesentwintig dagen nadat ik besefte dat ze achter mijn rug om plannen smeedden. Hij belde me op mijn werk om te vragen of ik wilde kijken of zijn mobieltje thuis lag als ik naar huis ging, want als dat niet zo was, moest hij hem laten blokkeren en een nieuwe kopen. Het gestroomlijnde, zwarte, glimmende toestel lag op het nachtkastje. Houder van zijn geheimen. Ik ging op het bed zitten, hield het in mijn hand en belde hem om hem te laten weten dat ik het had gevonden. 'Godzijdank,' zei hij.

'Nee, je moet mij bedanken,' antwoordde ik. 'Ik ben degene die het heeft gevonden.'

'Oké, godzijdank en Stephanie bedankt, licht van mijn leven, hoeder van mijn hart.'

'Dat klinkt beter,' antwoordde ik. Hoe vaak had hij haar zo genoemd?

Ik legde de telefoon neer en liep naar de badkamer om mijn tanden te poetsen. Dat deed ik altijd op stressvolle momenten zoals dit. Ik wipte van de ene voet op de andere, bewoog de tandenborstel over mijn tanden en tandvlees en vermeed het zorgvuldig om naar mezelf in de spiegel te kijken. Alle andere plekken waar ik naar bewijzen had gezocht waren te verantwoorden: de was doen, stomerijkleren sorteren, zijn auto vanbinnen schoonmaken. Maar zijn telefoon doorzoeken? Het ding dat hij gewoonlijk altijd bij zich had? Dat ging te ver. Daarmee gaf ik aan mezelf toe dat ik dacht dat hij vreemdging. Ik voelde het, ik wist het, maar als ik zijn telefoon doorzocht en iets vond... dan zou dat betekenen dat ik had gezocht. Dat ik hem niet vertrouwde.

Misschien moet je het erbij laten zitten, sprak ik mezelf toe.

Hij laat jóú zitten als hij weer verliefd op haar is, antwoordde ik.

Vertrouw hem, zei ik tegen mezelf.

Ik zag zijn gezicht weer voor me, toen hij die avond waarop het allemaal was begonnen met me vree: zijn ogen elders, zijn ziel verstrengeld met die van haar. Hij gebruikte mijn lichaam om met haar te vrijen, om contact te maken met haar hart.

De telefoon lag in mijn hand en voor ik er erg in had, drukte ik op de toetsen. Hij had gemiste oproepen – vrijwel allemaal van mij. Hetzelfde met ontvangen gesprekken. Ik opende het mapje met envelopjes van de sms'jes. Ik had geen mobiele telefoon. Ik wilde zo lang mogelijk vermijden om op die manier gebonden te zijn. En stel dat er niemand belde? Stel dat er iemand belde en ik had geen zin om diegene te spreken? Het was allemaal veel te stressvol voor me.

Er zat niets verdachts in zijn inbox. Geen sms'jes van Nova, alleen een paar van de vrienden met wie hij een huis had gedeeld voordat hij mij leerde kennen. Niets. Er was niets. Ik legde de telefoon neer. Mijn hart was als een razende tekeergegaan, er stond zweet in mijn handen en mijn ademhaling was versneld. Alsof ik de grootste schrik van mijn leven zou krijgen. Maar er was niets aan de hand. Er was niets wat bewees dat hij iets met Nova had. Dat ze verliefd waren en een leven planden zonder mij.

Hoe ik op het idee kwam weet ik niet: ze had hem niets gestuurd...

Langzaam en behoedzaam pakte ik de telefoon weer op en ging terug naar de sms'jes, deze keer naar de outbox. Er zaten zeven berichten in, waarvan een aan haar. Díe avond verzonden. Mijn hart bonsde onregelmatig in mijn oren. Ik opende het bericht. En ik las het.

slaap lekker, lieve schat

27

Nadat Meredith is vertrokken, ga ik op de trap aan de achterkant van het huis zitten en rook drie sigaretten achter elkaar. De enige pauzes ertussen zijn de momenten dat ik de ene uitdruk en de andere opsteek.

Mal moet lang overwerken in verband met een project, dus heb ik het huis voor mezelf.

Ik heb me zo in Meredith vergist. Ze is niet de zwakke, fragiele persoon met wie je medelijden moet hebben die ik dacht dat ze was. Ze is sterk, rustig, eerlijk. Ik denk dat ik er, zoals iedereen, van uit was gegaan dat het stempel 'mentaal labiel' je per definitie tot een mindere persoon maakt. Iemand met wie je te doen hebt. Dat is altijd mijn angst geweest, de reden dat niemand het mag weten. Ik wil geen stempel opgedrukt krijgen.

Ik steek mijn vierde sigaret aan en wrijf in mijn ogen.

Ik had verwacht dat ze zou reageren, maar niet zo. Ik sluit mijn ogen en roep het moment weer op: nadat ik was uitgesproken – na mijn bekentenis – wachtte ze een paar minuten. Toen legde ze haar hand op mijn schouder en zei: 'Wat moet dat moeilijk voor je zijn geweest.' Ik had haar de waarheid verteld, zelfs de stukjes die Mal niet weet. Ik had haar verteld wat ik had gedaan, wat ik had gezegd, hoe ik het voor Mal onmogelijk had gemaakt om zijn zoon te zien, en haar eerste gedachten waren bij mij.

Ik had niet gedacht dat ik me nog slechter kon voelen dan ik me de afgelopen jaren heb gedaan, maar het kon. Als de mensen om me heen niet zo verdomd vriendelijk, aardig en naïef waren, zou ik me misschien niet zo slecht voelen. Wellicht zou ik me dan niet altijd zo schuldig voelen.

Ik adem de rook diep in en houd hem vast in mijn longen, blokkeer mijn ademhaling zoals ik zou doen als ik onder water was. Toen ik jonger was, had ik de behoefte om dat te doen, vooral toen mijn moeder me naar haar zus had gestuurd zodat gedaan kon worden wat gedaan moest worden zonder dat mijn vader ervan wist. Mary vond het natuurlijk verschrikkelijk oneerlijk dat ik 'op vakantie' werd gestuurd terwijl ik de familie alleen maar verdriet, roddels en schande had gebracht. Zelfs nadat onze moeder had uitgelegd dat ik op een andere manier ziek was, verfoeide ze me nog steeds. Toen ik terugkwam van mijn tante was de badkamer de enige plek waar ik echt alleen kon zijn. Dan liet ik het bad vollopen, draaide de deur op slot en dompelde me onder in het water. Het gaf me een gevoel van gewichtloosheid, alsof ik in de ruimte zweefde en er geen geluid, geen gevoel, geen groot gapend gat binnen in me was waar eens iets had gezeten wat tegen mijn wil was weggehaald. Waarschijnlijk zou ik dezelfde keuze hebben gemaakt, maar niemand – zelfs de arts niet die verder zo aardig voor me was geweest – had het me ooit gevraagd. Ze hadden het gewoon gedaan. Ze hadden me ertoe gedwongen.

Ik werd heel goed in het inhouden van mijn adem. In gewichtloos zijn en niet bestaan, totdat mijn vader de deur had ingetrapt omdat ik zo lang zo stil in de badkamer had gezeten. Ik werd uit de ruimte getrokken, er was geschreeuw en geroep, het water was rood en ik eindigde voor de eerste keer op een van die plekken.

Daarna mocht ik nooit meer een deur op slot doen. Ik leefde als een gevangene die gegijzeld werd met open deuren.

Toen ik uiteindelijk naar de universiteit ging, moest ik er lang aan wennen dat ik de deur van mijn kamer en de wc in het studentenhuis op slot mocht doen.

Ik druk de sigaret uit in de zware glazen asbak.

Zou ik hem van haar mogen zien? Zou Nova me toestemming geven hem in levenden lijve te aanschouwen?

Ik reik weer naar mijn sigaretten.

Elke keer dat ik mijn ogen sluit, zie ik zijn ontspannen glimlach voor me, die intelligente blik in zijn ogen, de vreugde die hij iedereen om hem heen ongetwijfeld brengt.

Ik zou hem graag ontmoeten. Misschien mag het wel van haar. Zo is Nova. Eerlijk. Dat weet ik nu, natuurlijk. Nu. Ik weet dat ze nooit...

En als ik hem niet mag zien, dan misschien Mal wel. Misschien zal hij me over hem vertellen. Ik zal hem via Mal leren kennen.

Ik stop voordat ik de volgende sigaret opsteek en schuif hem terug in het pakje. Ik sta op, leeg de asbak in de afvalcontainer en verstop hem dan zorgvuldig achter de bosjes en tuinkabouter die Nova's zusje ons als cadeautje voor ons nieuwe huis had gegeven. Mal was niet meer bijgekomen toen hij de kabouter zag, maar ik snapte de grap niet. 'Het is geen grap,' had hij gezegd. 'Het is gewoon een oerlelijk ding en ze weet dat ik het nooit weg zou gooien omdat het een cadeau was.' Nu helpt het mij om mijn geheim te verbergen. Een van mijn geheimen.

Soms vraag ik me af of er meer mensen zijn zoals ik. Of andere mensen ook zoveel geheimen hebben dat ze niet altijd weten wie ze werkelijk zijn.

'Ik, eh, denk niet dat ik ermee door kan gaan,' zei ik tegen hem.

'Waarmee?' Hij stopte met het vastknopen van zijn wandelschoenen en keek me behoedzaam aan. Aan mijn stem hoorde hij dat ik het niet had over deze wandeling door de heuvels van het Lake District.

'De baby. Ik denk niet dat ik ermee door kan gaan. Ik had niet beseft hoe moeilijk het zou zijn om iemand iets voor jou te laten doen wat je zelf niet kunt. Ik denk niet dat ik ermee door kan gaan.'

'Ze doet het niet voor mij, ze doet het voor ons.'

'Ik ben bang dat er geen sprake meer kan zijn van ons, Mal,' zei ik. 'Niet met deze baby. Ik vind dat je weg moet gaan om bij haar te zijn. En je baby.'

Hij rechtte zijn rug, zijn schoenveters los. Hij fronste zijn wenkbrauwen. 'Het is onze baby. Ze krijgt hem voor ons. En ik wil met jou zijn.'

Ik schudde mijn hoofd, verbaasd over hoe kalm ik was als je bedacht waar ik mee bezig was. 'Niet waar. Je houdt van haar. Je wilt een gezin met haar. Niet met mij.'

Hij staarde me sprakeloos aan, alsof iemand hem recht tussen de ogen had getroffen met iets groots, hards en stevigs, waardoor hij zich niet meer kon bewegen. 'Ik hou van jou. Van jou. Ik wil een kind met jou.'

'Dat is het nu juist. Je kunt geen kind krijgen met mij. Met haar wel.'

'Schei uit met die nonsens, Stephanie. Oké? Schei ermee uit.' Hij hurkte weer om verder te gaan met zijn veters, maar ik zag dat zijn handen trilden. Het werkte. Ik drong tot hem door.

'Stel dat ik de baby iets aandoe? Hij is niet van mij. Je hoort dagelijks over vrouwen die hun eigen kinderen iets aandoen – hoe weet je dat ik het kind waarmee ik geen genetische band heb niets aandoe? Het wordt jouw baby met een andere vrouw. Stel dat... Stel dat ik een beetje... Stel dat ik het iets aandoe?'

'Dat zal niet gebeuren,' zei hij grimmig. Hij was klaar met het vastknopen van de veters van zijn linkerschoen, maar friemelde er nog steeds mee zodat hij me niet recht hoefde aankijken.

'Dat weet je niet. Je weet niet waar ik toe in staat ben. Je hebt nooit geweten waartoe ik in staat ben.'

Hij kwam overeind en deze keer richtte hij zijn ogen als laserstralen op me. 'Wat wil je hier éígenlijk mee zeggen?' vroeg hij.

'Eigenlijk?'

Hij knikte. 'Het is heus niet dat je bang bent dat je de baby iets aandoet. Dat zou je nooit doen. Waar gaat dit eigenlijk over?'

'Ik wil niet het kind van een andere vrouw opvoeden. Correctie: ik wil háár kind niet opvoeden.' Zo, ik had het gezegd.

'Het wordt ons kind. Ze krijgt het voor ons. Ze is alleen maar zwanger omwille van ons. Het wordt onze zoon of dochter. Jóúw zoon of dochter.'

'Maar ik kan niet doen alsof het kind van mij is. Iedereen zou het weten. En ze zouden denken dat je was vreemdgegaan en dat ik zo slap was geweest om je ermee weg te laten komen. Of ik zou moeten liegen en zeggen dat het een genetische afwijking in onze familie is. Maar iedereen zou naar me kijken, weten dat het niet echt mijn kind is.'

'Wat maakt het jou uit wat andere mensen denken?' vroeg hij gefrustreerd.

'Dat weet ik niet. Maar het is gewoon zo. Ik weet niet waarom, maar wat andere mensen denken doet ertoe. Al die blikken op straat, vooral als we met z'n drieën zouden zijn. En ik weet nu al hoe mijn familie zal reageren. Ik wil dat allemaal niet doormaken.'

'Dat is een domme reden om de baby niet te willen.'

'Ik wist dat je me dom zou vinden, daarom wilde ik het je ook niet vertellen.'

'Ik vind helemaal niet dat je dom bent en dat zei ik ook niet. Het is een domme reden om ons kind niet te willen. Ik zie het probleem niet.'

'Nee, hè? Het is jouw kind. Jij kunt kinderen krijgen. Ik niet.' Ik voelde de tranen opkomen en knipperde met mijn ogen om ze kwijt te raken.

'Steph, ik begrijp dit niet. We hebben het hier eerder over gehad. Zelfs voordat we haar vroegen...'

'En jij praatte me om. Zei dat het goed zou komen. Maar dat geloof ik niet, Mal. Ik had niet kunnen voorspellen dat ik me zo zou voelen. Aan de ene kant voel ik me met hem of haar verbonden, maar ik voel me vooral leeg. Alsof je er elk moment met haar vandoor kunt gaan. Ik zou in onzekerheid verkeren en me steeds afvragen wanneer ze haar baby zou opeisen.'

'MAAR HET IS ONZE BABY!' Zijn woorden weerkaatsten door de heuvels, de woorden 'baby, baby, baby' echoden naar ons terug.

'NIET!' schreeuwde ik terug en ik wachtte op de echo voordat ik op zachte toon verderging. 'Hij is van jou. Hij is van haar. Hij is niet van ons.'

Hij staarde naar de grond voor me; zijn ogen zochten iets. Net zoals ik hem had zien doen in onze donkere keuken op de avond dat ik besefte wat er zich onder mijn neus afspeelde.

'Juridisch heb ik eigenlijk geen poot om op te staan. Ondanks dat contract dat we allemaal hebben getekend. Als ze van gedachten verandert, is ze zo van me af!' Ik knipte met mijn vingers. 'Ik heb geen echte connectie met de baby. En in emotioneel opzicht... In emotioneel opzicht kan ik het niet verkroppen dat hij nooit van mij zal zijn. Altijd van jou, nooit volledig en helemaal van mij.'

'Slik je je medicijnen nog wel?' vroeg hij. Een lage klap. Onverwachts ook. Dat deed Mal nooit, het tegen me gebruiken.

'Of ik ze nu slik of niet, het verandert niets aan het feit dat ik nooit van dit kind zal kunnen houden alsof het van mij is.'

'Dat geloof ik niet.'

'Het is de waarheid, Mal,' zei ik. 'Dat is wat ik voel. Daarom lijkt het me voor iedereen beter als je naar haar en jullie baby gaat. Ik weet dat je graag een baby wilt. Ik wil niet dat je die kans misloopt, dus ga naar haar.'

'Ik heb altijd gezegd dat het niet uitmaakte dat we geen kinderen hadden.'

'Het is goed. Ik weet dat je dat niet meende.'

'Ik meende het wel. Net zoals jij het al die weken meende dat je bij Nova langsging om de baby te bezoeken. Dat je tegen hem zei dat je van hem hield. Je hebt al die boeken aangeschaft. En ik weet dat je kleertjes hebt gekocht die je hebt verstopt. Ik weet hoe verrukt je hierover bent geweest. Daarom geloof ik je niet. Daarom denk ik dat je twijfel gewoon tijdelijk is en dat je weer van gedachten zult veranderen.' Hij knikte, alsof hij zichzelf ervan probeerde te overtuigen. 'We voelen momenteel allebei de druk ervan, zo voelen alle ouders met een baby op komst zich, dat weet ik zeker. Bezorgd over hoe ze zich zullen voelen. Of ze het wel aankunnen. We hebben de extra druk dat we over een paar weken onze families over de situatie moeten inlichten. Daar komt dit door. Als dat eenmaal achter de rug is, zul je terugkijken en lachen om hoe je je nu voelt. Wij allebei. Want ik heb ook mijn twijfels, maar zal me nog dommer voelen omdat ik je heb geloofd en tegen je heb geschreeuwd.'

Ik wierp hem een blik toe die ik advocaten en partners op het advocatenkantoor altijd toewierp als ze, een paar ondoordachte seconden, meenden dat mijn rol van officemanager betekende dat ik een minderwaardig wezen was tegen wie ze niet beleefd hoefden doen. 'Je begrijpt me verkeerd,' zei ik mat. 'Ik wil die baby niet in mijn leven, laat staan in mijn huis. Als jij ermee door wilt gaan, prima. Dat is jouw keuze. Het zal betekenen dat ik jou ook niet meer heb.'

'Je wilt dat ik kies tussen mijn kind en jou?'

'Nee, Mal. Die keuze is al gemaakt. Ik wil het kind niet en ik wil jou ook niet.'

'Wil je me niet meer?' vroeg hij ontzet. Hij zag er plotseling uit als een klein jongetje. Door angst bevangen over wat hij zojuist had gehoord. Bang voor het monster dat voor hem stond en een einde maakte aan zijn huwelijk.

'Niet zolang er een kind is dat van jou is, nee,' verklaarde ik.

Hij probeerde zich te vermannen, zocht wanhopig naar beschutting en geruststelling. 'Ik hou van je,' zei ik terwijl ik besloot hem een uitweg te bieden. 'Meer dan van het leven zelf. Ik wil niet dat je dit misloopt. Ik heb besloten te accepteren dat het niet is voorbestemd dat ik kinderen krijg. Jij krijgt er een. En dat is iets waarvan ik nooit onderdeel kan zijn. Niet volledig. En je zult altijd in tweestrijd staan tussen ons. Als ik nu ons huwelijk beëindig, gebeurt dat niet. Dan hoef je die keuze over een paar jaar niet te maken.' O god, ik ga huilen, besefte ik. Dit was moeilijker dan ik dacht. Ik had deze toespraak de afgelopen week tot uit den treure geoefend, maar dit was de eerste keer dat ik ervan moest huilen.

Het waren niet zijn woorden 'ik hou van je' waardoor ik uiteindelijk voor Mal was gevallen. Niet de fantastische seks, en vakanties, en praten tot diep in de nacht. Het was niet het naast hem liggen en luisteren naar zijn ademhaling terwijl hij sliep, het weten dat hij er 's ochtends nog steeds zou zijn. Het was gekomen door wat hij over zijn moeder had verteld. Over haar ziekte. Het was de intimiteit die me toestond me aan hem over te geven. Zo volledig als ik kon. Zo totaal als ik nooit met een ander mens had gedaan.

'Ik heb beloofd dat ik je nooit zou verlaten,' zei hij.

'Dat geeft niet. Ik ga echt niet dood zonder jou. Ik red me wel.'

Mal sloot zijn ogen. Hij leek tot stilstand te zijn gekomen als een speelgoedsoldaatje op batterijen dat vrolijk rond marcheert en ineens stilstaat omdat de batterijen op zijn. Er was geen energie meer om het voort te bewegen, het kon alleen nog maar stilstaan. Stil. Leeg.

'Ik zal tegen Nova zeggen dat we de baby niet meer willen,' zei hij nadat er tien minuten in stilte waren verstreken, waarbij hij er net zo bewegingloos en stilzwijgend bij had gestaan als een van de bergen die we gingen beklimmen.

'Maar...'

'Zodra we thuis zijn, zal ik het haar vertellen,' zei hij. 'Ik zal zeggen dat we van gedachten zijn veranderd, dat we deze verantwoordelijkheid op dit moment niet aankunnen. Ik zal het haar zeggen.'

'Je hoeft dit niet te doen, Mal. Ik zeg toch dat je vrij bent om naar haar toe te gaan? Om je baby te hebben. Om háár te hebben.'

'Ik heb gezegd dat ik je nooit zou verlaten. Nova zal het wel begrijpen.'

Dat zou ze niet. Natuurlijk zou ze dat niet. Wie kon zoiets begrijpen? Zelfs Nova niet, de meest begripvolle vrouw die ik ooit had ontmoet.

'Maar wat zal ze doen?' vroeg ik. 'Je kent haar beter dan wie dan ook. Wat denk je dat ze gaat doen?'

Hij trok zijn schouders op. 'Geen idee.'

'Zou ze abortus laten plegen?'

Zijn gezicht vertrok van pijn. Dat was waarom het me na het lezen van het sms'je een week had gekost om dit te zeggen. Ik had de tijd nodig gehad om de gedachte zelf te verwerken. Om die mogelijkheid en die verantwoordelijkheid te accepteren. 'Mal, doe dit niet. Niet voor mij. Ga naar haar, krijg je kind.'

'Misschien doet ze dat wel,' zei hij, alsof ik niets had gezegd. 'Of ze houdt hem.'

'Als ze dat doet, dan...' Ik pauzeerde even, opeens bang voor het uitspreken van deze voorwaarde. 'Dan zijn we weer terug bij die keuze die je moet maken. En daarom wil ik ook niet dat je dit doet, Mal.'

'Wat wilde je zeggen,' vroeg hij vermoeid.

'Als... Als ze hem houdt... dan...' Ik pauzeerde weer. 'Als we besluiten bij elkaar te blijven, kun je haar niet meer zien. En als ze besluit de baby te houden, kun je geen contact met hen hebben.' Ik pauzeerde en keek naar hem, en probeerde hem zonder mijn ogen te zien. Ik probeerde zijn energie te lezen, zijn aura, wat dan ook. En ik kon het niet. Ik was ineens in alle opzichten blind voor hem behalve met mijn ogen, net als voordat ik Nova ontmoette.

'Ze maakt deel uit van mijn familie,' verklaarde hij.

'En daarom wil ik ook niet dat je bij me blijft. Omdat dat een vreselijke keuze is om te maken. Als ze het kind houdt, weet je dat het er is, maar zul je geen contact kunnen hebben. Ik weet niet of je dat wel aankunt, Mal. Ik weet niet of ik wel wíl dat je dat kunt, want zo ben je niet. Ik wil niet dat je verandert, niet vanwege mij.'

'Je hoeft het er niet meer zo dik op te leggen, Steph,' zei hij kalm. 'We weten allebei dat ik met die voorwaarde akkoord zal gaan. Ik heb mijn keuze gemaakt. Ik kies voor jou. Oké? Ik kies voor jou.' Hij pakte zijn rugzak van de achterbank van de auto en hees hem op zijn rug. Hij sloot de auto af en liep het pad op dat naar het wandelpad leidde.

Ik had hem gezegd dat hij niet wist waartoe ik in staat was. Misschien had ik het bij het verkeerde eind gehad, wist hij het wel degelijk. Misschien had hij vanaf het begin van dit gesprek geweten dat ik precies wist wat ik zou zeggen en wanneer opdat dit de uitkomst zou zijn.

Misschien wist mijn man dat ik, als het aankwam op hem, op het uitschakelen van al mijn rivalen, geen enkel middel zou schuwen. Ik was tot alles in staat.

28

Vier dingen waar ik van hou:
Het strand.
De lucht die bij zonsondergang rood, goud en oranje kleurt.
Muziek opzetten en doen alsof ik een solodanser ben.
De geur van versgezette koffie.

Helaas word ik al vier maanden misselijk van de geur van koffie, sigaretten, bleekmiddel en benzine.

Ik was gek op koffie en het was frustrerend om hem uit mijn leven te bannen. En niet ideaal in mijn werk. Met een gulzige en jaloerse blik keek ik naar mijn klanten wanneer ze hun koffie opdronken en stelde me de rijke, rokerige smaak voor, die soms verzacht werd met melk of suiker, die door hun keel gleed en zijn weg vond door hun lichaam. In de metro was het bijna obsceen zoals ik de mensen met witte kartonnen bekers koffie in de hand kwijlend aangaapte. Het verbaasde me dat ik nog niet was gearresteerd voor wellustig staren.

Ik was gek op koffie; de baby niet. Daarom kon ik in cafés ook niet langer binnen zitten. Gelukkig was het weer momenteel aangenaam genoeg om buiten op het terrasje iets te drinken. Mal had me gevraagd hem in ons favoriete café in West-Londen te ontmoeten. Hij en Stephanie waren op een wandelvakantie geweest – dat was een van de beste dingen aan zijn ontmoeting met haar, dat hij nu iemand anders meesleepte naar zulke activiteiten – en hij had me, zo leek het, meteen gebeld toen ze terug waren.

Dit was al jaren onze favoriete plek. Op een regenachtige dag waren we hier naar binnen gelopen en sindsdien kwamen we hier steeds weer terug. Het was er niet groot, wel gezellig, en in al zijn eenvoud opvallend mooi. Het had een eikenhouten vloer, schone witte muren en chromen inrichting. Achter in de zaak hadden ze een geelbruine leren bank gezet en de rest van de ruimte gevuld met kleine, ronde, eenvoudige tafels met krukken. Het personeel lachte altijd vriendelijk en kletste vrolijk over van alles en nog wat terwijl ze je cappuccino deden schuimen. Ik voelde altijd de behoefte om mijn schoenen uit te schoppen en mijn voeten onder me te trekken als Mal en ik hier zaten. Dit was echt ons plekje – al voordat hij haar ontmoette. Wíj haar ontmoetten, kan ik denk ik beter zeggen. We hadden hier uren doorgebracht, zelfs nadat hij haar had leren kennen – ze was hier nooit geweest – met alleen maar praten en lachen en koffiedrinken.

Buiten, voor het grote raam van het café, hadden ze kleine tafeltjes met een houten blad en chromen stoeltjes gezet; daar zat ik op hem te wachten. Ik nipte aan mijn pepermuntthee en probeerde er niet aan te denken dat ik liever binnen op de bank zat en een cappuccino nam.

Terwijl ik een slokje thee nam, dacht ik weer terug aan zijn stem aan de telefoon. Onbewust had mijn hart overgeslagen. Hij klonk zo serieus. Misschien zou hij uitleggen wat er met Stephanie aan de hand was. Ze had zich de laatste tijd op elk niveau vreemd gedragen. Elke keer dat ze bij mij over de drempel stapte, zag ze er gespannen en behoedzaam uit; in het nauw gedreven. Dat was de juiste uitdrukking: in het nauw gedreven. Alsof ze met haar rug tegen de muur stond en elk moment naar me kon uithalen om zich te bevrijden. Het was slopend geworden om bij haar in de buurt te zijn. Tijdens mijn vele esoterische studies had ik gelezen over zogeheten mediamieke vampiers: mensen die, meestal onbedoeld, alle energie uit je zogen en je dan uitwrongen of achterlieten met een slecht humeur. Meestal stond ik mensen niet toe dat met me te doen, maar om een of andere reden werkten mijn verdedigingstechnieken en trucjes om mensen op afstand te houden bij Stephanie niet. Ze was als Dracula geworden, slurpte mijn energie op, en als ze wegging voelde het alsof er een grote wolk optrok en wilde ik alleen nog maar liggen. De opwinding en blijdschap die ze in de voorgaande weken had getoond, die haar ertoe hadden gebracht me 'haar beste vriendin' te noemen, waren verdwenen. Wat restte was een zwart gat waarin al het positieve werd opgezogen en vernietigd.

Hopelijk kon Mal het uitleggen en zou alles weer z'n normale gang gaan. Ik sloot mijn ogen en genoot van het gevoel van de warme, opbeurende zon op mijn gezicht. Er was niet veel verkeer op de weg, en er liepen weinig mensen langs. Ik hoorde het geluid van de wind. Volgend jaar rond deze tijd, als ik in Australië zat, zou het hartje winter zijn – niet veel kans op zonneschijn.

'Hoi,' zei hij.

Een langzame grijns verplaatste zich over zijn gezicht en ik nam de tijd om mijn ogen open te doen. 'Hoi,' zei ik. Mijn blijdschap verdween in de diepste holte van mijn hart toen ik hem zag.

Ik kende zijn gezichtsuitdrukking goed. Zo stond zijn gezicht ook altijd als hij me ging vertellen dat tante Mer een terugval had gehad: intens verdriet verpakt in een vage, waterige glimlach en vermoeide ogen.

'Heb je al iets te drinken besteld?' vroeg ik.

Hij schudde zijn hoofd. Langzaam, voorzichtig schraapte hij zijn keel. 'Ik blijf niet lang.'

'Wat is er?' Ik ging rechtop in mijn stoel zitten.

Hij streek met zijn hand door zijn haar, krulde zijn lippen in zijn mond om ze te bevochtigen. 'Je weet dat ik van je hou,' begon hij. 'Je bent mijn beste vriendin en niemand staat dichter bij me dan jij.'

Als we een relatie hadden gehad, zou ik meteen weten dat hij op het punt stond om het uit te maken. Maar met vrienden maak je het niet uit, toch? Als je een vriendschap wilde beëindigen, liet je die doodbloeden; dan belde je niet meer, sprak je niet meer af met elkaar, nam je zoveel afstand dat het de volgende keer dat je hen zag, zou zijn alsof jullie elkaar al tientallen jaren niet meer hadden gezien en had je elkaar weinig tot niets meer te zeggen. Je zou een vriendin toch niet vragen om naar een openbare gelegenheid te komen om haar te vertellen dat het allemaal over was? Of wel?

'Ik... Je bent al die jaren zo fantastisch voor me geweest. Zelfs als ik het eigenlijk niet verdiende. We hebben samen een heel leven achter ons. Maar nu moet ik een leven met Stephanie opbouwen. Daar heb ik me toe verplicht toen we trouwden. Pas sinds kort besef ik dat ik dat niet kan zolang jij nog in mijn leven bent.'

Kennelijk vroeg je een vriendin toch om naar een openbare gelegenheid te komen om het uit te maken.

'We hebben de afgelopen paar weken en vooral de afgelopen paar dagen heel goed nagedacht en zijn tot de conclusie gekomen dat we niet klaar zijn voor een kind. We hebben nog te weinig tijd met z'n tweeën kunnen doorbrengen, Stephanie en ik. Ik ben een beetje – een heel klein beetje – verscheurd geweest door mijn gevoelens voor jou, en daardoor wist ik dat ik haar niet volledig ben toegewijd. Dat is niet eerlijk tegenover haar. Het is niet eerlijk tegenover ons huwelijk. Er een kind bij halen zou oneerlijk zijn tegenover iedereen. We zijn gewoon niet klaar voor die verantwoordelijkheid. We willen de baby niet meer.'

'Weet je, Malvolio, als dit om een maaltijd in mijn restaurant ging die koud was geworden, zou ik begrijpen waarom en hoe je kunt zeggen: "Ik wil dit niet meer", maar we hebben het hier over een baby. Je kunt niet van gedachten veranderen, het gaat hier wel om een kind.'

'Het spijt me,' zei hij terwijl hij zijn blik op het tafelblad richtte.

'Het spijt je?' vroeg ik. 'Ik krijg jouw kind, je bent van gedachten veranderd en zegt dat het je spijt?'

'Ik kan niets anders zeggen.'

'Ja, dat kun je wel. Je kunt me vertellen waarom.'

'Dat heb ik net gedaan.'

'Je hebt een hoop onzin uitgekraamd. Je hebt me niet echt verteld waarom jullie van gedachten zijn veranderd over iets waar ik na heel lang nadenken mee heb ingestemd. En ik stemde er alleen maar mee in omdat ik wist hoe wanhopig graag jullie dit wilden. Voordat jullie op vakantie gingen, kon je je handen niet van mijn buik houden. Daarom geloof ik niet dat je meent wat je zojuist allemaal hebt gezegd.'

Mal keek me aan, zijn gezicht strak, zijn donkere ogen onbeweeglijk. Het was duidelijk dat hij niets anders zou zeggen.

'Wat moet ik nu met de baby doen, Mal?' vroeg ik hem rustig. Want ze hadden het er misschien over gehad dat een baby niet in hun leven paste, maar verder dan dat vast niet. En dat was absoluut noodzakelijk.

Hij staarde weer naar het tafelblad. 'Je… je zou… abortus kunnen plegen.' Hij zei het zo zacht dat ik naar voren moest leunen om hem te kunnen horen. 'Dat zou het gemakkelijkst zijn.' Hij begon aan een plekje achter zijn rechteroor te krabben, wat hij altijd deed als hij bang was. 'Dat zou het beste zijn.'

'Het gemakkelijkst? Het beste?' herhaalde ik. 'Wat weet jij daarvan?'

Hij bleef naar beneden kijken. 'Stephanie heeft er een gehad. Toen ze vijftien was, en met haar is het ook goed gekomen.'

Goed gekomen? Stephanie? Laten we het daar maar niet over hebben. 'Er is een verschil tussen een abortus omdat je jong bent en ongewenst zwanger bent geworden of een abortus wanneer je eind twintig bent en juist alles uit de kast hebt gehaald om zwanger te worden.'

'Hou het kind dan.'

'En wat moet ik dan tegen iedereen zeggen? Dat jij de vader bent? En dat je niets meer met mij te maken wilt hebben? En: wees maar niet bang, ik ben niet met een getrouwde man het bed in gedoken om zwanger te raken. Nee, ik heb een injectiespuit gebruikt omdat ik een baby voor hem en zijn vrouw zou krijgen. Nee, nee, ze hebben me niet met drugs volgespoten, ik heb het vrijwillig gedaan omdat ik zoveel om hen geef.'

'Dat bedoelde ik nou met dat het gemakkelijker zou zijn.'

'Nee, Mal, het zou gemakkelijker zijn als jullie de baby gewoon namen zoals gepland.'

'Dat kunnen we niet, sorry.'

'Kijk me tenminste in de ogen als je dat zegt, want anders geloof ik je niet,' zei ik.

Hij keek omhoog en toen zijn ogen de mijne ontmoetten, zag ik dat hij er niet was. Hij had zich hiervan gedissocieerd. Ik had er tijdens mijn opleiding over gelezen. Mensen die zich afsloten zodat ze in staat waren iets te doen wat ze niet wilden, zodat ze een traumatische situatie konden overleven, zodat ze een onbevattelijk moeilijke beslissing konden doorzetten. Hij had zich afgesloten zodat hij me dit kon vertellen.

Ik had hem dat nog maar één keer eerder zien doen. We waren elf. Mal was lang, maar ook pezig, rustig en altijd met een meisje – met mij of Cordy – dus veel jongens dachten dat hij een gemakkelijk doelwit was. Billy Snow, die lang en lomp was, zat bij wiskunde achter Mal en mij. Op een dag noemde hij tante Mer geschift. Hij fluisterde het, zodat hij wist dat de leraar het niet zou horen, maar dat het Mal zou prikkelen. En waarschijnlijk een nieuwe reeks van pesterijen zou opleveren. Mal schoot uit zijn stoel omhoog en viel Billy aan voordat iemand – laat staan Billy – kon reageren. Hij sloeg Billy achterover uit zijn stoel en zei niets terwijl hij diens gezicht afranselde. Iedereen in de klas – onder wie meneer Belfast – was zo geschokt dat we allemaal vol afschuw toekeken terwijl Billy's gezicht veranderde in een bloederige, weke massa. Uiteindelijk kwam meneer Belfast weer bij zinnen en trok Mal van de pestkop af. Mals ogen stonden wezenloos in plaats van wild of moordachtig. Voor de eerste keer in mijn leven was ik bang voor hem. Dit was niet de jongen die ik kende, dit was iemand die in staat was een ander zwaar te verwonden en er tegelijkertijd wezenloos bij te kijken.

Ik was nooit meer zo bang voor Mal geweest. Tot dit moment. Dat hij zich had moeten afsluiten om iets moeilijks te doen betekende dat ze de baby niet wilden, en dat hij me niet meer wilde zien.

'Het spijt me,' zei hij. 'We hadden er nooit aan moeten beginnen, maar het is beter dat we het je nu vertellen dan over een paar maanden wanneer het allemaal veel moeilijker zou zijn.' Hij legde zijn hand op de mijne. Door de jaren heen had hij dat ontelbare keren gedaan. Dit was de laatste keer, liet hij me weten.

'Pas goed op jezelf, oké?' Hij stond op en liep weg, mij achterlatend met slechts de vage geur van zijn aftershave en het nog lang aanhoudende gevoel van zijn warme hand op de mijne.

29

Ongeveer twee uur nadat hij was vertrokken, maakte hij de deur open en sloeg hem zachtjes achter zich dicht.

Zijn sleutels rammelden toen hij die op het tafeltje in de hal neerlegde. Hij stak zijn hoofd niet om de deur van de woonkamer om me gedag te zeggen, maar liep meteen door naar de keuken.

Ik hoorde de deur van de koelkast open- en dichtgaan en een stoel die onder de tafel vandaan werd getrokken. Ik wachtte een paar minuten, gaf hem tijd om te besluiten of hij daar ging zitten of terugkwam om met me te praten. Toen hij niet terugkwam, liep ik naar hem toe.

Hij zat onderuitgezakt op de stoel met een biertje in zijn hand en keek door het raam de tuin in. Voor hem stonden vier flesjes bier en een opener. Hij bracht het flesje in zijn hand naar zijn lippen en sloeg het met een ruk van zijn hoofd achterover. Meestal dwong ik hem uit een glas te drinken, maar op dat moment leek het niet belangrijk.

'Hoe ging het?' vroeg ik hem vanuit de deuropening. Het verdriet waarin hij omwikkeld was, hield me op afstand.

Hij antwoordde niet, maar pauzeerde even om te laten weten dat hij mijn vraag had gehoord maar niet met me wilde praten.

'Wat zei ze?' vroeg ik.

Hij zette het lege flesje neer, reikte naar een ander, opende het en begon weer te drinken.

Ik waagde me de keuken in, wilde mijn armen om hem heen slaan en hem met mijn liefde troosten. Het moest moeilijk voor hem zijn geweest, maar het was beter zo. Na verloop van tijd zou ook hij dat inzien. Dit zou tussen ons zijn gekomen. Zelfs als ze niet van plan waren geweest om het kind voor zichzelf te houden, zou ik me altijd hebben afgevraagd of dat waar was en dat zou niet goed voor ons huwelijk zijn geweest. Het kind zou eronder hebben geleden als ik hem of haar er altijd van beschuldigde dat hij weer verliefd op haar was geworden.

Ik legde mijn hand op zijn schouder. Hij zou opstaan, zich in mijn armen storten en zich koesteren in mijn liefde; ik zou hem troosten en steunen. Hem helpen dit achter ons te laten.

Zijn lichaam kromp vol afkeer ineen. Ik trok mijn hand weg en deed geschrokken een stap achteruit. 'Ik heb gedaan wat je wilde,' verklaarde hij. Op dat moment wist ik dat we er niet meer over zouden praten. Hij zou me nooit de details vertellen. Het was gebeurd. Punt.

Toen hij opstond, zag ik zijn gezicht. Elke porie ademde kwelling uit. Het beeld ervan beet zich onmiddellijk in me vast, een blijvende wond van wat ik hem had laten doen. Ik zou het nooit vergeten. Hij pakte nog een biertje van tafel, pakte de opener en liep ermee naar buiten, de tuin in. Hij sloeg de deur achter zich dicht om aan te geven dat hij alleen wilde zijn.

Het zou tijd kosten. Iets meer dan ik in eerste instantie had gedacht. Ik had een beetje onderschat wat dit met hem zou doen. Maar met de tijd zou het verdriet slijten. Het zou goed komen met ons. We zouden weer gelukkig worden.

30

Mal bleef abrupt staan voor de draaideuren van het hoge kantoorgebouw toen hij me zag.

Er flitste iets over zijn gezicht. Was het irritatie? Angst? Ik had het nog nooit eerder gezien als hij naar me keek, dus schrok ik ervan. Hij had altijd blij geleken om me te zien. Zelfs wanneer we ruzie maakten, wanneer hij me zover kreeg dat ik schreeuwde en tegen hem tekeerging, had hij er nooit zo... ongemakkelijk uitgezien. Dat was het. Hij zag er ongemakkelijk uit.

Terwijl hij diep inademde, liep hij in mijn richting en toverde een sympathieke blik op zijn gezicht. Sympathiek. Alsof hij een afspraak had met een klant met wie hij niet wilde praten. Het was de blik die ik op mijn gezicht had wanneer ik met een boze klant een gesprek aanging over het eten/de service/de sfeer; het hoorde er nu eenmaal bij.

'Hoi,' zei hij. Zijn ogen gleden over me heen om me niet te hoeven aankijken.

'Hoi,' antwoordde ik. Mijn stem trilde, ik kon mijn angst niet verbergen. Trots had me ervan weerhouden hier te komen. Ik zou hem met rust laten, zelf besluiten wat ik zou doen en dan verdergaan. Maar trots was niet zwanger, alleen en... doodsbang.

Ik wachtte totdat hij meer zou zeggen. Het gesprek zou voortzetten. Ik dacht... Ik dacht dat hij zou beseffen wat hij had gedaan als hij me zag. Dat hij het echt niet kon menen. Ook al hadden ze zich bedacht over de baby, dan kon hij toch onmogelijk menen dat hij míj niet meer wilde zien? Maar hij versterkte zijn grip op het zwartleren koffertje dat ik hem op zijn eerste werkdag had gegeven en stak zijn vrije hand in zijn broekzak. Hij had me niets meer te zeggen. Tien dagen geleden had hij alles gezegd wat er te zeggen viel. Dat was de reden waarom hij niet had gebeld.

'Kunnen we even praten?' vroeg ik hem terwijl ik me afvroeg of dit wel zo'n goed idee was geweest en of ik niet beter naar mijn trots had kunnen luisteren.

Hij verstrakte en keek toen naar de grond. 'Waarover?' vroeg hij uiteindelijk.

Ik knipperde verbaasd met mijn ogen naar hem. Wanneer had ik in de afgelopen negenentwintig jaar ooit een reden nodig gehad om met hem te praten? 'Moet ik nu een reden hebben om met je te willen praten?'

Hij haalde licht zijn schouders op, maar keek me nog steeds niet aan.

'Oké, Malvolio.' Ik sloeg mijn armen over elkaar en verplaatste mijn gewicht naar een kant. 'Je bent mijn allerbeste vriend, dus wil ik je vertellen over een probleempje dat ik heb. Ik ben zwanger. Wees maar niet bang: het was gepland en ik hou heel veel van de vader. Maar nu heeft de vader tegen me gezegd dat ik het weg moet laten halen. Ik weet niet wat ik moet doen want hij wil niet met me praten, en ik vermoed dat hij van gedachten kan veranderen. Dus, ik vroeg me af of jij als beste vriend niet eens bij hem langs zou willen gaan om hem eens flink de waarheid te vertellen?'

Zag ik daar iets van een glimlach? Vast, want hij zei: 'Laten we een kop koffie drinken bij Carlitto's.'

'Ik heb echt behoefte aan een glas wijn,' zei ik.

'Wijn? Je mag niet drinken,' zei hij.

'Hoezo niet?'

Hij fronste zijn wenkbrauwen. 'Nou, omdat je...' Zijn stem ebde weg, zijn mond vertrok alsof hij kwaad was dat hij zich zo gemakkelijk had laten klemzetten.

'Koffie dan maar,' zei ik.

Ik draaide me om in de richting van Carlitto's, een Italiaanse koffiebar waar we vaak heen gingen om te lunchen.

'Hoe gaat het met je?' vroeg hij nadat we een paar stappen zij aan zij in een gespannen, ongemakkelijke stilte hadden gelopen.

'Hoe denk je?'

Heel even leek hij gepijnigd, zijn ogen staarden in de verte – emotioneel weg van mij – voordat ze weer terugkwamen in het heden.

'Hoe gaat het met jou?' vroeg ik toen duidelijk werd dat hij niet op mijn niet-retorische vraag ging antwoorden.

'Goed,' zei hij. 'We hebben vakantieplannen. We zitten te denken aan een camping in Zuid-Frankrijk. Misschien gaan we er met de auto heen.'

Praatte hij achteloos over vakanties terwijl binnen in mij zijn kind groeide? Ik keek opzij en vroeg me af wie hij was. Hij zag er zelfs een beetje anders uit. De bobbel op zijn neus leek iets dikker, waardoor zijn gezicht uit balans leek. Zijn ogen leken dichter bij elkaar te staan, smaller, gemener. Zijn eens zachte, brede mond leek te zijn verhard tot een dunnere lijn.

'Steph kan misschien drie weken vrij krijgen, maar dat weet ze nog niet zeker. Ze runt de zaak momenteel in haar eentje omdat de eigenaar er voor langere tijd tussenuit is. Steph vindt het heerlijk en geniet van die extra verantwoordelijkheid. Het heeft haar laten zien dat ze het kan. Hopelijk mag ze van de eigenaar een paar weken vrij nemen zodra ze terug is. Ik heb zelf nog vakantiedagen over van vorig jaar.'

'Ik dacht dat je had gezegd dat geen van jullie extra verantwoordelijkheid aankon?' zei ik. 'Dat was de reden waarom jullie deze baby niet meer wilden.'

'Dat was niet gelogen,' zei hij, en hij schoot meteen in de verdediging. 'En er is een wereld van verschil tussen een zaak runnen en zorgen voor een kind.'

We kwamen aan bij Carlitto's en zagen dat er geen tafels en stoelen buiten stonden, dat de zonwering voor de glazen deur naar beneden was getrokken en dat de rolluiken dichtzaten. We hadden kunnen weten dat er 's avonds nog maar weinig koffiebars open waren – dat tijdstip was voorbehouden aan restaurants en cafés.

'We zullen een kroeg moeten opzoeken,' zei ik. 'Ik bestel wel sinaasappelsap of zo.'

Die blik van ongemak vermengd met irritatie flitste weer over zijn gezicht terwijl hij op zijn horloge keek. Zijn vaders horloge. Hij had dat nooit aan iemand verteld, zelfs niet aan Stephanie, vermoedde ik. 'Ik moet gaan,' zei Mal. 'We hebben vanavond een etentje bij vrienden.'

'Vind je dit niet belangrijker?' vroeg ik. Waarom deed hij zo kil? Bij iemand anders zou ik het verontrustend hebben gevonden, bij Mal vond ik het afgrijselijk.

'Nova, ik weet niet wat je van me verwacht. Ik heb je ons besluit meegedeeld. Ik zou niet weten wat er nog meer valt te zeggen.'

'Wat dacht je van waarom?' vroeg ik hem luid. Een paar hoofden draaiden zich naar ons om en ik praatte wat zachter en deed een paar stappen in zijn richting.

'Dat heb ik gezegd,' zei hij.

'Nietwaar. Ik ken je, je bent nooit bang geweest voor verantwoordelijkheid. Je hebt er elke dag mee te maken. Ik geloof niet dat je de verantwoordelijkheid van een kind niet aankunt,' antwoordde ik.

'Heb je er nooit aan gedacht dat dát wel eens de reden kon zijn? Ik heb mijn hele leven verantwoordelijkheid gedragen, mijn hele leven voor mensen gezorgd. Zou het kunnen dat ik het niet meer aankan?'

'Nee, dat heb ik nooit gedacht want het is nonsens en dat weet jij ook. Zit Stephanie hierachter?'

Hij staarde me aan en er trilde een spiertje in zijn kaak. 'Ja, hè? Zij zit erachter. Ik had het kunnen weten. Ze deed de afgelopen weken zo raar, haar energie fladderde overal rond en ze gaf verwarrende trillingen af...'

'Ach, kom nou niet weer met die onzin aanzetten,' onderbrak hij me. 'Denk je nu echt dat ik me dit door haar zou laten opleggen?'

'Ja, dat denk ik,' antwoordde ik. 'Ik ken je, dit is niets voor jou. Zij moet erachter zitten.'

'Misschien ken je me niet zo goed als je denkt,' zei hij simpel.

Oud verdriet gaat nooit helemaal weg. Door de tijd slijt het iets, maar het lost nooit op. Het blijft bij je, leeft in de scheurtjes van je ziel, wacht op momenten dat je intens verdriet doormaakt. Door de jaren heen hadden anderen me diverse keren verdriet gedaan. Ik had gehuild, ik had geleden, ik had gerouwd in diverse gradaties van intensiteit. En ik had altijd geweten, nadat ik Mal had geprobeerd te vertellen dat ik van hem hield, dat verdriet alleen een litteken achterliet als de persoon ertoe deed. Als de persoon zich een weg had weten te banen naar het diepste van je wezen. Dat was maar weinig mensen gelukt. Ik had nooit kunnen bedenken dat de eerstvolgende die me net zoveel verdriet zou doen als Mal al die jaren geleden, de persoon die ervoor zou zorgen dat al dat oude verdriet werd opgerakeld, Mal zelf zou zijn.

'Mal, ik herken je hier niet in.'

'Ik ben het anders echt.'

'En wat moet ik hier nu mee?' Ik legde mijn hand op mijn buik en dwong hem naar me te kijken. Te kijken naar de plek waar hij de afgelopen maanden nauwelijks van af had kunnen blijven. Hij fixeerde zijn blik op die plek, en ik wist, ik wíst dat hij dit niet wilde. Ik greep het moment aan, deed een stap naar voren en pakte zijn hand vast om hem op mijn buik te leggen. Hij verzette zich aanvankelijk niet, maar voordat zijn vingers mijn buik raakten trok hij zijn arm ineens terug.

'Nova,' zei hij rustig terwijl hij over me heen keek, 'doe dit alsjeblieft niet. We veranderen niet van gedachten, punt uit. We hadden er nooit aan moeten beginnen en het enige wat ik kan doen, is mijn excuses aanbieden.'

'Je excuses aanbieden? Ik ben zwanger. Dit is niet zoiets als per ongeluk mijn lievelingsvaas omstoten. Ik krijg jouw kind. Ik doe dit voor jou.'

'Je hoeft het niet te krijgen. Niet meer,' zei hij.

'Oké,' zei ik terwijl ik vocht tegen de neiging om in te storten. 'Als ik dát doe, zul je met me mee moeten gaan. Als je wilt dat ik dat doorzet, ga jij mee om toe te kijken.'

'Dat kan ik niet,' zei hij terwijl hij nog steeds over mijn schouder staarde.

'Zie je wel? Zie je wel?' antwoordde ik. 'Je kunt niet eens tegen het idee dat ik het ga doen. Je wilt dit kind nog steeds.'

'Nee, Nova. Als ik met je meega, zul je tot aan het allerlaatste moment hopen dat ik je zal tegenhouden. En dat is niet goed voor je. Je zult het zelf moeten doen en niet hopen dat ik je als de prins op het witte paard kom redden. Want dat doe ik niet. Dat kan ik niet.'

Ik stortte in. Alle kracht trok uit me weg. 'Alsjeblieft, doe dit niet, Malvolio. Alsjeblieft, alsjeblieft,' snikte ik terwijl de tranen over mijn wangen rolden. 'Alsjeblieft.' Ik boog voorover en sloeg mijn armen over het verdriet dat in me aanzwol. 'Alsjeblieft, Mal. Alsjeblieft.'

Ik hoorde zijn koffertje op de grond vallen, even voordat hij zijn armen om me heen sloeg. Hij trok me overeind en drukte me tegen zich aan. 'Alsjeblieft, niet huilen. Ik kan er niet tegen als je huilt.'

'Ik ben bang. Ik ben zo bang. Ik kan dit niet in mijn eentje. Alsjeblieft, doe me dat niet aan. Alsjeblieft.'

'Het spijt me,' fluisterde hij in mijn haar. Daarna kuste hij me boven op mijn hoofd, en toen was hij weg. Hij pakte zijn koffertje op en liep weg, mij huilend op straat achterlatend zonder nog een keer om te kijken.

Daarna zag ik hem nog vier keer. Ik wist dat als ik hem kon laten zien hoe ik hieronder leed – wat de gedachte hem nooit meer te zien met me deed – als ik hem maar vaak genoeg zou spreken, hij van gedachten zou veranderen. Hij zou accepteren dat hij niet van me kon vragen een abortus te plegen. Zijn kind niet te krijgen. Als het me zoveel moeite had gekost om hier überhaupt mee in te stemmen, kon hij toch niet van mij verwachten dat ik dát zou doen?

Elke keer – er zaten telkens drie of vier dagen tussen – zocht ik hem op bij zijn werk. Tijdens de lunch of na werktijd. Elke keer was hij een beetje afstandelijker, geïrriteerder en minder geroerd door mijn verdriet. Tot de laatste keer, toen hij zijn gebouw uit liep, me op de rand van het brede trottoir zag staan, zich omdraaide en weer naar binnen liep. Ik wachtte nog een uur, maar hij kwam niet meer naar buiten. Toen ik thuiskwam, had hij een boodschap op mijn antwoordapparaat ingesproken: 'Nova, kom me alsjeblieft niet meer opzoeken.' Hij klonk kil, gereserveerd, hard. 'Ik heb niets meer tegen je te zeggen. Ik ga niets zeggen wat jij wilt horen. Laat me met rust.'

31

Ik dacht dat ik het gemakkelijk zou vinden als ze eenmaal uit ons leven was. Gemakkelijker. Maar dat was niet zo. Het ging immers niet alleen om Nova.

Het ging ook om onze baby.

Ik had niet alleen kleertjes en boeken gekocht, maar ook een paar rammelaars, drie teddyberen en een muziekmobiel voor boven de wieg. En een luiertas: vierkant en wit met een patroon van roze, blauwe, gele en groene madeliefjes. Hij was zo mooi dat ik hem vaak tevoorschijn haalde en openmaakte en me voorstelde dat ik hem vulde met luiers, lotiondoekjes en zinkzalf en een speeltje om de baby bezig te houden tijdens het verschonen.

Ik had alles in de tweede slaapkamer gezet, de kamer die de baby-kamer zou worden, en nu moest ik alles opruimen.

Ik had de spullen weg kunnen geven, maar dat wilde ik niet. Ze waren bedoeld voor míjn baby. Ik hield elk boxpakje in mijn handen en stelde me voor dat het gevuld was met de mollige ledematen van mijn baby, dat het uitrekte bij de borst bij elke zachte in- en uitademing. Het was een hij, dat wist ik zeker.

Nadat ik ze allemaal even had vastgehouden, vouwde ik ze op en stopte ze in de luiertas totdat die helemaal vol zat. Daarna haalde ik mijn designer weekendtas tevoorschijn. Het was het duurste voorwerp dat ik ooit had bezeten – hij was nog duurder dan mijn auto – en ik had er jaren voor gespaard om dat prachtige stuk in mijn bezit te krijgen.

Hierin stopte ik de overige spullen. Het leek me gepast om de herinneringen aan het allerdierbaarste wat ik nooit zou hebben te bewaren in het allerduurste wat ik ooit zou bezitten.

Toen ik klaar was, beklom ik de enge zolder en zette de spullen uit zicht. Niet uit gedachten, natuurlijk.

Nooit uit gedachten.

32

Uiteindelijk kwam ik terecht in Brighton.

Ik moest wel uitwijken, want ik wilde het niet in Londen laten doen.

Niet in de stad waar ik woonde. Ik zag het niet zitten om er elke dag langs te moeten lopen. Of bij het kijken op stadsplattegronden, treinschema's of metroplattegronden de naam te zien staan, de Londense wijk waar... waar ik dit zou ondergaan.

Ik was in mijn leven twee keer bang geweest om zwanger te zijn, beide keren vanwege een gescheurd condoom. Beide keren had ik zeker geweten wat ik zou doen als het daadwerkelijk zo zou zijn. De gedachte was moeilijk, maar ik wist beide keren dat ik er niet klaar voor was om moeder te zijn. Ik kon de zwangerschap niet doorzetten. Beide keren waren gelukkig vals alarm geweest.

Deze keer was in vele opzichten anders, en deze keer was ik echt zwanger.

Het hotel had ik geboekt enkele weken nadat ik... ik hierbij betrokken was geraakt. Ik had behoefte aan een paar dagen voor mezelf. Elk jaar – zelfs toen ik al met Keith was – ging ik af en toe in mijn eentje weg, altijd naar een plaats aan zee. Soms waren het spontane acties. Dan werd ik wakker en voelde ik de behoefte om ertussenuit te gaan. De behoefte om niet in Londen te zijn. Dan kleedde ik me aan en stapte op de trein naar Brighton. Ik wandelde over het strand, ademde de zilte zeelucht diep in, genoot van het geruis van de zee in mijn oren, het gevoel van de kiezels onder mijn voeten. Als ik 's avonds terugging, voelde ik me rustiger en kon ik de hele wereld weer aan. Alsof ik de kans had gehad om even uit mijn leven te stappen.

En nu gebruikte ik deze zesdaagse vakantie om...

Het intakegesprek had ik meteen bij aankomst gehad, en over twee dagen zou het gebeuren. Daarna, als het achter de rug was, zou ik alleen nog maar naar de zee willen staren. Ik zou er nadien dringende behoefte aan hebben om mijn gedachten te verliezen in de beweging van de zee. Ik zou alles weer op een rijtje kunnen zetten, de stukjes van mijn ziel weer samenvoegen voordat ik terugging naar Londen, terug naar mijn werk, terug naar mijn appartement, terug naar 'normaal'.

Het hotel – vier sterren maar liefst – was gruwelijk. Op de foto's die de reisagente me had laten zien zag het eruit als een authentiek, elegant etablissement met de charme uit de oude wereld en antiek meubilair. De kamer die ik kreeg toegewezen, had behang dat bobbelde en op sommige plekken van de muur bladderde. De originele schuiframen zaten in kozijnen die door de zeelucht waren verrot, gebarsten en afgebladderd, en de wind floot aanhoudend door de ruimte tussen de nieuwe dubbele beglazing aan de binnenkant. De douche had geen thermostaatkraan; de televisie had maar drie kanalen of je moest al voor het pornokanaal betalen; het rode tapijt met motief was op sommige plekken versleten en op andere plekken vuilgrijs.

Alles wat er aan de kamer mankeerde, werd gecompenseerd door het vrije uitzicht op zee. Ik ging boven op het bed liggen, negeerde de verdachte vlekken op het dekbedovertrek en staarde uit het raam naar de deinende golven. Mal was er altijd van uitgegaan dat hij 's nachts in de zee zou sterven, herinnerde ik me ineens. Er was nooit aanleiding geweest om dat te denken en hij kon ook niet uitleggen waarom hij 's nachts op of in de zee zou zijn, maar hij geloofde daar stellig in. Het was niet iets waarvan hij zich had moeten overtuigen om het te geloven, hij wist dat het zo was. En ondanks al die keren dat hij mijn interesses, mijn kennis, mijn overtuigingen als onzin had afgedaan, bleef hij daaraan vasthouden.

Ik keek naar een oude man die op het bankje zat naast een groenblauw bushokje met glas dat vlekkerig was geworden door het zeezout. De wind loeide om hem heen en trok aan zijn roze huid, witte haar en beige jas met rits. Maar hij zat muisstil. Zijn tot vuisten gebalde handen rustten op zijn dijen en hij staarde strak voor zich uit, niet gehinderd door de beukende elementen.

Wat is uw verhaal, vroeg ik hem in gedachten. Waarom bent u alleen? Waarom bent u zo gevoelloos voor alles om u heen?

Natuurlijk antwoordde hij niet. Ik verplaatste mijn blik verder naar de horizon, naar de grijze zee met wit schuim, in een gevecht met zichzelf dat niet gewonnen hoefde worden.

Ik keek omlaag en zag dat ik mijn hand op mijn buik had gelegd. De huid was strak en warm; ik voelde het bloed onder mijn hand stromen. Al die keren dat Mal en Stephanie dat hadden gedaan, had ik het vermeden. Ik wist dat het belangrijk was om de baby niet aan te raken, hem niet te erkennen, me niet met hem bezig te houden omdat hij niet van mij zou zijn. Hoe zou ik hem ooit aan zijn ouders kunnen geven als ik een emotionele band met hem had opgebouwd?

En over twee dagen zou ik...

Mijn hand gleed over de warme huid, en ik voelde het: beweging. Licht, vluchtig, maar wel degelijk beweging diep vanbinnen. Ik trok mijn hand snel weg. Alle emoties die ik in een strakke bal binnen in me had weggestopt, ontvouwden zich.

Ik ben zwanger.

Van Malvolio's kind.

Het kind van de eerste man van wie ik ooit heb gehouden.

Het was niet zo maar iemands kind. Het was niet van een man met wie ik een vrijblijvende relatie had gehad. Het was niet van Keith, met wie ik onlangs had gebroken. Het was van Mal. Ik had hem mijn hele leven gekend. Als we eerlijk tegen elkaar waren geweest, zou dit iets zijn wat we hadden gepland en samen deden.

Maar hij wilde het kind niet en ik was niet van plan geweest hieraan te beginnen op dit punt in mijn leven.

Ik was geen zestien, maar wel alleen.

Ik was een negenentwintigjarige met jong geschopte tiener. En ik had niet eens seks gehad om in deze toestand verzeild te raken. Ik kon geen kind krijgen. Ik kon niet in mijn eentje een kind grootbrengen.

Maar ik kon geen afstand doen van het enige stukje Malvolio dat ik nog had.

Ik legde mijn hand weer op mijn buik. Voelde het weer. Diep vanbinnen, trilling, lichte trillingen. Tranen stroomden over mijn wangen terwijl ik wachtte op de derde keer dat ik het zou voelen. Ik wilde het nog een keer ervaren, daarna zou ik hiermee ophouden. Zou ik weer afstand nemen.

Ik moest mijn studie afmaken, een wetenschappelijk artikel afmaken, een wereldreis plannen.

Ik kon dit niet. Ik kon niet in mijn eentje een baby krijgen.

Ik kon het niet. Daarmee was alles gezegd. Ik kon het niet.

33

Tegen de tijd dat de uitgerekende datum naderde – die in mijn geheugen stond gegrift – had Mal zich volledig van me afgesloten. Hij huilde de hele tijd.

Zelfs als zich geen tranen vormden, verraadden zijn ogen de pijnlijke leegte van iemand die vanbinnen huilt.

Ik wilde hem helpen, maar hij liet me niet dichtbij komen. Huilen deed hij alleen, weggedoken in de kamer die we hadden bedacht voor de baby. Hij sliep met zijn rug naar me toe, als een muur van vlees die de wereld buitensloot. Hij praatte tegen me met nietszeggende woorden, in lege, holle zinnen. Vroeger had er liefde doorgeklonken in alles wat hij zei. Nu praatte hij tegen me omdat het moest. Nu was alles wat hij zei vlak en zonder enige betekenis.

Het verdriet was zo groot, zo immens dat hij erin zwolg, er blind in zwom zoals hij 's nachts zou doen in een woeste zee. Hij zwom op tegen de hoge golven, maar kwam niet vooruit. Elke dag werd hij verder naar beneden gezogen, de diepte in. Weg van de oppervlakte. Weg van het leven. Weg van mij. Hij klampte zich vast aan het verlies. Niets deed er meer toe. Ik wilde zijn hand beetpakken, samen naar de veilige kust zwemmen. Om zijn wonden te helen, zijn pijn te verzachten, hem te helpen erbovenop te komen.

Maar hij strekte zijn hand niet naar me uit. In plaats daarvan deinsde hij terug; hij deed het liever alleen. Hij gaf mij namelijk de schuld. Hij gaf zichzelf de schuld. En hij gaf mij de schuld.

Ik gaf mezelf ook de schuld. Maar ook haar, Nova. Dit was ook haar fout, haar verantwoordelijkheid. Als zij er niet was geweest...

Maar het meest nam ik het mezelf kwalijk. Ik wilde dat hij stopte met huilen, stopte met verdrietig zijn, stopte met rouwen met elk stukje van zijn ziel.

Ik begreep het verlies niet dat hij met Nova deelde. En ik betwijfelde of ik dat ooit zou doen. Maar ik begreep mijn man. En binnenkort raakte ik hem kwijt. Wat ik zo hard had proberen te voorkomen, door te doen wat ik deed en door te zeggen wat ik zei, zou gebeuren. Maar ditmaal zou ik hem niet verliezen aan een andere vrouw en haar ongeboren baby. Ik zou hem niet kwijtraken aan haar en haar kind. Ik zou hem verliezen aan zichzelf.

Ik zag het gewoon voor me: hij zou verdrinken in zijn verdriet, zo ver naar beneden worden getrokken dat hij het niet meer redde om naar de oppervlakte te komen. Hij zou naar beneden worden gesleurd in die kille, grijze diepte en zijn leven nooit meer oppakken. En het enige wat ik kon doen, was toekijken vanaf de kust.

34

Ik ging rechtop in bed zitten, uitgeput, verzwakt, balancerend tussen uiterste wanhoop en complete euforie.

Om de paar seconden keek ik naar het doorzichtige wiegje naast mijn bed. Naar hem. Hém. Een levend gekir, gewikkeld in een wit dekentje, dat een halve meter van mij verwijderd was. Ik had veel bloed verloren, hadden de artsen me verteld, dus moest ik nog een dag langer blijven. Elke keer dat ik naar hem keek – zijn gezichtje omhoog naar het plafond, zijn verfrommelde oogleden dichtgeknepen, zijn mondje een stukje open, zijn wangetjes een roodachtige kleur mokka – vroeg ik me af wat ik had gedaan.

Had ik de grootste fout van mijn leven gemaakt, bleef ik mezelf afvragen. Had ik moeten doen wat ik van plan was geweest toen ik naar Brighton ging?

Ik keek weg van het kleine jongetje en zag haar staan aan het voeteneinde van mijn bed. Hoewel het bezoekuur al voorbij was en mijn familie net was vertrokken (de arme, zwaar op de proef gestelde verpleegsters hadden tevergeefs geprobeerd slechts twee mensen aan mijn bed toe te staan), was ze teruggekomen. En daar stond ze in haar zwarte overjas, haar blauwe sjaal om haar nek, haar zwarte tas over haar schouder.

Ze weet het, besefte ik. Tante Mer weet het. In gedachten zag ik de blik op haar gezicht toen ze hem voor het eerst zag weer voor me: kortstondige shock die snel was overgegaan in opgetogenheid en verrukking.

'Toen Malvolio werd geboren, waren zijn wangen vuurrood,' zei ze terwijl ze naar mijn zoon staarde en aan de hare dacht. 'En hij had van die dikke krullen. Zo blond.' Uiterst teder streek ze met haar wijsvinger over de donkere krullen van mijn zoon. 'Je vader is de dag na zijn geboorte helemaal naar het ziekenhuis gelopen om me op te zoeken aangezien het zondag was en er geen bussen reden.

Je moeder wilde ook komen, maar ze was hoogzwanger van jou en kon zich nauwelijks meer bewegen.'

Ze keek van het kleine mannetje naar mij. 'Hij is prachtig.'

Ik knikte, langzaam, behoedzaam. 'Je mag hem vasthouden, als je wilt,' zei ik tegen haar. Ze was de enige van mijn bezoek die hem niet had vastgehouden. 'Ik tril te erg,' had ze gezegd. Nu wist ik dat ze het niet had gewild omdat ze zichzelf misschien zou verraden en daarmee mij.

'Nee, dank je. Ik wil hem niet wakker maken.' Op haar gezicht, zacht en vriendelijk, verscheen een brede glimlach terwijl ze naar haar kleinzoon keek. 'Toen Malvolio net geboren was, hoefde je maar iets te lang naar hem te kijken of hij werd wakker.'

'Deze houdt van slapen,' zei ik tegen tante Mer.

'Goed zo,' zei ze. 'En ook goed voor jou, natuurlijk.'

'Ja, goed voor mij.'

'Ik heb Malvolio verteld dat je baby geboren was en dat ik je vandaag zou opzoeken,' zei ze. Haar zachtheid was overgegaan in verdriet. 'Als ik had geweten...'

'Het is goed, tante Mer. Vertel hem gerust wat je wilt. Ik vind het echt niet erg. En als jij het niet had gedaan, had mama, papa of Cordy het wel gedaan.'

'Heb je al een naam bedacht?' vroeg ze.

'Ja. Maar ik wil hem eerst uitproberen als ik met hem alleen ben voordat ik hem aan iemand vertel?' Ik bracht het als een vraag zodat ze zich niet beledigd zou voelen.

'Ik weet nog dat ik Malvolio Malvolio wilde noemen. Iedereen probeerde me om te praten. Maar ik heb altijd geweten dat als ik een zoon zou krijgen, ik hem die naam zou geven.'

'Omdat het het eerste toneelstuk was waar oom Victor je mee naartoe had genomen,' zei ik voordat ik er erg in had. Ik had het twintig jaar voor me gehouden.

'Hoe wist je dat?' Ze keek verward. Onzeker. Bang. Tante Mer hield er niet van te schrikken. En als ik haar de waarheid vertelde, god mag weten wat het met haar zou doen.

'Door de jaren heen dacht ik dat het op een of andere manier betekenis moest hebben gehad. Het is zo bijzonder.'

'In tijden als deze mis ik Victor het meest,' zei ze met een droevige glimlach. 'Hij zou er graag bij geweest zijn. Het lijkt misschien niet belangrijk, maar hij vond het heel erg dat hij Malvolio's geboorte had gemist. Toen Victoria geboren werd, was hij er wel bij, maar dat maakte het nog niet goed. Hij had het moment gemist waarop zijn eerstgeborene ter wereld kwam. Dat heeft zwaar op hem gedrukt, dat weet ik zeker.' Haar grijns werd groter. 'En hij had er anders natuurlijk een stokje voor kunnen steken dat ik onze zoon Malvolio noemde.'

Ik lachte.

Veel mensen – onder wie Mal – konden niet geloven dat oom Victor van tante Mer had gehouden, maar ik wel. Tante Mer ook. Maar misschien was dat wel omdat tante Mer en ik altijd van die hopeloos romantische types waren geweest. We geloofden in de oneindige, verlossende kracht van de liefde.

Oom Victor had voor haar in de bak gezeten. We waren nog niet eens geboren toen hij naar de gevangenis ging. Ons was verteld dat hij fraude had gepleegd, maar jaren later kwamen we erachter dat hij voor iets veel ernstigers zat: het toebrengen van zwaar lichamelijk letsel met de bedoeling te doden. De persoon had tante Mer gestoord genoemd en had gezegd dat ze opgesloten moest worden in plaats van een kind op de wereld te zetten. Oom Victor was door het lint gegaan. Diverse getuigen verklaarden dat de man in kwestie oom Victor (die een goed karakter had) wekenlang had gesard en per ongeluk de gevoeligste snaar had geraakt. De reden dat oom Victor vast werd gezet, was dat hij geen berouw had getoond. Zijn 'pleitbezorger' had tegen hem gezegd dat hij de man en de rechtbank zijn excuses moest aanbieden, de rechter om genade moest smeken en hem verzekeren dat het nooit meer zou gebeuren, al helemaal niet omdat er een baby op komst was. 'Ik krijg nog liever de doodstraf dan dat ik ongemeend mijn excuses aanbied,' had oom Victor gezegd. (Ik had mama en papa er jaren later over horen praten.)

Dit had ertoe geleid dat hij vijf jaar moest zitten. Elk jaar was zwaar geweest, had diepe littekens bij hem achtergelaten, zowel aan de binnen- als de buitenkant. Maar hij zou het zo weer doen, want niemand hoorde tegen of over tante Mer te praten alsof ze er niet toe deed.

Hij bleef echter nooit bij haar. Dat was nog het droevigste ervan. Hij hield van haar, maar kon niet omgaan met haar ziekte en moest afstand houden. Voordat hij naar de gevangenis moest, had hij als bouwvakker gewerkt – ons werd aanvankelijk verteld dat hij ergens anders werkte, maar toen de geruchten dat weerlegden, vertelden ze ons dat hij voor fraude zat en dat we niet moesten luisteren naar wat anderen zeiden – en toen hij vrijkwam, besloot hij te vertrekken om werk te zoeken. Iedereen in de buurt wist wat hij had gedaan en weigerde hem in te huren, dus reisde hij door het land op zoek naar werk. Hij stuurde geld naar huis en kwam zo nu en dan langs – meestal tijdens de rustiger wintermaanden – en dan woonde hij bij Mal, tante Mer en Victoria. De winter was in meerdere opzichten rustiger – de donkere luchten, het koude weer en het feit dat de wereld er over het algemeen kaal uitzag, maakten dat tante Mer ook rustiger werd. Ze was in de winter veel gedeprimeerder, een toestand waarmee oom Victor beter kon omgaan.

Hij moest haar nauwlettend in de gaten houden, want de kans dat ze het zou proberen... nam dan toe. Maar daar kon hij mee omgaan. Veel beter dan met de manische perioden. Dan werd ze een compleet ander mens. Nog steeds tante Mer, maar een tante Mer die snel praatte, ongewone dingen deed, bakken met geld uitgaf, als een waanzinnige aan het schoonmaken sloeg, grillige plannen smeedde (zoals midden in de nacht in de tuin naar archeologische vondsten graven), niet sliep, niet at.

Oom Victor hield van tante Mer, dat wist ik zeker, maar hij kon niet langere tijd met haar samenleven. Hij was daar gewoon niet sterk genoeg voor. Fysiek wel, maar emotioneel niet. Ik dacht altijd dat het was omdat hij er niet tegen kon om haar te zien lijden, wetende dat hij er niets aan kon doen. Ik dacht altijd dat hij zichzelf haatte omdat hij haar met zijn liefde niet beter kon maken, haar niet genoeg kon geven om haar gezond en stabiel te houden. Maar ik was een oude romanticus. En zoals ik door de jaren heen had ontdekt, hadden alle relaties hun geheime holten en verborgen plekjes. Niemand kon aan de buitenkant echt zien wat erin begraven lag.

'Ik kan maar beter gaan, lieverd. Ik heb tegen je ouders gezegd dat ik deze was vergeten.' Ze graaide in haar tas en haalde haar blauwe wollen handschoenen tevoorschijn. 'Ik hou niet zo van leugentjes vertellen, maar ik wilde zo graag tegen je zeggen dat hij prachtig is.'

Ik glimlachte naar haar.

'Echt...' Haar stem haperde even, een stille snik die ze wist weg te slikken, '...prachtig.'

'Vind je dat ik er juist aan heb gedaan?' vroeg ik haar voordat ze zich omdraaide. Nu ze een deel wist en waarschijnlijk dacht dat Mal en ik een affaire hadden gehad, moest ik het vragen. Ik was er nog steeds niet zeker van of ik die andere optie niet had moeten doorzetten.

Haar gezicht verzachtte en ze toverde de grootste glimlach tevoorschijn die ik in jaren bij haar had gezien. 'Absoluut,' antwoordde ze. 'Ik zou me de wereld zonder hem niet kunnen voorstellen. Jij?'

Ik keek naar mijn zoon. Mijn zoon. Heilige Vader in de hemel. Míjn zoon.

'Nee,' antwoordde ik terwijl er een vloed van beschermende emoties door me heen stroomde. 'Absoluut niet.'

35

Mal en ik zijn nodig aan vakantie toe.

Ik was het theeservies af dat ik van Meredith heb gekregen en voel me positiever. We moeten er gewoon even tussenuit. Weg van de druk van het altijd maar hier zijn, met z'n tweetjes, alles altijd hetzelfde.

Dat horen kinderloze stellen te doen: op het allerlaatste moment besluiten een verre reis te maken, vrijen waar en wanneer ze maar willen, enorme sommen geld uitgeven aan onbenullige dingen. We moeten gebruikmaken van de spontaniteit die met kinderloosheid gepaard gaat. Het is onze plicht.

Spanje? Portugal? Dublin? Milaan? Parijs? Timboektoe! Het zal fantastisch zijn, waar we ook eindigen. Zolang we maar samen zijn.

En eenmaal volledig ontspannen en dolgelukkig begin ik over Leo. Stel ik voor dat hij met Meredith gaat praten over contact opnemen met Nova om te vragen of hij hem mag zien. Ze geeft nog steeds om Mal, dat moet wel, anders zou ze haar zoon niet naar hem hebben vernoemd. Alleen iemand die van hem hield zoals ik van hem hield zou dat natuurlijk opmerken: Leo, Malvolio. Om dat te doen moet ze nog gevoelens voor hem hebben. En dat betekent dat ze Mal misschien weer toelaat in haar leven, en dus in dat van Leo. En mij ook. Maar één ding tegelijk. Eerst Mal.

Dat zal hem gelukkig maken.

En dat wil ik graag. Ik wil heel graag dat hij weer gelukkig is. Dat hij Nova en Leo niet meer mist.

Er glijdt een theekopje uit mijn handen in de afwasteil. Het valt niet ver, maar mijn maag draait zich om terwijl het iets raakt wat in het zeepsop ligt. Dit theeservies is uniek. Oud, antiek, uniek. Het heeft Meredith veel geld gekost. Ik vond het niet mooi, maar ik waardeerde het feit dat zij het zo waardevol vond. Het was de bedoeling dat het ons hele leven mee zou gaan. Ik pak het oortje vast en slechts de helft van het kopje blijkt er nog aan te zitten. Zonder erbij na te denken steek ik mijn linkerhand in het water om de andere helft te zoeken. Er trekt een felle pijn door mijn duim; er steekt een scherp stuk porselein in. Ik trek mijn hand uit het water en houd mijn duim onder de koude kraan.

Het heeft niets te betekenen, zeg ik tegen mezelf terwijl ik mijn gewonde duim in mijn mond steek zonder de wond eerst te bekijken.

Ik ben Nova niet, die overal tekens in ziet, dus dit betekent echt niets.

deel vijf

'Heb jij een beste vriend, Leo?' vroeg mama.

'Ja,' antwoordde hij.

'Wie is hij?'

Hij drukte op de pauzeknop op zijn controller zodat hij naar mama kon kijken zonder het spel te verliezen. Ze glimlachte naar hem alsof ze het antwoord op die vraag niet wist.

Leo keek haar met gefronste wenkbrauwen aan. Soms was ze een domme moeder.

Hij richtte zich weer op zijn controller, drukte op play en probeerde Darth Sidious Mace Windu te laten doden.

'Jij natuurlijk.'

Leo, 6 jaar en 9 maanden

36

Cordy ijsbeert over de vloerplanken van mijn logeerkamer, gekleed in een grootvaderachtig nachthemd dat tot aan haar knieën reikt en kniekousen. Ze praat in haar mobiele telefoon. Haar haren zitten verborgen onder een blauwe satijnen sjaal. Ze ziet er tamelijk stijlvol uit voor iemand die op het punt staat in bed te kruipen.

Ze heeft haar zilverkleurige mobieltje op de speaker gezet en een van haar vierjarige tweeling, ik denk Ria, huilt hard; de andere, Randle, slaat driftig met iets metaalachtigs. Over het lawaai van de twee heen probeert Jack, Cordy's man, een gesprek over Ria's verdwenen dekentje te voeren.

'Heb je echt overal gekeken?' vraagt Cordy, terwijl ze voor de spiegel blijft staan en haar lippen tuit. Ik zit in bed en kijk naar haar.

'Ja!' roept Jack gefrustreerd uit.

'Ik zal ons huis echt missen, J.,' zegt ze droevig.

'Wat?' antwoordt hij, in de veronderstelling dat hij haar verkeerd heeft verstaan.

'Ik zal ons huis echt missen,' herhaalt ze luider.

'Hoe bedoel je? Hoezo?' vraagt hij.

'Nou, als je je baan bij de luchtvaartmaatschappij opgeeft, kunnen we het niet meer betalen en zullen we kleiner moeten gaan wonen.'

'En waarom zou ik mijn baan opgeven?'

'We hadden afgesproken dat de kinderen hun beide ouders moesten kennen. Het is niet hun schuld dat hun ouders zo dom waren om zo'n grote schuld op zich te nemen, en als je na vier uurtjes alleen met hen al gek wordt, ken je hen kennelijk niet en zij jou ook niet. Dus, minder schuld, meer tijd met de kinderen.'

Op het gehuil en gesla na is het stil aan Jacks kant van de lijn. En dan het geluid van gerommel en dingen die omver worden gehaald, zijn voetstappen die van kamer naar kamer rennen.

'Gevonden!' zegt Jack triomfantelijk, en als door een wonder stopt Ria ineens met huilen.

'Dat had ik wel verwacht,' zegt Cordy. 'Geef de kinderen een kus van me.'

Cordy klapt haar mobieltje dicht en gaat op het bed zitten, maar komt niet onder de dekens bij mij. Mama en papa slapen een paar nachtjes in mijn slaapkamer totdat ze besluiten hoe lang ze blijven, en tante Mer ligt op de slaapbank beneden in de woonkamer. Cordy en ik slapen hier samen. Keith is in het ziekenhuis en geeft me, zoals altijd, elk halfuur een update van Leo's toestand.

Ik dacht dat ik me overweldigd zou voelen als ze hier allemaal waren, maar er is een gevoel van kalmte neergedaald sinds ze er zijn. Mam en tante Mer hebben schoongemaakt, maar zijn zo zorgvuldig geweest om niets op te ruimen wat Leo heeft laten rondslingeren, alsof ze weten dat ik wil dat hij zijn spullen zelf opruimt als hij thuiskomt. Maar verder hebben ze mijn huis flink onder handen genomen. Vroeger zou ik dat verschrikkelijk hebben gevonden, maar ik heb geaccepteerd dat dit hun manier is om met de situatie om te gaan – mama heeft 's middags ook nog gekookt en maaltijden ingevroren. Ze kunnen in het ziekenhuis niets doen om te helpen, dus leven ze hun frustratie uit op het stof, het meubilair en de vloeren. Papa voert rustig mama's bevelen uit: hij haalt boodschappen, maakt mijn auto schoon, brengt lege flessen en oud papier weg en maait het gras. Het is stil in huis en ik voel me stukken beter. Minder alleen.

Niet dat Keith me het gevoel geeft dat ik alleen ben, maar mijn familieleden zijn altijd mijn eerstehulptroepen geweest. In tijden van crisis dalen ze met een parachute neer om het kwaad te bezweren met schoonmaken en koken. Deze keer is het niet anders.

Ik heb de gordijnen opengelaten, dus nu Cordy haar telefoongesprek heeft beëindigd, knip ik het licht uit en laat het maanlicht de kamer verlichten.

'Waar is Malvolio?' vraagt ze vanuit het niets.

Is dit een spelletje, zoals die *Waar is Wally?*-boeken die ik Leo wilde laten lezen toen hij vijf was en waarvan hij – heel voorzichtig – zei dat het hem eigenlijk niet kon schelen waar Wally was omdat iemand die zo'n hoed droeg het verdiende om verdwaald te zijn. Voor altijd.

Waar is Malvolio? 'Eh, in Londen?' vroeg ik.

'Heel grappig,' zei ze.

'Praat niet tegen me alsof ik jonger ben dan jij,' antwoordde ik.

Mijn zusje is in lichtblauw schijnsel gehuld door het maanlicht, het valt in zachte strepen op haar haren, de rechterkant van haar gezicht. Ze ziet er betoverend uit, alsof ze een verlichte engel is die de aarde bezoekt, alleen zichtbaar voor het menselijke oog door het licht van de volle maan – maar ze zou het niet waarderen als ik dat tegen haar zei.

Ze verschuift onder het dekbed en duwt me aan de kant om languit naast me te kunnen liggen, maar in plaats daarvan houdt ze zichzelf overeind met kussens.

'Niemand anders zal dit vragen, ook al denken ze het allemaal, dus moet ik het maar doen,' begint ze. 'Waar is Mal? Waarom is hij niet hier?'

Ik haal mijn schouders op. 'Ik weet het niet,' antwoord ik. Ik weet het echt niet. Ik heb nooit geweten, nooit begrepen waarom hij besloot te doen wat hij deed, dus ik weet niet waarom hij hier niet is, waarom hij geen onderdeel van mijn leven meer uitmaakt. Ik weet alleen dat het zo is.

'Maar hij is familie. Hij is altijd degene geweest die je als eerste belde, dus waarom nu dan niet? Waarom is hij niet hier, bij de rest van ons?'

Het zal iedereen in onze familie zijn opgevallen dat Mal en ik elkaar niet meer zien, maar Cordy is de enige die erover begint. De laatste keer dat ze dat deed was een keer met kerst, toen Leo elf maanden was. We zaten na de lunch in de woonkamer van papa en mama, hadden net onze cadeautjes uitgepakt toen Cordy vroeg: 'Waarom praat je niet meer met Malvolio?'

Iedereen – tante Mer, mama en papa – die opeengepakt in de woonkamer van mijn ouders zat, hield op met televisie kijken of rommelen met hun cadeautjes en staarde me aan. In onze familie bestond geen subtiliteit als eenmaal ergens uitdrukking aan was gegeven: het gevolg van een levenslang traumatische momenten doorstaan ten overstaan van de buren.

'Wie zegt dat ik niet meer met Malvolio praat?' vroeg ik terwijl ik bewust niet naar Leo keek die in zijn wiegje naast de bank lag te slapen.

'Nou, hij niet!' ging Cordy verder. 'Ik vroeg het hem afgelopen week en hij zei: "Wie zegt dat ik niet meer met Nova praat?" en daarna veranderde hij van onderwerp. Maar we hebben jullie twee voor het laatst op hetzelfde moment in dezelfde kamer gezien voor Leo werd geboren.'

'Het is niet dat we niet meer praten,' zei ik terwijl ik mijn woorden heel zorgvuldig koos. 'We leiden gewoon verschillende, drukke levens. Hij is getrouwd, ik heb een kind en een café, we hebben gewoon niet meer zoveel tijd voor elkaar.'

'Sinds wannéér?!' gilde Cordy. 'Jullie hadden alleen maar tijd voor elkaar. Wij kwamen er nauwelijks tussen. Komt het door zijn vrouw? Is dat een jaloers type? Heeft zij een einde aan jullie vriendschap gemaakt? Heeft ze je de wind van voren gegeven?'

Ik weet niet waarom, maar mijn ondeugende zusje had het lef om verbaasd te zijn toen mijn moeder haar met de vlakke hand een tik tegen haar achterhoofd gaf.

Zevenentwintig was ze, maar niet te oud om eraan herinnerd te worden dat ze het had over tante Mers zoon en diens vrouw. In aanwezigheid van háár.

'Au!' riep ze terwijl ze over de pijnlijke plek wreef. Waarom deed je dat, wilde ze eraan toevoegen, maar dat zou ze nooit doen. Geen van ons sprak onze ouders of tante Mer ooit tegen.

Mama had een ander onderwerp aangesneden door Cordy te vragen haar te helpen met de vleespasteitjes, eigenlijk om haar in de keuken een standje te kunnen geven. Dat was de laatste keer geweest dat ze het binnen mijn gehoorsafstand bespraken. Cordy had effectief iedereen gestopt de vraag te stellen en naarmate de jaren zich als een lange, kronkelige weg voor en achter ons uitstrekten, was ik er dankbaar voor. Ik hoefde niets uit te leggen, en ik weet zeker dat Cordy – die stapeldol was op Mal – hem er ook niet meer naar had gevraagd. Nu vindt ze het duidelijk tijd om er weer over te beginnen.

Ik staar mijn zusje aan; zij staart mij aan. Er begint een wilsstrijd. Wie geeft zich als eerste gewonnen en zegt iets? Ze denkt dat als ze maar lang genoeg zwijgt, ik haar wellicht het antwoord geef dat ze verlangt. Helaas voor haar leef ik al zeven jaar met Leo samen – van kleins af aan het toonbeeld van koppigheid – en heb ik mijn vaardigheid in zwijgen om hem te laten doen wat ik wil, moeten aanscherpen. Soms zat ik uren op de trap te wachten totdat hij erin toestemde zijn jas aan te trekken om mee naar het park te gaan. Daarbij vergeleken is dit een eitje. Maar ik weet dat de beste manier om met een koppig kind om te gaan niet altijd zwijgen is, maar hem op jouw niveau aanpakken. Ik zal dit niet 'verliezen' door als eerste te praten als ik mijn woorden maar heel zorgvuldig kies.

'*Min niem,*' verklaar ik.

Cordy kijkt meteen met een geërgerd pruilmondje. Dat deed Leo soms ook. Dóét. Dat doet Leo soms ook. Mijn zusje wil zeggen dat ik niet zo grappig moet zitten doen, maar kan het niet. Met het pruilmondje, de frons, is Cordy weer het kleine meisje dat me vroeger altijd kwaad aankeek als ik haar niet met mijn speelgoed liet spelen, totdat Mal me een standje gaf en me het liet delen. Hij deelde altijd alles met Cordy – zijn eten, zijn speelgoed, zijn tijd, zelfs toen hij nog maar heel klein was. In zijn ogen was ze een baby die verzorgd moest worden.

'Wat?' zeg ik tegen haar. 'Toen ik Engels sprak was het je niet duidelijk dat ik het niet weet, dus ik dacht: ik probeer het in het Ghanees.'

Ze schudt haar hoofd en ineens ziet ze er verdrietig uit. 'Wat is er tussen jou en Mal gebeurd?' vraagt ze droevig. 'We hebben jullie al zo lang niet meer samen gezien. Je bent niet op Victoria's bruiloft geweest...'

'Omdat Leo een week ervoor waterpokken had gehad,' licht ik toe.

'Maar je wilde ook geen bruidsmeisje zijn en je zou de catering hebben gedaan zodat je je kon verstoppen. Mal is niet op Leo's doopfeest geweest omdat hij ineens op vakantie ging. Op mijn bruiloft heb je... Ik weet het niet, er is niet één foto waar jullie met z'n tweeën op staan. Niemand kan zich herinneren dat hij jullie samen heeft gezien. Hij is niet bij de doop van de tweeling geweest omdat hij weg was. Hetzelfde met jouw bruiloft. We brengen Kerstmis niet meer samen door. Als ik hem spreek, merk ik duidelijk dat hij je tijdenlang niet heeft gesproken. Ik weet het niet, het is net alsof jullie vreemden voor elkaar zijn.'

Ik staar haar aan en bedenk wat ik nu moet zeggen. Ze pakt haar mobieltje op en klapt hem open en dicht.

'Weet je waar ik laatst achter ben gekomen?' vraagt ze.

Ik schud mijn hoofd. 'Nee, Cordelia. Ik weet niet waar jij laatst achter bent gekomen.'

'Nadat Jack papa om toestemming had gevraagd om met me te trouwen en papa ja had gezegd en zo, is Mal hem gaan opzoeken. Jack, bedoel ik. Mal reed helemaal naar de luchthaven en wachtte tot Jack was geland. Daarna ging hij met hem in een café zitten en zei tegen hem dat ik zijn kleine zusje was en dat als hij het ooit waagde om mij verdriet te doen, hij zich maar beter een andere identiteit kon aanmeten en het land ontvluchten. Hij schijnt het wel heel vriendelijk te hebben gebracht, maar was heel stellig. Mijn grote broer.' Cordy legde haar mobiele telefoon weg, trok haar knieën op, sloeg haar nachthemd over haar benen en sloeg haar armen eromheen. 'Ik had altijd gehoopt dat jullie een stel zouden worden, zodat hij echt mijn grote broer zou zijn. Ik had altijd gedacht dat je met hem zou trouwen.'

Mijn subtiele familie – inclusief tante Mer – had dat altijd gedacht en erop gezinspeeld, totdat hij zich met Stephanie verloofde.

'Ik had altijd gedacht dat ik met Keith zou trouwen,' zeg ik.

'Echt?' vraagt ze verbaasd.

'Vanaf het moment dat ik hem voor het eerst zag, wist ik dat ik met hem zou trouwen.'

'Waarom?'

'Omdat niemand ooit van me heeft gehouden zoals hij. Hij is altijd heel duidelijk geweest over zijn gevoelens voor mij. En als iemand zo duidelijk en open is over wat hij voor je voelt, geef je je er gemakkelijk aan over ook van hem te houden.'

'Jullie zijn tig keer uit elkaar gegaan.'

'En we zijn altijd weer bij elkaar gekomen. Zoals ik zeg, niemand heeft ooit van me gehouden zoals hij.'

'Zelfs Mal niet?'

'Niemand heeft ooit van me gehouden zoals Keith.'

Cordy knikt. Ze wiegt wat heen en weer en probeert moed te verzamelen. Met een vastberaden blik kijkt ze me aan terwijl ze doorgaat met wiegen. Ze verzamelt duidelijk moed. 'Mal... Is hij...' Ze valt stil. Ze wilde het vragen, was vastbesloten het te vragen, maar nu twijfelt ze of ze het wel kan. Ik weet dat ze het al jaren wil vragen, net als papa en mama. Elke keer dat Leo zijn hoofd naar één kant gooit en lacht, elke keer dat hij over het plekje achter zijn

rechteroor wrijft, elke keer dat hij ze aankijkt met zijn grote, ontzagwekkende bruine ogen en luistert naar wat ze zeggen, elke keer
dat hij iets doet wat hij duidelijk van Mal heeft meegekregen, hebben ze het willen vragen. Is Mal Leo's vader? Maar ze deden het
nooit, hielden zich in. Om wat het over mij, over hem, zou zeggen
en over wat we zijn vrouw hebben aangedaan. Ze zouden slecht
over ons moeten denken – al was het maar voor even – en dat zou
mijn familie nooit willen. Liever hielden ze vast aan wat ik hun had
verteld toen ik vijf maanden zwanger was – de vader is uit beeld,
maar ik ben er heel blij mee en ik ben prima in staat om voor mezelf te zorgen.

'Is hij...'

Als Cordy het me rechtstreeks vraagt, zeg ik het. Dat is de deal
die ik met mezelf heb gesloten: als iemand het me rechtstreeks
vraagt, zeg ik het.

'Is hij gelukkig?' vraagt ze, terwijl ze zich op het bed laat vallen
en in het kussen stompt. 'Is hij gelukkig met zijn leven? Ik spreek
hem best wel vaak, maar is hij echt gelukkig?'

'De laatste keer dat ik hem sprak, leek het er wel op,' zeg ik terwijl ik ook ga liggen.

'Goed,' zegt ze. 'Goed. Maar toch zou hij hier moeten zijn. Hij
zou hier moeten zijn.'

BLIEP-BLIEP. BLIEP-BLIEP. Mijn mobiele telefoon. Ik pak hem op en
lees het sms'je.

alles goed hier. geen verandering. hou van je. k x

Ik sms terug dat ik ook van hem hou, opgelucht dat ik nu een half-
uurtje kan slapen.

'Op dit moment zijn mijn gedachten alleen nog maar bij Leo,' zeg
ik.

'Ja, tuurlijk,' beaamt Cordy. 'Tuurlijk.'

Het was de vetste crossfiets van de hele wereld!

Zelfs mama vond dat. Ze lachte en klapte in haar handen en noemde hem de crosskoning.

Dat was voordat hij wiebelig werd, het voorwiel te snel naar beneden schoot en hij over het stuur vloog. Niet heel hoog of ver, maar hij wist nu hoe het was om te vliegen. En hij vond het fantastisch.

Maar hij mocht het van mama natuurlijk nooit meer doen. Nooit meer. Zodra het bloeden was gestopt, zou ze gaan huilen. Als ze hem de fiets wilde afnemen, zou hij haar tegenhouden.

'Ik weet niet wat ik nog meer kan doen,' zei mama. Ze hield weer een grote doek onder zijn neus en legde daarna iets kouds op zijn neus. 'Het bloeden wil maar niet stoppen.'

Hem maakte het niet uit. Niet echt. Het deed maar een klein beetje pijn. Maar hij had gevlogen. Echt gevlogen. In de lucht en zo.

Mama staarde hem aan en hield het koude ding tegen zijn neus. Ze zag er bezorgd uit. Ze was altijd bezorgd. 'Hou vast,' zei ze en ze legde zijn hand op het koude ding. Ze liep naar de gang en kwam terug met haar jas aan, haar tas over de schouder en haar autosleutels in de hand. 'We gaan naar het ziekenhuis.'

Vliegen en het ziekenhuis. Wat een topdag! Misschien gingen ze hem wel opereren. Zoals Martin was geopereerd aan zijn amandelen. Hij had alleen nog maar ijs en pudding mogen eten.

'Waarschijnlijk zijn we zo weer terug. Ik wil er voor de zekerheid iemand naar laten kijken,' zei mama. 'Kun je lopen?' vroeg ze terwijl ze hem van de kruk tilde.

Hij knikte. Maar toen zijn voeten de grond raakten, voelden die zo slap als een badspons. Hij viel bijna om. Mama ving hem nog net op tijd op.

'Rustig maar, ventje. Ik heb je.'

Ze tilde hem op, zoals ze vroeger altijd deed toen hij nog een baby was. En hij vond het niet erg, niet echt. Het was leuk. Mama rook meestal naar het café. Koffie en gebak en koekjes. Maar als je zo dicht bij haar was, als ze niet de hele dag in het café had gestaan, rook ze zoals ze echt rook. Ze rook naar de tuin, naar talkpoeder en regen en zonneschijn tegelijk. Ze rook naar zichzelf.

Ze zette hem voorzichtig in zijn kinderzitje achter in de auto. 'We zijn zo bij het ziekenhuis, oké?' zei ze.

Hij knikte. Hij was moe. Hij wilde slapen.

Ze nam de rode doek weg en gaf hem een heel grote handdoek die hij onder zijn neus moest houden. Hij sloot zijn ogen terwijl ze het portier dichtsloeg en voorin stapte.

'We zijn er echt zo.'

Leo, 7 jaar en 5 maanden

37

'Ik zie dat in uw familie een erfelijke aanleg voor bloedingen aanwezig is, vooral in de hersenen,' zegt de medisch specialist tegen mijn opgetrommelde familie.

Aanvankelijk was hij Leo's kamer binnengekomen om te vragen of hij mij alleen kon spreken. Maar de man wist niet dat 'alleen' in ons geval zes mensen betekende zodra er een verpleegster bij Leo was gaan zitten. We zaten allemaal opeengepakt in de familiekamer, mama en tante Mer rechts van mij, Keith links, en papa en Cordy stonden achter me terwijl de medisch specialist begon te spreken.

Omdat ik weet wat ik met mijn woorden ga losmaken, aarzel ik even. 'Zijn grootvader van vaderskant is ongeveer twintig jaar geleden aan een hersenbloeding gestorven. Er was een slagader gescheurd met een fatale bloeding tot gevolg.'

Mama hapt licht naar adem; mijn vader legt zijn hand op haar schouder om haar te troosten of misschien wel om zelf steun te zoeken. Cordy haalt heel diep adem en ademt luid uit. Keith verstijft naast me als hij ziet hoe mijn familie reageert – hij heeft nooit beseft dat mijn familie het niet weet. Hij heeft altijd gedacht dat we niet over Leo's vader praatten omdat ik van gedachten was veranderd over het draagmoederschap en daarmee Mal had gekwetst; niet omdat ik het hun nooit had verteld.

Ik hou niet van liegen en iets niet opbiechten voelt alsof ik heb gelogen. Het pact dat ik met mezelf had gesloten, dat ik alleen eerlijk antwoord zou geven als iemand er rechtstreeks naar vroeg, was moeilijk en heeft de afgelopen acht jaar zwaar op mijn geweten gedrukt. Ik wilde het graag vertellen, maar ik kon het niet omdat ze net zolang vragen zouden hebben gesteld totdat zou zijn uitgekomen dat ik had aangeboden draagmoeder te zijn.

Vanaf dat moment zouden de gesprekken die op gang waren gekomen – de berispingen, de beschuldigingen over en weer, de stilzwijgende boodschappen dat het dom was dat ik ermee had ingestemd – ondraaglijk zijn geweest. Daarna zou ik hebben moeten vertellen waaróm ik de baby had gehouden. Zelfs na al die tijd vond ik wat hij had gedaan en hoe hij het had gebracht te pijnlijk om bij stil te staan, laat staan om over te praten. Ik had gezien hoe hard hij was geworden, vastberaden door te gaan met wat hij had besloten. Ik wilde dat niet opnieuw doormaken, en ik wilde ook niet dat mijn familie daarmee werd geconfronteerd. En ik wist dat mama en Cordy, als ze het verhaal hadden gehoord, het er niet bij zouden hebben laten zitten. Zij zouden hebben geweten hoe ze dit moesten aanpakken; ze zouden hebben geprobeerd met Mal te praten. Ze zouden hebben geprobeerd ons om de tafel te krijgen, hebben gedacht dat het allemaal kon worden opgelost door te praten en door hem eraan te herinneren hoeveel we voor elkaar betekenden. Ik wist dat het niet waar was; ik had het allemaal geprobeerd: ik had dergelijke ontmoetingen beraamd, geprobeerd met hem te praten; ik was voor zijn ogen in tranen uitgebarsten en het had allemaal niets uitgemaakt. Mal en zijn vrouw wilden Leo niet; Mal wilde niets meer met me te maken hebben. Ik wilde niet dat mama en Cordy die harde, gevoelloze Mal die ik had ervaren, zouden zien. Het was een beslissing die voor ons allemaal de juiste was geweest. Ik had in feite besloten te liegen door dingen te verzwijgen, terwijl ik wist dat ze er uiteindelijk meer verdriet van zouden hebben.

Ik heb de mensen die om me geven het meest gekwetst door te proberen ze te beschermen.

'En zijn vader?' vraagt de specialist. 'Heeft hij ook bloedingen gehad?'

'Ongeveer tien jaar geleden heeft hij een hersenscan gehad,' antwoord ik. 'Ze hebben niets gevonden.'

Tante Mer kent het antwoord op die vraag waarschijnlijk wel, maar ik durf haar niet aan te kijken, want dan zou duidelijk worden dat zij ervan op de hoogte was. Ik wil niet dat mijn ouders en Cordy zich nog meer verraden voelen, wat beslist zo zou zijn als ze wisten dat tante Mer het altijd heeft geweten.

'Hij is helemaal gezond,' zegt tante Mer. 'Vorig jaar heeft hij weer een scan gehad omdat hij veel hoofdpijn had en wazig zag, maar ze hebben niets gevonden.'

Weer een bijna onhoorbaar happen naar adem van mama, fysieke shock van papa en Cordy. Ik vind het vreselijk wat dit met hen doet. Ik heb nooit gewild dat ze er op deze manier achter kwamen.

De medisch specialist, iemand die ik niet ken en waarschijnlijk ook nooit meer zal zien, maakt met zijn duur uitziende zwarte pen een aantekening op zijn klapbord. Hij schrijft de nieuwe medische informatie op en voegt er waarschijnlijk aan toe: 'Verknipte familie. De helft weet niet eens wie de vader van het kind is. Moeder heeft duidelijk een boel leugens verteld.'

Het rossige haar van de specialist valt over zijn voorhoofd en het valt me op hoe jong hij is. Ik heb er nooit bij stilgestaan dat bepaalde dingen, zoals de leeftijd van de arts in wiens handen het leven van mijn zoon ligt, belangrijk zouden zijn. Hij is geen zeventien meer, maar ook niet veel ouder dan ik. Had hij niet wat meer levenservaring moeten hebben om diagnoses te mogen stellen? Had hij niet meer van het leven moeten zien om hier te mogen staan en tegen me te zeggen dat het fout dreigt te gaan?

Want dat doet hij natuurlijk.

Hij begon dit gesprek door me bij Leo weg te halen. Als hij van plan was geweest me te vertellen dat Leo binnenkort wakker zou worden, had hij dat wel in het bijzijn van Leo gezegd, in de wetenschap dat het mijn kleine man zou helpen. Dat het op een of andere manier tot hem door zou dringen en hem precies zou laten weten wat er van hem werd verwacht. Dat hij me bij hem heeft weggehaald, betekent dat wat hij te zeggen heeft alleen voor volwassen oren is bestemd.

Zo was het ook toen ik Leo met zijn bloedneus binnenbracht. Ze hadden het bloeden gestopt, maar me vervolgens meegenomen naar de familiekamer en verteld dat ze met spoed een MRI-scan bij hem wilden doen omdat ik had aangegeven dat er bloedingen in de familie voorkwamen en Leo had gezegd dat hij zo nu en dan hoofdpijn had en wazig zag. Daarna hadden ze verteld wat ze op de scan hadden gezien, dat ze hem moesten opereren omdat een van de blauwe slagaders op scheuren stond. Elke keer dat ze met dit soort informatie kwamen, hadden ze me bij Leo weggehaald; het was niet iets wat een kind hoefde te horen.

Dus toen de specialist, die een vreemde voor me is, me vroeg of hij mij – ons – hier kon spreken, wist ik dat hij niet het nieuws zou brengen dat ik wilde horen. Het nieuws dat ik nodig had.

De specialist heeft zijn hoofd nog steeds gebogen; alleen zijn ogen kijken van het klapbord op en zoeken de mijne. Zijn ogen zijn diep donkerblauw, duidelijk een oude ziel. Hij is jong, maar heeft geleefd. Misschien wel doordat hij dag in dag uit levens in de waagschaal ziet liggen, misschien word je dan vanbinnen ouder. En kunnen alleen zij die heel aandachtig kijken het zien.

'Mevrouw Kumalisi,' zegt hij terwijl hij opkijkt en me recht aanstaart.

'Ja?' antwoorden mama, Cordy en ik tegelijk.

'Doctor Kumalisi,' probeert de arts opnieuw, nadat hij mama en Cordy een veelbetekenende blik heeft toegeworpen.

'Meneer,' antwoord ik, en ergens ben ik het wel met hem eens – wiens zoon ligt hier nu eigenlijk in het ziekenhuis?

'We hebben de toestand van uw zoon de afgelopen vier weken geobserveerd.'

'Ja.'

'Hij heeft weinig vooruitgang geboekt.'

'"Weinig" betekent "helemaal geen", hè?' antwoord ik.

Ik voel dat mama, papa en tante Mer verstijven. De man mag dan jong zijn, hij is wel arts.

Er ontvlamt een vonkje respect in de ogen van de specialist. De meeste ouders zullen wel aan zijn lippen hangen, hopend dat hij hun zal vertellen wat ze willen horen terwijl ze eigenlijk wel weten dat ze waarschijnlijk niet zullen krijgen waarnaar ze verlangen. Ook ik klamp me vast aan hoop. Maar ik heb ook hun herhaalde, vergeefse pogingen gezien om hem weer bij te brengen. Ik heb de gezichten van de artsen gezien. Ik weet dat er geen verbetering is.

'De huidige behandeling lijkt niet zo effectief te zijn als we hadden gehoopt. Toen we hem in coma brachten, was het de bedoeling dat het voor korte tijd zou zijn. Maar pogingen om hem weer wakker te maken, zijn tot nu toe onsuccesvol geweest.'

Hij vat het kort samen, besef ik, voor mijn familie, zodat die begrijpt dat ze echt alles hebben geprobeerd.

'Doctor...'

'Meneer.'

Hij kijkt me strak aan en er ontstaat een vertrouwelijk, bijzonder soort begrip tussen ons.

'In feite verslechtert Leo's toestand.'

Mama en Cordy beginnen zachtjes te huilen. Keith legt zijn grote hand op de mijne. Papa loopt naar de hoek van de kamer. Tante Mer is de enige die reageert zoals ik: volkomen bewegingloos.

'Er is geen verbetering, noch sprake van enige stabiliteit,' gaat de specialist verder. 'We weten niet hoelang het nog gaat duren, maar op dit moment ziet het ernaar uit dat het maar op één manier kan aflopen.'

Langzaam sta ik op. Het gehuil, de stilte, de poging van mijn man om me te troosten – het is allemaal te veel. Verstikkend. Het perst zich door mijn keel, in mijn longen, in mijn aderen, in elk bloedvat in mijn lichaam.

Leo had een keer een steen op een worm laten vallen omdat hij wilde zien wat er zou gebeuren. Hij had me de tuin in geroepen om me het geplette beestje te laten zien. Toen ik hem vertelde dat het diertje dood was en dat dood betekende dat hij nooit meer wakker zou worden en zich nooit meer zou bewegen, had Leo me verschrikt aangekeken. 'Het spijt me, mama,' zei hij met tranen in zijn ogen. 'Het spijt me heel erg. Alsjeblieft, laat hem niet voor altijd dood zijn. Alsjeblieft, laat hem niet nooit meer wakker worden.'

Om hem zo goed mogelijk te begeleiden hadden we een begrafenis gehouden, met een luciferdoosje als kist, en het beestje achter in de tuin begraven. Twee jaar later bezocht Leo het grafje nog steeds om sorry tegen de worm te zeggen.

Het enige wat ik wil is dat het goed komt met Leo. Dat is toch niet te veel gevraagd? In het grote geheel der dingen is willen dat het goed komt met een rustig, lief, mooi jongetje dat nog nooit iemand kwaad heeft gedaan toch maar iets kleins?

Er zijn miljoenen mensen die niet aardig zijn. Er zijn duizenden mensen die ronduit gemeen zijn. Er zijn honderden mensen die door en door slecht zijn. En met hen gaat het goed. Met hen allemaal gaat het goed. Maar met dit jongetje, mijn zoon, mijn Leo, komt het niet goed. Dat heeft die man zojuist gezegd. Met iemand die lief en vriendelijk en mooi is, komt het niet goed.

Keith gaat staan en wil zich kennelijk bij me voegen. 'Ik wil alleen met Leo zijn,' zeg ik tegen hem.

Hij knikt en gaat weer zitten.

De specialist staart weer naar zijn klapbord.

'U vergist zich, weet u,' zeg ik tegen hem terwijl ik naar de deur loop. 'Dat gaat niet gebeuren. Niet met mijn kind.'

38

Als de deur van Leo's ziekenhuiskamer opengaat, zet ik me schrap om degene die binnenkomt te zeggen dat ik wil dat hij weggaat. Ik wil alleen zijn met mijn zoon, met hem praten, bij hem zitten, zoals in al die jaren dat ik alleen met hem ben geweest.

Door de geur van verse lelies en groene Palmolive-zeep weet ik dat het tante Mer is. Ik ontspan een beetje, niet in staat, zoals voor ons allemaal geldt, om kortaf tegen haar te zijn. De enige persoon die soms kortaf tegen haar doet of tegen haar tekeergaat is Victoria, omdat ze haar eigen onverwerkte verdriet heeft waaraan ze tante Mer wil blijven herinneren. Ze wil dat tante Mer de hel waarin ze hen – Mal en haar – heeft doen belanden zo vaak mogelijk herbeleeft. Ergens wel begrijpelijk, vind ik. Ondanks al onze inspanningen om haar te helpen blijft Victoria vasthouden aan haar verdriet, en ze denkt dat tante Mer dat kan verzachten door zich de rest van haar leven schuldig te blijven voelen. Niemand kan haar daarvan afbrengen.

De rest van ons, onder wie Mal, heeft altijd rekening gehouden met tante Mer, deed nooit rot tegen haar zoals we wel eens tegen elkaar deden, waagde het niet om koel of onaardig te zijn. Ik vraag me voor het eerst af of ze dat vervelend vindt. We behandelen haar voortdurend, onbedoeld, als iets breekbaars. Is dat niet even kwetsend als wat Victoria doet? Het is niet onze bedoeling om haar te kwetsen, maar het zal haar op een of andere manier toch herinneren aan haar ziekte, haar het gevoel geven dat ze een speciale behandeling krijgt. Het is nooit eerder bij me opgekomen dat ze het misschien wel vervelend vindt.

'Iedereen is behoorlijk overstuur,' zegt ze terwijl ze achter me gaat staan.

'Door wat de arts zei of door wat ze te weten zijn gekomen?'

'Beide,' antwoordt tante Mer. 'Je moeder en Cordy blijven maar huilen. Je vader probeert hen te troosten, Keith is een eindje gaan wandelen. Ik ben hier naartoe gekomen.'

'Ik zou eerlijk gezegd liever even alleen zijn, tante Mer.' Mijn blik blijft gericht op Leo. Ik bestudeer zijn gezicht, merk op wat er in de afgelopen maand hetzelfde is gebleven en wat er is veranderd. Zijn haar is een beetje gegroeid, er zitten stoppeltjes op zijn kruin omdat ze hem al twee weken niet meer hebben geopereerd. Zijn neus lijkt een beetje breder waardoor die nog meer op die van mij lijkt. Zijn mond is niet veranderd. De vouwen in zijn oogleden ook niet. Maar de donkere kringen onder zijn ogen zijn groter geworden.

Natuurlijk heeft de arts het mis. Leo slaapt alleen maar. Kijk dan naar hem: zijn ogen zijn alleen gesloten omdat hij slaapt, zoals elke avond sinds hij ter wereld kwam, slaapt hij gewoon. Hij rust. Hij neemt een time-out. Hij geneest. Hij komt terug.

'Ik weet dat je graag alleen wilt zijn,' zegt ze. 'Ik wilde alleen... Je moet het hem vertellen.'

Ik hoef niet te vragen wie ze bedoelt. Ook al hebben we er nooit openlijk over gesproken – er altijd omheen gepraat – en heb ik altijd geweten dat alle informatie en foto's die ik haar gaf en alle bezoekjes die ik haar bracht hun weg vonden naar Mal. We hebben nooit tegen elkaar uitgesproken dat Mal Leo's vader is. We zijn er het dichtst bij gekomen toen ik haar vroeg me geen geld en dure cadeautjes voor Leo meer te geven. Ik wist dat tante Mer niet veel geld had; de tweehonderd pond die ze me af en toe probeerde toe te stoppen kwam overduidelijk van Mal, en ik wilde het niet. Natuurlijk had ik het geld goed kunnen gebruiken, maar ik weigerde het te accepteren. We ploeterden gewoon door, want zoals ik Mal al eerder had gezegd, moest hij maar een spaarrekening voor Leo openen als hij zo nodig geld wilde geven; die zou Leo dan op zijn achttiende kunnen aanspreken. Ik wilde geen contant geld van Mal aannemen dat gezien kon worden als goedmakertje voor wat hij had gedaan. Zelfs niet via zijn moeder. Dichter bij het verboden onderwerp waren we nooit gekomen. Het was tot daar aan toe dat ze het wist, als we erover zouden praten, zou ik mama, papa en Cordy nog erger verraden. Zolang tante Mer en ik er nooit hardop over spraken, logen we formeel niet tegen mijn familie.

'Er valt niets te vertellen,' zeg ik. 'Het komt allemaal goed met hem.' De leegte van mijn woorden weergalmt om ons heen en echoot duidelijk en helder na in mijn oren. Ze legt haar hand op mijn schouder, net zoals papa een paar minuten geleden bij mama heeft gedaan. Stilte en kalmte stromen door me heen, van haar naar mij. Vrede. Kalmte. Tante Mer heeft altijd een onstuimige ziel gehad; zolang ik me kan herinneren, zijn haar twee kanten voortdurend met elkaar in gevecht geweest. Ik heb nooit geweten dat ze in de kern zo... sereen is. Ik heb nooit geweten dat ze als de zee kon zijn, die me altijd een opbeurend en vredig gevoel gaf.

'Hij zou het willen weten,' zegt ze. 'Hij moet het weten.'

'Mal wil al eeuwen niets meer van me weten,' zeg ik.

'Dat is niet waar,' antwoordt ze. 'Jullie waren zo close. Ik ken geen mensen die zo hecht waren als jullie. Vraag je ouders of Cordelia maar. Die zullen hetzelfde zeggen.'

'Wáren. We wáren close. Hij wil al acht jaar niets met me te maken hebben, dus waarom zou het hem nu iets kunnen schelen?'

'Natuurlijk wilde hij wel met je te maken hebben, maar dat kon hij niet.'

'Ja, ik weet het, omdat ik zijn kind kreeg. Waarom zou het hem nu interesseren?'

Tante Mer zegt enige tijd niets. Ik voel dat ze ergens mee worstelt, zich afvraagt of ze het zal zeggen of niet. 'Ik zag Stephanie vorige week,' zegt ze.

Elke zenuw in mijn lichaam protesteert. Haar naam... Het voelt alsof er met een lange, scherpe vingernagel over een schoolbord wordt gekrast, alsof mijn rug met een roodgloeiend voorwerp wordt gebrand. Elke keer – élke keer – dat ik die naam hoor, springt elke zenuw in mijn lijf in de houding, spannen mijn spieren zich, schuren mijn tanden over elkaar.

Die vrouw heeft mij beroofd. Ze heeft me beroofd van mijn zwangerschap. Door haar had ik niet kunnen genieten van de eerste maanden. Ik had mijn buik niet aangeraakt en mezelf niet getroost met de wetenschap dat de misselijkheid, dikke enkels, vermoeidheid en angst voor een miskraam uiteindelijk allemaal de moeite waard zouden zijn omdat ik een kind zou krijgen. Ik had zo mijn best gedaan om geen band met hem te krijgen, er niet bij betrokken te raken, niet aan hem te denken als mijn kind, omdat ik hem aan zijn 'echte' ouders zou geven. Ik had al die maanden gemist. Zelfs later bleef een klein deel van mij nog steeds afstandelijk.

Ik verwachtte nog steeds dat Mal en zij misschien opnieuw van gedachten zouden veranderen. Zij had me dat alles afgenomen. Ik weet dat zij erachter zit dat ze zich bedachten. Mal had er niet mee moeten instemmen, maar zij had het bekokstoofd. Ik had geen helderziende nodig om dat te weten.

En ze had het gedaan omdat ze me nooit had geaccepteerd. Ondanks al mijn inspanningen was ze nooit teruggekomen op haar besluit mij uit hun leven te bannen toen we elkaar voor het eerst ontmoetten. In gedachten kan ik het moment levendig oproepen, want ik zag het gebeuren: ik zei tegen haar dat ik graag vrienden wilde worden, en zij had, in plaats van te antwoorden, naar Mal gekeken. Het had me een onrustig gevoel gegeven en er had een koude rilling over mijn rug gelopen – net zoals die dag dat ze me vroeg een kind voor hen te krijgen – maar ik had het afgedaan als paranoia. Wat ik niet deed, en wat ik wel had moeten doen, was mezelf tegen haar beschermen. Ze wilde alle rollen in Mals leven spelen en vond het vervelend dat ik belangrijk voor hem was. De enige keer dat ze er blijk van gaf me te mogen was toen ik erin toestemde om iets voor haar te doen, en zelfs toen, besefte ik jaren later, was dat alleen maar omdat ze één deel van mij beter begreep dan Mal. Ze wist dat ik niet in staat zou zijn om nog lang bij hen in de buurt te blijven als de baby eenmaal was geboren, dat ik na de geboorte voor langere tijd weg zou gaan en waarschijnlijk nooit meer zo close met hen zou zijn vanwege de baby. Toen ze me vroeg een kind voor hen te krijgen, was dat dé manier om het leventje te krijgen waarnaar ze zo had verlangd: Mal, een baby, en ik uit hun leven. Ik weet niet waarom ze van gedachten is veranderd, maar uiteindelijk kreeg ze alsnog wat ze altijd had gewild: Mal verbrak alle contact met mij.

Het ironische van dit alles was natuurlijk dat haar aversie tegen mij even groot was als mijn gesteldheid op haar. Ik kon er niets aan doen. Niet alleen omdat ze Mal gelukkig maakte, zoals Jack bij Cordy deed, maar omdat ik wist dat er achter al die de vermommingen en maskers een mooie persoon zat. Iemand met een goed hart en een gekwelde, maar prachtige ziel. Zo dacht ik nu natuurlijk niet meer over haar. Nadat ze mijn zwangerschap had verpest, mijn beste vriend had afgepakt, me bijna tot een abortus had gedwongen en ervoor had gezorgd dat ik heel lang tegen mijn familie had gelogen door dingen te verzwijgen, voel ik alleen nog maar afkeer bij haar.

Soms denk ik wel eens dat ik haar haat.

Ik kan in elk geval niet over haar praten of aanhoren dat er over haar wordt gesproken.

Tante Mer legt haar hand op mijn schouder en masseert hem. Ze probeert de spanning weg te kneden die door het noemen van haar naam is ontstaan. 'Ze... ze heeft me alles verteld. Wat jij bereid was voor hen te doen. Wat ze je hebben aangedaan.'

Ze heeft tante Mer niet alles verteld. En hoe kon ze ook? Ze heeft tante Mer niet verteld dat ik Mal had gesmeekt, dat ik al mijn zelfrespect had verloren en zo bang was geweest dat ik hem had gesmeekt niet te doen wat hij van plan was te doen. Ze heeft tante Mer niet verteld dat ik de abortus bijna had doorgezet. Ik was zelfs naar de kliniek gegaan, had het operatiejasje al aan en zou net onder narcose worden gebracht toen ik hun vroeg te stoppen. Ze heeft tante Mer niet verteld dat ik nog maanden na Leo's geboorte emotioneel afstand van hem heb gehouden omdat ik mezelf zo goed had gehersenspoeld dat ik echt geloofde dat hij hun zoon was. Ze heeft tante Mer niet verteld dat ik Leo soms midden in de nacht meenam naar zee en dat ik daar, terwijl hij lag te slapen in de kinderwagen, zat te huilen om de puinhoop die ik van mijn leven had gemaakt omdat ik had geprobeerd iets goeds te doen voor iemand van wie ik hield, omdat ik bang was om alleen te zijn en omdat ik Mal zo erg miste dat het fysiek pijn deed. Ze heeft tante Mer niet verteld over het gat dat binnen in me was ontstaan toen ik me realiseerde dat als iemand van wie ik hield tot zoiets in staat was als Mal, liefde niet het summum was. Dat ik vervolgens lange tijd niet meer in de liefde had geloofd. Zelfs toen ik terugkwam bij Keith zocht ik steeds naar bewijzen dat hij niet van me hield.

Als ze dit alles niet aan tante Mer had verteld, had ze haar niet 'alles' verteld. In feite had ze tante Mer helemaal niets verteld.

'Ze haat zichzelf om wat ze heeft gedaan,' zegt tante Mer. 'Toen ik haar foto's van Leo liet zien, barstte ze in tranen uit.'

Ik vind het een nare gedachte dat ze foto's van mijn kleine vent aan háár heeft laten zien. Ik had tante Mer die foto's gegeven omdat ze tante Mer is. Ze zijn stukjes van een familiegeschiedenis, privé, niet bedoeld voor Jan en alleman, waartoe zíj behoort.

'Om eerlijk te zijn, tante Mer, zijn zij wel de laatsten aan wie ik momenteel denk.' Ik probeer het tactisch te brengen. Ik wil zeggen dat het pijnlijk is om over hen praten, omdat ik niet mijn ware gevoelens kan tonen vanwege tante Mers relatie tot hen.

Ik voel dat ze diep ademhaalt. Ze is overstuur. Ik begrijp dat ze alleen maar doet waarvan ze denkt dat het voor haar zoon het beste is; ik zou hetzelfde doen als het om Leo ging. 'Je mag het Mal wel vertellen als je wilt,' zeg ik om haar te kalmeren.

'Dat kan ik niet doen, schat,' zegt ze. 'Hij moet het van jou horen. En jij moet zijn reactie zien.'

'Hoezo?'

'Omdat je moet zien hoeveel hij nog steeds van je houdt en hoeveel hij om die kleine jongen geeft.' Ze valt even stil. 'Want dat is echt zo.'

Hij moest geopereerd worden!

Mama zei dat het niets met zijn neus te maken had maar iets met zijn hersenen. Zo cool. En hij zou een tijdje moeten slapen. En nu was het al héél laat en hij hoefde nog steeds niet naar bed. Dit was echt de allerleukste dag van zijn hele leven.

'Krijg ik ijs en pudding als ik wakker word?' vroeg hij aan mama.

'Natuurlijk,' zei ze.

Dit was beter dan domme amandelen. Het ging om zijn hersenen! De zuster zou zo komen om zijn hoofd kaal te scheren en zo. Papa was van zijn werk gekomen zodat hij hem nog even kon zien voordat hij ging slapen.

'Ik blijf de hele tijd bij je,' zei mama. Ze huilde niet, daardoor wist hij dat het niet ernstig was. Mama huilde alleen als er iets ernstigs was. Of als ze heel boos op hem was. Dat had hij eigenlijk nooit begrepen. Waarom huilde ze als ze hem een standje gaf? In elk geval huilde ze nu niet, dus hij was niet bang.

Leo, 7 jaar en 5 maanden

39

Aan de deur van Pebble Street 11 is ruim twee uur lang niets veranderd.

Ik kan het weten want ik heb hem al die tijd in de gaten gehouden. Meneer en mevrouw Wacken zijn thuis, maar ze weten niet dat ik hen vanuit mijn auto observeer en wacht op het moment dat ik de straat zal oversteken om hem te spreken.

De laatste keer dat ik Mal heb gesproken, is ongeveer vijf jaar geleden. Ja, vijf jaar geleden, zes maanden na Cordy's bruiloft. Ik was met de trein naar Londen gereisd en had me zijn kantoor binnen gepraat door te zeggen dat ik Cordelia was. Even dacht ik dat ik hem zag opfleuren toen hij me binnen zag komen, maar hij had zijn gevoelens onmiddellijk weggestopt achter een masker van behoedzaamheid. Hij was duidelijk bang dat ik hysterisch zou gaan doen of hem weer zou smeken.

'Ik vroeg me al af wat Cordy hier te zoeken had,' zei hij terwijl hij opstond. 'Ga zitten.'

Op het lage dressoir achter hem, onder het grote raam met gesloten jaloezieën, stond een aantal foto's: zijn vrouw, stralend op hun bruiloft; Victoria en haar man op hun trouwdag; Cordy en Jack op de dag van hun trouwen; tante Mer, mama, papa en Cordy voor een bont versierde kerstboom in mijn ouderlijk huis. Geen foto's van hem, geen foto's van mij en, natuurlijk, geen foto's van Leo.

'Stuur me alsjeblieft geen geld meer,' zei ik vriendelijk terwijl ik op het randje van de stoel tegenover zijn bureau ging zitten. Ik had hem opgezocht omdat er sinds Cordy's bruiloft elke maand geld op mijn rekening was gestort. Telkens wanneer ik het geld terugstortte, verscheen het, samen met de volgende storting, opnieuw op mijn bankafschrift. Ik wilde hem persoonlijk zeggen dat hij daarmee moest ophouden; ik wilde dat hij me recht zou aankijken en zou weten dat ik het meende.

'Het is voor…' Hij stopte, niet in staat om de naam van zijn zoon uit te spreken. In plaats daarvan staarde hij naar het potje met pennen links op zijn bureau.

'Als je een bijdrage wilt leveren aan Leo's opvoeding, open dan een rekening voor hem waar hij op zijn achttiende bij kan, koop obligaties voor hem, begraaf het geld desnoods en geef hem een schatkaart, maar geef het niet meer aan mij.'

'Je zou het voor hem apart kunnen zetten,' zei Mal tegen de pennenhouder. Mijn ogen dwaalden weer af naar de foto's achter hem en ik stond er versteld van hoe gemakkelijk hij me uit zijn leven had kunnen bannen. Ooit zou ik daar tussen hebben gestaan, bij de rest van onze familie, maar ooit was ik verwijderd. Uitgewist en eenvoudig vergeten?

De stilte dwong hem me aan te kijken, om te kijken of ik er nog was.

'Stuur me alsjeblieft geen geld meer,' zei ik, mijn stem nog net zo vriendelijk als eerst. 'Ik wil niet financieel aan jou gebonden zijn. Ik wil niet dat Leo financieel aan jou gebonden is totdat hij oud genoeg is om die beslissing zelf te nemen.' Ik ging nog zachter praten. 'Je zei zelf dat je het zo wilde, dus speel nu geen spelletjes met ons.'

'Oké,' zei hij.

'Dank je.'

Onze blikken ontmoetten elkaar en bleven langer op elkaar gericht dan nodig was. Allerlei herinneringen aan ons vroegere leven, de tijd waarin we opgroeiden, spookten door mijn hoofd. Beelden van ons terwijl we het uitgieren. We grijpen naar onze buik en lachen. We grijpen elkaar vast en lachen. Dat hadden we verloren, niet alleen elkaar, maar het lachen. Ik heb nooit met iemand anders zo gelachen als met hem. Leo maakte me aan het lachen met de dwaze dingen die hij uithaalde, ik maakte hém aan het lachen, maar we waren nog niet zover dat we alleen maar naar elkaar hoefden te kijken om ons iets grappigs te herinneren en in lachen uit te barsten.

Ik glimlachte terwijl ik dacht aan mama die ons regelmatig vermanend toesprak omdat we 's avonds laat nog zo hard lagen te lachen en iedereen wakker hielden. Papa die onze kamer binnen stormde – ons gepraat en gelach klonk vaak door de muren heen – en zei dat we moesten gaan slapen, of anders… Maar ineens zie ik zijn gezicht weer voor me terwijl hij zegt dat hij me niet meer wil zien, woorden die aankwamen als een mokerslag en me de adem benamen. Ik keek van hem weg.

Ik stond op zonder hem nog een keer recht aan te kijken. 'Bedankt voor je begrip,' zei ik, mijn stem benepen en klein.

'Heb... Heb je foto's van hem bij je?' vroeg Mal terwijl ik naar de deur liep. 'Niet om te houden, alleen om te bekijken.' In die tijd kon ik mijn portefeuille nauwelijks in mijn tas houden, zo graag wilde ik iedereen foto's van Leo laten zien, maar hem niet. Ik schudde mijn hoofd en vertrok zonder uit te leggen dat ik niet boos was, hem niet wilde straffen, maar dat ik hem wilde beschermen. Hij hoefde zichzelf niet te pijnigen door te zien hoezeer Leo was veranderd in de zes maanden sinds hij hem op Cordy's bruiloft had gezien. Hij had besloten dat hij Leo niet meer wilde zien en daar moest hij zich aan houden, hoe moeilijk dat ook was.

Oké, en nu stap je uit de auto, Nova, zeg ik tegen mezelf. Nee, antwoordt het opstandige stemmetje in mijn hoofd. Ik wil niet. Ik wil naar huis.

Ik ben hier omdat tante Mer gelijk heeft. Nadat ze haar zegje had gedaan, was ze teruggegaan naar de rest van onze familie. Ze zei dat ze hun alles zou vertellen zodat ze zouden begrijpen waarom ik het voor hen verborgen had gehouden. Ik had van een afstandje naar mezelf en de situatie gekeken. Ik was hem niets verschuldigd, had ik besloten.

Hij was uit mijn leven gestapt, had gezegd – had me laten zien – dat hij niets meer met me te maken wilde hebben. Dat hij niets te maken zou hebben met mij en het kind dat ik droeg. Daarom hoefde hij nu ook niets te weten, hij had het zelf niet gewild. Einde verhaal.

Daarna was ik weer ín de situatie gestapt: Mal gaf om Leo. Het feit dat hij hem geld wilde geven, betekende iets. En nadat Leo was geboren en ik de geboorte wilde aangeven, stuurde ik Mal een sms met het adres van het registratiekantoor en hoe laat ik er zou zijn. Het verbaasde me niet dat hij kwam opdagen. We zeiden niets tegen elkaar, groetten elkaar niet eens; we zaten naast elkaar en gaven onze zoon onze namen, waarna we zonder elkaar gedag te zeggen weer uit elkaar gingen. De hele tijd dat we daar zaten, zag ik zijn blik steeds weer afdwalen naar Leo, die lekker ingestopt in de kinderwagen lag. Ik zag dat zijn vingers jeukten om het gezichtje van zijn zoon liefdevol aan te raken. Ik zag dat hij zijn zoon graag uit de wagen had willen tillen. Mal wist niet dat ik had gezien dat hij, eenmaal terug in zijn auto, meteen de zonneklep naar beneden had getrokken om in de spiegel te kijken. Om alle lijnen in zijn gezicht te bestuderen en te controleren op overeenkomsten en verschillen met het kind dat hij zojuist zijn naam had gegeven.

Ik weet dat hij daarna verstijfd zal zijn geweest. Dat hij starend in het niets in zijn auto zal hebben gezeten, terwijl hij zich afvroeg of hij de juiste keuze had gemaakt. Mal had een of ander pact gesloten met zijn vrouw om mij en zijn zoon uit hun leven te bannen, maar dat betekende niet dat hij er niet op een of andere manier bij betrokken wilde zijn.

Tante Mer had gelijk: ik moest het hem vertellen. Hij zou Leo meteen willen zien. Het ging niet om wat ik voelde, het ging om wat juist was. Ik heb mama, Cordy, tante Mer en papa gevraagd om vandaag om de beurt op Leo te passen.

Ze hebben zich de afgelopen twee dagen allemaal gereserveerd opgesteld en kijken naar me alsof ze niet weten wat ze moeten voelen nu ze alles weten. Zelfs Cordy, die me normaal gesproken een miljoen vragen zou hebben gesteld, heeft haar mond gehouden. Ze willen weten of ik mijn baby, hún baby, echt zou hebben weggegeven. Want Leo is niet alleen van mij, hij is ook van mijn familie. Hij zou nog steeds een deel van onze familie zijn geweest, zij het niet helemaal.

Terwijl ik de vragen en blikken nog steeds op mijn huid voelde prikken was ik naar Londen vertrokken. Ik was een halfuur gestopt bij een tankstation, waar ik mezelf ervan had moeten weerhouden rechtsomkeert te maken, terug naar huis, en aan het einde van de middag aangekomen.

En vanaf dat moment zit ik hier. Zijn vrouw was als eerste thuisgekomen. Ze haastte zich naar binnen – vroeger dan ik had verwacht, tenzij ze niet meer in de kledingboetiek werkte. Ze rende met wapperende haren en een verende tred het huis in. Tien minuten later arriveerde hij. Onwillekeurig stokte mijn adem toen ik hem zag. Ik had hem drie jaar niet gezien. Niet sinds ik met Leo bij mama en papa op bezoek had willen gaan en hem voor het huis van tante Mer uit zijn auto had zien stappen. Ik was doorgereden omdat ik niet wilde riskeren dat mama en papa tante Mer zouden bellen en zij met hem op bezoek zou komen. Leo had me de hele terugweg naar huis gevraagd wat er nou aan de hand was. Ik had tegen hem gezegd dat ik dacht dat ik de oven had laten aanstaan. Hij had mama en papa bij thuiskomst meteen gebeld en verteld wat ik had gedaan, met een heel besliste 'mama is gek'-toon in zijn stem.

Mijn hart ging nog steeds als een razende tekeer, lang nadat ik hem zijn huis binnen had zien gaan.

Nu zit ik hier al uren moed te verzamelen. Ik had hem niet willen bellen. Het mocht geen onstoffelijke, afstandelijke stem zijn die hem zou vertellen wat de arts had gezegd.

Dus zit ik hier te kijken en te wachten.

Dit is een keurige buurt, het is een wonder dat nog niemand de politie heeft gebeld over mij en mijn auto. Of misschien is dat wel gebeurd en word ik op dit moment in de gaten gehouden door politieagenten. Ze wachten totdat ik in actie kom, afval op hun smetteloze trottoir laat vallen, zodat ze me levenslang achter de tralies kunnen zetten.

Ik heb het altijd indrukwekkend gevonden dat ze het zich konden veroorloven om in zo'n mooie straat te wonen. Maar dat had hij aan zijn vrouw te danken. Zes maanden lang was ze elke dag op pad geweest, had ze door de straten gestruind en soms op de stoep bij makelaars zitten wachten tot ze opengingen zodat ze als eerste geïnformeerd kon worden over vrijgekomen huizen. Dat was nog voor het tijdperk van internet en dus noodzakelijk. Ze wilde zo graag in deze buurt wonen dat ze dat er allemaal voor over had gehad. Ze had alles gedaan wat nodig was om te krijgen wat ze wilde.

En nu zit ik in mijn paarse Micra met mijn handen om het beige leren stuur geklemd naar het huis te staren. Te wachten tot ik genoeg moed bij elkaar heb geraapt.

De voordeur gaat open en Mals vrouw loopt het huis uit. Ze heeft haar haren in een paardenstaart vastgezet en draagt een stijlvol zwart trainingspak met witte biezen en zilverkleurige gymschoenen. Onder haar ene arm heeft ze een blauw yogamatje geklemd.

Ik kijk toe terwijl ze haar gestroomlijnde, zilverkleurige auto met een druk op een knop openklikt en schuif onderuit in mijn stoel omdat ze in de wagen op ooghoogte met mij is. Als ze nu diagonaal de straat in kijkt, kijkt ze recht in mijn auto. Zeker weten dat een van ons versteent als dat gebeurt.

De laatste keer dat we elkaar zagen was in de metro. De Victoria-lijn tussen Pimlico en Oxford Circus. Ik was toen zes maanden zwanger, echt behoorlijk dik, en op weg naar een financieel adviseur in de stad. Zij en ik hadden elkaar een paar seconden aangestaard, twee intieme vreemden samen opgesloten in een conservenblikje. Zij had als eerste haar gezicht afgewend en terwijl ik mijn spullen verzamelde, klaar om de trein en haar te verlaten, had ik besloten om uit Londen te vertrekken. Ik had mijn flat bijna verkocht, zou me terugtrekken uit de aankoop van het nieuwe huis dat ik had gevonden en Londen verlaten. Het idee dit nog een keer mee te maken was te veel. Ze was sneller geweest dan ik. Ze was opgestaan, naar de uitgang gelopen en als eerste uitgestapt.

Ze start de motor en eindelijk laat ik het stuur los zodat ik helemaal onderuit kan zakken, volledig uit zicht, terwijl ze voorbijrijdt.

Mijn vingers opereren onafhankelijk van mijn hersenen, van de neiging om naar huis te gaan en het autoportier open te doen. Mijn benen nemen het over en stimuleren me om uit eigen beweging uit de auto te stappen. Daarna nemen mijn handen het weer over; ze sluiten de autodeur met een druk op een knop. En geven het weer over aan mijn benen, die de straat oversteken en naar de voordeur lopen. Ik kan het geruis van vitrages die opzij worden geschoven en het zachte metaalgerinkel van jaloezieën die open worden gedraaid bijna horen, de nieuwsgierigheid van tientallen mensen die niets beters te doen hebben dan toekijken terwijl ik naar de zwarte deur loop.

Eenmaal daar nemen mijn handen het weer over. Reik omhoog naar de deurbel, maak een vuist om te kloppen, reik naar de koperen klopper. Mijn hand kan het geen van alle.

Ik kan het niet. Ik ben er niet klaar voor. Want als ik aanklop, moet ik herhalen wat de arts heeft gezegd. Die woorden moeten uit mijn mond komen en echt worden. Je kunt een leugen, een onnauwkeurigheid, miljoenen keren herhalen – of zelfs één keer – en het kan gaan voelen als de waarheid. Het onvermijdelijke. Als ik het uitspreek, laat ik daarmee de wereld weten dat een klein deel van me erin gelooft. Het deel van me dat woorden vormt, het deel dat met de buitenwereld communiceert, zal zeggen dat ik me realiseer dat het een mogelijkheid is. En vervolgens zal het zich als een ziekte verspreiden over mijn gedachten, mijn hart, mijn ziel. En als ik niet elk deel van mezelf gebruik om Leo met pure wilskracht beter te maken, hoe kan hij dan ooit beter worden? Door hier te komen, heb ik me gewonnen gegeven. Ik gedraag me niet in overeenstemming met mijn geloof, mijn overtuiging. Ik heb Leo verraden. Ik heb mezelf verraden.

Ik had hier niet moeten komen.

Ik had die twijfels, die dingen die de arts me probeerde te vertellen, niet de kans moeten geven me te infecteren. Ik had hier niet moeten komen.

Mijn lichaam draait zich om, klaar om naar huis te gaan, terug naar die hel waarin we leven.

'Hallo?' Zijn stem golft door me heen als rimpelingen op een meer. Ik blijf staan.

Ik kan me niet omdraaien, maar ook niet doorlopen.

'Kan ik je helpen?' vraagt hij.

Mal en Leo, de connectie tussen die twee ontrafelt zich als een kluwen garen voor mijn ogen: Mal die zijn lippen op mijn zwangere buik drukt; Mals ogen die naar hem afdwalen in het registratiekantoor; Mal die naar hem kijkt vanuit de andere kant van de gang op Cordy's bruiloft; Leo die me een foto van een jonge Mal laat zien en vraagt waarom Mal op hem lijkt; oom Victor die Leo's hand vasthoudt en hem wegleidt, want: 'Ik klaar ben om te gaan, mama'.

Daarom ben ik hier. Voor hem. Voor Leo.

'Nova?' vraagt Mal.

Ik mag mezelf er dan volledig van hebben overtuigd dat ik het voor Mal doe, omdat het de juiste beslissing is, maar dat is niet de echte reden dat ik hier ben. Ik ben hier voor Leo. Omdat hij twee papa's heeft. Een is een spion en woont in zijn huis. De andere is niet dood.

De andere staat achter me en Leo verdient de kans om hem te leren kennen. Hoe kort ook.

Ik draai me naar hem om.

Hij gaat op reis. In één hand heeft hij een roze koffer, en over zijn schouder hangt een grote, zwarte reistas met veel vakken. In zijn andere hand houdt hij een roze beautycase die bij de koffer hoort. Op zijn gezicht verschijnt een glimlach, omzoomd door ongeloof, blijdschap en verbazing.

Er gaat een moment in stilte voorbij en hij ziet het aan mijn gezicht. De beautycase valt met een harde klap op de zwarte en witte ruitvormige tegels. De koffer maakt minder geluid.

'Is het mama?' In zijn ogen plotseling blinde paniek.

Ik schud mijn hoofd. 'Leo,' hoor ik een stem zeggen die van mij zou kunnen zijn.

Mal doet een stap naar achteren, alsof hij hieraan kan ontsnappen door terug te gaan naar waar hij vandaan kwam. Zijn bedachtzame gezicht blijft me aankijken en ik ga verder zonder me ervan bewust te zijn dat ik mijn lippen gebruik, mijn keel, mijn woorden. 'Leo ligt in coma. De artsen... Ik wil dat je hem ziet. Hij moet weten wie je bent voor het te laat is.'

Papa zag eruit als papa toen hij op bezoek kwam vlak voordat hij in slaap viel. Hij had een nieuw Star Wars-*spelletje meegenomen. Het lag net in de winkels en papa had gezegd dat hij het alleen mocht hebben als mama het goed vond. Maar nu had hij het. Dit was echt de allerbeste dag ooit. 'Dag papa, tot straks,' zei Leo terwijl ze zijn bed in de richting van de deur duwden. Hij hoefde niet eens naar de kamer te lopen waar ze hem zouden opereren.*

Papa kuste zijn voorhoofd. 'Je bent een dappere jongen,' zei hij. 'Tot straks.'

Papa had in het leger gezeten, dus als hij vond dat Leo dapper was, dan was hij dat ook.

Mama liep naast zijn bed, hield zijn hand vast en glimlachte naar hem. Niet haar grote, gróte glimlach, maar de glimlach die ze alleen aan hem gaf. Zo glimlachte ze nooit naar papa of opa of oma of oma Mer of tante Cordy of Amy of Randle of Ria. Nooit. Deze glimlach was speciaal voor hem.

Bij de deur van de operatiekamer bleven ze staan.

'Ik blijf hier op je wachten,' zei mama terwijl ze zich over hem heen boog. 'Ik zal ervoor zorgen dat er ijs en pudding voor je klaarstaat als je wakker wordt, oké?'

'Oké.'

Ze kuste zijn voorhoofd, ze kuste zijn rechterwang, ze kuste zijn linkerwang. Ze streek met haar hand over zijn gezicht. Nog steeds glimlachte ze haar speciale glimlach.

'Slaap lekker, lieve schat,' zei ze.

Leo, 7 jaar en 5 maanden

40

Hij kan het nog steeds halen. Als hij nu aan komt stormen en zijn bagage naar die vrouw achter de incheckbalie gooit, zij hem in recordtijd incheckt en wij naar gate 15 rennen, redden we het nog.

Maar dan moet hij wel nú aankomen. Nu meteen.

Ik draai me om, kijk door de menigte, de vakantiegangers, de zakenreizigers, de schoonmakers, de wegbrengers, de afhalers. Ze hebben allemaal een doel, weten allemaal waar ze moeten zijn, waar ze naartoe gaan.

Ze zijn niet zoals ik gestrand dankzij een echtgenoot die niet kwam opdagen.

Ik druk op de herhaaltoets van mijn mobieltje en krijg meteen de voicemail. Hij zet zijn mobieltje altijd uit als hij rijdt. Of misschien zit hij in de metro. Dan is hij dus in elk geval onderweg.

Hij zou met de metro gaan. Ik ben hier na de yogales naartoe gereden en heb de auto op lang parkeren gezet zodat we na terugkomst van onze vakantie zelf naar huis kunnen rijden. Achteraf gezien had ik natuurlijk de koffers mee moeten nemen, maar om een of andere reden leek het logischer dat Mal die meenam. En nu is hij noch de bagage hier.

Ik druk weer op de herhaaltoets.

Voicemail.

'Mal, ik heb geen idee waar je uithangt, maar ik hoop voor jou dat je een verdomd goede reden hebt om hier nu niet te zijn. En die kan maar beter zijn dat je bloedend in het ziekenhuis ligt, want anders vind ik beslist een nieuwe functie voor je ballen.'

Hem kennende is hij door zijn werk gebeld – van de gedachte dat hij er vijf dagen en een weekend niet zal zijn, schiet een aantal collega's van hem meteen in de stress. Waarschijnlijk heeft hij geprobeerd het probleem op te lossen waarvoor ze hem belden, waardoor hij te laat op de luchthaven is.

Ik druk weer op de herhaaltoets.

Voicemail.

Het is inmiddels te laat.

Gate 15 is gesloten.

We gaan niet op vakantie. Onze frisse start, mijn kans om het goed te maken, wacht momenteel op toestemming om op te stijgen zonder een van ons aan boord.

'Klootzak,' zeg ik tegen zijn voicemail. 'Godvergeten smerige klootzak die je bent.'

Griezelig.

Zo doet het huis aan als ik thuiskom. Het was de bedoeling dat we weg zouden gaan, dus ziet het huis er extra schoon en opgeruimd uit. De stekkers van alle elektrische apparaten liggen eruit, behalve die van de koel-vriescombinatie. Binnen in me welt angst op. Onze bagage is hier niet.

Er staat geen bericht op het antwoordapparaat.

Ik bel Meredith, maar er wordt niet opgenomen. Ze heeft haar mobieltje nooit aanstaan, tenzij Mal tegen haar zegt dat ze dat moet doen. Victoria hoef ik niet te bellen, die zal het niet weten.

Ik probeer Mal nog een keer. Voicemail.

Ik had die berichten niet moeten inspreken, bedenk ik terwijl ik op de derde trede van de trap ga zitten met mijn mobieltje in de hand.

Ik tril. Dat doe ik al sinds ik hier naar binnen ben gelopen en de kilte van een compleet leeg huis zich over me uitstortte.

Ik heb heel sterk het gevoel dat ik Mal nooit meer ga zien.

41

Hij leunt tegen het aanrecht, zijn overhemd in de pantalon van zijn zwarte pak met smalle streepjes, het bovenste knoopje los. De knoopjes van zijn overhemd zijn omwikkeld met stof en dobbel-steenvormige zilveren manchetknopen houden de boorden bij zijn pols bij elkaar, zie ik. Het is een duur overhemd. Ik weet niet waar-om ik dat ineens bedenk, maar het is zo.

Stilte glijdt tussen ons in als een vlijmscherp mes dat door een stuk mals vlees gaat, doet zelfs het onhoorbare geluid van onze on-gelijke ademhaling verstommen.

Hij is in mijn huis. Mijn huis.

Ik adem zijn aanwezigheid in. Het is vreemd, zo anders dan de manier waarop mama, papa, Cordy en tante Mer de energie van het huis veranderden toen ze hier binnenkwamen. Ze waren hier om te helpen en daarmee vulden ze het huis. Cordy is naar huis ge-gaan omdat Jack onverwachts een vlucht moest overnemen, en de anderen zitten nu in een hotel.

Mal is hier om zijn zoon te leren kennen. Hij begreep dat ik niet wilde dat hij mee naar binnen ging toen ik eerder even bij Leo langsging, maar nu is hij hier en de energie in het huis is enigszins hectisch. Geforceerd. Een onverwacht gevoel van urgentie omgeeft ons. We willen allebei dat hij voortmaakt. Hoewel we geen van bei-den precies weten hoe we het moeten aanpakken, is de urgentie voelbaar. De noodzaak voor hem om er te zijn. Te beginnen.

Zijn handen komen als eerste in beweging. Zijn linkerhand strekt zich naar me uit en omvat mijn wang. De vertrouwde-onvertrouw-de warmte van zijn huid verspreidt zich langzaam door me heen. Daarna komt zijn lichaam in beweging. Zijn andere hand glijdt rond mijn schouders en trekt ons naar elkaar toe, naait de lange jaren dicht die we gescheiden hebben doorgebracht.

Zonder erbij na te denken sluit ik mijn ogen en vlij me tegen hem aan. Ongedwongen. Ongekunsteld. Mijn armen omhelzen hem en trekken hem dicht tegen me aan in een poging alle kleine plekjes op te vullen die nog steeds tussen ons gapen.

Het is er nog steeds, die unieke plek in de wereld waar we samen passen. Als we nergens anders aan denken, aan niemand anders, passen we hier, zo dicht bij elkaar dat we één zouden kunnen zijn.

Ik maak me als eerste uit de omhelzing los. Ik duw hem lichtjes naar achteren en stap buiten zijn bereik. Dit doen we niet meer. Ook al kan ik zijn vrouw soms haten, ik zal altijd meer gekwetst zijn door wat hij heeft gedaan. Omdat hij het dééd. Omdat hij het kon. Dat kan ik nooit vergeten.

'Ik heb de logeerkamer in orde gemaakt en ik zal nog een paar schone handdoeken voor je pakken.' Ik vermijd het om hem aan te kijken. Leo deed dat ook altijd. Dóét dat ook altijd. Hij wrijft hard over de bobbel achter zijn oor en glijdt er dan zachtjes over met zijn wijsvinger. Meestal doet hij dat als hij iets gedaan probeert te krijgen – spelen met de PlayStation terwijl hij weet dat het eigenlijk niet mag; op zondagochtend bij Keith en mij in bed klimmen; een tripje naar het park ook al regent het buiten.

'Ik kan maar beter, eh... Stephanie even bellen,' zegt hij. 'Ze heeft op de luchthaven op me staan te wachten.'

Ik vind het vreselijk om haar naam in mijn huis te horen. Het is iets kleins om overstuur van te raken, maar toch vind ik het vreselijk. Het plaatst haar hier, maakt haar echt in mijn leven. 'Ja, ga je gang,' zeg ik. De woorden stokken in mijn keel.

Ik ben bij de deur en wil net de gang in lopen als hij weer iets zegt, langzaam en vlak. 'Hoe lang zal ik zeggen dat ik hier blijf?'

Ik draai me niet om. Wat hij eigenlijk vraagt, is hoelang ik denk dat Leo nog heeft. Wanneer ik denk dat onze zoon ons zal verlaten.

'Zolang je wilt,' zeg ik, voordat ik verder loop, terwijl ik eigenlijk had moeten zeggen: 'Zolang als het duurt.'

42

Al mijn favoriete make-up, mijn exclusieve parfum, mijn mooiste kleding en duurste lingerie (onderkleding waarvoor geldt: hoe minder, hoe duurder): Mal heeft alles bij zich.

Tachtig kilometer verderop in Brighton. En hij weet niet wanneer hij het terug komt brengen. Mijn plan om mijn echtgenoot opnieuw te verleiden, om 'een wezen als geen ander' te worden – dat las ik ergens, ik ben vergeten waar – is op spectaculaire wijze in het honderd gelopen.

'Maar wat moet ik dan aan?' Ik krimp ineen van de klagende toon van mijn eigen stem.

'Voor mijn part de gordijnen uit de logeerkamer,' antwoordt hij. Ik neem het hem niet kwalijk. Ik gedraag me als een kreng omdat dat gemakkelijker is dan tegen hem zeggen dat ik daar óók wil zijn. Dat ik doodsbang ben voor wat er met Leo zal gebeuren en dat ik daar wil zijn om zoveel mogelijk te helpen. Hij zou tegen me zeggen dat het niet mogelijk is, en dat kan ik niet verdragen.

'Kun je echt niet mijn spullen thuis droppen en daarna weer teruggaan?' Vraag het iedere willekeurige gezonde man: je slecht gedragen is zoveel gemakkelijker dan toegeven dat je kwetsbaar bent en bang. Je slecht gedragen of seks hebben.

'Zal ik maar ophangen?'

'Nee.' Ik zucht. 'Logeer je de hele tijd dat je daar bent bij Nova?' Eigenlijk wil ik vragen hoe het met Nova gaat. Of ze zich goed weet te houden. Maar dat zou achterbaks klinken. Mal weet niet dat ik ongelooflijk veel spijt had van wat ik had gedaan nadat ze uit ons leven was verdwenen. Toen hij de hele tijd huilde omdat hij haar als vriendin had verloren, zag ik pas in wat ze voor elkaar hadden betekend. Ja, waarschijnlijk waren ze verliefd op elkaar geweest, maar Mal had Nova nodig op een manier waarop hij mij nooit nodig zou hebben. Ze was zijn fundament. Als een steiger rondom een te renoveren gebouw hield ze hem overeind, zorgde ze dat hij verderging met zijn leven.

Zij gaf hem de kracht om de persoon te zijn die hij was voor mij. Ik was daar niet zo jaloers op als ik had gedacht omdat het niets te maken had met liefde, waarvoor ik zo bang was geweest, maar met gewoonte.

In de maanden die volgden op wat ik hem had laten doen, begon ik dat in te zien. Als ik nu terugkijk, zie ik waarom ze zo belangrijk voor hem was toen we elkaar voor het eerst ontmoetten. Waarom hij het de hele tijd over haar had. Hij had er behoefte aan dat ze naar hem luisterde. Niemand, besefte ik, luisterde naar hem zoals zij. Ik kon het niet, ik was er in het verleden niet bij geweest. Toen zijn moeder niet in staat was naar hem te luisteren, toen zijn vader er niet was om naar hem te luisteren, toen zijn zusje nog te jong was om naar hem te luisteren, toen er geen echte vrienden waren die naar hem konden luisteren, was zij er altijd. Nova prees hem, feliciteerde hem, sympathiseerde met hem, veroordeelde hem, zette hem op zijn plaats, luisterde gewoon.

Veel mensen beseffen niet hoe belangrijk het is om te worden gehoord. Ik hoorde hem, luisterde naar hem, maar ik was geen gewoonte. Zonder Nova sloot hij zich op in zichzelf, precies het tegenovergestelde van een bloem die ontluikt. Alle blaadjes, de delen van hem die ik ken, kropen bij me weg, alsof hij ineens het vertrouwen miste om zichzelf te zijn. Het was niet alleen dat hij boos op me was. Hij had zijn basis verloren, elke gelijkenis met wie hij dacht dat hij was, en was alleen maar bezig om zichzelf overeind te houden.

Daarom huilde hij de hele tijd, daarom raakte hij me nadat ze uit ons leven was verdwenen ruim een jaar niet meer aan. Toen hij haar verloor, was hij zichzelf kwijtgeraakt.

Nu heeft ze hem nodig. Ik wil dat hij er voor haar kan zijn zonder dat hij zich hoeft af te vragen of ik daar problemen mee heb. Maar dat kan ik niet zeggen. Ik ben niet in staat dat tegen hem te zeggen.

'Ik zoek morgen een hotel,' zegt hij stekelig. 'Kan dat je goedkeuring wegdragen?'

'Het was maar een vraag,' antwoord ik.

'Luister, ik ga ophangen. Ik heb geen idee waarom je zo doet, maar ik vind het ongelooflijk irritant. Ik spreek je morgen wel weer. Hopelijk zijn we dan allebei in een beter humeur.'

'Hopelijk,' herhaal ik. 'Ik hou van je.'

'Ja,' antwoordt hij, en hij hangt op.

Het huis is zo leeg.

Het is te laat om naar de sportschool te gaan. Het is te laat om iemand te bellen en te vragen langs te komen of ergens af te spreken. Het is te laat om Mal terug te bellen en te zeggen dat het me spijt en dat ik hem kom steunen.

Ik zit op de trap, kijk de hal rond en realiseer me dat het veel te laat is om de waarheid te vertellen en alles weer goed te maken.

43

'Ik wist wel dat je hier zou zijn,' zegt Mal boven de stormende golven uit.

Ik dacht dat hij al uren geleden was gaan slapen. Nadat ik hem de kamer had gewezen waarin Cordy en ik een paar dagen geleden nog hadden gelegen, kon ik de slaap niet vatten.

Ik kon niet tot rust komen.

Mal was in mijn huis, wat alles onherroepelijk maakte, alsof Leo's gezondheid op een gruwelijke, onvermijdelijke afloop afstevende.

Terwijl ik in bed lag en naar het plafond staarde, wachtend op Keiths volgende sms'je, vroeg ik me af of Mals aanwezigheid hier misschien voor een wonder zou zorgen. Leo wakker zou maken. Of dat dit, wat er met Leo gebeurde, onderdeel uitmaakte van een of ander groots plan om Mal en mij weer bij elkaar te krijgen. Om ons te herenigen.

Op dat moment besefte ik, die stellig gelooft in lotsbestemming en dat soort dingen, dat ik doordraaide. Ik had het dekbed van me afgeworpen en was uit bed gestapt. Ik zou de dwaze gedachten aan zee van me af lopen. Ik liep niet ver en was op een donkergroen ijzeren bankje gaan zitten, waar ik terugdacht aan al die keren dat ik hier midden in de nacht met mijn pasgeboren baby had zitten huilen.

Het is hier 's nachts spectaculair. In het donker, in de stilte, wanneer je alleen een nachtelijke hemel en kleine fonkelende sterren ziet. Het is niet hetzelfde als uit het raam kijken of naar een schilderij – als je hier staat, lijkt het alsof je aan de rand van de wereld staat en hij zich om je heen vouwt om te voorkomen dat je eraf valt. Hij ontvouwt zich voor, boven en achter je, tilt je op en maakt je zo tot onderdeel van zijn grootsheid. Ik ben hier gekomen in de hoop me te kunnen verliezen in de uitgestrektheid van alles. Er is geen ruimte voor dwaze gedachten.

'Hoe wist je dat ik hier zou zijn?' vraag ik hem terwijl hij naast me op het bankje gaat zitten.

'Ik hoorde de deur dichtslaan en zag dat je auto er nog stond, dus nam ik aan dat je naar het strand was gelopen.'

'Ik had ineens de dringende behoefte om dat bordje te zien.' Ik knik naar het bordje met de tekst BLIJF WEG VAN DE GOLFBREKERS op de donkergroene reling (aan de kleur van de reling kon je zien of je in Brighton of in Hove was: blauwgroen voor Brighton, donkergroen voor Hove). 'Het heeft mijn liefdesleven zo ontzettend lang omschreven dat ik er even aan herinnerd moest worden.'

Ik kijk niet naar hem, maar ik voel dat de energie om hem heen warmer wordt terwijl hij glimlacht.

'Hoe gaat het?' vraagt hij vriendelijk.

De komende weken zullen veel mensen dat aan me vragen. En wat moet ik antwoorden? Een halve waarheid als: 'Ik laat de moed niet zakken', waardoor zij een beter gevoel krijgen? Iets wat dichter bij de waarheid komt dan: 'Ik sta op instorten', waardoor zij zullen proberen mij een beter gevoel te geven? Of helemaal niets. Hen in staat stellen zelf hun conclusies te trekken en mij te laten voelen wat ik voel zonder hen erbij te betrekken. 'Wat denk je?' vraag ik hem.

'Stomme vraag.'

'Inderdaad.'

De golven vullen de stilte tussen ons en slaan woest op de kiezels, waarna ze zich snel weer terugtrekken.

'Het spijt me,' zegt hij.

Het spijt me.

Het spijt me.

Het spíjt me.

Het wordt over de golven gedragen en sijpelt door het majestueuze hemelgewelf. Het spijt me.

'Dat was het?' vraag ik zodra de woorden in de lucht om ons heen zijn opgelost. Ik draai me ietwat naar hem toe. 'Is dat alles wat je kunt zeggen? Geen grote emotionele bekentenis, geen hartgrondige smeekbede om vergiffenis, verpakt in een verklaring?' Wanhopig haal ik mijn schouders naar hem op. 'Misschien een beetje zelfkastijding aan mijn voeten? Verdien ik niet minstens een paar tranen en druppeltjes snot terwijl je dat snikkend zegt?'

Natuurlijk reageert hij niet, en ik draai me terug naar de zee. Het is een veel prettiger uitzicht. Beter, ongecompliceerd. 'Weet je, alles wat minder is dan iets waar je echt je schouders onder hebt gezet, is eigenlijk gewoon een belediging.'

'God, Nova. Als je wist hoezeer het me spijt...'

'Dan wat? Zou ik je vergeven? Zou ik medelijden met je hebben? Het is maar dat je het weet: voor het geval er nog enige twijfel bestaat, jij zult niet het belangrijkste element van mijn leven worden. Vooral nu niet.'

Naast me wordt Mals houding ineens zachter. 'Ik heb nog eens nagedacht over wat ik net zei,' zegt hij, 'en ik besef nu dat ik als een eikel klonk. Klink. Ik heb je in de steek gelaten. Ik heb onze zoon in de steek gelaten en nu denk ik dat drie woorden alles zullen veranderen. Het goed kunnen maken.'

'Het is in elk geval een begin,' antwoord ik.

'Nee, dat is het niet. Het is waardeloos.'

Ik sluit mijn ogen en knijp ze stevig dicht terwijl ik mijn slapen masseer. 'Ik zei zelfkastijding, niet zelfmedelijden. Jezus, Mal, moeten we dit nú doen? Kan het niet wachten tot een ander kritiek moment waarop we zullen moeten praten over iets diepzinnigs en belangrijks en dat jij er dan ineens uitgooit dat het je zo spijt, waarop ik zeg dat het me nooit gelukt is je te haten, dat onze vriendschap, die zoveel ups en downs heeft gekend, onverwoestbaar is, zodat ik je, in mijn hart, allang heb vergeven? Kan dit niet allemaal ter sprake komen op het juiste moment in het script in plaats van het nu te forceren?'

Ik voel dat zijn gezicht verzacht tot een ironische glimlach. 'Ik was even vergeten dat je psycholoog bent en niet valt voor de dingen die mensen net zo gemakkelijk zeggen als ze denken dat jij doet.'

'Het heeft niets te maken met het feit dat ik psycholoog ben, maar alles met het feit dat ik meteen hoor of iets vette nonsens is.' Ik adem in, het zout in de scherpe, koude lucht schiet door me heen, snel en verrukkelijk, zinderend pijnlijk.

'Ik denk elke dag aan je,' onthult hij. 'En ik denk aan hem. Leo.' Het is de eerste keer dat ik Mal de naam van zijn zoon hoor zeggen. Het klinkt vreemd, op een of andere manier onnatuurlijk, omdat het het laatste deel van zijn eigen naam is, het deel dat hij zelden uitspreekt. 'Op sommige dagen is het zo erg dat ik in mijn auto wil springen – zelfs midden op een werkdag – en je op wil zoeken. Soms om naar je te kijken, soms om je te smeken om vergiffenis.'

Hij vertelt me dat hij niet lang en gelukkig heeft geleefd nadat hij me zoveel mogelijk uit zijn leven had gewist. Ik – wij – waren altijd ergens in zijn bewustzijn aanwezig. Zoiets drukt zwaar op het geluk van mensen. Op hun leven.

'Nova, als iemand me acht jaar geleden had verteld dat jij en ik elkaar niet meer zouden spreken en dat we een zoon zouden hebben die ik nooit zou zien, zou ik die persoon voor gek hebben verklaard. Dat zou absoluut onmogelijk...'

'Doe nou niet alsof ik een keuze had. Jij was degene die de beslissing nam en ik kon niet anders dan die accepteren.'

'Oké, hoe zou ik dat kunnen...'

'Vertel me waarom.' Ik draai me naar hem om. 'Vertel me waarom je het hebt gedaan. Want al dit gezwam over dat je elke dag aan me hebt gedacht betekent helemaal niets. Vertel me waarom.'

'Dat heb ik je toch verteld? We hadden ons bedacht.'

'Dat is het excuus waarmee je kwam aanzetten,' zeg ik. 'Ik wil de réden horen. Die heb ik nooit geweten en die wil ik nu horen.'

Meteen neemt hij een verdedigende houding aan: hij gaat rechterop zitten, zijn lichaam, dat eerst ontspannen was, is nu klaar voor een eventuele aanval; zijn ogen zijn zo hard als bruine diamanten, zijn gezicht een onleesbaar masker.

Ik schud mijn hoofd en kijk weg. 'Tenzij je me de echte reden kunt vertellen, Malvolio, wil ik het hier niet over hebben.'

Hij is zo stil als een sfinx en net zo ondoorgrondelijk. Hiervoor ben ik niet naar deze plek gekomen. Ik ben hier om te ontsnappen aan dwaze gedachten, om op te gaan in de beweging van de zee en de omvang van de wereld. Ik ben hier niet gekomen om Mal opnieuw niet te begrijpen.

'Hier heb ik mijn man voor het eerst gekust,' zeg ik. 'De laatste keer dat we weer bij elkaar kwamen, hebben we elkaar hier weer voor het eerst gekust, op het strand.' Ik ga staan.

De reling langs de trap die naar het kiezelstrand leidt, voelt koud onder mijn hand terwijl ik via de ongelijkmatige, gladde betonnen treden naar beneden loop. Ik hoor dat Mal me volgt, zijn voetstappen knerpen luid op de vochtige kiezels en volgen me naar de waterlijn. 'Amy paste op en omdat hij zei dat we een wilde nacht in de stad zouden beleven, zou ze blijven slapen. We aten tapas in de Laines – daar hebben ze de beste tapas van Brighton, moet je echt een keer gaan eten. Daarna gingen we naar de Pier.' Ik glimlach terwijl ik me laat meevoeren door de herinnering, die zich in mijn gedachten ontvouwt als beelden op een bioscoopscherm. Alle kleuren waren helder en prachtig, onze soundtrack bestond uit gelach en vertrouwdheid. 'Je kon er onder andere een videospelletje doen, een dansmachine. Keith wierp er muntjes in en daagde me uit om het te proberen. Ik ben gek op dansen, maar het was zo moeilijk dat ik het nauwelijks bij kon houden. Ineens waren we omringd door een groepje tienermeisjes dat met de armen over elkaar en leunend op één heup toekeek. Met die typische uitdrukking op hun gezicht, waarmee ze zeggen: Zeg, oude taart, wat moet jíj hier? Schaam je je niet? Jij bent hier véél te oud voor. Maar ik danste door tot de machine stopte.

Ik viel zo'n beetje van de mat, zwaar buiten adem en zwetend als een otter, waarna die meiden zich erop stortten. En godallemachtig: ze gingen helemaal uit hun dak. Ze sprongen, draaiden en zetten me compleet voor schut. Ze hadden duidelijk geoefend en kenden alle pasjes. Ik kon wel door de grond zakken. "Het geeft niets", zei Keith toen we weggingen. "Jij hebt gewoon een eigen gevoel voor ritme. Je bent er echt niet te oud voor."' Ik knijp mijn ogen samen zoals ik toen ook deed. 'Ik kneep hem keihard in zijn arm – die onbeschofte zak! We liepen over het strand terug in de richting van mijn huis totdat we hier kwamen. Op deze plek. En hij probeerde de gordel van Orion en de Cassiopeia aan te wijzen. Hij had er duidelijk geen verstand van en niet bedacht dat als je Nova heette, je wel eens wat kennis van sterrenstelsels kon hebben. Toen ik hem plichtsgetrouw terechtwees, kuste hij me. Om me de mond te snoeren.' Ik zweef terug naar dat moment. Hoe fantastisch het had gevoeld. Weer terug te zijn in zijn armen. Gekust te worden door iemand die ik graag mocht, na al die tijd. 'Toen wist ik dat ik er klaar voor was, dat ik eindelijk zo ver was om te trouwen, zoals hij altijd had gewild, en dat we Leo samen groot zouden brengen.

Een halfjaar later volgde een bescheiden plechtigheid – ondanks onze langdurige strijd over het legeruniform dat hij had willen dragen –, waarna hij zijn huis in Shoreham verkocht en bij ons introk. En we gingen gewoon verder. Ons leven was niet opvallend of overdreven spannend, maar het was wat ik wilde. We hadden een normaal, gelukkig leven.'

Ik draai me om naar Mal, hij luistert aandachtig naar wat ik zeg, hoewel het me een raadsel is wat hij denkt. 'Dat alles is verleden tijd. Mijn leven is voorbij en ik begrijp niet waarom. Ik kijk steeds terug op mijn leven, zelfs terug naar de tijd voordat Leo er was, en ik snap niet waar het allemaal verkeerd is gegaan. Wat ik heb gedaan waardoor dit is gebeurd.'

'Je hebt niets gedaan,' zegt Mal rustig en overtuigd.

'Waarom gebeurt dit dan?' vraag ik. 'Waarom breng ik elk moment door met wensen en hopen en wíllen dat Leo wakker wordt en alles weer goed komt? Waarom weet ik dat als ik dat niet elke seconde doe...'

'Het is juist in dat moment, dat ene vluchtige moment waarin je niet met elk deel van je ziel bezig bent te hopen dat het goed komt, dat het nog erger misgaat. Dat iets wat al zo afschuwelijk is ondraaglijk wordt. In dat moment stort de wereld in.'

'Je moeder?'

Hij knikt ineens gepijnigd.

Vroeger dacht ik dat ik Mals gevoelens ten aanzien van tante Mer kende, dat ik het ook zo voelde. Al die jaren dat ik in haar buurt was, dat ik met haar problemen leefde, haar hoogte- en dieptepunten meemaakte, hadden me doen denken dat ik naast Mal stond. Dat zijn verdriet het mijne was. Maar ik deelde maar een fractie ervan, een uiterst minuscule hoeveelheid. Ik kon het een poosje loslaten, 's nachts gaan slapen zonder te piekeren over tante Mer. Mal kon dat niet. En hij zou het ook nooit kunnen. Ze beheerste zijn leven.

Stephanie. Lange, blonde Stephanie met haar blauwe ogen. Ineens verschijnt ze in mijn gedachten. Haar beeltenis is zo levendig, zo duidelijk, dat het bijna is alsof ze naast Mal staat. Ik voel haar aanwezigheid heel sterk, ik ruik haar zoete, zware parfum, ik hoor het gerammel van haar armbanden, ik voel de scherpe randen van haar aura. Ze is bij ons op het strand. De wind blaast haar haren in haar gezicht en rukt aan haar kleren.

Het samenzijn met haar slokt hem net zozeer op als het zorgen voor tante Mer. Misschien begreep ik niet wat het feit dat ze geen kinderen kan krijgen met haar heeft gedaan. Hoe het haar heeft gevormd. Misschien zou ik haar niet af en toe moeten haten omdat ze misschien niet gewoon verward is, maar misschien wel beschadigd. Misschien is haar schade toegebracht en heeft ze verzorging nodig, zoals tante Mer. En misschíén moet ik ophouden met zo begripvol zijn. Ze heeft haar uiterste best gedaan om me te kwetsen, ze heeft me nooit gemogen, het zelfs niet geprobeerd. Misschien zouden alle keren dat ik haar het voordeel van de twijfel had gegund, moeten stoppen. Ze zouden altijd moeten stoppen als iemand eropuit is om je moedwillig te kwetsen.

'Het gaat de laatste tijd veel beter met haar,' zegt Mal. Heel even denk ik dat hij het over zijn vrouw heeft. Maar dat is niet zo, hij heeft het over tante Mer. 'Er is al jaren niets echt schokkends gebeurd, maar toch kan ik haar niet loslaten. Een deel van me gelooft dat het komt doordat ik het altijd zo – hoe zei jij het? – had gewenst, gehoopt en gewild. Het is niet gewoon de medicatie, de stabiliteit, de wekelijkse bezoekjes aan de psychiater, maar ik die elke seconde bezig is met willen dat het goed met haar gaat.'

'Ik weet het,' antwoord ik. 'Ik weet het nu, bedoel ik. Maar ik ben er niet erg goed in, of wel? Leo is niet...' Ik kan het niet zeggen. Ik heb Mal zoveel verteld als ik kon, ik kan het niet nog een keer doen. Ik kan het niet nog echter maken door het te herhalen. Want dat zou hetzelfde zijn als zeggen dat ik op een dag misschien moet leven in een wereld zonder Leo.

Is er een wereld zonder Leo?

'Ja, die is er,' antwoordt Mal. Ik had niet door dat ik het hardop had gezegd. 'Maar ik weet niet of het een wereld is waarin wij zouden willen leven.'

Onwillekeurig trekken mijn mondhoeken naar beneden, de gruwel ervan snijdt door me heen als een vlijmscherpe laserstraal die me in tweeën splijt. Terwijl ik in twee stukken uiteenval, is Mal plotseling om me heen. Hij trekt me dicht tegen zich aan, houdt me overeind. Hij neemt mijn gezicht in zijn grote, warme handen, alsof ik iets kostbaars ben, gemaakt van breekbaar glas dat zelfs onder lichte druk uiteen zal spatten.

'En dat is het nu juist,' zegt hij vriendelijk maar dringend. 'We overleven. Na elke klap, elke wereldschokkende knal, staan we weer op. Ook al lopen we door de hel en voelt het alsof we niets anders doen dan dat, uiteindelijk bereiken we toch de overkant. Onder de littekens. Gebroken. Maar we overleven. En dan krabbelen we weer overeind. We zullen nooit meer dezelfde zijn, maar komen er wel weer bovenop. Want iets als dit is gewoon een wijze waarop we veranderen. Iedereen moet veranderen.'

'Ik wil niet veranderen. Ik wil niet lopen door de hel. Ik wil dat alles weer wordt zoals het was. Ik wil dat hij me weer de hele dag vragen stelt. Ik wil dat hij wakker wordt en zeurt of hij op de computer mag. Ik wil dat hij me "mammie" noemt, zoals zijn vriendje zijn moeder noemt. Ik wil hem horen zeggen dat ik een betere mama zou kunnen zijn, maar dat ik er voorlopig mee door kan. Ik wil gewoon dat alles weer is zoals het was. Ik wil geen verandering. Ik wil geen hel.'

'Ik weet het, ik weet het,' fluistert hij de hele tijd terwijl ik praat.

'Ik wil mijn Leo terug. Gezond. Perfect. Precies zoals hij was.'

Mals ogen tasten de mijne af, zoals ik de donkere horizon afzocht, wanhopig op zoek naar iets wat alles weer in orde zou maken, voordat hij hier kwam.

'Laat me de liefde met je bedrijven,' zegt hij.

'Wát?' gil ik. Zijn handen op mijn gezicht zijn niet troostend meer en ik duw ze hard weg.

'Laat me je mee naar bed nemen, laat me de liefde met je bedrijven,' herhaalt hij.

'Heb je drugs gebruikt?'

'Nee...'

'Mijn man mag me al god mag weten hoelang niet meer aanraken, en dan zou jij het wel mogen? Uitgerekend jij? Ben je daarom hier? Voor seks? Hoepel dan meteen maar weer op naar Londen.'

'Het zou geen seks zijn,' zegt hij vlug en met een ernstige blik.

'O nee? Wat dan? De onvermijdelijke verstrengeling van twee zielen die op wrede wijze van elkaar waren gescheiden of iets wat even uniek en mooi is?'

'Nee, nee, het is een manier om te vergeten. Om ermee om te gaan. Er was een tijd dat ik dat voortdurend deed – vooral toen ik in Australië zat. Als ik me zorgen maakte over hoe het thuis ging, ging ik... Ik ben er niet trots op, maar het was een manier om te vergeten. Je voelt even iets anders, en anders dan bij sporten of drinken is de pijn een tijdje weg, maar je bent niet alleen en steeds bij bewustzijn. Het verdriet is niet weg, wacht nog steeds op je aan de andere kant, maar je vergeet het even te voelen. Ik doe het nog wel eens. Daar ben ik ook niet trots op, maar het is de waarheid. Soms is het de enige manier om het intense verdriet te stoppen, al is het maar voor even. Laat me dat voor je doen.'

Ik zoek zijn gezicht af, zijn ogen, verken zijn energie, en het enige wat ik voel is waarheid, oprechtheid. Hij meent het. Hij biedt me het enige wat hij kan om me proberen te helpen. Hij wil mijn verdriet wegnemen op de enige manier die hij kent.

Even aarzel ik. Ik wil dat dit stopt. Ik wil wanhopig graag dat de kwelling en angst en het wachten stoppen. Ik wil uitstel, bevrijd worden van wat mijn leven is geworden: ziekenhuizen, medische journaals, ogen die zich afvragen wie ik ben. Het is verlokkelijk om een paar minuten van normaal zijn aangeboden te krijgen, alsof je schoenen met dikke zolen krijgt aangereikt terwijl je over een pad met gebroken glas loopt. Je accepteert vrijwel alles om de pijn te stoppen.

Ben je gek geworden, zeg ik tegen mezelf. 'Nee, dank je,' zeg ik. 'Nee. De hele situatie is afschuwelijk, maar ik zit er middenin en kan er alleen maar het beste van hopen. Als ik jouw aanbod aanneem, zou ik toegeven dat het voorbij is. En dat is het niet. Nog lang niet. Bovendien zouden Keith en ik dat voor elkaar doen.'

'Het spijt me, ik had het niet moeten aanbieden,' zegt hij, 'maar ik kon niets anders bedenken... Het was ook nog eens egoïstisch van me, want het is waar ik op dit moment behoefte aan heb. Dit is een regelrechte nachtmerrie. Ik ga iemand verliezen van wie ik hou, ook al ken ik hem alleen uit de verhalen die mijn moeder me heeft verteld. Hoe heb ik zo gemakkelijk in mijn vader kunnen veranderen?' Hij haalt zijn hand door zijn haar en trilt over zijn hele lichaam. 'Ik bood het aan voor ons allebei. Ik ben echt mijn vader, een absoluut zelfzuchtige rotzak.'

'Hé, Wacken,' zeg ik plagerig, terwijl ik hem een por geef. 'Ik duik niet met je de koffer in, dus hou nu maar op, oké? En smeken is allesbehalve aantrekkelijk.'

Het geluid van zijn lach klinkt hard uit boven de golven en het geluid van de kiezels die over elkaar heen schuiven.

Hij schrikt als ik mijn hand in de zijne laat glijden, maar direct erna sluit hij zijn vingers rond de mijne en klemt ons samen vast. Het voelt zo goed en vertrouwd om zijn hand vast te houden dat een van de ketenen van angst die om mijn borst heen zit, losraakt en ik iets beter kan ademen.

'Zal ik je over Leo vertellen?' vraag ik hem.

'Absoluut.'

We staan hand in hand op, kijken naar de sterren en turen naar de zwarte zee met zijn witte schuimkoppen, terwijl we de zilte zeelucht inademen en ik hem alles vertel over de leukste persoon die ik ken.

44

'Je dekt me wel, hè Nova, als ik de politie bel en vertel dat ik een inbreker met een wok heb geslagen en dat hij bewusteloos op de keukenvloer ligt?'

Mal staat met zijn rug tegen het aanrecht gedrukt. Er is een pan van het vuur gehaald met iets wat eruitziet en ruikt als havermout, en achter hem steken twee sneetjes geroosterd brood uit de broodrooster. Cordy staat voor hem met in haar ene hand mijn zware wok, gericht op Mals hoofd, terwijl de vierjarige Randle een klein zilverkleurig melkpannetje in beide handen vasthoudt als een stuk slaghout, gericht op Mals linkerknie.

Mal ziet er verrassend kalm uit, of het is berusting, omdat hij weet dat hij van Cordy niets anders had hoeven verwachten. Op dit moment heeft hij waarschijnlijk gewacht vanaf de dag dat hij met me brak. Hij wist dat van ons allen Cordy het agressiefst op hem zou reageren omdat hij onze familie uit elkaar had doen laten vallen.

Maar zijn lichaam leunt zo ver mogelijk naar achteren – hij mag er dan in berusten, maar staat niet bepaald te springen om door twee mensen aangevallen te worden.

Ik was wakker geworden van commotie en verheven stemmen, en toen ik beneden kwam, had ik dit tafereel aangetroffen. De vierjarige Ria staat in de deuropening naast me en wipt opgewonden van het ene been op het andere, waarbij de linten aan haar twee zwarte vlechten vrolijk dansen in de lucht. Ik snap wel dat ze dit leuk vindt. Stiekem kan ik er wel om lachen; ik weet dat Cordy dit graag met al haar ex-vriendjes, mijn ex-vriendjes en Mals ex-vriendinnetjes had gedaan – en waarschijnlijk ook een aantal keren met Jack, als ze ermee had kunnen wegkomen. Je kunt het er beter uitgooien dan opkroppen, is haar devies. Ik heb daar veel respect voor. In dat opzicht zijn zij en Amy gelijk: ze ervaren zelden een emotie waaraan ze niet meteen uitdrukking geven. Wat moet het bevrijdend zijn om zo losbandig met je gevoelens om te kunnen gaan. Ik praat te veel, zij handelen te emotioneel.

'Waarom wil je Malvolio pijn doen?' vraag ik Cordy gemoedelijk.

'Waarom?' vraagt ze vol ongeloof. 'Waaróm? Meen je dat nou?' Al die tijd blijft ze haar beoogde slachtoffer strak aankijken.

'Ja, ik meen het. Waarom?'

Mals blik fladdert tussen Cordy's wapen en mij. Hij probeert waarschijnlijk in te schatten of ik zal toestaan dat ze hem slaat of niet.

'Ik kom hier om ontbijt voor je te maken voordat we met z'n allen naar het ziekenhuis gaan en daar staat hij, levensecht, ontbijt voor zichzelf klaar te maken alsof hij in zijn eigen huis is.'

'Niet voor mezelf, maar voor No...' begint Mal.

'Heb ik gezegd dat je iets mocht zeggen?' gilt ze naar hem terwijl ze de wok nog iets hoger houdt.

Mal houdt ten overgave zijn handen omhoog en leunt met zijn lange, gespierde lichaam nog verder naar achteren.

'Hoe haalt hij het in zijn hoofd om zijn gezicht hier te laten zien,' zegt Cordy, alsof Mal in een andere kamer is. Wat ze voelt is waarschijnlijk verraad. Ze heeft hem vanaf het begin verafgood omdat hij altijd voor haar heeft gezorgd. Haar op een voetstuk heeft geplaatst, met haar omging alsof ze inderdaad zijn kleine zusje was, zijn kleine prinses. Ze weet niet of ze hem nog langer kan vertrouwen. Ze kent hem niet meer.

'Ik heb hem gevraagd om hier te komen,' zeg ik terwijl ik tegen de deurpost leun en mijn armen over elkaar sla.

'Waarom in vredesnaam?'

'Omdat dit mijn huis is en ik iedereen kan uitnodigen die ik wil.'

'Nadat hij je met een baby heeft opgezadeld en je in de steek heeft gelaten?' vraagt ze.

Mal klemt zijn kaken op elkaar, zijn gezicht verstrakt, zijn lichaam is gespannen. Ik was vergeten dat voor zover hij weet iedereen nog maar net aan het bijkomen is van het nieuws dat hij Leo's vader is. Hij weet niet dat zijn vrouw zijn moeder alles heeft verteld. En dat tante Mer de rest van de familie heeft ingelicht. Nu weet iedereen iets van hem waarvan hij liever had gehad dat ze het niet deden. En waarschijnlijk zullen ze hem ook naar de reden vragen. En net als ik zullen ze geen genoegen nemen met het excuus waarmee hij aan kwam zetten.

'Het maakt niet uit,' zeg ik tegen Cordy. Het maakt wel uit. Het maakt heel veel uit. Ik zou graag geloven dat het niet zo was, dat er belangrijker dingen zijn waarbij dit alles in het niet valt... En die zijn er ook, maar ze kunnen wat is gebeurd niet uitwissen, maken zijn daad niet ongedaan, de oorzaak van een pijnlijke breuk die nooit is hersteld. Maar zoals ik de anderen duidelijk maakte hoe ze moesten reageren toen ik hun had verteld dat ik als negenentwintigjarige zwanger was en dat de vader buiten beeld was, moest ik ze nu duidelijk maken hoe ze zich tegenover Mal moesten opstellen.

Indertijd had ik gezegd dat ik ontzettend blij was, dat ik het graag zo wilde. Dat ik het liever alleen deed omdat zijn vader en ik totaal niet bij elkaar pasten. Vonden ze het dan niet geweldig nieuws? Op die manier had ik hun allemaal duidelijk gemaakt hoe ze moesten reageren: blij, opgetogen, verrukt. Ik was gelukkig en dus moesten zij dat ook zijn.

Nu moet ik doen alsof ik mijn verdriet van me af heb gezet, om te voorkomen dat hun woede jegens hem de overhand krijgt. En dat zou ondermijnen waar het eigenlijk allemaal om te doen is. Dat kan ik niet laten gebeuren.

'Hoe kan het nu niet uitmaken?' vraagt Cordy. Ze denkt waarschijnlijk dat ik mijn verstand ben kwijtgeraakt.

'Mal is Leo's vader. Ik wil dat Leo weet dat iedereen die om hem geeft – ook zijn vader – hem in deze periode is komen bezoeken. Niemand heeft Mal gedwongen hier te zijn, hij wilde graag komen. Dus in het grote geheel der dingen maakt het niet uit wat Mal heeft gedaan. Het feit dat hij hier nu is, nu Leo hem nodig heeft, wel. Als ik het allemaal van me af kan zetten, moet jij dat ook kunnen.'

'Ik laat me niet zo gemakkelijk inpalmen als jij,' zegt Cordy, hoewel ze me duidelijk heeft begrepen, want zowel haar slanke lichaam als haar greep op de wok verslapt iets.

'Nee, dat weet ik. Maar je bent een geweldig mens, heel gevoelig. En ik denk dat jij de beste persoon bent om naar het ziekenhuis te gaan om mama, papa en tante Mer uit te leggen dat Mal hier is en waarom ze hem niet ter plekke moeten neerslaan.'

'En wat doe jij in de tussentijd?'

'Zorgen dat Mal hier weg is voordat Keith thuiskomt om zich klaar te maken voor zijn werk, en een logeeradres voor hem zoeken.'

Cordy heeft de wok nog steeds niet laten zakken.

'Het is goed, Cordy, echt. Ik heb hem vergeven. En dat betekent dat jij dat ook kunt.'

'Waarschijnlijk,' zegt ze tegen me. 'En jij...' zegt ze terwijl ze ineens met de wok onder Mals neus zwaait.

Randle denkt dat het slaan is begonnen en verzamelt al zijn vierjarige kracht. De melkpan raakt Mals knie met een luide, knerpende knal.

Ria springt achter mijn benen, Randle laat de pan vallen en barst meteen in huilen uit, Cordy staat een paar tellen verstijfd van schrik en probeert dan haar zoontje te troosten, waarbij ze de wok laat vallen, die daarbij de nodige deuken oploopt. Mal duikt in elkaar, valt op de grond, grijpt naar zijn knie en klemt zijn kaken op elkaar om het niet uit te schreeuwen van de pijn. Ria rent naar haar moeder. Ze wil net als Randle geknuffeld worden. Alle drie negeren ze Mal.

Mijn familie is gestoord, besluit ik. Uiteindelijk komt het erop neer dat ik, degene die het grootste deel van de maand niet meer dan een paar uur per nacht heeft geslapen, die al weken op het punt staat in te storten, de verstandigste persoon in deze ruimte ben.

'Je hebt het me niet echt vergeven, hè?' vraagt Mal als we later naar het café lopen.

'Geen seconde,' antwoord ik zonder aarzeling.

45

'Amy, dit is Mal,' zeg ik. 'Een oude vriend van mij. Mal, dit is Amy, mijn zakenpartner.' Ik noem haar geen werknemer omdat haar vriendelijkheid, haar zonnige karakter en haar enorme inzet er allemaal toe bijdragen dat Starstruck zo'n succes is geworden. En ze is geen gewone werknemer. Ze is een fantastische vriendin die zich de afgelopen weken voor tweehonderd procent heeft ingezet. Ze heeft het café op tijd geopend, gesloten, klanten bediend, tafels afgeruimd, toegegeven aan de doorgaans belachelijke verzoeken van de mediums, af en toe zelf readings gedaan, de kas opgemaakt, afgesloten en inkopen gedaan bij de groothandel. En dat alles zonder ook maar één keer te klagen. Ook bezoekt ze Leo zoveel ze kan.

'Shakespeare!' roept Amy uit. Haar ogen flitsen over Mals gezicht, alsof ze naar iets zoekt. 'Jij bent Shakespeare!' Ze grijnst. Opgewonden klapt ze in haar handen, ze duwt een haarlok achter haar oor en wendt zich tot mij. 'Hij is Shakespeare! Had ik het al die jaren geleden dus toch bij het juiste eind. Ik had het niet verkeerd gezien.' Ze steekt opgewonden haar wijsvinger naar hem uit (als ze Leo was geweest, had ik tegen haar gezegd dat ze niet mocht wijzen). 'Hij is je connectie met Shakespeare.'

Mal neemt haar achterdochtig op en lijkt te denken dat deze lange dame met haren tot aan haar middel, een tongpiercing en getatoeëerde navel een beetje gestoord is.

'Toen Amy en ik elkaar voor het eerst ontmoetten, dacht ze dat ik een actrice was,' leg ik uit.

'O,' zegt Mal.

'Ze is helderziend,' leg ik verder uit.

'Oké,' zegt hij terwijl hij met een ernstig gezicht knikt, alsof ik hem zojuist heb verteld dat ze wat traag van begrip is.

'Nee, echt,' verzeker ik hem. 'Een van de beste die ik ooit heb ontmoet.'

Amy's ogen worden groot en er verschijnt een nog bredere grijns op haar gezicht. En ze bloost hevig, want dit heb ik nog nooit eerder tegen haar gezegd. Mal kijkt zoals Keith kijkt als ik hierover begin en vraagt zich waarschijnlijk af of ik misschien psychische hulp nodig heb.

'Toen ik haar ontmoette, dacht ze dat ik een actrice was omdat ze me omringd zag door sterren. Ze wist toen nog niet hoe ik heette.' Ik graaf door mijn geheugen om het me allemaal weer helder voor de geest te halen. 'Ze zei dat ik een heel sterke connectie met Shakespeare had. En toen ik zei dat de meeste mensen dat hadden omdat we op school allemaal zijn toneelstukken hadden moeten lezen, zei ze dat zowel Leo als ik een heel sterke connectie met Shakespeare had. En toen zei ze dat het iets te maken had met twaalf of de twaalfde. En daarna zei ze dat ik een connectie met de Old Vic had. Of een persoon die Old Vic heette.'

Bij het laatste zal er bij Mal een lichtje gaan branden, weet ik. De meeste collega's van zijn vader noemden hem Old Vic. Mals gezicht verbleekt en hij kijkt weer naar Amy, nu met een onzekere blik.

'Amy doet alleen readings bij mensen als ze iets van hen opvangt. Als ze geen verbinding met hen heeft als ze voor haar gaan zitten, berekent ze niets en doet ze geen reading,' zeg ik. 'Daarom heb ik zoveel respect voor haar. Dat is de reden dat ik hier alleen mensen laat werken die zo gewetensvol zijn.'

'Maar jij bent Shakespeare!' roept ze uit terwijl ze weer in haar handen klapt. 'Wat fijn dat ik je eindelijk ontmoet.' Als Amy later zestig is, zal ze nog steeds zo verrukt op iets kunnen reageren, daar twijfel ik geen moment aan. 'Ik heb me wel eens afgevraagd wat die connectie toch was. Vooral omdat die zo sterk met Leo is. Hé, was Old Vic jouw vader?'

Mal verstart en er glijdt een kille blik over zijn gezicht, een hard, uitdrukkingsloos masker. Kennelijk praat hij nog steeds niet over zijn vader. Zijn ogen, die nu zo hard zijn als ongeslepen diamanten, boren zich in die van Amy.

'Amy, zou je me een heel groot plezier willen doen?' Ik besluit dit gesprek voorlopig af te buigen om te voorkomen dat ze al afstand scheppen tot elkaar voordat ze een echte, goede reden hebben om elkaar niet te mogen.

Ze draait haar hoofd enigszins naar me toe, maar blijft Mal strak aankijken. Uiteindelijk richt ze haar bruine, draaikolkachtige ogen op mij, maar ze kan duidelijk niet wachten om ze weer op hem te richten. 'Hmm?' vraagt ze.

'Mal is net gearriveerd en we hebben nog geen tijd gehad om een hotel of pension voor hem te regelen. Mijn huis is geen geschikt logeeradres voor hem, dus vroeg ik me af of hij een paar dagen bij jou mag slapen? Totdat we een hotel hebben gevonden?'

Ik verwacht dat ze ja zegt; zo is ze nu eenmaal, daarom vraag ik het aan haar. In plaats daarvan draait ze haar hoofd weer snel om naar Mal en staart hem een lang, stil, gespannen moment aan voordat ze haar blik weer op mij richt. Haar lange vingers klemmen zich om mijn bovenarm. 'Kan ik je even onder vier ogen spreken?' Ze wijst naar de deur die naar de achterkant van het café leidt en nog voordat ik kan antwoorden, sleept ze me mee.

Mals gedachten zijn onleesbaar terwijl hij een stoel pakt en gaat zitten.

'Dat is Leo's vader, toch?' vraagt ze.

Ik knik.

'En hij heeft je hart gebroken, toch?'

Ik knik weer.

'Wat doet hij hier dan? Waarom zoekt hij een logeeradres?'

Ik heb het haar nog niet verteld. Na alles wat er is gebeurd, heb ik haar nog niet verteld wat de arts heeft gezegd. Iedereen was erbij en zij was zoals altijd hier, bewaakte het fort, redde me van de financiële ondergang, en ze weet het nog steeds niet.

Amy heeft Leo praktisch elke dag van zijn leven meegemaakt. De enige persoon die hij vaker heeft gezien dan haar ben ik. Ze zijn dikke vrienden en hij vindt het geweldig als ze Japans tegen hem praat en probeert samen met hem op de PlayStation te spelen. Dit is niet het soort nieuws dat ze van mij zou moeten horen. Iemand die verder van haar afstaat, die objectiever is, zou het haar moeten vertellen. Ook al haatte ik de man om wat hij zei, doordat die arts mijn hele familie tegelijkertijd heeft ingelicht over Leo, hoefde ik het zelf niet te doen. Hoefde ík niet het worstcasescenario door te nemen met de mensen die van Leo houden.

'Je kunt maar beter even gaan zitten,' zeg ik tegen haar.

'Zeg het maar gewoon.' Ze beseft dat als Mal hier is, het geen goed nieuws zal zijn.

Aarzelend, verward en mompelend vertel ik haar wat de arts heeft gezegd. Ik probeer het te herhalen zonder te zeggen wat ik ertussendoor zei. Terwijl ik praat, kijk ik naar haar en wacht op het moment waarop ze zal doen wat mama en Cordy deden: in tranen uitbarsten. Of wat papa deed: even bij ons weg lopen. Of wat Keith deed: naar me reiken. Of zelfs wat tante Mer en ik deden, namelijk ongelooflijk stil worden.

Wat Amy doet, verrast me: als ik klaar ben met mijn verhaal, knikt ze langzaam – en valt dan flauw.

Ik sluit het café af zonder de kas op te maken – ik leg de opbrengst van de drukke ochtend in de kluis. Ik heb dringender zaken af te handelen. Mal bekommert zich om Amy zodat ik naar het ziekenhuis kan gaan. Ik heb Leo niet meer gezien sinds ik gisteravond even snel bij hem langs wipte op de terugweg uit Londen. Dat is een lange tijd weg van hem. Mal zei dat hij Amy met de auto naar huis zou brengen, ook al woont ze vlakbij – aan de andere kant van Poets Corner. Hij zal ervoor zorgen dat ze veilig in bed komt te liggen en wachten tot Trudy terug is.

Ze was praktisch bewusteloos en ik was jaloers op haar. Ik heb dat de afgelopen weken diverse keren willen doen. Gewoon even uit de realiteit stappen in een beschermend krachtveld opgetrokken door mijn geest. Jammer genoeg had ik, héb ik die luxe niet.

Mijn huidige leven is als een machine met vele onderdelen die stuk voor stuk onderhoud vergen, anders valt ze uit elkaar. Het gebied dat het meest toe is aan een beurt, aan liefde en aandacht, is op dit moment mijn huwelijk. Keith praat niet met me. Hij zegt alleen nog het hoognodige tegen me sinds tante Mer iedereen alles over het draagmoederschap heeft verteld. Maar ik kan mijn aandacht niet op hem richten. Zorgen voor Amy, Mal hierheen halen en in het ziekenhuis zien te komen: die onderdelen van de machine moeten eerst worden gereinigd en geolied.

Ik rijd het parkeerterrein van het ziekenhuis op. Er zijn speciale plekken voor ouders en verzorgers van langdurig zieke kinderen. Er gaat een golf van opluchting door me heen. Ik hoef me de rest van de dag geen zorgen te maken om Amy en het café. De opluchting daarover is zo enorm en voelt zo heerlijk dat ik besluit, terwijl ik naar het grijze gebouw loop dat voor me opdoemt, Starstruck nog

een paar dagen gesloten te houden. Daar is het, die heerlijke opluchting. Ik wil erin duiken, ervan drinken, erin zwemmen, er een
levenlang in blijven. Ik wil verdrinken in iets waarover ik me geen
zorgen hoef te maken.

Ik tref een vreemd tafereel aan in Leo's kamer: mama zit in mijn
stoel te haken met haar gezicht naar Leo toe en Randle hangt sla-
pend op haar schoot. Zijn hoofd rust op haar indrukwekkende
boezem; tante Mer zit in Keiths stoel en leest Leo voor; papa zit in
een andere stoel, een nieuwe in de kamer; Cordy heeft een geruit
picknickkleed op de vloer gelegd en de kinderen hebben er een verzameling speelgoed over verspreid, hoewel Ria geboeid meeluistert
naar het verhaal dat tante Mer voorleest. Cordy zit in kleermakerszit door een tijdschrift te bladeren.

Dit is de reden waarom de ziekenhuisregels voorschrijven dat er
niet meer dan twee mensen tegelijk op bezoek mogen komen. Als
er nu een noodsituatie uitbreekt, zouden ze over mensen struikelen
om bij Leo te komen, maar ik vind het heerlijk dat mijn familie hier
is. Dat ze hun dagen rond hem hebben georganiseerd zoals ze doen
als hij in een schoolvoorstelling speelt, een voetbalwedstrijd heeft
of als hij jarig is. Iedereen komt deze kant op om naar hem te kijken, om bij hem te zijn, om hem te prijzen.

'Hallo, Leo,' zeg ik tegen hem. 'Ik ben het.' Ik laat mijn ogen over
alle anderen glijden terwijl ik hem begroet. Ze glimlachen allemaal
naar me op hun eigen manier: mama's glimlach is opgewekt, die
van papa verborgen, die van Cordy nog opgewekter dan die van
mama, die van tante Mer alsof ze een geheim heeft, en die van Ria
nieuwsgierig.

Cordy heeft haar taak volbracht. Ze heeft hun verteld wat er
maar voor nodig was opdat ze niet meer zouden hoeven bedenken
wat ze tegen me moesten zeggen. Dat mij onrecht is aangedaan en
dat ik het jaren geleden had moeten vertellen zodat ze de dader uit
hun leven hadden kunnen bannen. Ze heeft hen gerustgesteld, misschien door te zeggen dat hij hier nú is, dat ik hem heb vergeven en
dat hij het goed wil maken. Misschien heeft ze zelfs wel verteld dat
Randle bijna zijn knieschijf heeft verbrijzeld, en heeft dat hun dorst
naar bloed bevredigd. Hoe dan ook, Cordy – geweldige PR-dame
die ze is – heeft mijn familie gekalmeerd. Mal zal misschien nog
even ernstig worden toegesproken, maar niet levend worden gevild,

en het zal allemaal niet om hem gaan draaien. Daar ben ik mijn zusje enorm dankbaar voor.

'Er is niets veranderd,' zegt mijn moeder rustig terwijl ze haar ingewikkelde gehaakte stuk naar papa ophoudt. Zonder enige aarzeling legt hij zijn kruiswoordpuzzel weg, pakt haar katoenen tas en stopt het haakwerkje en de eraan vast gehaakte naald erin. Cordy ruimt het speelgoed op in een van haar grote tassen, met hulp van Ria, en vouwt het picknickkleed op. Mama neemt Randle in haar armen en vindt een manier om op te staan zonder hem wakker te maken.

'Waar is Malvolio?' vraagt tante Mer terwijl ze opstaat en het boek dichtslaat.

'Hij zorgt voor Amy,' zeg ik. 'Ze viel flauw toen... Eerder. Mal heeft haar naar huis gebracht en blijft bij haar tot Trudy terug is.'

'Arme Amy,' zegt Cordy. Mal is in ieders achting een puntje of twee gestegen omdat hij haar niet eens kent.

'Bel hem maar even,' zeg ik tegen tante Mer. 'Hij is op zoek naar een hotel.'

'Oké, dan gaan we nu maar,' zegt mama.

'Tot morgen,' zeg ik.

'Dus je komt vanavond niet meer thuis?' vraagt papa.

'Nee, ik blijf hier. Ik wil Keith gezelschap houden.'

Nadat we uitgebreid afscheid hebben genomen, vertrekken ze. Cordy en de tweeling gaan terug naar Crawley; mama, papa en tante Mer willen een uitstapje maken naar Brighton.

En dan ben ik alleen. Met Leo.

Zoals ik het graag heb.

Als ik hier niet ben, wil ik graag dat hij omringd is met familie, maar op dit soort momenten wil ik alleen met hem zijn. Hij en ik, zoals het altijd is geweest.

46

Gisteravond voelde ik me na het eerste glas wijn minder leeg, voor-al omdat ik in de keuken de radio had aangezet, in de eetkamer de cd-speler en in de woonkamer de televisie.

De eerste fles wijn moet me hebben doen besluiten om op de bank te gaan slapen, want het bed boven was te ver lopen en te leeg zonder mijn echtgenoot.

De tweede fles wijn moet me hebben doen denken dat de zolder een verstandige plek was om een bezoekje te brengen: toen ik wak-ker werd, zag ik dat alle babykleertjes die ik al die jaren geleden had gekocht op de grond om me heen lagen, als knipsels uit een driedimensionale kinderkledingcatalogus zonder modellen.

Ik kan me er niets van herinneren. Uit mijn opgezette, plakkerige ogen maak ik op dat ik ook heb gehuild.

Ontnuchtering, schaamte en een douche (lang, heet, veel douche-schuim) hebben me hier gebracht. In de achtertuin, met een sigaret tussen mijn lippen geklemd, terwijl ik elk stuk theeservies dat we van Meredith hebben gekregen kapot smijt op het betonnen pad tussen het huis en het houten schuurtje achter in de tuin.

Is het niet allemaal begonnen met het theekopje dat ik brak? Ik moet afmaken wat ik die dag per ongeluk ben begonnen. Het is me nu duidelijk: op het theeservies, waar het ook vandaan kwam, rust een vloek.

Ik moet elk vervloekt onderdeel ervan uit mijn huis en leven ver-wijderen.

47

Ik schrik van geklop aan de deur.

Ik had zitten dutten, niet slapen – niet dromen, wat een zegen is. Automatisch kijk ik naar Leo: geen verandering, en daarna strompel ik naar de deur.

Mijn hart vergeet een paar seconden te slaan en mijn ademhaling stokt: Mal.

O ja, ik had hem hier uitgenodigd. Hij valt helemaal buiten de context – de afgelopen jaren heb ik hem niet gezien als iemand met wie ik van dichtbij omga; het is altijd op afstand.

'Hoi,' zegt hij. Het is duidelijk dat hij de schrik op mijn gezicht heeft gezien.

'Hoi,' zeg ik. Hij heeft gedoucht en zijn haren gekamd, die nu beteugelde krullen uit zijn gezicht zijn getrokken. Ik was vergeten hoe hoekig maar vreemd genoeg zacht zijn trekken zijn. Jarenlang heb ik die volle lippen willen kussen en gewild dat zijn ogen, een fractie donkerder dan het bruin in de vacht van een vos, me zouden aanstaren zoals ze nu doen: ze onderzoeken me vriendelijk en behoedzaam, alsof hij probeert mijn buitenste lagen af te pellen om binnen in me te kijken.

Telkens wanneer we gedurende langere tijd van elkaar gescheiden waren – zoals toen ik vanuit Oxford terugging naar Londen, toen hij terugkeerde uit Australië, toen ik met Keith op vakantie ging – deed hij dat. Dan wilde hij zich fysiek, mentaal en emotioneel weer met me vertrouwd maken. Dan staarde hij me aan en betastte me om zich ervan te vergewissen dat ik echt was. Nu, na al die jaren, is die behoefte van hem nog sterker.

Ik heb de neiging om hem te slaan. Zomaar. Ik wil hem slaan om hem uit die dromerige staat te doen ontwaken, hem eraan te herinneren waarom hij hier is. Maar ik zie dat iemand anders me al voor is geweest: er prijkt een dieprode striem op zijn linkerwang, waar iemand hem duidelijk een paar keer heeft geslagen. Ik wijs naar zijn wang. 'Wat is er gebeurd?'

'Huh?' vraagt hij terwijl hij zijn wang aanraakt. 'O, mama.'

Heeft tante Mer dat gedaan?

'De eerste keer sloeg ze me om wat ik had gedaan. Daarna sloeg ze me omdat ik haar al die jaren niet de waarheid heb verteld en haar heb laten denken wat ze dacht. Vervolgens sloeg ze me omdat iedereen me zou willen slaan, maar dat nooit zou doen. Daarna sloeg ze me omdat ik mezelf een klap zou hebben verkocht als ik de blik op het gezicht van mijn familie had gezien toen ze hun de waarheid vertelde. Vervolgens ben ik gestopt met tellen.'

Tante Mer?

'Daarna begon ze te huilen en zei dat ze nooit had gedacht dat de eerste keer dat ze een van haar kinderen sloeg zou zijn als hij in de dertig was. En toen zei ze dat ze zich haar hele leven nog nooit voor iemand had geschaamd en dat dit de eerste keer was en dat ik er geen weet van had hoe pijnlijk schaamte is. Eerlijk gezegd werd ik nog liever door haar geslagen.'

'Ik heb het niet verteld, weet je,' zeg ik. 'Ik heb hun niets verteld.' Kennelijk had het hem diep geraakt dat tante Mer zich voor hem schaamde.

'Steph heeft het aan mama verteld. Ik weet niet waarom, maar ze heeft het gedaan,' zegt hij. 'Met Amy gaat het goed. Trudy is terug-gekomen en heeft haar in bed gelegd. Ze zegt nog steeds niets. Ik heb ook een hotel gevonden. Het ligt vlak bij het hotel waar mama en je ouders verblijven.'

Ik knik naar hem.

'Zou ik Leo mogen zien?'

'Ja, tuurlijk.'

'Echt?' Hij is verbaasd.

'Dacht je soms dat ik je hier helemaal naartoe had gehaald om je vervolgens te verbieden hem te zien?'

'Ik zou het je niet kwalijk nemen.'

'Mal, dit gaat niet om jou, maar om Leo.'

Hij stapt over de drempel en verstijft. Dat doet iedereen de eerste keer dat ze hier komen. De machines rond het bed zijn intimide-rend, ze piepen en maken drupgeluiden, terwijl er lampjes knippe-ren en lijnen over de monitoren bewegen. Een witte slang leidt van een van de machines naar het bed, naar Leo's mond. Soms halen ze de slang eruit omdat hij meestal zelfstandig kan ademen. Aan zijn arm zit een infuus. Als je de kamer voor de eerste keer binnen komt, lijkt Leo door de machines heel klein, fragiel en breekbaar. Het tafereel doet me beseffen hoe verbluffend het menselijk lichaam is omdat het al die dingen en meer in zijn eentje kan doen. En het doet je beseffen hoe kwetsbaar je eigenlijk bent, want iets heel kleins kan ervoor zorgen dat je hier komt te liggen.

Mal is doodsbang, zijn ogen zijn groot, zijn lichaam gespannen terwijl hij naar me kijkt. Ik pak hem voorzichtig bij zijn bovenarm vast en leid hem naar mijn stoel.

'Het is goed, ga maar even zitten,' zeg ik tegen hem. 'Zeg tegen hem wie je bent en praat met hem.' Rustig duw ik hem in mijn stoel.

'Kijk eens wie hier is,' zeg ik tegen Leo. 'Het is mijn oude vriend Mal. Hij is de zoon van oma Mer. Net zoals jij mijn zoon bent, is hij de zoon van oma Mer. En hij is je andere papa. Weet je nog? Je schreef eens dat je twee papa's had. Hij is de andere.'

Ik wrijf met mijn hand geruststellend over Mals arm en daarna ga ik aan de andere kant van de kamer, bij de deur, zitten.

'Eh... hoi, Leo. Ik ben Mal. Ik heb je gezien toen je een paar dagen oud was. Ik vond je zo klein. Ik wilde je oppakken omdat ik zeker wist dat je in het kommetje van mijn hand zou passen. Ik heb je ook gezien op de bruiloft van tante Cordy. Je oma Mer laat me altijd foto's van je zien.

Weet je wel wie ik ben? Ik ben de jongen op de foto die je aan oma Mer had laten zien, toen je vroeg waarom ik op je leek. Dat was ik.

Je mama heeft me verteld dat je dol bent op je PlayStation en voetbal. Ik vind die twee dingen ook leuk. We gaan een keertje samen spelen, oké? Dan zullen we eens zien wie van ons tweeën de beste is. Ik ben er behoorlijk goed in, hoor. Er zijn maar weinig mensen die mij kunnen verslaan, maar jij zult vast een poging wagen.'

Ik hou van Mals stem. De manier waarop hij praat; zijn intonatie. En nog meer hou ik van zijn stem omdat hij praat tegen Leo, een gesprek met hem heeft dat hij lang geleden al had moeten voeren.

48

'We moeten voorzichtig zijn als we leugens vertellen,' zeg ik tegen Carole. 'Ze leven. Leugens leven. Als je ze eenmaal hebt verteld, moet je ze verzorgen, voeden, koesteren, aandacht geven, gezelschap houden... liefde en genegenheid tonen, zoals elk ander levend wezen waarvoor we verantwoordelijk zijn.'

Carole staart me aan. Ze zit aan de andere kant van de houten tafel, een sigaret in de ene hand, haar kop thee in de andere, en staart me aan. Ze heeft duidelijk geen idee waar ik het over heb. Maar ik heb haar nodig. In een helder moment, nadat ik het theeservies kapot had gegooid en het drankritueel met de babykleertjes nog eens had uitgevoerd, besefte ik dat het een teken was en dat ik met iemand moest praten voordat alles uit de hand zou lopen. Zij is het. Van onze groep is zij de persoon met wie ik het meeste heb, denk ik. De eerste paar weken op de universiteit deelden we een kamer in een studentenhuis totdat een paar van onze medestudenten besloten dat het studentenleven niets voor hen was en vertrokken, waardoor er kamers vrijkwamen. Carole sliep boven in het stapelbed en was degene die verhuisde toen het meisje naast ons naar huis ging om met haar vriend een gezin te stichten in plaats van drie jaar gescheiden van hem te leven om te studeren. Je zou verwachten dat het ongemakkelijk en vreemd tussen Carole en mij zou zijn, omdat ik twee jaar lang een relatie met Vince heb gehad, de man met wie zij uiteindelijk is getrouwd, maar dat is niet zo. Tussen Vince en mij was het vanaf het begin hopeloos. Het had ons twee jaar aan tranen, driftbuien, bezoekjes aan de eerstehulpafdeling en dreigementen gekost om van de universiteit te worden geschopt en tot dat inzicht te komen. Carole is evenwichtig, lief, geschikt. Alles wat ik niet ben.

Carole brengt het kopje naar haar lippen en ik besef mijn fout. Ik heb thee in de koffiekopjes geschonken. Ik was er met mijn gedachten niet helemaal bij; hopelijk begrijpt ze dat over een paar minuten en zal ze deze kleine misstap voor zich houden. We zijn een stelletje krengen, ja, maar het is bekend dat we dit soort fouten die we allemaal maken achter elkaars rug om 'bespreken'.

Mijn ogen glijden over het witte serviesgoed met de dunne, roze streep rond de basis. Hoe heb ik het over het hoofd kunnen zien, dat het een andere kleur roze is dan dat rond de basis van de schoteltjes, theepot, het melkkannetje en de suikerpot? Hoe?

Ik heb Carole hiernaartoe gelokt met de smoes dat we zouden gaan joggen. In plaats daarvan wachtte ik haar op met een pot thee, cake en een pakje sigaretten. Ik durfde niet te zeggen dat ik gewoon graag even met haar wilde praten. Misschien had ze het al aan een van de anderen verteld. Ik wil haar op het hart drukken dat ze het voor zich moet houden, dat ze dit niet met anderen mag delen. Carole is aardig. Ze mag Mal graag en ze vindt het leuk dat we samen zijn. Rook versluiert haar gezicht terwijl ze een rookpluim uitblaast. Onder normale omstandigheden zouden we hierbinnen nooit roken, maar dit zijn geen normale omstandigheden.

'Carole, ik ga je een geheim vertellen over een leugen die ik ooit heb verteld. Een die liefde, aandacht en gezelschap nodig heeft,' ga ik verder terwijl ik mijn ogen afwend van het servies. Misschien ziet ze het niet, zal ze niet iedereen vertellen wat voor puinhoop ik ervan heb gemaakt. 'Ik zou – hou het alsjeblieft voor je – alsjeblieft.'

Ze neemt een trekje van haar sigaret, fronst een beetje terwijl ze knikt en slaat haar arm om haar buik alsof ze zichzelf schrap zet voor wat ik dadelijk ga vertellen. 'Natuurlijk.'

'Ik heb tegen mijn man gelogen. Tegen Mal. Ik heb tegen hem gelogen. Heel lang geleden. Het was maar eenmalig, maar die leugen had een metgezel nodig om hem levend te houden. Hij had veel metgezellen nodig. En als gevolg van die leugen, en zijn metgezellen, gaat Mals zoontje dood.'

Carole fronst nog heviger en haar ogen schieten even heen en weer terwijl ze denkt aan haar zoon en dochter. Veilig bij hun vader, hoopt ze. Dat doen vast alle ouders: als ze horen over een ziek, vermist of gewond kind, denken ze meteen aan hun eigen kinderen en hopen dat alles goed met hen is. Dat alles goed is en dat ze zijn waar ze horen te zijn.

'Het is allemaal mijn schuld dat het jongetje gaat sterven,' vertel ik haar. Plotseling voelt het alsof het gewicht van mijn schuldgevoel een beetje minder wordt. Dat deel van de bekentenis heeft mijn schuldgevoel verlicht. De rest zal hopelijk nog meer verlichting geven.

Ze verschuift een stukje in haar stoel, een heel klein beetje, terwijl ze zich afvraagt wat ik heb gedaan, hoe ik het jongetje pijn heb gedaan, hoe ze gaat reageren op de ontdekking dat ik iemand ben die in staat is een kind iets aan te doen. Haar stem trilt als ze vraagt: 'Wat is er gebeurd?' Ik heb de juiste persoon gekozen. Ze heeft me gevraagd wat er is gebeurd, in plaats van: 'Wat heb je gedaan?' Dat suggereert dat ze ervan uitgaat dat het een ongelukje is geweest. Niet iets wat ik expres heb gedaan. Ze gelooft niet dat ik slecht ben. En dat betekent dat ze het misschien begrijpt als ik haar de rest vertel.

'Jaren geleden, niet lang nadat ik Mal had leren kennen, we al heel serieus met elkaar waren en ik voelde dat hij me ten huwelijk zou vragen, heb ik tegen hem gezegd dat ik geen kinderen kon krijgen.'

Caroles ongemakkelijke gevoel zakt een beetje weg, haar schouders worden losser. Dan gaan haar gedachten terug naar het etentje en trekt er een vlaag van schaamte over haar gezicht. 'Kun je geen kinderen krijgen?' vraagt ze met zoveel sympathie in haar stem dat het me amper lukt om de rest te vertellen.

Misschien gaat ze me toch slecht vinden. 'Nee, maar hij besefte niet dat ik bedoelde dat ik geen kinderen wíl krijgen.'

De sigaret stopt onderweg naar Caroles wachtende mond. Ze draagt roze lipgloss, al zouden we alleen maar gaan joggen. 'Hoe bedoel je dat?' vraagt ze voorzichtig terwijl ze haar sigaret op de kristallen asbak legt.

Ik kijk naar het brandende uiteinde van de sigaret, niet in staat om haar aan te kijken. 'Dat ik lang geleden heb besloten dat ik geen kinderen wil omdat het een groot offer zou betekenen dat ik gewoon niet kan brengen.'

49

Keith praat echt niet met me.

Ik voel een stomp in mijn maag telkens als ik eraan denk. We hebben altijd gepraat en dit maakt me immens verdrietig.

De afgelopen week hebben we nauwelijks meer dan tweehonderd woorden met elkaar gewisseld. Hij komt om de nachtdienst voor zijn rekening te nemen, om de nacht door te brengen met Leo, hoewel elk lid van mijn familie heeft aangeboden dat te doen zodat hij met mij naar huis kan gaan. Altijd weigert hij, zodat hij niet naast me in bed hoeft te liggen. Zijn sms'jes ondertekent hij met 'Keith', geen 'liefs' meer, geen 'x'. Misschien zou hij het liefst 'Ik ken je niet' intikken. Gisteravond had ik erop gestaan dat ik bij hem bleef, maar hij had gezegd: 'Nee, ga nu maar naar huis. Jij moet er morgenochtend weer zijn voor Leo,' en daarna weigerde hij nog iets te zeggen.

Hij is nog steeds kapot van wat ik in zijn gedachten ben geworden: iemand die in staat is haar kind weg te geven. En dat zou hebben gedaan als de wensouders niet van gedachten waren veranderd. Keith gelooft niet dat iemand zoiets kan doen en toch nog met zichzelf kan leven; hij gelooft dat iedere draagmoeder – betaald of niet – in feite de ergste nachtmerrie van iedere wensouder is, omdat ze uiteindelijk zal besluiten om de baby te houden. Dat ik bereid ben geweest om het kind dat Leo werd na negen maanden aan zijn 'echte' ouders te geven, heeft hem hevig geschokt. Keith wordt niet graag geschokt. Dat Leo in het ziekenhuis ligt is al erg genoeg, deze onthulling is een schok te veel. Dus heeft hij besloten me te negeren en alleen tegen me te praten wanneer het absoluut noodzakelijk is.

'Dacht je soms dat ik rustig zou toekijken terwijl het kind van een andere man in je groeit?' schreeuwde hij al die jaren geleden tegen me. Praten op een normaal volume had ons nergens gebracht;

hij was overgegaan op schreeuwen. 'Ik kan toch moeilijk doen alsof het er niet is terwijl je elke dag dikker wordt? Als we over straat lopen, zou iedereen die naar ons keek denken dat het ons kind was en vragen stellen. En dan? Zouden we dan liegen?'

'Ik heb je toch gezegd dat het me niet kan schelen wat andere mensen denken? Wat jij denkt is belangrijk, niet wat buitenstaanders ervan vinden.'

'Ik vind het een slecht idee.'

'Hoe kan het een slecht idee zijn als ik iets doe waarmee ik iemand gelukkig maak?'

'Het is niet goed voor je. Je zult er na afloop kapot van zijn.'

'Je bedoelt dat het niet goed voor jóú zal zijn als ik er na afloop kapot van ben; je hebt gewoon geen zin om me dan te moeten opvangen.'

'Mag ik me soms geen zorgen maken over hoe dit alles tussen ons zal veranderen? Je zult niet meer mogen drinken, je zult misselijk zijn, zij zullen hier altijd zijn om je te zien. Je lichaam zal veranderen, je zult minder kunnen doen. Ik zal deze baby zien bewegen en we zullen alleen nog maar seks in bepaalde posities kunnen hebben. En aan het eind van de rit zullen we niet eens een baby hebben die dit alles de moeite waard maakt.'

'Gaat het daarover? Over seks?'

'Lucks, als jij denkt dat ik met je kan vrijen terwijl je het kind van iemand anders draagt, ken je me niet.'

'Zo komen we niet verder,' zei ik. Hij had gelijk, dat viel niet te ontkennen. Ik had niet aan hem gedacht toen ik ermee instemde. Ik had niet gedacht dat het nodig was, maar aangenomen dat hij het zou begrijpen, terwijl ik hem in werkelijkheid vroeg om onze relatie voor het grootste deel van het jaar in de ijskast te zetten en terwijl ik twee mensen vóór hem plaatste. Ik had met hem moeten overleggen of me erop moeten voorbereiden dat ik hem zou verliezen.

'Laat me de feiten op tafel leggen: als je dit doet, dan...' Hij stopte omdat hij het niet wilde doen. Niet nu het niet zijn schuld was. Het waren niet zíjn vrienden. Hij was niet met hen opgegroeid, waarom zou hij zijn leven drastisch wijzigen voor mensen voor wie hij geen echte loyaliteit voelde? En waarom zou hij degene moeten zijn die onze relatie beëindigde?

'Ik zet dit door. Ik hou van je, maar ik zet dit door. Ik zei dat ik het zou doen en ik ga het ook doen. Dus dan is het over tussen ons.' Ik wilde huilen. Zodra hij weg was, zou ik in tranen uitbarsten.

Heel langzaam nam hij me van top tot teen op, alsof hij elk stukje van mij in zijn geheugen probeerde te prenten. 'Ik ga mijn spullen pakken.' Toen hij terugkwam met twee weekendtassen vol met kleren, boeken, cd's en andere spullen die hij bij mij thuis had liggen, nam hij me weer op. 'Ik neem me steeds weer voor niet weer wat met je te beginnen,' zei hij. 'Want elke keer dat we uit elkaar gaan, doe ik er langer over om over je heen te komen.'

'Ik ook.' Ik hoopte dat hij gauw wegging, want ik stond op het punt te gaan huilen. En elke keer dat we het uitmaakten en ik begon te huilen, ging hij me troosten en belandden we in bed, en dan huilde ik na afloop weer.

De eerstvolgende keer dat ik hem zag, was hij me komen opzoeken omdat hij had ontdekt dat ik in East Sussex woonde en hij in West Sussex. Ik vertelde hem meteen dat ik een zoon had. Toen Keith hoorde hoe oud hij was, nam hij aan dat ik had besloten het kind te houden.

'Praat alsjeblieft tegen me,' zeg ik later tegen hem. Iedereen is een paar uur geleden vertrokken en sindsdien heb ik Leo voorgelezen en nagedacht hoe ik het weer goed kan maken met Keith. Hij loopt deze week weer in uniform en voor de allereerste keer ben ik geneigd hem naar zijn werk te vragen, zodat hij me uitgebreid zal vertellen waarom hij me niets kan en zál vertellen. Ik wil zijn stem horen, dat hij langer dan een paar seconden woorden tot me richt. Hij is bezig zijn jas uit te trekken, stopt dan en trekt hem weer aan. Opeens ben ik bang dat hij zo weer naar buiten loopt. In plaats daarvan staart hij naar Leo en vraagt: 'Waarover?'

'Maakt niet uit. Praat tegen me, hou alsjeblieft op me te negeren.' Hij draait zich langzaam naar me om en ik zie dat hij niet boos op me is. Hij is verward, onzeker. Hij weet niet wat hij tegen me moet zeggen. Hij zucht met zijn hele lichaam en ik besef ineens weer hoe sterk hij is. Gespierd, lang, rustig, zelfverzekerd, sterk – op zo'n andere manier dan de meeste mannen met wie ik afspraakjes heb gehad. Hij is eerlijk en dat geeft hem kracht. Niets van wat hij zegt is oneerlijk, onwaar of verzonnen, en dat geeft hem iets standvastigs. Dat is waarom hij zo overstuur is: ik heb niet rechtstreeks tegen hem gelogen, maar als ik in staat blijk te zijn om de héle waarheid voor hem te verzwijgen, weet hij niet meer wie ik ben.

Dat is waarom hij niet meer met me praat: hij heeft geprobeerd uit te zoeken waarover ik nog meer niet helemaal eerlijk ben geweest. Hij knikt met zijn hoofd naar de deur. 'Buiten.'

Hij wil dit niet in Leo's bijzijn doen. Wat niet, zeggen dat het over is? In de brede, felverlichte gang voor Leo's ziekenhuiskamer leun ik tegen de muur ertegenover zodat ik naar binnen kan kijken door de open deur, zijn bed en hem in zicht heb. Maar Keith buigt zich over me heen en steunt met een hand op de muur boven mijn hoofd. Zijn lichaam schermt me af van wie ook maar nadert. Mannen doen dat in discotheken en kroegen met vrouwen om hun territorium af te bakenen, om te laten zien dat een bepaalde vrouw van hen is.

'Ik ben er nog steeds niet achter of ik een slecht iemand ben omdat ik een probleem heb met wat jij van plan was,' zegt hij.

'Natuurlijk niet. Het is iets wat ik móést doen,' antwoord ik. 'Niet iedereen zou het kunnen.'

'Maar het was Leo. Hoe had je hem kunnen zien opgroeien bij iemand anders terwijl je wist dat hij van jou was?'

Ik haal mijn schouders op. 'Ik weet het niet. Ik had het gewoon gedaan.'

'Je had je eigen hart gebroken om twee andere mensen gelukkig te maken,' zegt hij. 'Maar een kind van ons samen wil je niet, wat moet ik daar nu van denken? Wat moet ik in vredesnaam tegen je zeggen?'

'Ik wil wel een kind van ons samen,' protesteer ik.

'Als ik hier nu ter plekke met je zou willen vrijen, zou je in paniek raken. En je zou er alles aan doen om het te voorkomen.'

Mijn hart gaat als een razende tekeer, het gebonk weergalmt in mijn oren, ik ben ervan overtuigd dat hij het kan horen, kan voelen omdat hij zo dicht bij me staat, en dat hij dan zal weten dat ik bang ben om nog een kind te krijgen.

'Zie ik het verkeerd? Want we weten allebei dat dit lang voordat Leo ziek werd is begonnen.' •

Nu hij weet wat er echt is gebeurd, dat ik door mijn zwangerschap mijn beste vriend heb verloren, zou ik de angst die ik heb kunnen uitleggen. Ik weet dat het irrationeel is, ik weet dat ik die angst uiteindelijk zal kunnen overwinnen, maar op dit moment niet. En ik kan het Keith niet uitleggen omdat hij het niet zal begrijpen. Hij zal denken dat ik belachelijk doe, en ik zou het niet kunnen verdragen dat ik mijn angsten aan iemand onthul die ze vervolgens wegwuift.

'Ik wil wel kinderen met je, maar ik ben er nog niet klaar voor.'

'Wanneer wel, Lucks? Je bent zevenendertig, ik ben zesenveertig, het klokje tikt.'

Ik kijk in zijn ogen, diep en donker, bijna zwart. Toen we elkaar voor het eerst zagen en ik smoorverliefd op hem werd, vergat ik altijd wat ik zei als ik in die ogen keek. Ik moest mijn ogen van hem afwenden om een einde te maken aan de wartaal die ik sprak.

'Ik weet niet wanneer ik er klaar voor ben,' zeg ik. 'Maar ik wil het wel. Dat beloof ik.'

'We praten er nog wel een keer over. Als Leo beter is, pakken we het onderwerp weer op, en misschien kun je me dan vertellen waar je zo bang voor bent. Al je angsten, en dan gaan we kijken wat we eraan kunnen doen. Klinkt dat redelijk?'

Ik knik. Ik vergeet soms dat hij weliswaar in het leger heeft gezeten, dat hij bij de politie werkt en dat hij als een typische kerel overkomt, maar dat hij toch van me houdt. En omdat hij van me houdt, probeert hij me te begrijpen. Het is mijn angst die me tegenhoudt met hem te praten. Want zelfs als het irrationeel is wat ik zeg en niet wat hij wil horen, houdt hij al zo lang van me dat hij een manier zal vinden om iets met mijn gevoelens te doen wat voor ons beiden goed voelt. Ik zou hetzelfde voor hem doen. Daar is onze liefde op gebaseerd.

Hij kust me midden op mijn voorhoofd, een heerlijke, ingetogen zegen. Hij kust mijn neus, nog een aanraking van zijn liefde. Hij kust mijn lippen. En meer verlangt hij niet. Hij wil geen seks, verlangt niet dat ik fysiek op dezelfde golflengte zit als hij, en dat is wat ik nu nodig heb. Ik wil gewoon dat hij van me houdt zonder verwachtingen. Zonder te willen dat ik op dezelfde wijze met Leo omga als hij, zonder te willen dat ik een toekomst begin te plannen, zonder te willen dat ik niet in staat was geweest om mijn kind weg te geven. Dit is fantastisch. Op deze manier bij hem zijn is een klein stukje hemel dat we al heel lang niet meer hebben gehad.

We hebben de hemel, en dus is dit het moment waarop de hel losbarst.

In Leo's kamer beginnen plotseling allerlei apparaten te piepen, de lijnen en getallen op de monitoren beginnen te knipperen. Er komt een verpleegster aangerend, gevolgd door twee artsen en nog een verpleegster. Ik wil me bij hen voegen, naar Leo gaan, maar Keiths sterke hand houdt me tegen. Hij wil dat ik hen hun werk laat doen.

Nog niet, wil ik schreeuwen, maar er komt geen geluid. Nog niet, nog niet, ik ben er nog niet klaar voor.

50

'Je vindt me waarschijnlijk egoïstisch. Je vindt vast dat ik het niet verdien om een liefhebbende echtgenoot en een mooi huis te hebben omdat ik tegen hem heb gelogen. Je denkt misschien dat om de drie maanden stiekem anticonceptie gebruiken en af en toe een zwangerschapstest doen in de toiletten op het werk geen gedrag is voor een vrouw die beweert van haar man te houden. Maar je begrijpt het niet. Ik heb de leugen verteld en die kan ik nu niet meer ongedaan maken.

Ik... Ik heb een ziekte. Een aandoening, zoals ze het tegenwoordig noemen. Ze hebben er nu een mooie naam voor en menig beroemdheid beweert eraan te lijden, maar toen ik erachter kwam wat ik had, leek het helemaal niet zo glamoreus. Het is nooit glamoreus geweest en ik begrijp niet dat die mensen die het hebben niet zo leden als ik. Líjden als ik. Toen ik ontdekte dat ik deze aandoening had, voelde het als het begin van het einde.

Ik ben me er altijd van bewust geweest dat ik anders was, dat ik er niet bij hoorde. Ik zag de wereld niet zoals de andere meisjes op school, maar ik wilde het zo ontzettend graag. Toen ik dertien was stierf Duke, onze hond, en we verhuisden naar een andere stad. En de verschillen werden duidelijker.

Ik vond het leven soms zo moeilijk. Door kleine dingen – een zeven op een proefwerk, een boze moeder, de problemen in Polen – lag ik letterlijk op de grond, niet in staat om me te bewegen omdat het zo'n pijn deed, fysiek zo'n pijn deed. Ik huilde. Ik bracht uren huilend in mijn kamer door omdat mijn moeder had gezegd dat ik mijn tas niet op de grond bij de deur mocht laten staan. Ik wist niet wat me mankeerde. Elke keer nam mijn moeder me mee naar de huisarts om te laten uitzoeken wat er mis met me was. Waarom ik niet was zoals andere kinderen, zelfs niet zoals mijn broer en zus. Maar de huisarts zei steeds dat het waarschijnlijk de tienerhormonen waren of dat ik gewoon ondeugend was. Iets waar ik wel overheen zou groeien. Ze praatten over me alsof ik niet in de kamer was. Ik leerde al snel dat ik niet ik was, dat ik een verzameling gedragingen was die niemand goedkeurde.

Als ik de hele tijd gedeprimeerd was, was het misschien nog niet zo slecht geweest. Slecht voor hen – mijn ouders, mijn broertje en zusje, de weinige mensen op school die ik vaag mijn vrienden kon noemen. Als ik de hele tijd neerslachtig was, zouden ze het kunnen uitleggen als gewoon humeurigheid.

Niemand kon de andere episoden begrijpen als iets anders dan moedwillig wangedrag. Tijdens de andere episoden, de keren waarvoor ik leefde en waarnaar ik verlangde, was de wereld een geweldige plek. Alles was helder, kleuren waren warm en diep en je kon ze bijna voelen, zo tastbaar waren ze.

Ik danste in de achtertuin, gooide mijn armen hoog in de lucht, mijn hoofd naar achteren en danste op de muziek die ik in mijn hoofd hoorde. Ik wilde die muziek opschrijven of hardop zingen en in de lucht laten opnemen. Zodat andere mensen het konden horen, erop konden bewegen, net zo gelukkig konden zijn als ik. Ik had zo veel energie. Ik kon voor eeuwig rennen. Ik tekende en schilderde. Ik was verliefd op de wereld. Ik was verliefd op alles en iedereen.

Er stroomde euforie door mijn aderen. Voeg daarbij een paar blikjes appelcider en wat cannabis en je hebt mij op vijftienjarige leeftijd.

Op mijn vijftiende raakte ik zwanger.

Ik wist niet precies wanneer. Dat is het vreemde met die episoden: ik herinner me de gevoelens levendig, maar zelden de details. In mijn geheugen vervagen de randen tot niets, er zitten grote gaten in, stukjes herinnering.

Maar ik weet wel dat de vader een van drie mannen kan zijn geweest, omdat in een maand tijd drie mannen me hadden benaderd. Ik was weer depressief, voelde me vreselijk, was nauwelijks in staat om me elke dag aan te kleden voor school. Een van die mannen moet hebben gezien dat ik de school binnen ging, want hij wachtte me op bij het hek van de school, riep mijn naam, blies kusjes naar me en betastte zichzelf. Hij ging pas weg toen de gymleraar dreigde de politie te bellen. Een andere stond ineens achter me in een snoepwinkel, schuurde met zijn lichaam tegen me aan en fluisterde dingen in mijn oor. De derde man kwam aangelopen toen ik bij de bushalte stond te wachten. Uit de grijns van herkenning op zijn gezicht kon ik opmaken dat hij een van hen was. Ik wist wat ik had gedaan. De walgelijke dingen die de tweede man in mijn oor had gefluisterd. Ik draaide me om en rende weg.

Daarna begon ik flitsen te zien. Ik zat in een auto terwijl de handen van een man aan mijn kleren trokken en over mijn lichaam dwaalden. Ik was in een vreemd huis, met mijn gezicht op een bed gedrukt terwijl iemand achter me iets deed wat meer pijn deed dan ik me ooit had kunnen voorstellen. Er lag iemand boven op me, die me bijna verstikte terwijl hij heen en weer bewoog. Het was een van die keren dat ik mijn maagdelijkheid verloor. Ik heb me nooit kunnen herinneren welke keer het precies was.

Mijn moeder raadde dat ik zwanger was toen ik twee keer niet ongesteld werd. Ze was zo bang dat mijn vader erachter zou komen dat ze niet kwaad werd. Ze nam me mee naar de huisarts om het zeker te weten. Onze eigen huisarts was op vakantie en zijn vervanger was een zeldzaamheid in die tijd: een vrouw. Toen mijn moeder, die, dat zal ik nooit vergeten, lijkbleek zag en de hele tijd trilde, tegen de dokter zei dat ze dacht dat ik zwanger was, vroeg de dokter of ze ons even alleen wilde laten. Je kon zien dat mijn moeder, in haar beste kleren en met haar mooiste handtas, niet wilde, maar zij is van de generatie die alles doet wat iemand met autoriteit vraagt.

"Zou je zwanger kunnen zijn?" vroeg de dokter vriendelijk. Ik knikte.

"Heb je het aan je vriendje verteld?" vroeg ze.

"Ik heb geen vriendje," antwoordde ik.

"Weet je wie de vader zou kunnen zijn?"

Ik schudde mijn hoofd.

Toen veranderde haar toon en werd ze een en al bezorgdheid. "Heeft iemand je pijn gedaan? Je gedwongen?"

"Ik kan het me niet herinneren," zei ik tegen haar. "Niets. Ik kan me dingen niet herinneren. Ik kan me niet herinneren dat dit is gebeurd."

"Vergeet je veel dingen?" vroeg ze.

Ik vertelde haar alles. Toen ik eenmaal begon met praten, kon ik niet meer stoppen, het kwam er allemaal uit in een onsamenhan-

344

gende warboel, het huilen, het dansen, de blijheid, de manier waarop drinken voelde alsof ik pure vreugde door mijn keel goot, de gaten in mijn geheugen, de flashbacks van die keren met die mannen.

Toen ik uitgepraat was, stelde ze me meer vragen. Heel veel vragen.

En ik dacht... Ik weet het niet, ik hoopte, denk ik, dat ik uiteindelijk gewoon een recept voor antibiotica zou krijgen of dat ze zou zeggen dat ik er over een paar jaar wel overheen gegroeid zou zijn, zoals de andere artsen hadden gezegd.

In plaats daarvan maakte ze een einde aan mijn leven. Ze vertelde me, ze vertelde mijn moeder, in woorden die we beiden konden begrijpen, dat ik niet "normaal" was, dat ik ziek was in mijn hoofd, dat ik een speling der natuur was. Nee, dat zei ze niet. Natuurlijk niet. Ze deed haar uiterste best om duidelijk te maken dat het niet mijn schuld was, dat er veel meer mensen waren zoals ik en dat dit me niet zou beletten om een normaal leven te leiden.

Ik was vijftien, het enige wat ik wilde, was erbij horen, zijn zoals iedereen. En nu vertelde zij me dat dat nooit zou gebeuren. Ik was gebrandmerkt. Gestigmatiseerd.

Ze wist het niet honderd procent zeker omdat het niet haar vakgebied was, maar ze zou me doorverwijzen naar een psychiater. Ze zouden meer onderzoeken doen en dan zouden ze het met zekerheid kunnen zeggen – zo zeker als ze ooit konden zijn – en me de juiste medicatie kunnen voorschrijven.

Ik was op dat moment bereid om mee te werken. Ik had het woord medicatie gehoord en wist toen dat ik beter kon worden. Dit zou allemaal een afschuwelijke herinnering worden, iets om in het verleden weg te stoppen. Het enige wat ik hoefde te doen was een braaf meisje zijn, meewerken, de pillen halen en beter worden. Mijn vader was bereid om de psychiater te betalen omdat het dan allemaal sneller zou gaan. Ze zouden de pillen door mijn keel persen en dan zou ik niet langer een doorn in het oog voor hen zijn.

Mijn ouders wachtten geduldig in de wachtkamer van de psychiater, in de wetenschap dat het de moeite waard was. Ik wachtte geduldig in de behandelkamer van de psychiater, beantwoordde de ene vraag na de andere en deed alles wat hij vroeg opdat ik weer normaal zou worden.

Ik weet niet wie van mijn ouders en mij het meest overstuur was toen we ontdekten dat de medicatie voor altijd was. Medicatie betekende regelmatig bloedonderzoeken, constante bezoekjes aan de dokter, de mogelijke noodzaak om steeds meer pillen te slikken. Medicatie was geen snelle oplossing, of überhaupt een oplossing. Het was onderhoud. Het was om te voorkomen dat ik uit balans zou raken, in beide richtingen.

Hoe word je geacht je te voelen wanneer je hoort dat je mentaal ziek bent en levenslang vastzit aan pillen, artsen en pillen?

Mijn moeder stuurde me naar een tante zodat ik, zo vertelde ze mijn vader, de kans zou krijgen om aan alles te wennen. Maar in werkelijkheid was het om dat andere probleem af te handelen. Om me verder leeg te pellen.

En omdat mijn vader het erger vond om een psychiater te betalen dan ik het vond om met een te praten, stemde hij in.

Toen ik terugkwam, werd er een nieuwe term in mijn leven geïntroduceerd: *suicide watch*. Er begon een leven in een gevangenis met open deuren. Al mijn bewegingen werden nauwkeurig gevolgd. Ik moest mijn pillen ten overstaan van mijn bewaarders innemen. Iedereen wist wat het beste voor mij was, maar niemand vroeg ooit naar wat ik dacht. Wat ik wilde.

Ik weet dat ze gewoon voor me zorgden, maar niemand bedacht dat ik het misschien wel met hen eens was. Misschien was het wel nodig dat ze me nauwkeurig in de gaten hielden, maar af en toe was het wel prettig geweest als ze me ernaar hadden gevráágd.

Niemand was verbaasder dan ik dat ze me lieten studeren in Londen, maar na al die jaren van zelfgekozen afhankelijkheid en de daaruit voortvloeiende volgzaamheid moeten ze hebben gedacht dat het veilig was om me de wijde wereld in te sturen. Ik heb maar een paar keer geprobeerd het grijs te stoppen. Het ging goed. Routine, sport, medicatie, voor mezelf zorgen, niet te veel doen of op te veel hopen, wierp zijn vruchten af.

Ik was extra voorzichtig met seks. Ik had vriendjes en we gebruikten altijd condooms omdat ik hun nooit vertelde dat ik aan de pil was. Ik wilde niet riskeren ooit nog een keer zwanger te raken. Als dat zou gebeuren, zou ik waarschijnlijk negen maanden lang moeten stoppen met mijn medicatie, mijn stabiliteit moeten opofferen, hoe die ook was, om er zeker van te zijn dat het kind gezond ter wereld zou komen. Of, nog erger, misschien werd het wel zoals ik.

Ik vertelde Mal dat ik geen kinderen kón krijgen omdat het gemakkelijker was dan uitleggen dat ik het niet wilde riskeren om kinderen te krijgen. Hij wist alles van mijn aandoening, al die dingen die ik had gedaan in mijn manische fasen, maar ik wilde niet dat hij zou hopen dat ik van gedachten zou veranderen. Natuurlijk zou ik van gedachten veranderen, maar als ik een leugen vertelde waardoor ik bij mijn beslissing zou moeten blijven, zou ik er niet toe worden verleid toch proberen een kind te krijgen.

Wat ik heb, wordt genetisch doorgegeven, denken ze. Of het zit in bepaalde families. Hoe het ook zij, ik wilde dit niet doorgeven aan iemand anders. Het was een risico dat ik niet wilde lopen, hoe klein het ook zou zijn. En des te meer omdat de aandoening ook in Mals familie voorkomt. De kansen waren niet in ons voordeel.

Ik zag wat mijn ziekte met mijn ouders deed. Hoe het mijn moeder beroofde van rust, geluk en zekerheid en bij mijn vader wrevel, verbittering en angst teweegbracht. Elk incident dreef hen verder uit elkaar. Dat wilde ik Mal en mij niet aandoen.

Maar toen zag ik die vrouw met het jongetje in de supermarkt en wilde ik een kind. Ik kon geen kinderen krijgen, dus terug naar 'suicide watch'. Toen ik het Mal vertelde, probeerde hij het op te lossen, want dat doet hij: dingen oplossen. Zelfs de dingen die we niet moeten proberen op te lossen.

'Ik ben degene die wanhopig graag een kind wilde,' zeg ik tegen Carole.

'Pardon?' vraagt ze. Ze is al die tijd dat ik aan het vertellen was heel stil en zwijgzaam geweest en niet een keer zag ik iets van veroordeling op haar gezicht. Ik heb haar nauwkeurig geobserveerd en gewacht op het moment dat ze me ergens van zou beschuldigen, maar dat is niet gebeurd. Dat moment is nooit gekomen.

'Weet je nog dat ik tijdens dat etentje zei dat iemand die wij goed kenden een kind wilde? Dat was ik. Ik was diegene. Mals vriendin, zijn beste vriendin uit zijn jeugd…'

'De zwarte vrouw aan wie je me tijdens de bruiloft hebt voorgesteld?'

'Ja. Zij stemde ermee in om een kind voor ons te krijgen. En toen werd ik bang en jaloers. Ik bedacht me, liet Mal zich bedenken en dwong hem te kiezen, maar ze besloot de baby toch te laten komen. Ze verhuisde en kreeg het kind.'

Carole fronst haar wenkbrauwen, haar gezicht een gerimpelde massa van verwarring. 'En hij gaat dood?'

'De artsen vrezen van wel. Heel snel, heb ik begrepen. Mal is daar nu, om hem te zien voordat... voordat het gebeurt.'

'Heb je het kind nooit ontmoet?'

Ik schud mijn hoofd.

Ze drukt haar sigaret uit. Ondertussen maakt haar frons de lijnen in haar gezicht nog dieper. 'Ik begrijp nog steeds niet hoe dit jouw schuld kan zijn.'

Waarom ziet zij niet wat voor mij zo duidelijk is?

'Als ik niet had gelogen, zou Nova nooit Mals baby hebben gehad en dan zou hij ook niet op sterven liggen. Als ik niet had gelogen, had geen van hen dit hoeven meemaken omdat Leo nooit geboren zou zijn.'

'O, Stephie.' Carole schuift haar stoel naar achteren terwijl ze opstaat en naar me toekomt. Ze neemt me in haar armen, drukt me tegen zich aan en omringt me met haar muskusachtige geur. 'Als boven beneden was, woonden we nu allemaal in Australië.'

'Maar...'

'Je voelt je schuldig, terwijl niets van dit alles jouw schuld is. Het spijt me dat ik het zo bot zeg, maar je bent niet almachtig. De orde van het universum ligt niet in jouw handen. We zouden allemaal terug in de tijd kunnen gaan en kunnen denken: "Als ik dit en dat had gedaan, was alles beter geweest." Als ik me niet zo onzeker had gevoeld over mijn uiterlijk en mezelf niet zo'n slordige huisvrouw had gevonden, zou ik mezelf niet hebben laten verleiden door Vince' beste vriend en me niet altijd hoeven afvragen wie Sophies echte vader is, telkens als ik naar haar kijk.'

Mijn mond valt open. 'Jij en Dan?'

'Yep, maar laten we het daar maar niet over hebben. Liever nooit meer. Stephie, liever, je zit duidelijk helemaal met jezelf in de knoop omdat je je zo machteloos voelt. Het helpt natuurlijk ook niet dat je hier de hele dag alleen zit. Het is echt jouw schuld niet.'

'Ik wil niet dat hij doodgaat.'

'Natuurlijk niet.'

'Ik mis hem nog steeds, ook al heb ik hem nooit gekend en is het mijn eigen schuld dat hij niet van mij is. Ik mis hem nog steeds. Bijna elke dag. Ik doe alsof het niet zo is, maar het is wel zo. Heel erg.'

'O, lieverd.'

'Hij is het gat in ons leven. En als hij sterft... Ik zou er niet tegen kunnen. Het zal Mal kapotmaken en mij ook.'

'Ik weet het, lieverd. Ik weet het.'

'Ik wil dat het goed komt met hem.'

'Weet je wat we doen?' zegt Carole, ineens weer helemaal haar zakelijke zelf. 'Jij belt Mal en vraagt hem hoe het met Leo gaat. Zo heet hij toch? Leo? Oké, je belt Mal en vraagt het hem en zegt dat je je zorgen maakt en of Mal je wil bellen zodra er verandering is.'

'Dat doet hij niet. Ik heb laatst zo gemeen tegen hem gedaan aan de telefoon dat hij uit woede nooit meer heeft gebeld.'

'Nee, zo is Mal niet. Waarschijnlijk is hij ook gewoon verward en bang. Vertel hem hoe bang je bent. Daarna pak je wat spullen en blijf je bij ons totdat Mal terugkomt.'

'Maar ik weet niet wanneer dat is.'

'Maakt niet uit. Het laatste wat je nu kunt gebruiken is alleen zijn.'

Ik slik mijn tranen weg en laat haar de natte haarlokken strelen die nu deels tegen mijn natte gezicht plakken. 'Klinkt dat als een goed plan?'

Ik knik.

'Goed zo.'

'Dank je, Carole. Bedankt dat je naar me hebt geluisterd en dat je zo aardig voor me bent.'

Ze schudt haar hoofd. 'Schei uit met die bedankjes. Daar zijn we toch vriendinnen voor? Je hoeft me daarvoor niet te bedanken.'

Is dat waar je vriendinnen voor bent? De enige vriendschap die verder ging dan etentjes en joggen en af en toe bellen was wat Nova met mij probeerde op te bouwen. En dat kwam altijd maar van één kant – zij deelde dingen met mij, maar ik peinsde er niet over dingen met haar te delen. Ik hield haar op afstand, om duidelijke redenen.

'We lijken misschien een beetje oppervlakkig in ons clubje, maar in tijden van crisis zullen we er altijd voor elkaar zijn,' zegt Carole. 'Dat weet je toch, hè?'

Wezenloos staar ik haar aan. Ik heb het nooit als een mogelijkheid gezien. Het zou niet in mijn hoofd opkomen om hun dingen te vertellen die ook maar enigszins onaangenaam waren, laat staan dat ik een crisis met hen zou delen. Onder normale omstandigheden, als Mal hier was geweest, zou ik haar niet over mezelf hebben verteld. Ik zou het nooit aan iemand hebben verteld.

'Ja toch?' herhaalt ze, terwijl er ontsteltenis in haar ogen en op haar gezicht te lezen is. 'Mijn god, Stephie. Ik dacht altijd dat jij de meest stabiele en gesettelde persoon van ons allemaal was, maar je maakt er net zo'n zootje van als de rest van ons.'

'Daar hoef je niet zo vergenoegd over te doen.'

'O, jawel. Nu kan ik ophouden met denken dat iedereen beter af is dan ik. Iedereen, en ik bedoel echt íédereen, heeft er op zijn eigen manier een potje van gemaakt. Heerlijk. Kom op, pak je spullen bij elkaar, dan gaan we.'

Normaal gesproken heb ik een hekel aan mensen die de leiding nemen, die me vertellen wat ik moet doen. Maar op dit moment, nu alles om me heen in duigen valt, ben ik er blij om. Het is prettig en biedt troost, te meer omdat het haar niet lijkt uit te maken wat ik haar over mezelf heb verteld. Ze is niet bang om mij in de buurt van haar kinderen te laten. Ze vindt dat ik er net zo'n zootje van maak als zij. Ze vindt dat ik ben wat ik altijd heb willen zijn: normaal.

'Op weg naar mijn huis,' zegt ze terwijl ze onze theekopjes in de gootsteen zet, 'stop ik bij een kerk. Dan steken we een kaarsje aan en zeggen een gebed. Dat zal zijn moeder vast waarderen.'

51

Ik heb niet gebeden.

Mama wel, weet ik. Volgens mij is dat alles wat ze doet als ze niet praat – haken en bidden. Alle anderen waarschijnlijk ook, maar ik niet. Ik heb niet gebeden, omdat ik dat punt nog niet heb bereikt. Als ik ga bidden, vraag ik God niet om Leo beter te maken, maar om te doen wat Hij het beste vindt voor hem. Niet het beste voor mij, maar het beste voor Leo. En ik vraag hem op Leo te passen als hij hier weggaat.

De meeste mensen zijn verbaasd dat ik klinisch psycholoog ben met een sterke interesse in de esoterische wereld én geloof in God. 'Maar wat vind je dan van al die afschuwelijke dingen die door religie zijn veroorzaakt?' vragen ze dan, alsof ik alle antwoorden heb. Voor mij staat mijn geloof in God los van 'de kerk' en 'religie'. Los van alle 'mijn God is beter dan die van jou'-gevechten die in de wereld worden gevoerd.

Mijn geloof in God is persoonlijk. Ik heb er geen behoefte aan om mensen te bekeren, omdat ik geloof wat ik geloof en probeer ernaar te leven. Mijn geloof in God brengt mij ertoe om zo goed mogelijk te leven en overtuigt mij ervan dat ik in het volgende leven, of dat nu in de vorm van een gereïncarneerde ziel op aarde of als mezelf in de hemel is, de mensen van wie ik hou weer zal zien. Dat is wat het leven en het leven na de dood voor mij betekenen: samenzijn met de mensen van wie ik hou.

Ik moet gaan bidden.

Ik sta in de verste hoek van de kamer en kijk toe terwijl ze met mijn zoon bezig zijn, proberen hem terug te halen, proberen hem te stabiliseren, en ik weet, in mijn ziel, dat ik moet gaan bidden. Om te vragen wat op dit kritieke moment het beste voor hem is en te vragen op hem te passen als weggaan het beste voor hem is.

Ik moet gaan bidden voor het kleine jongetje dat nooit van mij had moeten zijn. Met wie ik bijna acht jaar gezegend ben geweest. Het was nooit de bedoeling dat ik hem ook maar een dag zou hebben, maar ik kreeg hem ruim zeven jaar lang. Het is niet genoeg. Het is lang niet genoeg. Ik word beroofd.

Ik moet gaan bidden.

Maar ik kan het niet.

Ik ben er nog niet klaar voor.

Waarschijnlijk zal ik dat nooit zijn.

Maar het kan niet nu zijn. Alsjeblieft, niet nu.

Ik sluit mijn ogen, voel de storm om me heen: het lawaai van de apparaten; de geschreeuwde instructies met woorden die ik herken uit medische tijdschriften maar niet begrijp; de professionele, gecontroleerde paniek. Het voelt alsof het al uren aan de gang is. Waarschijnlijk zijn er nog maar tien minuten verstreken, maar elk van die minuten voelt als lange, opgerekte uren. Waarin ze hem niet terug kunnen krijgen. Waarin hij voorgoed vertrokken is en ze hem niet terug kunnen halen en hier houden.

De stilte in het hart van de storm is Leo. 'Ik ben klaar om te gaan, mama,' hoor ik hem zeggen.

Dat is wat de dromen me hebben geprobeerd te vertellen; dat is wat mijn gedachten me hebben geprobeerd te vertellen via de dromen: wat het beste is voor Leo, zal niet het beste zijn voor mij. Ik hou hem misschien hier door me zo stevig aan hem vast te klampen omdat ik dat wil, maar het is niet wat hij nodig heeft. Ik moet hem misschien loslaten en kijken of hij toch blijft. Maar loslaten is op dit moment te veel gevraagd. Ik heb meer tijd nodig.

Alstublieft. Dat is mijn gebed. Ik heb meer tijd nodig. Niet eeuwig, gewoon meer tijd.

Ik open mijn ogen omdat het weer stil is, er heerst de geforceerde stilte van inactiviteit. De artsen en verpleegsters zijn gestopt, ze wachten. Wachten af.

Bliep-bliep-bliep, doen de apparaten. Bliep-bliep-bliep.

Ze tellen zijn hartslagen, tellen de tijd.

Toen ik een jaar of twaalf was, zei ik tegen Mal en Cordy dat het zo vreemd was dat je hart maar een bepaald aantal keren sloeg en dat je dan doodging. En niemand die wist hoeveel keren je hart zou slaan voordat dat gebeurde. Mal had geknikt en het ook vreemd gevonden, Cordy was in huilen uitgebarsten en was naar mijn moeder gehold om te vertellen wat ik had gezegd. Ze dacht dat ik had bedoeld dat háár hart zou ophouden met slaan.

Ik kijk weg van de lijnen op de monitor, van de schokkerige, glorieuze lijnen die aangeven dat hij er nog is. We zijn nog maar met zijn vieren in de kamer: Leo, Keith, ik en de arts met het jonge gezicht en de oude ziel in zijn ogen.

Hij staart me vanaf de andere kant van het bed aan. Ik staar terug. We zijn weer twee intieme vreemden, opgesloten in een visuele strijd.

Ik weet dat hij het weer gaat doen; hij gaat iets zeggen wat ik niet wil horen.

Hij weet dat ik ga zeggen dat hij zich vergist. Maar deze keer zal hij een beetje zekerder klinken en ik een beetje minder overtuigd. En alleen Leo zal in staat zijn ons te vertellen wie er gelijk heeft.

'Doctor Kumalisi,' begint hij.

Ik haat u, zeg ik in gedachten tegen hem over de slapende gestalte van mijn zoon heen. Ik haat niet vaak iemand, maar u haat ik.

52

Keith vindt dat ik mijn familie moet bellen, ook al is het al heel laat, om te vertellen wat de arts heeft gezegd.

We staan in de hoek van de ziekenhuiskamer en maken er fluisterend ruzie over.

Hij vindt dat ik wéér lieg als ik hen niet bel. Mijn man vindt dat ik een leugenaar ben omdat ik ervoor kies dingen niet te zeggen. Technisch gezien heeft hij waarschijnlijk gelijk, maar ik laat nooit dingen achterwege om er zelf beter van te worden. Als ik iets niet vertel, is dat om iemand anders te beschermen. Maar voor Keith is liegen liegen, wat je motivatie ook is. Op dit punt verschilt zijn wereldbeeld – dat fout fout is en goed goed en dat er geen middenweg is – van het mijne. Op dit punt wekt zijn wereldbeeld, dat hem zo'n sterk karakter en overtuiging geeft in alles wat hij doet, mijn irritatie, wat me eraan herinnert waarom Keith me soms woest maakt.

'Je moet het hun vertellen.'

'Jij wilt dat ik nu de telefoon pak en een stelletje slaapdronken mensen die toch al zo overstuur zijn vertel wat de arts heeft gezegd? Dat de coma nu zo diep is dat hij nooit meer wakker wordt? Dat we nog hooguit achtenveertig uur hebben? Jij wilt dat ik dat de mensen van wie ik hou aandoe?'

'Het is de waarheid,' verklaart hij.

'Ja nou, de waarheid kan me verdomme gestolen worden.'

'Fijn,' antwoordt hij, het woord is doorspekt van minachting en walging.

'Achtenveertig uur, Keith. Ja?'

Hij knikt schoorvoetend en kijkt op me neer alsof ik blij mag zijn dat hij zelfs bij me blijft nu ik me heb verlaagd tot vloeken in bijzijn van mijn zoon over iets wat zo fundamenteel en puur is.

'Hoe wil ik dat ze de komende achtenveertig uur doorbrengen?

Huilend, rouwend, wensend dat er iets was wat ze konden doen om zich minder machteloos te voelen? Of vol van hoop? Denkend dat het mogelijk is dat alles nog goed komt? En hoe wil ik dat ze morgen doorbrengen, waarschijnlijk hun laatste dag met hem? Hier zittend, huilend en rustig pratend, terwijl ze treurigheid en verdriet mee naar binnen brengen? Of kletsend en spelend en lezend en hakend alsof het een willekeurige dag is in deze bizarre situatie?

En moet ik soms toestaan dat al dat leed Leo omringt voordat het echt nodig is?'

Meneer Waarheid zegt niets. Hij weet dat ik gelijk heb, maar net als ik laat hij net zo lief zijn tepels afknippen dan het meteen toegeven.

'Niemand neemt afscheid voordat het echt tijd is. Ik wil dat ze met blijdschap, niet met verdriet op de laatste dag terugkijken. Ik zal het iedereen maandagmorgen vertellen en dan kunnen ze een voor een naar binnen om afscheid te nemen.'

'Je zult weer moeten liegen over wanneer je het hebt gehoord,' zegt Keith. Hij weet dat ik gelijk heb.

In het duister van de kamer kijk ik hem kwaad aan. 'Het is verdomme maar goed dat ik van je hou want soms haat ik je echt,' zeg ik tegen hem.

'En ik vraag me soms af of ik je überhaupt wel ken, zoals je dingen verborgen kunt houden,' antwoordt hij om het laatste woord te krijgen.

'Nou, dan staan we quitte,' voeg ik eraan toe om hem te overweldigen en ik been de kamer door voordat hij nog iets kan zeggen en ga in zijn stoel zitten om hem nog verder te stangen.

'Weet je, Leo,' zegt Keith tegen onze zoon terwijl hij plaatsneemt in mijn stoel. 'Die moeder van jou is echt een raar mens.'

Ik pak Leo's hand vast en stel me voor dat hij met zijn ogen rolt om hoe kinderachtig we doen, zelfs op een moment als dit. 'Je hebt altijd geweten hoe "moeilijk" je papa is, hè lieverd? Nou, vandaag is hij echt heel moeilijk. Ik denk dat hij van mij niet meer op de PlayStation mag.'

Met een ruk draait Keith zijn hoofd naar me toe. Zijn gezicht staat ontzet en zijn lippen willen protesteren, en dan moet ik lachen. Zo kijkt Leo ook altijd als hij vindt dat hem onrecht wordt aangedaan. Keith begint ook te lachen. We blijven lachen totdat

Keiths lach overgaat in hikkend geluid en het licht van de gang de tranen op zijn gezicht vangt.

Terwijl zijn gelach verstomt, staat hij op en struikelt over de stoel terwijl hij de kamer uit loopt.

Ik blijf lachen, lang nadat hij is weggegaan om in een rustig hoekje te huilen, waar hij niet meer de grote, sterke man met principes en een ineenstortend huwelijk hoeft te spelen en waar hij zijn verdriet er gewoon uit kan gooien.

Ik blijf lachen want als ik stop, is het enige geluid dat ik zal horen het piepende apparaat dat Leo's resterende hartslagen aftelt.

53

Ik kan alleen maar wachten.

Roken en wachten.

Mal heeft mijn excuses geaccepteerd voor hoe ik me aan de telefoon heb gedragen. Hij heeft gezegd dat het hem spijt en dat hij me mist. En hij belt me zodra er nieuws is.

Ik kan alleen maar wachten. En roken. En hopen dat het goed komt.

54

Dat liedje, 'Perfect day', zit al sinds vanochtend in mijn hoofd.

Het heeft iets afgezaagds om het de hele tijd te horen en te zien hoe alle mensen die van Leo houden zich rond zijn ziekenhuisbed hebben verzameld en zich gedragen zoals ze altijd doen.

Mama zit te haken en probeert zich niet te bemoeien met Cordy's opvoeding van de tweeling. Ze vindt dat ze nogal verwend zijn, en zij kan het weten aangezien ze er zelf een groot aandeel in heeft gehad.

Papa heeft de kruiswoordpuzzels in de stapel *Times* die hij heeft meegenomen allemaal opgelost en heeft Mal tussendoor verslagen bij het kaarten. Bij elk spel dat Mal verliest trekt hij een gezicht om aan te geven dat hij papa heeft laten winnen, maar we weten allemaal beter. Tante Mer, Keith en ik lezen om beurten voor. Er zijn niet veel hoofdstukken meer te gaan; Keith en ik weten allebei dat we het boek vandaag moeten uitlezen.

Randle en Ria hebben zich opvallend goed gedragen en hebben óf aandachtig naar het verhaal geluisterd óf met de verzameling speelgoed op de vloer gespeeld met Amy en Trudy, die zich de hele tijd met de kinderen hebben beziggehouden.

Cordy is de hele dag bezig geweest Jack te kwellen. Ze stuurde hem steeds op pad om dingen te zoeken die ze helemaal niet wil hebben. Zodra hij zijn mond opendoet om te protesteren, trekt ze haar wenkbrauwen naar hem op en kijkt dan dreigend naar Mal, haar grote broer. Dan is Jack meestal binnen enkele minuten verdwenen; soms neemt hij een van hun kinderen mee. Aan het eind van de middag was hij weer terug en had voor iedereen pizza bij zich.

In veel opzichten is het een perfecte dag. Ja, we zitten allemaal opeengepakt in een kleine ziekenhuiskamer, ja, de verpleegsters en artsen keuren het allemaal af en ja, Leo, het middelpunt van de belangstelling, is in diepe slaap, maar dichter bij perfect dan dit zullen we nooit meer komen.

Als ze terugkijken, hoop ik dat ze zich dit als een blije dag zullen herinneren. En ik wil dat Leo zijn familie om zich heen hoort, zijn familie die gewoon zichzelf is, precies zoals ze altijd zijn geweest.

Het liedje speelt nog steeds in mijn hoofd wanneer ze allemaal vertrekken, terug naar wéér een avond. Morgen komen ze terug om het weer precies zo te doen.

Het liedje speelt nog steeds terwijl ik me naar Keith omdraai, nu we alleen zijn. 'Zou je hier misschien willen blijven zodat ik een paar uurtjes weg kan?'

Hij legt het boek ondersteboven in zijn schoot. 'Het was een mooie dag,' zegt hij. Hij grijnst naar me zoals hij de eerste keer deed toen ik hem om een baan vroeg in de kroeg in Oxford. 'Vanaf het moment dat je me aansprak, wist ik dat jij mijn ondergang zou betekenen,' zei hij in zijn toespraak op onze bruiloft. 'En dat maakte me blij, want een betere manier om ten onder te gaan, kan ik me niet voorstellen.'

'Inderdaad,' zeg ik. Een perfecte dag.

'Je had gelijk, we verdienden het allemaal. Het was precies wat we nodig hadden.'

'Zei je nou echt dat ik gelijk had? Geef de telefoon, ik moet de hel bellen en doorgeven dat er koud weer op komst is.'

'Doe geen moeite, de hel zal pas bevriezen als jij mij ergens gelijk in geeft,' zegt hij lachend. 'Slapen?'

'Huh?'

'Ga je slapen?'

'Nee. Ik wil thuis nog een paar spullen van Leo ophalen. Wat rondlopen. Een manier zoeken om mijn hoofd leeg te maken. Ik kom straks terug en dan kun jij naar huis en tot morgenvroeg slapen. Ik doe de nachtdienst wel.'

'Ja, prima, als je dat graag wilt.'

Ik trek mijn spijkerjasje aan, hang mijn tas over mijn schouder en loop dan naar hem toe, zo groot en rechtop als hij daar in zijn stoel zit. Ik ga op zijn schoot zitten en sla mijn armen om zijn nek.

Hij staart me enigszins verward aan en ik neem de tijd om van zijn gezicht te genieten: zijn grote, zwartbruine ogen, zijn brede, platte neus, zijn volle lippen, zijn gladde, mahoniebruine huid en de prachtige lijnen waaruit zijn gezicht en zijn geschoren hoofd bestaan.

De enorme ruimten tussen de kleine momenten van grote irritatie zijn gevuld met een overweldigende liefde voor hem. En daarom kan ik me aan hem ergeren: ik weet dat ik uiteindelijk altijd van hem zal blijven houden.

Ik sluit mijn ogen en wacht op de lichte druk van zijn lippen op de mijne. Wanneer hij me kust, is het net zo simpel als door de tijd vallen. Zo heeft het altijd gevoeld om hem te kussen. Gemakkelijk, ongecompliceerd, eerlijk. Zijn tong vindt de mijne en ik weet het exacte moment waarop hij zijn ogen sluit en zich volledig aan de kus overgeeft.

Vroeger zoenden we urenlang. Alleen maar zoenen. Dan lagen we samen op de bank in mijn flat in Londen te zoenen en te genieten.

Wat zou ik dat graag doen nu, de komende uren zoenend in zijn armen liggen. Maar dat kan niet. Indertijd was het een heerlijke manier om onze tijd samen door te brengen. Nu weten we dat hoe langer we zoenen, hoe verder van elkaar verwijderd we ons zullen voelen wanneer we ermee stoppen.

55

Zodra hij de deur van zijn hotelkamer opendoet, weet hij het. Mal weet waarom ik naar hem toe ben gekomen.

Hij heeft het de hele dag geweten. Hij ving één keer mijn blik op en hield die een paar seconden vast, waarna hij wegkeek en me de rest van de dag niet meer recht in de ogen keek. Van alle mensen was hij degene die het doorzag.

Ik moet vergeten. Hij heeft me eerder een manier geboden, en die heb ik nu nodig.

Hij stapt opzij om me binnen te laten, zoekt even steun bij de deurpost, waarbij hij kort zijn ogen sluit.

De kamer is groot, groter dan ik had verwacht. Het tweepersoonsbed is netjes opgemaakt en ik kan zien dat hij in de fauteuil naar de televisie heeft zitten kijken met het geluid uit, want onder in beeld zie ik ondertiteling lopen. Zijn mobiele telefoon en Black-Berry liggen op het bureau, beide flikkeren met ongelezen berichten. Terwijl hij de deur achter ons dicht duwt, draai ik me naar hem om. Ik heb mijn armen om me heen geklemd, mijn tas hangt aan mijn schouder, mijn haar is waarschijnlijk verwaaid door de zeewind terwijl ik hiernaartoe liep. Ik hoef niet langer sterk te zijn ten overstaan van Leo, Keith, mijn familie, de artsen en verpleegsters, dus ik ben net zo'n onverzorgd wrak vanbuiten als ik vanbinnen ben.

Hij heeft niet de moeite genomen om een trui aan te trekken voordat hij de deur opendeed. Ik denk dat hij op me heeft gewacht. Hij vermoedde dat ik zou komen en hoopte dat ik het niet zou doen. Maar hier ben ik, en hij staat in een grijze joggingbroek met ontbloot bovenlijf voor me.

Er staat angst in zijn ogen, op zijn gezicht; angst en verdriet en begrip, maar snel verdwijnen die weer, opzij geveegd zodat hij dit kan. Zijn borstkas gaat op en neer terwijl hij diep ademt en dan de korte afstand tussen ons overbrugt. Ook al is hij erin geslaagd zijn gevoelens te verbergen, zijn hand trilt terwijl hij naar de knoopjes op de gebloemde blouse met rode en witte bloemen reikt die Leo de laatste keer dat we gingen winkelen voor me heeft uitgezocht.

Hij maakt de kleine parelkleurige knoopjes los en duwt mijn blouse en spijkerjasje met beide handen van mijn schouders op de vloer. Zijn handen trillen nog steeds terwijl hij mijn witte hemdje met een afbeelding van een sprankelende roze, lachende schedel met twee gekruiste botten eronder – ook door Leo uitgekozen – over mijn hoofd trekt. Hij trekt me naar zich toe en laat me zijn opwinding voelen. Terwijl ik zijn hartslag voel en zijn warmte absorbeer haakt hij mijn zwarte beha los en gooit hem op de grond.

Het is er nog steeds.

Ik kan het me nog steeds herinneren. Het heeft me tijdens elke stap van het ziekenhuis hierheen geplaagd. En ook al doe ik dit, ik ben het niet vergeten. Het is er nog steeds.

Leo...

Mals vingers zitten aan de bovenste knoop van mijn spijkerbroek. Daarop concentreer ik me. Op Mal die mijn spijkerbroek losmaakt. Zijn handen die mijn broek opentrekken, ik die mijn gymschoenen uitschop, hij die mijn spijkerbroek naar beneden trekt en weggooit, waarbij hij ook meteen een sok meeneemt. Ik concentreer me op het uitdoen van de andere sok terwijl hij weer staat.

gaat...

Mals handen haken zich onder de bovenrand van mijn witte slipje en trekken het omlaag.

echt...

Dan stopt Mal. Hij staart me liefdevol aan en vraagt me zonder iets te zeggen of ik het zeker weet. Of het echt zover is gekomen. Of er echt geen hoop meer is.

Mijn lichaam huivert. Het volgende woord zal door mijn lichaam sidderen en het als beton in mijn gedachten vastzetten. Het echt maken. Bevestigen wat de arts heeft gezegd. Ik wil niet dat het echt is. Ik wil vergeten.

Alsof hij mijn gedachten heeft gelezen, mijn lichaam heeft gelezen, drukt Mal zijn mond hard op de mijne en wist de volgende gedachte uit. Zijn ene hand glijdt in mijn haar, de andere pakt me bij mijn middel vast en drukt me stevig tegen zich aan terwijl hij me kust.

Ik duik in de kus met de passie die komt van intens verdriet en doodsangst en hartverscheurende pijn. Onze huid smelt samen, wordt bijna één terwijl we kussen. Ik kan hem voelen, hard en klaar, tegen mijn buik en ik reik naar beneden om hem aan te raken. Hij duwt mijn hand weg, kust me nog harder terwijl hij me achteruit in de richting van het bed dirigeert.

d...

Het woord welt op in mijn gedachten en ik kus hem nog heviger en ban het uit mijn gedachten. Zijn mond is nog steeds op de mijne, zijn tong nog steeds in mijn mond. Hij duwt me op het bed en klimt in een beweging boven op me.

Hij pauzeert even om het touwtje van zijn joggingbroek los te maken en hem uit te duwen, en daarna is zijn mond weer op de mijne. Langzamer deze keer, dieper, maar net zo halsstarrig. Constant. Concreet.

doo...

Hij stopt even en ligt stil boven op me. Alles stopt met hem. Onze ogen ontmoetten elkaar en even ben ik verloren. Ik vergeet. Ik begrijp waarom hij aanbood dit te doen. Ik ben niet ik. Ik ben geen moeder. Ik ben geen echtgenote. Ik ben niet ik. Ik ben een massa atomen. Alleen door dit moment verbonden.

Nu. Het moet nu zijn. Voordat ik terugkom.

Mal stoot zo hard en krachtig in me dat ik het uitschreeuw. Zijn mond komt weer terug op de mijne en smoort het geluid, die kleine ontsnappende uitdrukking van pijn.

Ik druk mijn gescheurde nagels in zijn rug, klamp me vast aan de spieren die boven op me bewegen en beschadig zijn huid. Zijn lippen sluiten zich om mijn rechtertepel en hij bijt hard, waardoor er scheuten van zoete lichamelijke pijn door mijn lichaam schieten. Ik zet mijn tanden in het vlees onder zijn sleutelbeen en hij kreunt luid. Hij begraaft zijn handen in mijn haar en houdt me stevig vast terwijl hij beweegt; ik klauw weer naar zijn rug. Hij is ruw, veel ruwer dan hij hoeft te zijn.

Dit heeft niets te maken met genot en verlangen en lust. Met elke brute stoot pelt hij een laag van de realiteit af, werpt hij deze aardse kwelling af. Een zoektocht naar die zwarte, hete staat van pure goddelijke vergetelheid. We hebben pijn en dus doen we elkaar pijn om te vergeten; om een massa onwetende, naïeve atomen te worden.

Zijn mond bedekt de mijne weer, slikt mijn gekerm in, duwt zijn kreunen in mij. Ik voel het naderen. Het einde. Het punt waarop er geen weg terug meer is. Het rijst op tussen mijn benen, de ruimte die Mal vult en raast door mijn bloedstroom. Ik race naar de rand, hij racet in mij... Ik ben op de rand... Ik wankel op die steile rotswand... En dan val ik. Ik explodeer en duik naar beneden en daar is het dan: de leegte. Ik ben niets. Ik ben ongebonden. Ik ben vrij.

Vrij.

We gaan heel soepel uit elkaar, besef ik, terwijl hij van me afrolt en op zijn rug naar het plafond staart. Het voelde alsof we voor altijd één waren, maar nu zijn we weer twee. Gescheiden. Niet heel. Zelfs onze moeizame ademhaling is niet synchroon.

'Het spijt me,' zegt hij.

Dat weet ik. In mijn hoofd zeg ik het. Ik kan het niet hardop zeggen. Ik kan niets hardop doen. Ik moet helemaal stil blijven liggen, niets in de war brengen door te praten of te bewegen, omdat ik nog steeds kan vasthouden aan het vergeten, als ik voorzichtig ben. Mijn schedel tintelt van hoe stevig hij zich aan mijn haar heeft vastgeklampt, mijn mond is nog steeds ruw van hoe hard hij me kuste, mijn tepel doet nog steeds pijn van zijn beet, de ruimte tussen mijn benen is nog steeds pijnlijk van hoe ruw hij bij me binnen drong. Als ik deze kleine kwellingen dicht tegen me aandruk, kan ik nog steeds vergeten.

'Ik kon haar niet verlaten. Dat is de reden. Toen ze zei dat ik moest kiezen, wist ik dat ik haar niet kon verlaten. Ik had beloofd dat ik het niet zou doen en ik kon het niet. Ze is zoals mama.' Hij stopt. 'Ze is manisch-depressief.'

Maar natuurlijk, zeg ik in gedachten. Natuurlijk is ze dat.

Hij legt het vervolgens allemaal uit. Het moment waarop ze het hem voor het eerst vertelde. De manier waarop ze probeerde zichzelf in de hand te houden. De crises die ze door de jaren heen had gehad, de ergste die keer dat hij haar in het lege bad aantrof met doorgesneden polsen en lege potjes paracetamol en lithium, waarna ze twee weken in het ziekenhuis lag. De abortus toen ze vijftien was. Dat niemand het mag weten omdat ze zo bang is dat men haar veroordeelt en bestempelt als gestoord.

Ik luister naar zijn woorden, en met elk ervan komt Stephanie eindelijk in beeld.

'Ze was bang dat ze de baby iets zou aandoen, daarom is ze van gedachten veranderd,' zegt hij in zijn salvo van woorden.

Nee, dat is niet zo, zeg ik in mijn hoofd. Stephanie weet dat de enige persoon voor wie ze ooit een gevaar zal zijn zijzelf is. Zoals we allemaal een gevaar zijn voor onszelf wanneer we risico's nemen. Stephanie was bang dat je verliefd op me zou worden. Ik zou jouw kind krijgen en je zou verliefd op me worden en je zou haar voor mij verlaten. Je zou het kind pakken en vertrekken.

'Ik wist dat jij je wel zou redden, dat jij sterk bent, veel sterker dan Stephanie. Je had al die mensen om je heen die voor je zouden zorgen; je zou het wel redden. Steph heeft niemand behalve mij. Dus toen ze zei dat ik tussen haar en jou en de baby moest kiezen, moest ik mijn belofte houden. Ze had niemand anders.'

Ze zou je nooit laten gaan. Je hebt nooit een keuze gehad, omdat ze wist dat je haar nooit zou verlaten. Maar ze moest het zeker weten. Toen ze bang werd dat jij verliefd op mij zou worden, moest ze snel handelen. Ze moest ervoor zorgen dat de keuze voor de geboorte van de baby werd gemaakt. Nadien zou je misschien getwijfeld hebben. Je had misschien gezien dat er iemand was die je harder nodig had dan zij en was misschien gegaan. Daarom moest je mij uit je leven bannen: als je je zoon zou leren kennen, wilde je misschien wel bij hem zijn.

Stephanie was bang. En om die reden, omdat ze niet vertrouwde hoeveel je van haar houdt, moest ze doen wat ze deed. Ik haat haar niet. Ik heb medelijden met haar. Niet vanwege haar aandoening, maar vanwege haar gebrek aan vertrouwen in de enige persoon die altijd van haar zou houden. Zelfs als je inderdaad bij mij had willen zijn, zou je haar nooit verlaten.

'De afgelopen acht jaar heb ik elke dag je gezicht gezien, je stem weer gehoord toen je me smeekte om niet te doen wat ik ten slotte toch heb gedaan. Het heeft me gekweld. Ik wil dat je dat weet. Ik heb het nooit kunnen vergeten. En elke keer dat ik over je hoorde of je vader en moeder en Cordy zag, werd ik misselijk van mezelf. Ik wist dat je sterk was, maar toch had ik een hekel aan mezelf.'

'Het is goed,' zeg ik, terwijl ik de betovering verbreek. Het overgebleven verdriet dat me verwijderd had gehouden, lost op nu ik iets heb gezegd en weer terug in deze wereld ben gestapt. 'Ik begrijp het. Je had het me toen moeten vertellen, maar nu ik het weet, begrijp ik het, en het is goed.'

'Echt?' vraagt hij terwijl hij zijn hoofd naar me toedraait.

'Ja,' antwoord ik. 'Ik begrijp het, dus kan ik het loslaten.' Ik sluit mijn ogen even. 'En op dit moment maakt het ook niet uit. Niets maakt meer uit.'

Hij rolt naar me toe, en ik zie de plek op zijn borst – scherp, rood en rauw – waar ik hem heb gebeten. Op zijn rug zullen nog steeds de diepe krassen te zien zijn die zelfs bloeden. Stephanie zal ze zien. Ze zal ze zien en ze zal het weten. Ik wil niet dat ze het weet. En ik wil niet dat Keith een nieuw pijnlijk deel van mijn lichaam aanraakt en het weet. Ik wil niemand deel laten uitmaken van wat we hebben gedaan. Het is van ons, van ons alleen.

Ik wil dit allemaal niet, denk ik. Ik wil gewoon normaal.

Hij neemt me in zijn armen, kruipt dicht tegen me aan en drukt mijn lichaam tegen het zijne. Hier heb ik Mal voor nodig. 'Het spijt me,' fluistert hij. Hij biedt niet zijn excuses aan voor acht jaar geleden. Hij voelt mee met het nu. 'Het spijt me zo ontzettend.'

dood.

De naden van mijn ziel barsten open. Mijn pijn stroomt naar buiten, de stortvloed van tranen komt dik en snel; mijn gehuil luid en ongecontroleerd.

Leo gaat echt dood.

Ik klamp me aan hem vast terwijl mijn verdriet een tsunami wordt, de pijn vilt mijn hart, doodt mijn geest.

Leo gaat echt dood.

'Ik weet het,' fluistert Mal in mijn haar, zijn stem sterk en geruststellend terwijl hij me in zijn armen wiegt. 'Ik weet het, ik weet het, ik weet het.'

56

Mama en papa gaan als eerste.

Hun vingers zijn verstrengeld; hand in hand doen ze de deur open en lopen naar binnen. Dit is de eerste keer dat ik hen hand in hand zie. Ik weet dat mijn ouders een diepe affectie, een grenzeloze liefde voor elkaar hebben, maar dit is het eerste uiterlijke vertoon ervan. Ze kibbelen voortdurend. In het openbaar prikkelbaar en licht vijandig tegen elkaar doen gaat hun gemakkelijk af – in feite zijn de afgelopen tien dagen in het ziekenhuis de langste periode geweest dat ze niet op elkaar afgaven – maar ze geven zelden uitdrukking aan hun liefde.

Enige tijd later komen ze weer naar buiten, maar niet meer hand in hand: mama's hoofd rust op papa's schouder. Papa heeft zijn arm om mama heen geslagen. Ze ondersteunen elkaar, houden elkaar overeind. Ze kijken niemand aan, maar helpen elkaar de gang door en lopen de hoek om. Opeens verdwijnen ze uit zicht, alsof ze recht voor onze ogen naar een ander rijk zijn weggetoverd.

Cordy is de volgende.

Ze neemt haar entourage, zoals ze hen graag noemt – Jack, Ria en Randle – mee. Voordat ze de deurkruk vastpakt, draait ze zich naar me om. Haar ogen zijn nu al rood, haar gezicht doortrokken van schuldgevoel en wroeging. Ik weet wat ze denkt, want als ik haar was, als ik een moeder van gezonde kinderen was die naar mij keek, zou ik het ook denken: het spijt me dat dit jou overkomt, maar ik ben blij dat mijn kinderen gezond zijn en ik haat mezelf erom. Ik wil niet dat mijn zusje die extra last voelt, dit is al gruwelijk genoeg. Ik glimlach naar haar, om te zeggen dat ik weet dat het niet haar schuld is. Dat ik het haar nooit kwalijk zal nemen dat zij alles heeft en houdt wat ik ooit ook had. In antwoord drukt ze haar vingers tegen haar lippen en blaast me een kus toe. Mijn kleine zusje doet dat nog steeds omdat ze, zoals ik eerder al zei, nooit een emotie heeft ervaren zonder er uitdrukking aan te geven. Ik probeer nog breder te glimlachen. Dan draait ze haar gezicht weer naar de deur en loopt naar binnen.

Ze komen weer tevoorschijn, elke ouder draagt een kind, elk kind heeft zijn hoofd verborgen in de troostende holte tussen de nek en kaaklijn van zijn ouder. Beide kinderen huilen; de ogen van de volwassenen zijn rood en opgezwollen, hun lichamen stijf en in elkaar gedoken. Ze kijken niemand aan terwijl ze door de gang lopen en daarna verdwijnen, zoals mama en papa.

Amy gaat daarna.

Trudy blijft verlamd achter. Er staat angst op haar wildebras-gezichtje. Ze heeft haar handen tegen de muur gedrukt terwijl ze wordt overvallen door paniek. Ze heeft Leo vanaf zijn vijfde ge-kend en indertijd moest ze niet veel van kinderen hebben. Leo voel-de dat natuurlijk aan en sloot vriendschap met haar. Ze konden het goed met elkaar vinden omdat beiden dingen benaderden met een no-nonsensementaliteit. Terwijl ze opzij blikt, haar hand klaar voor die van Trudy, beseft Amy dat ze alleen is. Ze draait zich naar haar om en Trudy schudt haar hoofd. Amy glimlacht naar haar, vrien-delijk en begripvol zoals altijd. Ze tilt haar slanke hand op, haar armbanden klingelen, en houdt hem uit naar Trudy. Ineens gekal-meerd, als een wild paard dat door geheime woorden in zijn oor gefluisterd is getemd, doet Trudy een stap naar voren, reikt naar Amy, en samen gaan ze naar binnen.

Ze houden elkaars hand vast als ze weer naar buiten komen. Amy's ogen zijn droog en ze loopt rechtop, maar ik ken haar. Ik weet dat ze zich groot houdt en niet voor mijn ogen in elkaar wil zakken. Zij en Trudy lopen weg, het rijk binnen waarin ook de an-deren zijn verdwenen.

Daarna lopen Mal en tante Mer in de richting van de deur, en op hetzelfde moment staat Keith op uit zijn stoel. Ik hou hem tegen. Hij is het wachten zat, hij wil naar binnen en zeggen wat gezegd moet worden, maar hij zal nog even moeten wachten. Hij is Leo's vader; zijn stem hoort de een na laatste te zijn die Leo hoort.

Mal strekt zich: als een man die op het punt staat zonder para-chute uit een vliegtuig te springen. Hij haalt een paar keer diep adem terwijl hij naar de deur staart. Dan slaat hij zijn arm om de schouders van tante Mer en loopt met haar naar binnen. Waarom weet ik niet, maar ineens herinner ik me dat ik tante Mer jarenlang tante Merry heb genoemd, en dat ze dan altijd naar me glimlachte alsof ik wist van een geheim dat nog door niemand anders was ontrafeld. Ik ben er alleen mee gestopt omdat mama het vond klinken alsof ze een alcoholist was.

Keith grijpt naar mijn hand en drukt een lange kus op mijn handpalm. Geschokt en verward draai ik me naar hem om, en voor het eerst zie en ervaar ik zijn verdriet. Diep en omvangrijk; onpeilbaar. Hij heeft het al die tijd weggestopt, om niet alleen mij, maar ook zichzelf te beschermen. Hij heeft het bewust ontkend, onderdrukt, is ervoor teruggedeinsd, omdat hij doodsbang is. Een soort angst die hij nog nooit eerder heeft ervaren. Hij heeft in het leger gezeten, hij werkt bij de politie, hij heeft de dood vaak genoeg van dichtbij gezien, hij heeft de gruwelijkste situaties meegemaakt en overleefd, en toch heeft niets hem ooit meer geveld dan dit. Niets is ooit zo immens geweest als het verlies van een kind waarvan hij houdt; niets heeft ooit zijn toekomst weg kunnen nemen en vervangen door een leegte. Dat is de reden dat we elkaar niet hebben kunnen helpen; we hebben ons afzonderlijk van elkaar sterk gehouden.

Ik leun naar voren en kus hem. Ik vul de kus met zoveel mogelijk van de liefde die ik voor hem voel. Ik wil dat hij weet dat ik van hem hou. Ik wil dat hij voelt dat we het allebei hebben geprobeerd, maar dat dit veel te overweldigend voor ons was: we gaan dit niet overleven. Zelfs als ik niet had gedaan wat ik met Mal heb gedaan, zijn vrijwel alle draden van ons huwelijk doorgesneden; samen wachten om afscheid te nemen is de laatste. Als die eenmaal is doorgesneden, blijft er alleen liefde over. En er is meer voor nodig dan alleen liefde – hoe vurig, diep en hartstochtelijk ook – om twee mensen bij elkaar te houden.

De deur van Leo's ziekenhuiskamer gaat open. Tante Mer stapt naar buiten en trekt hem achter zich dicht. Haar ogen glinsteren, maar ze is kalm. Kalmer dan toen ze naar binnen ging: alsof alle angst en bezorgdheid haar hebben verlaten. Ze trekt haar tas over haar schouder en loopt een stukje door de gang voordat ze stopt en tegen de muur leunt met haar rug naar ons toe. Toen we haar in het ziekenhuis mochten bezoeken, deed ze dit soms ook: in de verte staren, haar lichaam onnatuurlijk stil. Het was de medicatie, verzekerden mama en papa ons, maar ik was niet bang. Mal en Cordy wel altijd, maar ik wist dat ze er was. Ik wist dat we haar weer zouden zien, dat het staan en staren gewoon een pauze waren.

Na enige tijd komt Mal de kamer uit. Hij is gebroken. Gisteravond was hij mijn rots. Urenlang hield hij me vast terwijl ik voor de eerste keer huilde, hij bracht me naar huis zodat ik kon douchen, omkleden en nieuwe kleren voor Leo pakken en reed me daarna terug naar het ziekenhuis. Nu is hij klein, kapot en gebroken. Hij schuifelt een stukje, blijft staan en laat zich dan met zijn hoofd naar boven gericht tegen de muur vallen. Vervolgens begeven zijn knieën het, en als een steen in een vijver valt hij snel en zwaar op de grond. Hij trekt zijn knieën tegen zijn borst, begraaft zijn vingers in zijn blonde haarlokken en begint te huilen. Luide, onbeheerste snikken. Hij wiegt terwijl hij huilt, woelt zijn verdriet om, verliest alle grip op zichzelf.

Van ons allen is hij de enige voor wie het te laat is. Hij heeft nooit met Leo kunnen praten, heeft hem nooit kunnen vasthouden, nooit een eigen 'Leo-moment' gehad. Tante Mer loopt naar hem toe. Ineens laat alle kalmte die ze uitstraalt zich verklaren: hij is haar kind, haar kleine jongen, en hij heeft haar nodig. Voor de eerste keer sinds hij een baby was, is ze in staat er volledig voor hem te zijn. Ze trekt hem met voorzichtige aanmoedigingen overeind, laat hem haar met zijn grote gestalte overstelpen terwijl hij huilend zijn armen om haar heen slaat en steeds maar weer herhaalt dat het hem spijt. Hij heeft echt spijt. Ze wrijft over zijn rug en sust hem, zegt dat ze weet dat hij spijt heeft terwijl haar kalmte zich langzaam in hem verbreidt. Als hij weer in staat is om zelfstandig te staan, pakt ze zijn hand vast als het kleine jongetje dat hij voor haar waarschijnlijk altijd zal blijven en leidt hem weg. Ik kijk hen na en daarna verdwijnen ze zoals alle anderen.

Keiths afscheid is het kortst.

Er zijn zoveel dingen die hij tegen Leo wil zeggen, maar er is te weinig tijd. Dus neemt hij afscheid en trekt zich terug.

Vóór mij gaan de arts met het jonge gezicht en de oude ziel en verpleegster Melissa bij Leo kijken. Om zich ervan te vergewissen dat alles gaat zoals ze verwachten.

Terwijl de arts langs me loopt, zegt hij dat het nog wel enkele uren kan duren, maar ik weet zeker dat hij zich vergist. Ik ken Leo. Het zal niet lang meer duren.

Ik loop de kamer in en sluit ons samen op door de deur achter me dicht te drukken. Onwillekeurig verschijnt er een grijns op mijn gezicht. Het is tenslotte Leo. Hoe kan ik niet glimlachen als ik hem zie?

'Hé Leo, lieverd. Ik ben het.'

57

Ik pak zijn rechterhand, meet en weeg hem in de mijne. Mollig en kinderlijk, vier perfecte vingers en een duim. Ik heb ze gemaakt, in mijn lichaam, ik heb ze gemaakt. Ik kus ze een voor een en druk een kus boven op elke perfecte vinger. Ik draai zijn hand om en druk een speciale toverwens, zoals hij die noemt, in zijn hand. Normaal gesproken sluit hij dan zijn hand, knijpt zijn ogen dicht en doet een wens. Hij heeft me nooit verteld wat hij wenste en of zijn wens uitkwam, maar hij deed het altijd, dus moest het op een of andere manier iets hebben opgeleverd. Of misschien hoopte hij altijd dat het de volgende keer zou werken.

Ik pak zijn linkerhand, het spiegelbeeld van zijn rechter, en druk een kus op de vingers, duim en in het midden van die hand.

Dit is de laatste keer dat ik dat kan doen. De laatste keer.

We zeggen zo vaak 'laatste' zonder te beseffen hoe definitief het woord is. Bindend.

Ineens vraag ik me af hoe snel ik zal vergeten. Ik heb haast geen videobeelden van hem. Na zijn geboorte heb ik enorme hoeveelheden foto's gemaakt, maar zelfs hun aantal slonk na een poosje omdat we maar met z'n tweeën waren en ik liever tijd met hem doorbracht aan de andere kant van de camera. Ik kan zijn stem in mijn hoofd horen en de woorden zijn duidelijk, maar de intonatie van sommige zijn wat vaag. Hoe snel zal zijn stem volledig verdwenen zijn? Met niets in steen gebeiteld om me eraan terug te doen denken: hoe kan ik me hem dan herinneren? Hij staat natuurlijk op onze trouwvideo, maar dat was ruim twee jaar geleden; sindsdien is zijn stem veranderd, om zijn groeiende woordenschat tot uiting te brengen.

Hoe snel zal ik ook de volledige verzameling van zijn gezichtsuitdrukkingen verliezen? Sommige zijn op film vastgelegd, bevroren in foto's, maar dat is niet hetzelfde als ze echt zien. Ik kan mijn ogen nu sluiten en me herinneren hoe hij zijn neus optrok voor broccoli ('Je weet dat het vergif is, mam'), maar spinazie verslond alsof het nectar was. Ik kan zo gemakkelijk naar boven halen hoe hij omhoogkeek naar de hemel terwijl hij zocht naar een antwoord op een vraag, hoe zijn ogen groter werden en hij het puntje van zijn tong uit zijn mondhoek stak terwijl hij het nieuwste niveau op de PlayStation probeerde te bereiken. Ik kan intens genieten van zijn fronsen om onrechtvaardige dingen, zoals geen dolfijn mogen hebben. Ik kan mezelf verliezen in de herinnering aan zijn brede glimlach. Maar hoe lang zullen ze nog blijven? Ik dacht dat ze in mijn geest en hart waren gegrift, maar is dat zo? Zal de tijd ze niet uitwissen of vervagen zoals die met alle herinneringen doet?

Hij draagt zijn groene Teen League Fighter-pak, zijn favoriete kledingstuk. Als hij één ding uit zijn kledingkast mocht kiezen om elke dag te dragen is dat het. Want hierin kan hij legitiem de misdaad bestrijden. Zijn masker heb ik niet opgezet.

Ik buig voorover en druk een kus op zijn beide oogleden. Zijn ogen zijn gesloten, zijn lange wimpers rusten zachtjes op het gebied onder zijn ogen. Ik druk mijn lippen op zijn voorhoofd en blijf even zo zitten.

Ik strijk met mijn vingers over één kant van zijn gezicht en verwonder me, zoals altijd, over hoe zacht zijn huid is. Ik streel de andere kant van zijn gezicht. Mijn kind. Mijn mooie, mooie kind.

Ik ga in mijn stoel zitten en leg zijn rechterhand weer in de mijne. Hij hield mijn hand bijna elke dag vast – bij het oversteken, wanneer we over de promenade liepen, door het park wandelden, over straat slenterden. Soms wanneer we televisie keken en hij iets eng vond en naar me reikte omdat hij, zo zei hij, niet wilde dat ik in mijn eentje bang was. Ik druk zijn hand tegen mijn wang.

'Weet je, Leo? Ineens schiet me iets te binnen. Je maakt je altijd zorgen om me, hè? Dus misschien ben je hier nog steeds omdat je bezorgd om me bent. Maar ik red me wel. Ik wil dat je dat weet. Vergeet dat nooit. Er zijn zoveel mensen die voor me zullen zorgen. Oma, opa, tante Cordy, oma Mer, papa, Amy, Trudy en zelfs je andere papa. Ik zal je natuurlijk missen, maar als het pijn doet, wil ik dat je stopt met vechten. Ik hou zoveel van je dat ik nooit zou willen dat je pijn hebt.'

Ik hou zijn hand vast terwijl ik mijn hoofd op zijn borst leg. Ik voel nog steeds zijn warmte en zijn hand tegen mijn wang.

'Ik hou van je en het is goed om nu te gaan. Ik zal je weerzien, dus ik neem geen afscheid, oké? Ik zal je weerzien. Daarom zeg ik welterusten. Slaap lekker, Leo, mijn liefste. Slaap lekker, mijn mooie jongen. Slaap lekker, lieve schat.'

Het ritme van het apparaat verandert. De piepjes zijn langzamer, de perioden ertussen langer.

Ik sluit mijn ogen. Ik zou willen dat ik kon gaan slapen. Ik zou willen dat ik kon gaan slapen, bij hem zijn en hem nog een keer tegen me horen praten. Dat hij me omhelst, met zijn ogen rolt en vraagt of ik nu ga huilen.

Ik hou mijn ogen dicht en laat me wegvoeren.

'Ik hou van je,' zeg ik tegen hem.

De piepjes van het apparaat vertragen. Langzamer. Langzamer. Langzamer. En dan... Pieeeeeeeeeeeeeeeeeeeeeeeeeeeeeep. Constant, langzaam, ononderbroken.

Voorbij.

Zijn hand is koud tegen de tijd dat ik rechtop ga zitten. Mijn gezicht, koud. Alles koud.

'Welterusten, mijn mooie jongen,' fluister ik tegen hem. 'Slaap lekker, lieve schat.'

58

Meredith is degene die me belt.

Ze vertelt het me in voorzichtige bewoordingen, met haar zachte stem.

Ze vraagt me of het gaat, of ik wil dat ze bij me komt.

Ze legt uit dat Mal van een arts een kalmeringsmiddel heeft gekregen en dat hij in haar hotelkamer ligt te slapen.

Ze weet niet wanneer ze weer thuis zullen zijn.

Ze praat niet over een begrafenis.

Ze wenst me welterusten, zegent me met haar liefde.

Ze hangt op.

En ik besef hoe rustig de wereld kan instorten.

59

Ik zit aan zee.

Omgeven door het firmament van sterren die in de nachtelijke lucht verspreid zijn. Ik absorbeer het geluid van de golven.

Ik kijk naar de opkomende zon.

Ik luister naar de wereld die tot leven komt: de zeemeeuwen die in het water duiken voor hun ontbijt; de gedisciplineerde joggers die hun route lopen; de nog slaperige hondenbezitters die hun plicht doen; de feestvierders die na een nacht doorzakken weer naar huis strompelen.

Naar huis. Thuis.

Ik heb geen thuis meer. Niet als hij er niet meer is.

deel zes

60

We hielden ons aan elkaar vast terwijl we van de steile helling van kiezels gleden, schoven en klauterden.

Voor ons lag de zee. Het water schuimde en bruiste terwijl het in onze richting stroomde, en borrelde terwijl het werd teruggezogen. We schopten onze sokken en schoenen uit, stonden naast elkaar, onze voeten koud, wachtend totdat de zee zou proberen ze op te slokken, in afwachting van wie het langste kon wachten alvorens weg te rennen.

De zee trok zich terug, hij en ik bleven staan, rillend van de kou, onze benen vlak bij elkaar, giechelend van de spanning, wachtend totdat het getij ons zou komen halen. Toen raasde het op ons af. Er ging een siddering van opwinding door ons heen toen het water kwam, en toen gilde ik en rende achteruit, ik was degene die als eerste zwichtte. De bangerik. Hij bood weerstand, liet de zee komen en komen, totdat zijn voeten helemaal verdwenen waren onder het grijze, schuimende water. Hij trok een grimas vanwege het koude water, schreeuwde opgetogen en bewoog zich niet.

Hij draaide zich naar me om, om te kijken waar ik was, terwijl ik eigenlijk naast hem had moeten staan.

Ik lachte naar hem en hij naar mij, zijn kinderlijke gegniffel borrelde uit hem omhoog.

Het was ons favoriete spelletje: doen wie als eerste bang is voor de zee. Ik rende altijd als eerste weg. Hij was degene die weerstand bood. Het dapperste jongetje van de wereld.

Er kijkt iemand naar me.

Iedereen die hier aanwezig is, kijkt naar me, vraagt zich af hoe het met me gaat, of ik me red, of ik ga instorten, of ik me eindelijk zal laten troosten, maar deze ogen zijn anders: ze bestuderen me. Ze zijn niet bezorgd, maar nieuwsgierig. Ze proberen me te lezen, om te zien wat ik denk en voel; proberen de verborgen plekjes in mijn geest op te graven.

Langzaam doe ik mijn ogen open en zie ik wie het is. Net zoals de laatste keer dat we elkaar zagen – in de metro, de dag dat ik besloot te vertrekken uit Londen – ontmoeten onze ogen elkaar.

Ze ziet er gepast uit: gekleed in een eenvoudige, rechte jurk, haar lange, honingblonde lokken in een lage paardenstaart, platte zwarte schoenen, parels om haar nek.

Ik had niet tegen Mal gezegd dat hij haar mee mocht nemen, omdat ik niet had gedacht dat ze dat zou willen. Noch dat ze genoeg moed zou kunnen verzamelen om het te doen.

Ze is geschrokken, een hert gevangen in het licht van een snel naderende auto, van het feit dat ik haar heb betrapt. Ze begint te blozen, maar kijkt niet weg. Ze weet dat ik weet wat ze deed. Ze probeerde te achterhalen hoe mijn gemoedstoestand was, zodat ze naar me toe kon gaan om met me te praten. Ze probeerde te peilen of ik haar de rug zou toekeren, tegen haar zou schreeuwen, tegen haar zou zeggen dat ze me met rust moest laten of dat ik beleefd zou luisteren naar haar inhoudsloze woorden.

Ze beseft het niet: of ze nu wel of niet iets tegen me zegt, het betekent allemaal niets.

Elke dag word ik wakker in zijn bed. Ik slaap in zijn kamer, zijn favoriete laken – een dat vroeger op mijn bed lag – behaaglijk onder mijn kin gekreukeld. Ik slaap niet onder de deken, daar heb ik het te warm voor. Ik wil in zijn kamer zijn zolang die nog naar hem ruikt. Ik wil elke molecuul van zijn geur vangen voordat die oplost in de lucht van de tijd.

Keith en ik spreken elkaar nauwelijks als we allebei thuis zijn. We dansen om elkaar heen, zetten koffie voor elkaar zonder te vragen of de ander wil omdat een gesprek beginnen te veel gevraagd is. Hij is twee dagen na de begrafenis weer aan het werk gegaan en blijft zo lang mogelijk weg – totdat hij weet dat ik in zijn kamer ben, met de deur dicht, opgekruld op het eenpersoonsbed en doe alsof ik slaap. Ook al weet ik dat ik hem zal weerzien als ik doodga en dat ik hem ooit in mijn dromen zal vinden, slaap ik nooit lang genoeg om hem te vinden. Ik zweef hooguit een halfuur rond in dromenland en lig daarna weer tot de ochtend wakker. Als ik mijn ogen dichtdoe, hoor ik hem altijd vragen waarom hij geen groot bed heeft zoals ik. 'Ik heb ook veel ruimte nodig,' zegt hij altijd in mijn hoofd. 'Dat ik kleiner ben dan jij, betekent niet dat ik geen ruimte nodig heb.'

Wanneer ik wakker word, hoor ik Keith in de woonkamer. Hij speelt spelletjes op de PlayStation. Het ene na het andere. Ik weet niet of hij er plezier aan beleeft, maar 's nachts speelt hij zo lang mogelijk door en loopt vervolgens de trap op om naar bed te gaan. Altijd blijft hij even staan voor de deur met witte panelen en de grote poster van een leeuw erop ('Alle leeuwen heten Leo'). En altijd hoop ik dat Keith binnenkomt, dit met me deelt, de kloof tussen ons overbrugt, maar dat doet hij nooit. Na enkele seconden loopt hij door en gaat naar bed. 's Ochtends glip ik onze slaapkamer binnen om me aan te kleden en naar Starstruck te vertrekken terwijl hij nog slaapt.

Ik maak cakes, koekjes, taarten en flensjes zoals gewoonlijk; bakken is iets wat ik kan doen zonder erbij na te denken. Ik maak de bestelde koffie, thee en smoothies, maar Amy geeft ze aan de klanten. Ik bedien geen klanten meer. Mensen praten anders tegen me. Ze vragen hoe het met me gaat, vragen naar mijn zoon als ze een poosje niet zijn geweest, en proberen vervolgens me te troosten terwijl ze helemaal niets kunnen doen.

Meestal zit ik achter, op de stoel waarop ik altijd met hem zat toen hij nog maar net geboren was, voordat ik het café kocht, en staar uit het raam.

Ik zit en orden mijn gedachten.

Ik zit en probeer de ruwe randen van mijn verdriet glad te strijken.

Ik zit.

Ik keer terug naar een leeg huis, één dat weergalmt van permanent verlies, en maak eten klaar dat Keith noch ik opeet. Ik zit alleen in de keuken en speel met het eten op mijn bord, het voelt alsof ik het uren- en een secondelang doe. Daarna schraap ik het bord boven de vuilnisbak leeg en was het af. Ik ga in de woonkamer televisie zitten kijken door er doorheen te staren. Mijn duim drukt op knoppen op de afstandsbediening totdat ik een kanaal vind dat geen pijn doet aan mijn oren en mijn hersenen, en vervolgens staar ik erdoorheen.

Elke dag, élke dag, verbaas ik me erover dat het leven gewoon doorgaat. Er is nog steeds nieuws, er worden nog steeds kranten gemaakt, mensen lopen nog steeds rond, praten, maken fouten en creëren fantastische herinneringen. Elke dag ben ik opnieuw verbaasd. Elke dag vraag ik me af of er iemand is die beseft dat de tijd in werkelijkheid stil is komen te staan en dat ze zichzelf voor de gek houden dat de tijd nog steeds loopt.

Dit is mijn leven.

Het heeft niets te maken met Stephanie.

Keith legt zijn sterke, zware arm om mijn schouders en drukt zijn volle, zachte lippen tegen mijn rechterslaap. Hij heeft me al bijna twee weken niet meer aangeraakt. Niet sinds de dag na de begrafenis, toen ik eindelijk terug naar het huis ging, en hij me wilde vasthouden, in zijn armen wilde nemen, en ik er niet tegen kon om te worden aangeraakt. Niet zolang het gevoel van mijn zoon nog vers op mijn huid lag, nog steeds voorzichtig ingeprent was in de gebogen lijnen van mijn aura. 'Ik hou van je, schat,' fluistert Keith.

'Ik ook van jou,' antwoord ik.

We menen het allebei.

We vrezen het allebei. Als je van iemand houdt, loop je het risico hem te verliezen. Zoals met onze zoon is gebeurd, zoals met ons is gebeurd. Hij loopt naar een ander deel van de kamer; hij kan niet te lang in mijn buurt blijven omdat het ons eraan herinnert dat we niet meer praten.

Dit is de reden waarom Stephanies bezorgdheid om wel of niet met me te praten zo lachwekkend is. Ze bestaat op dit moment niet voor me. Niemand bestaat op dit moment voor me.

Maar dat is maar tijdelijk. Het zal weer gaan tikken. Er zal iets gebeuren waardoor mijn leven weer zal gaan tikken. Ik weet dat ik in slaap zal vallen en hem weer zal vinden en ik zal de wereld weer in willen trekken. Maar voorlopig kan niemand me tevoorschijn roepen.

Vooral jij niet, Stephanie.

Ik sluit haar buiten door mijn ogen dicht te doen. Ik wil terug naar die herinnering op het strand. Ik wil terug naar waar ik met hem was voordat zij binnen kwam kruipen.

deel zeven

deel zeven

61

Zoals altijd draagt ze haar rode houtje-touwtjejas.

Ik zie haar naast hem knielen, ogenschijnlijk zonder op te merken dat de grond vochtig en koud is. Ze laat haar vingertoppen over de goudkleurige inscriptie op het koele, crèmekleurige marmer glijden zoals ik een paar minuten geleden heb gedaan. Daarna verplaatsen haar lange, slanke vingers zich naar de gele, fluweelachtige blaadjes van de rozen die ik daar heb neergelegd.

Ze heeft geen idee dat ze van mij zijn.

Altijd kijkt ze op en om zich heen en vraagt ze zich af wie de afgelopen drie maanden om de paar dagen gele bloemen achterlaat, maar ze heeft geen idee – en waarom zou ze ook? Van alle mensen op deze aarde ben ik de laatste van wie ze het zou verwachten. Niemand weet dat ik het doe. Dat ik parttime werk zodat ik hier naartoe kan gaan.

Ik ben altijd voorzichtig. Als ik tegen hem praat, onkruid of blaadjes weghaal, kijk ik altijd naar haar uit, kijk ik of ik die bekende rode flits zie die aangeeft dat ik weg moet, me moet bukken of, zoals vandaag, achter een boom moet verstoppen en tegen de boomstam drukken totdat ze weg is.

Ze ziet er anders uit. Ze is nog steeds ongelooflijk mooi, maar ze is anders. Misschien komt het doordat ze haar haren weer heeft ingevlochten, zoals toen ik haar voor het eerst ontmoette en toen ze zwanger was van Leo. Of misschien komt het doordat ze er zo volwassen uitziet. Het verdriet heeft haar ouder gemaakt, ze lijkt zo ver weg, gereserveerd, ongrijpbaar, zoals volwassenen altijd leken toen ik nog een kind was. Het is verontrustend.

Wat ik elke keer wil doen als ik haar zie, is dit: mijn armen om haar heen slaan en haar zeggen dat het me spijt. Van haar verlies, haar verdriet, het einde van de wereld. Maar vooral van het feit dat ik niet haar vriendin wilde worden, terwijl zij zo hard haar best had gedaan met mij. Sinds mijn vriendschap met Carole zo hecht en open is geworden, besef ik wat mijn angsten al die jaren geleden hebben gedaan. Ik wilde haar niet dichtbij laten komen, en ik ontnam haar haar beste vriend. Ik beroofde haar. Nu heb ik eindelijk een vriend die niet Mal is, maar op wie ik kan vertrouwen, dus begrijp ik hoe gemeen het was. Ze verdiende het niet.

En ik weet dat ík in haar positie hoor te verkeren.

Ik had degene moeten zijn die dag in dag uit in het ziekenhuis zat, aan zijn bed, zijn hand vasthield en hem met mijn wilskracht beter wilde maken. Ik had degene moeten zijn die hier elke dag komt, tegen hem praat, met hem deelt, hem mist zoals niemand anders. Ik zou degene moeten zijn die rondloopt met een uitgerukt hart en een bodemloos gat waar eens het centrum van mijn ziel huisde.

Het spijt me zo. Dat wilde ik tegen haar zeggen op de begrafenis. Dat is wat ik nu wil zeggen. Het spijt me. Het spijt me. Het spijt me.

62

'Ik zal je niet lang ophouden,' zeg ik tegen Mal.

We zitten in een klein café met uitzicht op de haven van Brighton, ver genoeg van Hove, van Starstruck, van het ziekenhuis, om dit tot een anonieme, neutrale ontmoetingsplek te maken. We zitten in een zitje bij het raam, tegenover elkaar, de zee is aan de ene kant van ons en we kunnen hem zien, maar niet horen.

Alles aan hem zegt dat hij hier niet wil zijn, maar toen ik hem eerder vandaag belde om te vragen of we elkaar binnenkort konden ontmoeten, zei hij: 'Ik kom eraan,' en twee uur later was hij hier. Nu zit hij stijfjes en gespannen tegenover me in het café.

De afgelopen drie maanden heeft hij voortdurend geprobeerd met me te praten, zoals iedereen, maar ik ben niet in staat geweest om hem of wie dan ook te spreken. Praten maakt de wond weer open, maakt dat ik andere mensen wil troosten, maakt dat ik me schuldig voel omdat ik ze soms toe wil schreeuwen om te laten zien hoe het werkelijk met me gaat. Ze laten zien dat het vanbinnen meestal zó voelt: een constante, ononderbroken schreeuw van één noot.

Ik kan nu met Mal praten, maar het ziet ernaar uit dat het te laat is, want hij wil hier niet zijn.

Ik glimlach inwendig om de halve lok boterblond haar die boven zijn rechteroor omhoog staat, om de slaapkristal op een van zijn wimpers en om de haren in zijn linkerwenkbrauw die verkeerd liggen. Instinctief maak ik mijn duim nat. Ik reik over de rechthoekige tafel en begin zijn wenkbrauwharen op hun plek te strijken. Mal deinst achteruit, geschrokken en met een verwijtende blik.

'Sorry,' zeg ik terwijl ik mijn vingers in mijn hand druk en mijn hand naast mijn mok leg. 'Ik vergeet het steeds, wat Leo altijd zei: "Ik wil jouw spuug niet op mijn gezicht."' Ik kan zijn naam zeggen. Ik kan steeds langer over hem praten voordat ik de behoefte voel om te gaan krijsen.

Mal legt zijn hand op de mijne, een warme, vriendelijke cocon. Ik kijk op. Terwijl hij mijn duim optilt, mijn hand in de zijne wiegt en we elkaar al die tijd strak aan blijven kijken, strijkt hij met mijn duim over zijn wenkbrauw. Zodra hij mijn hand heeft teruggelegd op tafel, wenden we onze blik van elkaar af: ik staar weer naar de tafel, hij tuurt naar een punt achter mijn schouder.

'Ik... ik zal je niet lang ophouden,' herhaal ik. 'Ik weet dat dit waarschijnlijk de laatste plek is waar je wilt zijn.'

Hij focust zich weer op mij, staart me met zijn warme, roest-bruine ogen aan. 'Wat ik wil, is aan de overkant zitten,' zegt hij zacht. 'Bij jou. Ik wil mijn hoofd in je schoot leggen en dat je uren-lang over van alles en nog wat tegen me praat, want dat is jouw manier om me te vertellen dat het allemaal goed komt. Ik wil mijn armen om je heen slaan, je dicht tegen me aan drukken, je gezicht strelen en tegen je zeggen dat het allemaal goed komt.'

Ik was bijna vergeten hoe het voelt om te worden vastgehouden. Dat het gevoel van andermans lichaam je zo volledig kan omgeven dat je het punt verliest waar jij begint en hij eindigt. Wanneer met iemand zijn ineens betekent dat je de kracht van twee hebt.

De nachten dat Keith en ik samen in ons bed slapen, raken we el-kaar niet aan. We willen wel, maar het lijkt of we zijn vergeten hoe het moet; we kunnen ons niet herinneren hoe we naar elkaar reik-ten en een deel van elkaar werden. Als onze lichamen elkaar per ongeluk raken, blijven we zo liggen, in de hoop dat we ons weer zullen herinneren hoe samen zijn ook alweer moet, totdat het een te pijnlijke herinnering wordt aan wat we hebben verloren, waarna we allebei naar de uiterste rand van het bed kruipen. Mal was de laatste die me in zijn armen heeft gehouden. In dat bed, in die hotel-kamer, de avond voordat Leo ging.

'Dit is de grootste crisis die we ooit hebben meegemaakt en we bieden hem niet samen het hoofd,' zegt Mal. 'En dat wil ik wel graag. Al drie maanden lang wil ik niets liever. Dus je vergist je: dit is niet de laatste plek waar ik wil zijn; het komt het dichtst bij de plek waar ik juist gráág wil zijn.'

Ik adem in door mijn neus en uit door mijn mond, probeer de paniek onder controle te krijgen om wat hij me vertelt. Ik heb nie-mand zo dichtbij laten komen dat ze dit tegen me konden zeggen. Ik weet dat mama, papa, Cordy, tante Mer, Amy, Keith en Mal allemaal voelen dat ze ook mij hebben verloren toen we onze kleine jongen kwijtraakten. Maar daar kan ik niets aan doen. Ik kan niet omgaan met hun verdriet en tegelijkertijd dealen met het mijne. Ik moet dit alleen doen.

'Het is fijn om je te zien,' zeg ik tegen Mal.

'Ja?' fluistert hij terwijl er een prachtige glimlach op zijn gezicht verschijnt die zijn ogen doet rimpelen, zijn kaak breder maakt en hem vanuit alle mogelijke hoeken verlicht. Ik heb Leo nog niet kunnen vinden in mijn dromen, maar daar is hij. Hij zit met een glimlach tegenover me.

'Ja,' zeg ik tegen Mal, mijn ogen nog steeds afgewend. 'Het is fijn om je te zien.'

Na een stilte die, als we het toestonden, voor eeuwig zou kunnen voortduren, moet ik wat zeggen. 'Er is een reden waarom ik je wilde zien,' zeg ik terwijl ik hem weer aankijk. 'Eigenlijk twee redenen.'

Hij wacht geduldig op wat er komt.

'Ik ben zwanger,' zeg ik.

Zijn ogen worden groot van schrik, maar hij zegt niets.

'Wat we hebben gedaan, was dus toch seks en ik ben zwanger.'

Hij zegt nog altijd niets.

'Maar goed, je moet me even excuseren, want ik ga nú overgeven.'

Wanneer ik weer terugkom en ga zitten, zie ik dat hij kruidenthee met citroen en gember en geroosterd witbrood zonder beleg heeft laten komen voor me. Hij heeft onthouden dat die combinatie de vorige keer goed hielp tegen die permanente misselijkheid. Het is niet zo'n sterke misselijkheid, veroorzaakt door de geur van koffie, als de laatste keer, maar als ik eenmaal heb overgegeven, word ik nog misselijker van die geur in mijn buurt.

Ik neem een slokje thee en een hapje van mijn geroosterde brood. 'Dank je wel hiervoor,' zeg ik terwijl ik naar mijn eten en drinken wijs.

'Ik zat me te bedenken,' antwoordt hij, 'dat ik wel supersperma moet hebben.'

Ik schiet in de lach, de eerste keer sinds maanden, een oprechte, stevige lach.

'Niet lachen,' protesteert hij terwijl zijn ogen dansen. 'Luister eens goed: ik, Malvolio Wacken, heb supersperma. Ik heb je nu al twee keer met één dosis sperma zwanger gemaakt. Ik bedoel, de eerste keer deed ik mijn best, de tweede keer niet echt, maar toch is het gebeurd. Ik vermoed dat ik superspèrma heb en misschien doe ik er goed aan om er potjes mee te vullen en het te verkopen.'

'Goed idee,' zeg ik lachend. 'Maar de fout in je plan is dat het erop lijkt dat je alleen míj zwanger kunt maken. En geloof me, ik koop het niet. Niet als ik het duidelijk gratis kan krijgen, groot spermamonster dat je bent!'

Nu is het zijn beurt om te lachen, om zijn hoofd opzij te gooien en zo te bulderen van het lachen dat een stelletje zich omdraait en naar ons kijkt. Ik herinner me ineens waarom ik al die jaren zoveel van hem heb gehouden. Waarom ik nog steeds van hem hou. Alle redenen die van momenten als deze komen.

'Wat gaan we doen?' vraagt hij ineens ernstig, zijn ogen nu gericht op het deel van mijn lichaam dat verborgen is door de tafel. 'Wil je de baby houden?'

Ik knik. Toen ik vorige week de test deed, wist ik meteen dat ik de zwangerschap zou doorzetten.

Hij knikt ook, opgelucht, openlijk blij. 'Oké, goed. Dus ik moet het Steph vertellen. Het zal niet gemakkelijk zijn, vooral nu niet, maar ik zal het doen.'

'Stephanie is al zo gekwetst en beschadigd, zo bang om jou te verliezen. Vind je het eerlijk om haar te vertellen wat we hebben gedaan en dan dit?' Ik leg mijn hand op mijn buik. 'Ze is altijd paranoïde geweest over onze relatie. Wat zal het met haar doen als haar angsten worden bevestigd, zo snel na alles wat er is gebeurd?'

'Vind je dat ik tegen haar moet liegen?'

'Nee, Mal. Ik vind dat je moet wachten totdat je alles hebt gehoord wat ik te zeggen heb voordat je besluit wie je het wanneer gaat vertellen.'

'Ga je het niet tegen Keith zeggen?'

Ik schud mijn hoofd. 'Nee, hij zal er erger kapot van zijn dan ik kan verdragen. Het tweede is dat ik heb besloten de wereld in te trekken. Te gaan reizen. Over een paar weken vertrek ik. Keith weet het nog niet. Als ik het hem zou vertellen, zou hij denken dat we samen gingen en zich ertoe zetten om mee te gaan. Maar hij zou het niet willen. Ons huwelijk is voorbij, en ik wil niet dat hij zich eraan vastklampt.'

'Is je huwelijk voorbij?'

'Ik hou van hem, dat zal ik altijd blijven doen. Maar hij herinnert me aan wat ik heb verloren, net zoals het huis, zoals Hove, zoals Engeland, denk ik. Alles maakt er deel van uit. Als ik het huis of een kamer in loop, verwacht ik een nieuw teken te zien dat hij er is geweest. Het speelgoed dat hij op de vloer heeft laten liggen, ligt er nog steeds. Zijn blauwe controller van de PlayStation ligt nog steeds boven op het apparaat. Het boek dat hij aan het lezen was voordat hij me de ultieme wheelie liet zien, ligt nog steeds open op de vloer van zijn slaapkamer. Het is allemaal hetzelfde gebleven. En ik kan het niet veranderen, want als ik dat doe, ben ik bang dat ik weer een stukje van hem verlies. Het is zo pijnlijk om dat huis binnen te gaan. En het is pijnlijk om met Keith te zijn. Ik kan niet naar het strand gaan zonder in te storten. Ik kan het niet meer aan. Ik moet hier weg. Nieuwe herinneringen maken op een plek die niet vol is van de oude.'

'Maar je bent zwanger.'

Ik haal mijn schouders op. 'Ja, maar ik zal ergens anders zwanger zijn. En dus moet je goed nadenken over wanneer je het Stephanie vertelt. Want ik wil niet dat je het haar vertelt met in je achterhoofd de gedachte dat je voor dit kind een echte vader zult zijn.'

'Ik kan met je meegaan.'

'Zelfs al zou ik denken dat je Stephanie kon verlaten, waarom zou ik willen dat je haar dat aandeed? Wat voor mens zou dat me maken? Als jullie uit elkaar gaan, moet het zijn omdat jullie relatie niet goed meer is, niet om mij of de baby.'

Mal staart me aan, en ik voel zijn verdriet. Ik wil niet nog een kind van hem wegnemen, maar ik kan hier niet blijven. Ik moet mezelf op de eerste plaats zetten.

'Ik wil niet dat je gaat,' verklaart hij. 'Ga alsjeblieft het land niet uit. Laat me alsjeblieft niet in de steek.'

'Ik zou willen... Ik moet gaan. Voor mijn geestelijke gezondheid. Zodat ik dit kan verwerken. Zodat Keith iemand anders kan vinden. Er zijn een miljoen redenen waarom ik moet gaan. Ik zeg niet dat ik niet terugkom, maar ik moet gaan. Dat begrijp je toch zeker wel?'

Hij knikt. 'Ik wil niet dat het zo gaat, maar ik begrijp het wel.'

'Ik wil dat je haar vader bent. Deze keer is het een meisje. Ik wil

dat je haar schrijft, haar foto's stuurt, haar belt, ik wil dat ze je vanaf het begin kent. We vinden wel een manier. Op een of andere manier komen we daar wel uit.'

'Ja, zeker weten,' beaamt hij. 'Zeker weten.'

Ik sta op, trek mijn jas aan en pak mijn tas. 'Tot ziens, Mal.'

'Is het niet juist zo dat we elkaar níét zien?'

'Ik hou niet van afscheid nemen, dus zeg ik "tot ziens". Daar
wordt het iets gemakkelijker van.'

'Oké, tot ziens.'

Ik knik. 'Tot ziens.'

Terwijl ik in de koele, frisse lucht buiten sta en naar de zeemeeuwen kijk die in de zee duiken, besef ik dat ik iets ben vergeten en
loop weer naar binnen.

Ik sla mijn armen om zijn nek, druk hem stevig tegen me aan en
kus zijn wang. 'Dank je, Mal. Ik was vergeten dat tegen je te zeggen. Dank je voor Leo, en voor die laatste nacht. Dank je.'

'Je weet dat ik van je hou, hè?' zegt hij tegen me.

'Ik hou van jou. Misschien doen we het in een volgend leven
beter en komen we dan wel bij elkaar.'

'Ik geloof niet in die nonsens,' antwoordt hij.

'Nee, maar ik wel. Genoeg voor ons allebei.'

'Het heeft geen zin om me ertegen te verzetten, hè?'

'Totaal niet.'

Zonder erbij na te denken, zonder enige aarzeling, komen onze
lippen bij elkaar. En we kussen voor de eerste keer omdat we van
elkaar houden. Omdat we, helaas voor ons, altijd van elkaar hebben gehouden.

De bel achter de deur van het café rinkelt terwijl hij achter me
dichtslaat. Ik knoop mijn houtje-touwtjejas dicht en trek mijn tas
over mijn schouder.

Dat was het op een na moeilijkste afscheid dat ik ooit heb meegemaakt. Als je zoveel van iemand houdt als ik van Mal, is afscheid
nemen nooit gemakkelijk, zelfs al weet je beiden dat het de enige
manier is voor allebei om helemaal opnieuw te beginnen.

63

'Hoi,' zegt hij als ik de keuken in loop. 'Hoe gaat het?'

Ik schrik en blijf stokstijf staan, op mijn hoede. Heeft hij het tegen mij? Míj? Hij heeft me al drie maanden niet meer gevraagd hoe het gaat. Het lijkt wel of hij me al een eeuwigheid geen niet-retorische vraag meer heeft gesteld. Meestal praat hij tégen mij of door me heen. Niet met mij. Meestal heeft hij gehuild en kan hij nauwelijks een woord uitbrengen.

'Ja, prima,' antwoord ik, terwijl ik de neiging onderdruk om achterom te kijken om te controleren of hij het niet tegen een wildvreemde heeft die me vanaf de straat is gevolgd. Zijn ogen kijken zelfs naar me, niet door me heen. 'En met jou?'

Kort en smalend haalt hij zijn schouders op. 'Dat weet je wel,' zegt hij.

Ik weet het niet. Je praat niet met me, dus ik weet het niet. Ik kan proberen me er een voorstelling van te maken, maar weten doe ik het niet. Ik kan proberen me in je te verplaatsen, maar ik kan je niet volledig doorgronden.

'Waar ben je geweest?' vraagt hij. Zijn knappe, liefdevolle gezicht staat geïnteresseerd. Hij huilt niet, besef ik, zelfs niet vanbinnen. Hij is hier, in de keuken, en wacht op mijn antwoord.

'Ik heb...' Ik ga liegen. Het laatste waar hij behoefte aan heeft, nu hij in zo korte tijd zo'n enorme vooruitgang heeft geboekt, is te worden herinnerd aan de reden van zijn verdriet, aan de reden van zijn afkeer van mij. 'Ik heb bloemen naar Leo gebracht.' Ik heb genoeg gelogen. Hier eindigt het. Ik kan de oude leugens niet veranderen zonder alles kapot te maken, maar ik kan voorkomen dat er nieuwe komen. Van nu af aan geen leugens meer. Dat ben ik hem en haar en Leo én mezelf verschuldigd. 'Gele rozen. Ik denk altijd dat geel zijn favoriete kleur is. Ik weet niet of het zo is, maar om de paar dagen leg ik gele bloemen bij hem neer.'

Mals roestbruine ogen nemen me een poosje op. Ik kan ze niet lezen en zijn gezicht ook niet. Ik kan niet zeggen wat hij denkt. Of ik hem nu een paar stappen achteruit heb geduwd of dat hij mij uit zicht wil hebben.

'Het was groen,' zegt hij. 'Zijn lievelingskleur was groen.'

'O.'

'Maar hij hield vast ook van geel.'

'Misschien.'

'Wil je over hem horen?'

Ik knik. Natuurlijk wil ik dat. Ik wil zoveel mogelijk over hem te weten komen. Zelfs de triviale, ogenschijnlijk onbetekenende details, zoals of hij voor het naar bed gaan zijn tanden poetste, wil ik horen, zodat ik een persoon kan creëren, een herinnering die meer is dan alle foto's samen. Zodat er een echt iemand is die ik me voor de geest kan halen voordat ik 's avonds ga slapen, als ik hem bezoek. 'Ja,' zeg ik rustig. 'Ja, graag.'

'Ik weet niet zoveel,' zegt hij terwijl zijn ogen naar de stoel tegenover hem flitsen, een uitnodiging om te gaan zitten, om een poosje te blijven. 'Niet zoveel als ik zou willen.'

Ik trek de stoel naar achteren en ga erop zitten terwijl ik mijn tas op de grond naast me zet.

'Ik weet alleen wat mama en Nova en de rest van de familie me hebben verteld. Maar het is genoeg.'

Ik knik naar hem, sla mijn handen in elkaar en bereid me voor om te luisteren.

'Soms vraag ik me af of je echt van iemand kunt houden die je helemaal niet hebt gekend,' zegt hij. 'Maar dat zijn mijn gevoelens voor Leo.'

Dat is het. De reddingsboei die ik naar hem toe wilde gooien terwijl hij verdronk. Mals route veilig terug naar de kust. Ik besefte niet dat het ook de mijne was.

'Door de jaren heen heeft mama me dingen over hem verteld en steeds heb ik een ongelooflijk sterke band met hem gevoeld. Alsof over hem horen, foto's van hem zien, bij mama zijn nadat ze bij hem was geweest, de kloof tussen ons heeft overbrugd.'

Mal en ik zijn ruim acht jaar aan het verdrinken geweest.

'Mama vertelde dat Leo haar eens een foto van mij als kind had laten zien en dat Nova hem had verteld dat de jongen op de foto op hem leek omdat God soms grapjes met haar uithaalde. Maar Leo zei tegen mama dat het was omdat hij wist dat de jongen op de foto later zijn papa zou worden. Hij was toen nog maar vijf. Mama realiseerde zich ineens wat haar slimme kleinzoon van plan was. Hij dacht dat als hij haar zou vertellen dat hij wist van zijn twee papa's, ze hem wel zou vertellen waar baby's vandaan kwamen.' Mals glimlach was breed, trots, doortrokken van intens verdriet. 'Nova heeft verteld dat hij zo was: veel slimmer dan goed voor hem was. En voor haar.'

Ik reik over de tafel en druk mijn vingers tussen de zijne. Voor de eerste keer in lange tijd klemt hij ze vast. Terwijl we ons aan elkaar vastklampen, navigeren we onze weg terug naar het vasteland. ⚔

Epiloog

Ik wil dat je weet dat het goed met me gaat.

Ja, jij.

Nu je mijn verhaal hebt gelezen, denk je misschien dat ik me nog steeds bevind op die plek van pijn en verdriet, maar dat is niet zo, echt niet, dus maak je om mij alsjeblieft geen zorgen.

Op dit moment zit ik in een park en kijk ik naar een dansende Dolly. Ze is nu eenentwintig maanden oud, maar ze stond er op haar eigen koppige manier op een dikke crèmekleurige trui te dragen, een blauw spijkerrokje, gele regenlaarsjes en een stel glinsterende, zilverkleurige elfenvleugels die veel te groot voor haar zijn. Haar zwartbruine pijpenkrullen vliegen alle kanten op terwijl ze danst op een deuntje dat ze in de tussentijd zelf verzint.

We wonen in een stadje even buiten Braga in Portugal, en ik geef bijles Engels aan kinderen die voor hun examens zitten. Ik weet dat sommige mensen in de stad me omschrijven als *inglesa preta com o sorriso grande e olhos tristes*, 'de Engelse met de grote glimlach en de trieste ogen'.

Je leest het goed, ik kan weer glimlachen. Ik weet niet wanneer ik daar weer toe in staat zou zijn geweest als ik in Engeland was gebleven, als ik niet helemaal opnieuw was begonnen.

Ik heb nog steeds verdriet. Dat zal altijd zo blijven, maar ik heb hem zeven jaar gehad. Ik vind het jammer dat je hem niet hebt gekend. Niet de vragen hebt gehoord die hij op de meest ongelegen momenten stelde. Niet hebt gezien dat zijn obsessie met de PlayStation resultaat opleverde in de vorm van het aantal punten dat hij kon behalen. Niet zijn theorieën over het leven hebt gehoord. Niet hebt gezien dat zijn gezicht oplichtte van blijdschap als ik iets voor hem kocht wat hij graag wilde hebben, of wanneer hij een liedje hoorde dat hij leuk vond. Niet zijn copiloot bent geweest in de auto-onderzeeër. Niet met hem hebt gediscussieerd over de aanschaf van een dolfijn/haai/leeuw/ ... (vul wild dier in dat van toepassing is.). Niet hebt gehuild omdat je hem aan het huilen hebt gemaakt. Ik had dat allemaal. Ik had meer.

Ik zou willen dat hij er nog was. Maar ik heb Leo zeven jaar gehad. En ik weet dat ik hem zal weerzien. Ik heb dat altijd geloofd en geloof dat nu nog sterker.

Dus, zoals ik al zei, maak je alsjeblieft geen zorgen om mij. Het gaat goed. Het gaat goed met Dolly en mij. Ze maakt me aan het lachen, ze houdt me op de been en op een dag keren we terug. Op dit moment geniet ik er enorm van om haar in het zonlicht te zien spelen. Ik vind het heerlijk om bij haar te zijn. Ik vind het heerlijk dat we een nieuwe plek hebben gevonden die we ons thuis noemen.

En, ik wil niet dat je je zorgen maakt om mij omdat ik je dit kan beloven: we hebben de tijd van ons leven.

'Ik hou van je en het is goed om nu te gaan,' hoort hij haar in de stilte tegen hem zeggen. *Het is hier donker, maar ook licht. Hij kan niets zien, maar er is licht.*

Hij weet dat het mama's stem is omdat niemand klinkt zoals zij. Niemand anders is zo geweldig als zijn moeder.

'Ik zal je weerzien, dus ik neem geen afscheid, oké? Ik zal je weerzien.' *Ze huilt niet. Er zijn geen tranen in haar woorden dus is hij niet bang. Als het goed gaat met mama is hij niet bang.* 'Daarom zeg ik welterusten. Slaap lekker, Leo, mijn liefste. Slaap lekker, mijn mooie jongen. Slaap lekker, lieve schat.'

'Slaap lekker, mama,' *antwoordt hij, en dan gaat hij kijken wat daar in het licht gebeurt.*